ullstein

ELFIE LIGENSA schreibt seit Jahrzehnten erfolgreich Romane und Drehbücher und lebt mit ihrem Mann, einer eigenwilligen Katze und immer mal wieder auch vielen Adoptivhunden in der Nähe von Köln.

Von der Autorin sind in unserem Hause bereits erschienen:

Das Paradies liegt in Afrika
Mittsommersehnsucht
Mitternachtssonne am Fjord
Töchter der Freiheit

Elfie Ligensa

Im Herzen der Feuersonne

Roman

Ullstein

Besuchen Sie uns im Internet:
www.ullstein.de

Wir verpflichten uns zu Nachhaltigkeit

- Klimaneutrales Produkt
- Papiere aus nachhaltiger Waldwirtschaft
- ullstein.de/nachhaltigkeit

MIX
Papier
FSC FSC® C083411

Neuausgabe im Ullstein Taschenbuch
1. Auflage Juni 2021

Umschlaggestaltung: bürosüd° GmbH, München
Titelabbildung: Trevillion Images / © Rekha Garton (Frau);
www.buerosued.de (Landschaft)
Karte: © Peter Palm
Satz: Pinkuin Satz und Grafik Partner
Gesetzt aus der Sabon
Druck und Bindearbeiten: CPI books GmbH, Leck
ISBN 978-3-548-06394-2

Lieb-, Lied- und Weines Trunkenheit,
Ob's nachtet oder tagt,
Die göttlichste Betrunkenheit,
Die mich entzückt und plagt.

Johann Wolfgang von Goethe

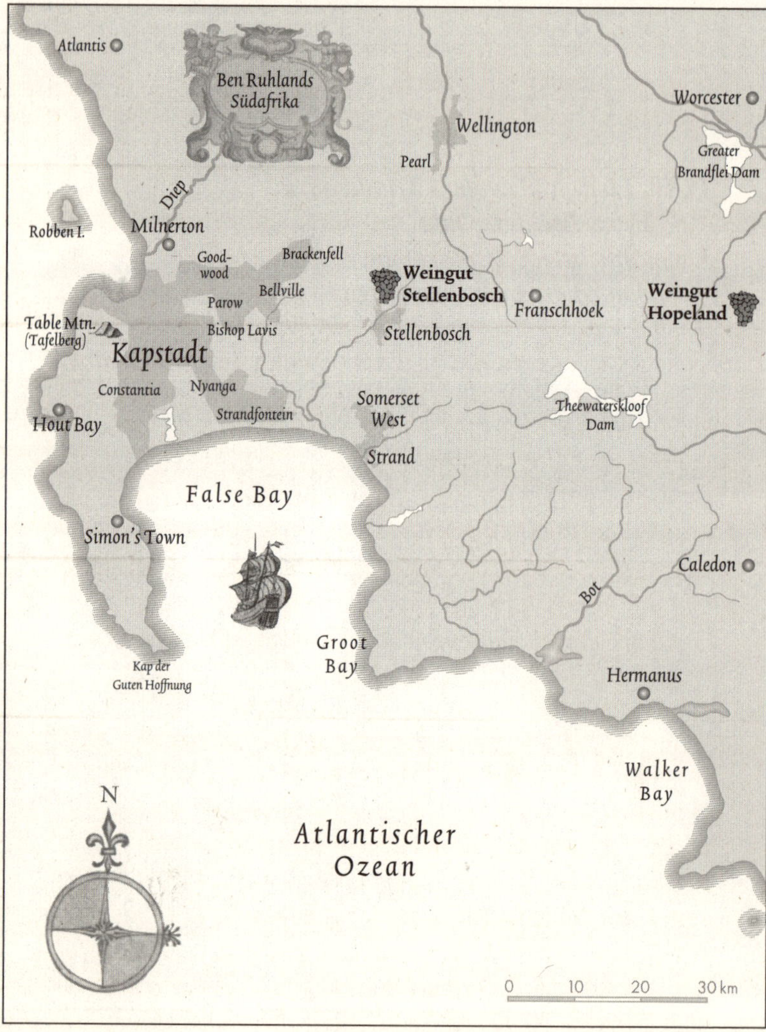
Ben Ruhlands
Südafrika
Atlantis
Worcester
Wellington
Pearl
Greater
Brandflei Dam
Diep
Robben I.
Milnerton
Good-
wood
Brackenfell
Weingut
Stellenbosch
Bellville
Parow
Franschhoek
Weingut
Hopeland
Table Mtn.
(Tafelberg)
Bishop Lavis
Stellenbosch
Kapstadt
Constantia
Nyanga
Somerset
West
Hout Bay
Strandfontein
Theewaterskloof
Dam
Strand
False Bay
Simon's Town
Caledon
Bot
Groot
Bay
Kap der
Guten Hoffnung
Hermanus
Walker
Bay
N
Atlantischer
Ozean
0
10
20
30 km

»Na, hast du es dir so vorgestellt?« Mit weit ausholender Geste wies Olivier Garnier hinüber zur Bucht, einem eher beschaulich wirkenden Ort, hinter dem sich das beeindruckende Massiv des Tafelbergs in der flimmernden Luft und hinter einem von glitzernden Wellen übersäten Meer erhob wie eine Erscheinung. Obwohl es noch früh am Morgen war und leichter Seewind aufkam, spürte Ben bereits die Kraft der Sonnenstrahlen. Es versprach ein heißer Tag zu werden. Er musste die Augen zusammenkneifen, um an Land etwas erkennen zu können. Die Häuser erschienen winzig vor dem Hintergrund des Bergs, sie boten den gewöhnlichen Anblick eines Hafens, wie ihn die *Parisienne* in den vergangenen zwei Jahren unzählige Male angelaufen hatte.

»*Voilà*, das ist das legendäre Kap der Guten Hoffnung – armselig, was?« Olivier klopfte seinem Nebenmann auf die Schulter, ganz so, als wären sie in Wahrheit Freunde, und Ben wich beinahe unmerklich zurück. Ein Blick auf die Gestalt an seiner Seite weckte seinen ganzen Abscheu, wie immer, wenn Olivier ihm unter die Augen kam. Das fleckige Hemd des anderen Matrosen war weit geöffnet und entblößte die dichte Brustbehaarung. Ben konnte deutlich erkennen, wie sich Oliviers Schmerbauch über die ausgewaschene

Leinenhose wölbte, die mit einer roten Kordel gehalten wurde, und er roch einen Hauch des muffigen Geruchs, den das letzte Saufgelage unter Deck in dessen Kleidern hinterlassen hatte. Ein rotes Tuch, das er sich um den Hals gebunden hatte, schützte den feisten Nacken vor der sengenden Sonne. Das dicke schwarze Haar des Südfranzosen aus dem kleinen Küstenort Collioure im Roussillon war stumpf, und seine Augen standen eng zusammen. Ein leichter Schauder überlief Ben. Der Mann war ihm widerwärtig, das hatte er gleich gespürt, als er ihm vor zwei Jahren das erste Mal an Bord begegnet war. So lange war das her, er konnte es kaum fassen.

Der junge Deutsche wandte den Blick ab und atmete die würzige Seeluft ein. Egal, was Olivier sagte, es konnte sein Glück nicht trüben, konnte ihm nichts von seinem aufgeregten Herzklopfen nehmen. Selbst wenn das, von dem er annahm, dass es Cape Town oder Kapstadt war, nicht gerade so aussah, als wenn es eine glückliche Zukunft für ihn bereithalten würde. Drüben in dem Hafen an der Südspitze Afrikas herrschte reges Treiben, das konnte man selbst aus der Entfernung erkennen. Zwischen einfachen Holzhäusern, Lagerschuppen, Pferdekutschen und Ochsengeschirren war ein emsiges Gewirr von Menschen zu erahnen, und er spürte Unruhe in sich aufsteigen, weil er nun kurz vor dem Ende seiner langen Reise stand.

Afrika! Endlich war er angekommen, und sein Traum würde wahr werden, der Traum, der ihn aus seinem beschaulichen Heimatort im Rheingau in diesen entlegenen Winkel der Welt geführt hatte. Sein Leben würde hier endlich beginnen. Welches Schicksal erwartet mich hier?, fragte er sich bang. Würde er die Lebensprüfung, die ihm ohne Zweifel bevorstand, zum Guten wenden können – oder würde er seinen Traum begraben müssen, so wie sein Ahne vor vielen Jahren?

Er wusste, dass er sich Olivier gegenüber nichts anmerken lassen durfte von seinen Träumen und Hoffnungen, wenn er diese nicht der unverhohlenen Häme des Franzosen preisgeben wollte.

»Ein Städtchen wie viele andere auch, dieses Kapstadt«, antwortete Ben daher nur knapp und strich sich eine Strähne seiner im Nacken zusammengebundenen dunklen Haare zurück, die ihm der raue Küstenwind ins Gesicht geweht hatte. Der dreißig Lenze zählende Ben galt mit seinem muskulösen Körperbau und seinem markanten Gesicht mit den dunklen Augen als gutaussehender Bursche, und er wusste, dass ihm nicht wenige Männer auf dem Schiff seinen Schlag beim anderen Geschlecht neideten. Ben hätte viele Frauen haben können, und nicht nur gegen bare Münze, wie einige der anderen Besatzungsmitglieder. Im Laufe der vergangenen Jahre hatte es nicht nur eine Frau gegeben, die seiner Wortgewandtheit und seinem rauen Charme erlegen war und deren Reizen auch er nicht hatte widerstehen können. Sie hatten ihm oft geschworen, sie würden auf ihn warten, bis er wiederkäme von hoher See, doch keiner war es gelungen, ihm so sehr den Kopf zu verdrehen, dass er auch nur flüchtig daran gedacht hätte, seinen Traum von Afrika aufzugeben. Und dann war da noch Katrin, wegen der er den Rheingau überhaupt erst verlassen hatte …

Oliviers spöttisches Lachen riss ihn aus seinen Gedanken. »Dummkopf, das ist nicht Kapstadt, sondern False Bay!«, rief er grob. »Man sagt, hier liegen die Schiffe sicherer. Als ich jung war, sind wir noch am Castle of

Good Hope gelandet. Mit Ruderbooten mussten wir alles an Land bringen, so flach war das Hafenbecken.« Olivier lachte wieder. »Nichts für Schwächlinge, sag ich dir.« Er legte Ben die riesige Pranke auf die Schulter. »*Eh, copain*, gibst gleich eine Abschiedsrunde, nicht wahr?« Sein gieriger Blick, in der Erwartung eines Schlucks Branntwein, berührte Ben unangenehm.

»Mal sehen.« Er hatte nicht die Absicht, die Schiffsbesatzung mit Schnaps zu versorgen, doch das würde er dem Trunkenbold nicht verraten. Sollte der doch an Land gehen und seine sauer verdiente Heuer in der Gosse mit den Huren vertrinken. Ben hatte Besseres im Sinn mit seinen Talern. Er wand sich aus Oliviers Griff und blickte erneut hinüber zum weit ausladenden Tafelberg, der sich über der Stadt erhob, die seit Jahren sein Ziel war. Sanfte weiße Wolken hingen über dem Gipfel wie eine weiche Decke, der Berg schimmerte blaugrün, unwirklich, so als ob er einem Traum entsprungen wäre. An seinem Fuße breitete sich die Stadt aus, die für Ben eines Tages mit ein wenig Glück zu einer zweiten Heimat werden sollte …

Plötzlich schallte die Stimme des Kapitäns übers Deck.

»Alles antreten! Keiner geht von Bord, bis die Ladung komplett gelöscht ist. Lasst euch bloß nicht einfallen, einfach abzuhauen, ihr Halunken! Jeden, den ich dabei erwische, wie er sich aus dem Staub macht, werde ich eigenhändig kielholen, bis der Teufel ihn sich schnappt!«

»Leuteschinder«, knurrte Olivier und fuhr sich durch das struppige schwarze Haar. Er schob die Ärmel seines zerschlissenen Hemdes hoch. »Dann will ich mal, bevor der alte Knauser noch die Heuer einbehält.«

Ben atmete auf. Er warf einen letzten Blick auf den Küstenstreifen, der in der Hitze des Tages flirrte. Unwillkürlich tastete er mit der Rechten nach den Briefen seines Großvaters, die er in seinem Wams immer bei sich trug. Sie hatten ihm den Weg zum südlichsten Ende Afrikas gewiesen. Inzwischen waren sie alt und drohten zu zerfallen, so oft hatte er sie auseinandergefaltet und Wort für Wort gelesen. Sie schienen ihm wie ein Talisman, der ihm Glück bringen sollte, und er achtete sorgsam darauf, sie nicht zu verlieren.

Vom Vorderschiff her klangen knappe Kommandos, Flüche, hin und wieder auch ein heiseres Lachen zu ihm herüber. Er musste sich beeilen, beim Anlegen und beim Löschen der Ladung zu helfen, sonst würde der Kapitän der *Parisienne* ihn womöglich um das Kostbarste bringen, was er besaß.

Noch wenige hundert Meter, dann hatte das Handelsschiff den Kai erreicht. In der Hafenanlage sammelten sich die ersten Männer mit ihren Lastkarren. Fremd klingende Wortfetzen, Gelächter und Geschrei hallten zwischen den Hafenmauern wider.

»*Dammit*, Ben, fass endlich mit an! Zum Kai rüberstarren kannst du später noch. Die *Ladys* laufen schon nicht weg!« Der Zweite Offizier der *Parisienne*, Henry Gardener, ein kleiner und drahtiger Mann in einer blauen Uniformjacke mit rot gesäumtem Kragen und mit Messingknöpfen, der schütteres aschblondes Haar hatte, winkte ihn zu sich heran. Ben hätte es sich nicht erlauben können, Mr Gardeners Befehl nicht Folge zu leisten. Und er wollte es auch nicht, denn er hatte ihm viel zu verdanken. Also lief er mit bloßen Füßen eilig über die knarzenden Planken und mischte sich unter die anderen Matrosen, die bereits die schweren Taue und den Anker bereitmachten, damit das Schiff anlegen konnte. Vielen von ihnen lief von der anstrengenden Arbeit schon der Schweiß herunter, einige hielten zwischendurch inne, um die Augen mit der Hand gegen die Sonne zu schützen. Sie blickten zum Hafen hinüber, um zu sehen, ob sich dort schon irgendwelche Dirnen versammelt hatten, wie immer, wenn ein Schiff anlegte.

Nicht einmal eine halbe Stunde später lag das stolze Handelsschiff vor Anker, die Segel waren gerafft, alles war sicher vertäut. Das Entladen konnte beginnen. Eile war geboten, denn allzu lange sollte das Schiff nicht im Hafen bleiben. Zwei, höchstens drei Tage mussten genügen, dass die Mannschaft sich in den Hafenkneipen ein wenig vergnügen und dass Proviant aufgenommen werden konnte. Der Kapitän hoffte auch auf neue Ladung, aber noch hatte der Schoner keine neue Fracht in Aussicht. Falls das Schiff länger im Hafen liegen musste, war dies kostspielig, aber in Südafrika bestand eine gute Chance auf einen raschen und lukrativen Auftrag, zu vielfältig waren die Güter, zu rege der Handel und der Bedarf an den exotischen Waren in der Heimat.

Die *Parisienne*, deren Heimathafen Marseille war, hatte für False Bay in erster Linie Saatgetreide geladen, außerdem Salz aus der Camargue, getrockneten Oregano, Rosmarin, Majoran und Lorbeer aus der Provence, Zimt, Koriander und schwarzen Pfeffer aus Sri Lanka sowie etliche Fässer Branntwein und Stockfisch aus Norwegen – letztere Güter waren meist für italienische Auswanderer bestimmt. Darüber hinaus gehörten zur Fracht etliche Ballen feinsten Brokats und Damasts aus Lyon, sorgfältig verpackt und vom Ersten Offizier gehütet wie der Kronschatz.

Oft hatte Ben die anderen Matrosen über ebendiesen Teil der Fracht munkeln hören, dass es sich dabei um Schmuggelware handele, auch kannte er die derben Scherze über die reichen Damen, deren Körper der teure Stoff in Südafrika umhüllen würde, aber er hatte keinen Sinn für solcherlei Geschwätz. Was scherte es ihn, ob der Kapitän ein falsches Spiel spielte, um sich an den Stoffen zu bereichern? Er hatte Wichtigeres vor. Obwohl er nur ein einfacher Matrose war, hatte er selbst einen kleinen Teil der Ladefläche für sich beanspruchen können, den ihm der Kapitän für ein paar Heller abgetreten hatte.

»Du bist verrückt, Ben«, hatte er gesagt und sich über den schmalen Oberlippenbart gestrichen, »aber ich kann dich gut leiden. Vielleicht weil du aus Deutschland kommst, so wie meine Großmutter. Und du bist nicht so ein roher Kerl wie die meisten anderen Matrosen, du hast große Pläne ... daran habe ich Gefallen. Und wer weiß, vielleicht wird ja tatsächlich etwas aus deinem Vorhaben.« Er spuckte einen Brocken Kautabak über die Reling. »Dann erwarte ich ein Fass von der ersten Ernte als zusätzliches Entgelt.« Als er seine Hand ausgestreckt hatte, war Ben ein Stein vom Herzen gefallen, und er hatte erleichtert eingeschlagen.

Dort, an dem verborgenen Platz unter Deck, wo das Licht durch eine Luke in der Bordwand gerade ausreichte, damit die Pflanzen nicht eingingen, hatte Ben sich nach der harten körperlichen Arbeit an Bord stets Zeit genommen, die Rebstöcke zu pflegen, die seinen ganzen Besitz darstellten. Sie brauchten Wasser, mussten gegen Fäulnis und gegen Ungeziefer geschützt werden, und sie mussten immer ein wenig frische Luft bekommen. Etwa ein Dutzend der kostbaren Pflanzen hatte er dennoch verloren – und das, obwohl er fast jede freie Minute bei seinen Reben verbracht hatte.

Unter den anderen Matrosen hatte sich sein »Hirngespinst«, wie sie es nannten, schnell herumgesprochen. Für viele war er ein Traumtänzer oder jemand, der zu tief ins Glas geschaut hatte. Jemand, über den man spottete, eine traurige Figur. Ob auch nur einer von ihnen ahnte, was diese Pflanzen für Ben bedeuteten? Mit den Händen über die ein wenig knorrigen Stöcke zu streichen bedeutete, seine Zukunft zu spüren. Es bedeutete ein besseres Leben und neue Hoffnung.

Wieder strich Ben sich eine dunkle Strähne aus dem von der Arbeit erhitzten Gesicht. Es war viel zu lang, deswegen musste er es im Nacken mit einem Band zusammenhalten. Marty, ein Matrose, der auch als Barbier gearbeitet hatte, war vor vier Wochen gestorben. Seither hatte kaum jemand von der Mannschaft der *Parisienne* einen Kamm oder gar ein Rasiermesser gesehen. Daher war Ben Ruhlands Gesicht zum Teil von einem struppigen Bart verdeckt, der ihn älter erscheinen ließ als seine dreißig Jahre. Von weitem hätte jeder ihn für einen groben Seemann gehalten, aber seine warmen dunklen Augen verrieten sein freundliches Wesen.

Als er sich kurz an einem der Polder ausruhte, nachdem er wie alle anderen sorgfältig verschnürte Pakete auf Karren gewuchtet, Rollen über die Planken getragen und Fässer gerollt hatte, wanderten seine Gedanken zurück zu seinem Großvater, dessen Briefe ihn an ebendiesen Ort geführt hatten. Die Hafengeräusche nahm Ben auf einmal nur noch wie von ferne wahr, genau wie das gegen die Kaimauer schwappende Wasser, in dem allerlei Unrat trieb. Johannes Ruhland hatte vor mehr als siebzig Jahren bei dem Winzer Simon van der Stel als Kellermeister gearbeitet und war dann in den Rheingau zurückgekehrt, um dort seinen Lebensabend zu beschließen. Bis zu seinem Tod hatte Johannes Ruhland von Afrika geträumt, von den weiten Hängen unterhalb des Tafelbergs, die grün waren von Reben. »Der Duft des Bodens ist erdig und kraftvoll, und die Farben dort sind tausendmal leuchtender als hier«, hatte er voller Inbrunst gesagt. »Wenn ich die Augen schließe, sehe ich den Morgentau auf den Weinreben in der Sonne glitzern, Ben.« Ein sehnsüchtiger Seufzer hatte die Worte begleitet. »Es wird mir immer auf der Seele liegen, dass ich *Ruhlands Hoffnung* nicht halten konnte. Vielleicht bringst du eines Tages das zu Ende, was ich nicht schaffen konnte.« Er hatte dem Buben kurz übers Haar gestreichelt. »Du bist wie ich, Benjamin – voller Träume, voller Sehnsucht nach der Fremde.«

An diese Worte des alten Mannes, der die letzten Lebensmonate krank und kraftlos auf dem heimatlichen Weingut verbracht hatte, musste Ben oft denken. Dank der Erzählungen seines Großvaters wusste er auch, dass es hierzulande sowohl sandigen Grund wie auch Granitböden und Schiefer gab und dass man daher die verschiedensten Rebsorten anbauen konnte. Er wusste um die Tücken des Wetters und um die Magie des ersten Schlucks Wein aus jedem neuen Jahrgang. Fast konnte er schon spüren, wie ein fruchtiger Tropfen seine Kehle hinunterrann. Wie lange war es her, dass er einen Wein wirklich geschmeckt hatte, dass er sich von dem Aroma die Sinne hatte rauben lassen?

Simon van der Stel, bei dem sein Großvater in Lohn und Brot gestanden hatte, bevor er etwas Eigenes kaufte, war der Gründer des großen Weinguts *Stellenbosch* gewesen, das noch heute bestand. Für den jungen Winzer Johannes war dieser Mann einst ein großes Vorbild, ja fast ein Gott gewesen, für den er um die halbe Welt gefahren war, um bei ihm die Kunst des Weinanbaus zu vervollkommnen. Ben hoffte nur, dass er mehr Erfolg haben würde als Simon van der Stels Nachkommen. Dessen großer Besitz, der unter seiner Hand im Schatten des Tafelbergs zu großem Ansehen erblüht war, war nun, im Jahr 1795, nicht mehr so bedeutend wie einst, das wusste Ben aus Erzählungen der Schiffer und von anderen Winzern. Misswirtschaft trug daran offenbar die Schuld ebenso wie ungünstige Witterung, die vor Jahren einen großen Teil der kostbaren Weinstöcke vernichtet hatte.

Den Traum jedoch, den Simon zu seiner Zeit verwirklicht hatte, träumte auch Ben. Ein eigenes Weingut, ein Haus inmitten grüner Reben, ein blühender Handel mit dem guten Tropfen, den nur seine eigene Erde hervorbrachte – all das hatte er sich wieder und wieder ausgemalt, wenn er auf seiner Pritsche unter Deck keinen Schlaf fand. Er hatte inständig gebetet, dass er klügere Entscheidungen treffen und eine länger währende Glückssträhne haben möge als Simon van der Stel. Er hatte sich sogar schon einen Namen ausgesucht – *Hopeland* wollte er seinen Besitz nennen, in Anlehnung an den Namen, den der Großvater seinem Land einst gegeben hatte. Jetzt, da die Engländer immer mehr die Herrschaft über die Welt übernahmen, klang ihm ein englischer Name allerdings passender als das deutsche *Ruhlands Hoffnung*.

Als er sich erhob und zum Schiff zurücklief, um seine Heuer einzufordern, knisterten die Briefe des Großvaters in der Innentasche seines Wamses, ganz so, als wollten sie verheißungsvoll verkünden: Auf zu neuen Ufern, auf zum größten Wagnis deines Lebens!

Johlend und unter großem Gelächter gingen in diesem Moment alle Matrosen an ihm vorbei von Bord. Allen voran Olivier, der lauthals damit prahlte, dass er die Bierstube mit den schönsten Mädchen förmlich riechen könnte. »Das ist Begabung und langjährige Erfahrung in einem!«, rief er. »*Allez*, die Schönsten der Schönen können es kaum erwarten, dass wir sie beglücken.«

Die Männer waren ausgehungert – nicht nur nach einem Wirtshausbesuch, sondern auch nach willigen Mädchen, die sie die raue Zeit an Bord für eine Zeitlang vergessen ließen und die ihnen im Tausch gegen einige Münzen Leidenschaft vorspielten. Ben wusste, es würde genügend Spelunken im Hafen geben, dass alle auf ihre Kosten kamen. Schlechter Wein floss dort in Strömen, doch auf den Geschmack kam es den Matrosen selten an, nur auf den Rausch, mit dem sie sich einige sorgenfreie Augenblicke erkauften und sich fühlen konnten wie große Herren.

Ben schritt schneller die Planke hinauf, lief schon fast. Seine Sorge galt allein den Pflanzen im Bauch der *Parisienne*, die nun sacht im Hafen dümpelte. Die Brigantine zählte zu den schnellsten Schiffen der französischen Handelsmarine. Als Ben angeheuert hatte, war ihm dies besonders wichtig gewesen. Für die Ladung, die er von Europa nach Afrika zu bringen gedachte, zählte jeder Tag. Wenn die Rebstöcke, die er in Frankreich und in Italien erwerben wollte, eingehen sollten, wäre er mittellos. Um sie bezahlen zu können, hatte er zwei Jahre lang als Matrose auf dem Zweimaster geschuftet und alles für seine letzte große Reise gespart.

Ein Winzer als Seefahrer – er wusste selbst, dass das

eigentlich widersinnig war. Aber sollten sie ruhig über ihn lachen, er hatte nichts mehr zu verlieren. Was war ihm auch anderes übriggeblieben? Daheim hatte er nicht bleiben können. Es hätte ihn seinen Lebensmut und seinen ganzen Willen gekostet. Damals zumindest. Heute, nach zwei harten Jahren auf See, die ihn an den äußersten Rand seiner Kräfte getrieben hatten und in denen er Einsamkeit und Schwermut ertragen, in denen er der Hitze und der Kälte getrotzt hatte, aber auch neue Länder und Menschen kennengelernt hatte, war die unglückliche Liebe, die ihn aus der Heimat fortgetrieben hatte, kaum mehr als eine flüchtige Erinnerung.

»He, Ben! Fass mal mit an! Die Stoffballen müssen noch von Bord.« Die heisere Stimme des Ersten Offiziers ließ Ben zusammenfahren. Er folgte der Aufforderung sofort, denn mit diesem Mann, das wusste er, war nicht gut Kirschen essen. Die Stoffe wurden auf ein Pferdefuhrwerk verladen, das sich deutlich von den anderen unterschied: Die Tiere waren gut genährt, ihr Fell glänzte in der Sonne, der Wagen war massiv gebaut und sogar mit einer festen Abdeckung versehen.

Die Stoffe müssen noch wertvoller sein, als ich zuerst vermutet habe, schoss es Ben durch den Kopf, sonst würde man deswegen nicht so ein Aufhebens machen. Bei dieser besonderen Fracht schienen der Kapitän und der Erste Offizier gemeinsame Sache zu machen. Ben rieb einem der Pferde über die Blesse, und es schnappte leicht nach seiner Hand, so als erwarte es einen Leckerbissen. Nur aus dem Augenwinkel nahm der junge Deutsche wahr, wie der Kapitän etwas in seinen Lederbeutel steckte und diesen zurück unter sein Hemd schob. Na, ihm konnte es egal sein!

»Und jetzt deine Reben«, befahl der Kapitän, als das

Pferdefuhrwerk sich mit der Ware in Bewegung setzte, und deutete mit einem Rucken des Kopfes zum Schiff hinüber.

Ben schüttelte den Kopf. »Ich bitte Euch, gebt mir noch etwas Zeit. Ich muss erst die Gegend erkunden und nach dem Platz suchen, wo ich sie anpflanzen kann.« Er senkte den Blick. Er wusste, dass der Kapitän nun über sein Schicksal entschied.

Der Kapitän verzog keine Miene. »Gut, ein Tag sei dir gewährt.«

»Habt ein Einsehen, ich bitte Euch. Es könnte sein, dass ich länger brauche, um diesen Platz ausfindig zu machen.« Ben mühte sich, damit seine Stimme keinen allzu flehentlichen Klang annahm, er wollte trotz aller Dringlichkeit seines Anliegens seinen Stolz nicht verlieren.

Der Kapitän spuckte ein wenig Kautabak ins Hafenbecken und fuhr sich mit der Hand über seinen schmalen Bart. Dann wandte er sich zum Gehen. »Nicht mehr als zwei Tage. Auf die Stunde genau. Wenn ich bis dahin keine Nachricht von dir habe, landet alles im Hafenbecken. Verstanden?«

***

Als er raschen Schrittes das Hafengebiet hinter sich ließ und zwischen den ärmlichen Häusern durch die Hauptstraße in ein kleines Städtchen kam, schien die afrikanische Erde zu schwanken. So ging es allen Seeleuten, wenn sie nach Wochen an Land kamen. Ben war froh, wieder festen Boden unter den Füßen zu haben. Ich bin eben doch eine Landratte, dachte er und musste schmunzeln. Er genoss die sanfte Hitze des Morgens, den Anblick der vielen fremden Gesichter, das lebhafte Stimmengewirr, der Geruch nach Gedünstetem und Gebratenem, was bedeutete, dass es bereits auf Mittag zuging, und die Schreie der Händler, die ihre Waren anpriesen.

Aus einer der Spelunken, an denen er vorbeikam, dröhnte Oliviers Stimme, nur unterbrochen von dem albernen Kreischen und Kichern einiger Mädchen. Das Haus trug den großspurigen Namen *Ye Golden Whale Tavern*, doch es wirkte so trist wie ein Armenhaus am Rheinufer. Adieu Seemannsleben und auf Nimmerwiedersehen, du Prahlhans, dachte Ben und verspürte große Genugtuung bei dem Gedanken, dass er diesen Taugenichts nun wohl nie mehr in seiner Nähe ertragen musste.

Nur weiter, schließlich hatte er keine Lust, die Ausschweifungen der anderen Matrosen mitanzusehen. Die nächste Gaststätte wirkte nicht ganz so verkommen, aber fast noch ärmlicher. Die Buchstaben, die jemand vor langer Zeit sorgfältig auf ein hölzernes Schild über der Eingangstür gepinselt hatte, waren von Sonne, Wind und Regen ausgeblichen, aber noch gut zu entziffern: *Zum Rheinfels*, las er, und ein angenehmer Schauer überlief ihn. Das klang verheißungsvoll nach Heimat. Vielleicht hatte er Glück und traf auf einen Landsmann? Sein Herz pochte aufgeregt, als er die Tür aufdrückte, die dabei ein unwilliges Knirschen von sich gab.

»Grüß Gott!«, rief er, als er das schummrige Innere betrat. Seine Augen gewöhnten sich schnell an die Dunkelheit, und er sah, dass nur wenige Gäste im Schankraum saßen.

»Gott zum Gruße, Seemann.« Ein warmes Gefühl

breitete sich in ihm aus, als er seine Muttersprache vernahm. Zugegeben, die Stimme war hoch, ein wenig schrill – aber in Bens Ohren klang sie wunderbar. Hinter dem Tresen trat eine kleine Frau hervor. Die gebeugten Schultern und die dünnen, sehnigen Arme ließen darauf schließen, dass sie Entbehrungen und harte Arbeit gewohnt war. Ihr strähniges graues Haar und die tief in den Höhlen liegenden Augen in dem hageren Gesicht zeugten davon, dass sie schon einiges erlebt hatte.

»Haste Hunger?«, fragte sie und sah ihn mit wachem Blick an. »Ich hab Hühnerbrühe und Brot. Mehr is' nicht.« Ein Schulterzucken begleitete diese Worte.

»Dann nehme ich das gern. Kann ich ein Bier dazu bekommen?«

Die Alte lachte meckernd. »Was für 'n wohlerzogenes Bürschchen! Klar kannste Bier haben. Gibt auch Wein.« Sie zwinkerte Ben kurz zu, drehte sich um und holte einen Krug aus dem morschen Holzregal hinter der Theke. »Den kriegt nich' jeder. Aber du bist ja aus der Heimat …« Bei diesen Worten wurden ihre Züge weicher. Sie lächelte, und Ben konnte erkennen, dass ihr viele Zähne fehlten. Dennoch verriet dieses Lächeln, dass die Wirtin einst sehr hübsch gewesen sein musste. Ein wenig von der verblichenen Schönheit schimmerte auch aus den lebhaften Augen.

»Ein Bier und dann zum Essen gerne Wein«, sagte er und nahm den Platz ein, den sie ihm mit einer knappen Handbewegung zuwies. Es war ein Tisch gleich bei der Küche. Er bekam einen Krug Bier, dann erst einmal einen Kanten Brot, das erfreulich frisch war und würzig schmeckte. Eine Wohltat nach der langen Schiffsreise! Da hatte es in den letzten Wochen nur noch wurmzerfressenen Zwieback, gepökeltes Fleisch und hin und wieder einen Fisch gegeben, den der Schiffsjunge geangelt hatte.

»Hier.« Die Alte kam aus der Küche zurück und stellte eine Schale mit dampfender Suppe vor ihn hin. Dann holte sie einen Krug mit Wein, stellte zwei Becher dazu und ließ sich Ben gegenüber nieder. »Woher kommst du, Seemann?«, fragte sie mit neugierigem Blick und nahm einen Schluck aus dem Becher.

»In den letzten Monaten war ich auf See«, erwiderte er und begann mit Heißhunger, die Suppe zu löffeln. »Aber eigentlich bin ich kein Seemann.« Er trank, wischte sich den Schaum von der Oberlippe und sah die Wirtin kurz an. »Ich heiße Benjamin Ruhland und bin aus dem Rheingau.«

»Wie mein Alter, Gott hab ihn selig.« Sie musterte ihn aus zusammengekniffenen Augen. »Warst lange unterwegs, was?«

»Ja. Insgesamt bin ich vier Jahre von daheim weg. Erst bin ich durchs Land gezogen, hab mir Arbeit gesucht und schließlich auf einem Handelsschiff angeheuert.« Er aß mit Appetit. Die Suppe, die reichlich Fleisch enthielt, kam ihm vor wie ein Festmahl. Der blankgescheuerte Tisch wirkte sauber, genau wie Löffel und Becher. Das war in Hafenkneipen selten.

Im hinteren Teil der Gaststube saßen vier Männer und tranken schweigend ihr Bier. Als Ben hereingekommen war, hatten sie nur kurz den Kopf gehoben, dann wieder in ihre Bierhumpen gestarrt. Irgendwann zog einer von ihnen ein paar Würfel aus dem groben Wams, und sie begannen zu spielen. Auch dabei fiel kaum ein Wort. Zweimal bestellten sie frisches Bier, ohne ihr Würfelspiel zu unterbrechen.

Ben bemerkte erst jetzt, dass sich auch drei Matrosen

der *Parisienne* hierher verirrt hatten. Es waren ältere Männer mit wettergegerbtem Gesicht und hagerer Gestalt. Seit Ben sie kannte, hielten diese drei sich immer ein wenig abseits. Zechten kaum einmal, pöbelten nicht, arbeiteten meist schweigend. Hin und wieder hatte einer von ihnen ein Buch hervorgeholt und den anderen daraus vorgelesen. Worum es sich handelte, hatte Ben nicht herausgefunden. Er hatte aber auch nie gefragt. Es war deutlich gewesen, dass sie unter sich bleiben wollten, und das war von allen stillschweigend geduldet worden. Nicht einmal der vorlaute Olivier hatte es gewagt, an den drei Sonderlingen sein Mütchen zu kühlen. Jetzt nickten sie Ben kurz zu, und der Älteste, der einen Bart trug und mit einem langen schwarzen Rock bekleidet war, hob die Hand zum Gruß.

Benjamin wandte sich wieder der Alten zu. »Die Suppe ist sehr gut«, sagte er und schob die Schale weg, als sie leer war.

Die Wirtin lachte heiser. »Willste noch was?«

Er schüttelte den Kopf. »Sei bedankt, es ist erst mal genug. Aber … weißt du einen Platz, wo ich etwas unterstellen könnte?«

Sie zog die Augenbrauen hoch. »Dein Gepäck? Seesack und so?«

»Nein … Rebstöcke.«

»Ach, schau an! Biste vielleicht Winzer? Schließlich kommste aus dem Rheingau! Willst du dich hier niederlassen?« Die Augen der Alten bekamen plötzlich Glanz, und sie beugte sich neugierig vor. Ben stellte fest, dass ihre Augen bernsteinfarben waren. Ein Kranz von unzähligen Fältchen umgab sie, und als sie jetzt lächelte, erhielt ihr altes Gesicht neuen Reiz.

Ben nickte zustimmend. Er wollte nicht zu viel preisgeben. Man konnte nie wissen, wem man gegenübersaß. Das hatte er in den letzten Jahren hin und wieder schmerzlich erfahren müssen. Von seiner Gutgläubigkeit, mit der er einst die großen Reisen über den Ozean angetreten hatte, war nichts mehr übrig geblieben, er war misstrauisch geworden. In der Zeit auf dem Schiff war er erst richtig erwachsen geworden. Er hatte viel ertragen müssen, aber er hatte auch viel gelernt. Nicht nur etwas über die Arbeit an Bord eines Segelschiffs, sondern auch darüber, dass das, womit einer sein Brot verdiente, nicht unbedingt etwas darüber aussagte, was für ein Mensch er war. So war der dickbäuchige Koch der *Parisienne* zum Beispiel ein geschickter Jongleur, der die Besatzung in freien Stunden mit seinen Kunststücken unterhalten hatte. Pasquale, ein Portugiese mit scharfen Augen, der häufig im Ausguck saß, konnte hervorragend Gitarre spielen, dessen spanischer Freund Miguel sang dazu mit warmem Bariton. Andere wiederum schienen auf den ersten Blick freundliche Gesellen zu sein, aber in Wahrheit waren sie Schlitzohren und Taugenichtse, denen man nicht trauen konnte.

Durch Olivier und die übrige Besatzung hatte Ben Französisch gelernt, auch ein paar Brocken Spanisch. Und Henry Gardener, der Zweite Offizier, hatte Ben schließlich mit Hilfe einiger Bücher ganz passables Englisch beigebracht. »Die Zeit, da die Holländer am Kap das Sagen haben, wird bald zu Ende gehen«, hatte Gardener gesagt. »Wir Engländer sind die neue Weltmacht. Da kann es nicht schaden, wenn man unsere Sprache beherrscht.« Vaterlandsstolz hatte aus diesen Worten geklungen, was nicht wirklich angebracht war, denn die Männer auf dem Segler waren ein bunt zusammengewürfelter Haufen, der zu einem guten Teil aus rauen Gesellen bestand, die ihr Schicksal dem weiten Meer anvertraut hatten.

Benjamin Ruhland hatte dem Zweiten Offizier zunächst nicht recht glauben mögen, dass die Engländer eine Vormachtstellung einnahmen, denn es gab viele Nationen, die den dunklen Kontinent und andere Teile der Welt für sich beanspruchten. Aber mit der Zeit änderte er seine Meinung. Und er prägte sich so viel ein, wie er konnte, und lernte eifrig. Wer wusste schließlich, was die Zukunft für ihn bereithielt?

Als er vor Jahren seine Heimat verlassen hatte, war er entschlossen gewesen, sich der Ungewissheit und den Gefahren der Fremde zu stellen. Auch heute dachte er nur ungern daran zurück, welche Ereignisse zu diesem Entschluss geführt hatten.

Ben war der jüngste Sohn der Ruhlands, einer alteingesessenen Winzerfamilie im Rheingau. Der Besitz wurde einer alten Tradition folgend stets dem ältesten Sohn vererbt. So würde also Benjamins Bruder Peter einst die Weinberge bestellen. Der Zweitälteste, Markus, würde in die Familie des Nachbarguts einheiraten und nicht Winzer, sondern Bauer werden. Er wirkte zufrieden mit seinem Los, und Ben verstand ihn, denn die rothaarige Marie, Markus' Braut, war ein hübsches Mädchen, drall und gesund. Sie konnte arbeiten, aber sie konnte auch lustig sein. Oft hörte Ben sie lachen, wenn die beiden Verliebten sich abends im alten Weinberg, der gleich ans Haus angrenzte, trafen oder auf der Bank neben der Scheune ein Stelldichein hatten.

Ben hatte keine großen Aussichten, er hatte nur die Kraft seiner Hände und eine Liebe, die ihm das Herz weit machte. Wenn man ihn fragte, dann war Katrin Wegener das hübscheste Mädel weit und breit, und Ben machte sich berechtigte Hoffnungen, dass sie ihm eines Tages das Jawort geben würde. Dass er ihr nichts würde bieten können, bekümmerte ihn oft, denn daheim schien kein Platz für ihn zu sein, es sei denn, er ordnete sich Peter unter, und mit dem hatte er oft Streit, denn sein Bruder neigte dazu, ihm seine Stellung im Haus nur allzu deutlich vor Augen zu führen.

Nun, damit hätte er sich vielleicht noch abfinden können. Er hätte vielleicht als Kellermeister gearbeitet oder als Vorarbeiter im Weinberg. Doch dann sah er eines Abends auf dem Heimweg aus dem Weinberg, es war im Mai 1791, zufällig, wie Peter Katrin unter der alten Kastanie im Hof küsste. Leidenschaftlich, voller Verlangen. Und Katrin, die doch angeblich ihm, Ben, gut war, ließ es sich gefallen. Sie schmiegte sich an Peter, vergrub die Hände in seinem dunklen Haar, bog den Kopf zurück und ließ es geschehen, dass Peter die zarte Stelle zwischen ihren Brüsten küsste. Gleich darauf zog er sie in den Stall, in dem die vier Ackergäule standen. Und was dort geschehen war … Ben hatte diese Bilder aus seinem Gedächtnis verbannen wollen, jede Erinnerung an das, was er gesehen hatte, als er sich anschlich und durch die Stalltür spähte: Peter und Katrin wälzten sich im Stroh, Katrin, das blonde Haar wild zerzaust, hatte die Röcke hochgeschoben und zog mit fliegenden Fingern Peter das Leinenwams aus, löste den Gurt, mit dem die Hose zusammengehalten wurde. Dabei lachte sie leise und kehlig. Gleich darauf lagen die beiden übereinander. Peter keuchte vor Lust, Katrin schrie … und er, Ben, er stand da wie erstarrt.

Das musste eine Sinnestäuschung sein! Katrin liebte doch ihn, Ben! Sie hatte es ihm doch schon so oft geschworen, in so vielen kalten Winternächten, wenn er sich in ihre Kammer geschlichen und sich zu ihr unter ihr warmes Federbett gelegt hatte …

Lüge. Alles Lüge und Berechnung. Sie wollte Herrin auf dem Weingut werden, das war es! Da vergaß sie einfach, was sie ihm, Ben, erst im Frühjahr bei einem zärtlichen Zwiegespräch unter dem blühenden Fliederbusch am hinteren Gartenzaun versprochen hatte. Damals hatte er sie zum ersten Mal geliebt. Wie genau er sich erinnerte – auch jetzt noch, vier Jahre später, hätte er jede Linie ihres Gesichts nachzeichnen können. Und der Duft ihrer Haut an jenem Tag … er glaubte, ihn immer noch zu riechen. Es war der Duft ihrer Haut und der Duft nach Heu und nach frischer Milch, denn sie war gerade aus dem Kuhstall gekommen. Aber es war auch der Duft nach Flieder … Verdammt, wenn er daran dachte, dann tat es immer noch weh!

Ben wollte die Gedanken verscheuchen, doch sie ließen ihn nicht los. Hundertmal hatte er die Szene in seinen Träumen vor sich gesehen. Katrin und Peter, die sich im Stroh wälzten und sich ihrer Lust hingaben – das war keine Liebe, sondern hemmungslose Leidenschaft, das wusste Ben genau. Und als sein Bruder lachte, selbstsicher, triumphierend, da kam es ihm so vor, als wüsste er, dass Ben draußen stand, mit wehem Herzen und mit einer ungezügelten Wut im Leib. Doch falls er es wusste, so kümmerte es Peter sicher nicht. Er war immer schon skrupellos gewesen, hatte seinen Willen durchgesetzt und sich nicht darum geschert, was die anderen dachten oder fühlten. Nun hatte er sich einmal mehr genommen, was ihm gefiel.

Bens Augen brannten. Er spürte kaum, dass ihm die Tränen übers Gesicht liefen, als er sich umdrehte und zum Haus hinüberrannte.

Dort packte er mit fliegenden Fingern seine spärliche Habe zusammen, nur beobachtet von Miez, der alten grauen Katze, die er einst großgezogen hatte, nachdem ihre Mutter von einem Fuchs gerissen worden war.

»Es muss sein, Miez«, sagte er verzweifelt und strich der Katze über das struppige Fell. »Hier kann ich nicht bleiben.«

Miez schnurrte nur. Sie verstand nicht, was er fühlte – dass für ihn gerade eine Welt zusammengebrochen war. Vor Tagesanbruch würde er sich aufmachen, um ein neues Leben zu finden.

In jener Nacht hatte er kein Auge zugetan, er wälzte sich im Bett hin und her und grübelte darüber nach, wohin er sich wenden könnte und wie sein weiteres Leben verlaufen würde, wenn er die Heimat verließ, als ihm plötzlich ein Gedanke kam. Schließlich stand er auf und schlich auf nackten Sohlen hinunter ins Erdgeschoss. Behutsam, um niemanden zu wecken, öffnete er die Tür zur guten Stube. In diesen Raum kam die Familie nur an Feiertagen. Es gab einen ledernen Sessel, einen gedrechselten Tisch, auf dem eine Decke lag, die die Mutter selbst genäht und bestickt hatte, eine Eichenkommode mit Messingknäufen und ein Sofa mit einem bunten Flickenteppich davor.

Vorsichtig zog Ben die oberen beiden Schubladen der alten Kommode auf. Wo war nur die kleine Holzkiste mit den Briefen und den beiden Urkunden des Großvaters? Sein Herzschlag ging rasch, denn er hatte Sorge, dass jemand ihn entdecken und von seinem Vorhaben abhalten könnte.

Wenig später schon hatte er die Kiste gefunden. Ganz unten in der Kommode lag sie. Fast vergessen. Niemand sprach mehr vom Großvater, der vor etlichen

Jahren als todkranker Mann aus dem fernen Afrika zurückgekehrt war, um in der Heimat zu sterben. Er hatte in einer kleinen Kammer über dem Hühnerstall gelebt, die Mutter hatte ihm das Essen gebracht und sich um ihn gekümmert, so gut sie es eben vermochte. Auch Ben hatte sich oft zu dem alten Mann hinübergeschlichen und mit glühenden Wangen zugehört, wenn der Großvater von Afrika erzählt hatte. Von den wilden Tieren, die in der Savanne lebten, von der Landschaft, die unendlich weit sein musste, von fremdartigen Gewächsen und Bäumen, vom tobenden Meer und vom Wind, der für Rebstöcke gefährlich werden konnte.

Vieles hatte Ben vergessen, aber da waren ja noch die Briefe, die der Großvater aus dem fernen Land geschrieben hatte. Und so war es beschlossene Sache: Er würde aus dem Rheingau weggehen und auf dem fremden, unbekannten Kontinent neu anfangen. Vielleicht gelang ihm, Ben, sogar das, was dem Großvater verwehrt geblieben war, und er konnte sich etwas aufbauen, konnte ein wohlhabender Mann werden. Mit dem Landbesitz, den die Urkunden seines Vorfahren verhießen, ließ sich das vielleicht bewerkstelligen. Und da er stets der Einzige gewesen war, der dem alten Mann aufmerksam gelauscht und ihm Glauben geschenkt hatte, hatte er nicht das Gefühl, etwas Unrechtes zu tun, als er die Papiere nun an sich nahm.

Wenige Stunden später, nur die Mutter war schon auf, verließ Ben sein Elternhaus, in dem er nie wieder glücklich werden konnte. Das wusste er ganz genau nach der Enttäuschung, die Katrin und Peter ihm bereitet hatten.

Die Mutter, die er ein letztes Mal umarmte, wollte ihn nicht gehen lassen, aber er küsste sie innig, strich ihr über das dunkle Haar, in das sich schon viele graue Fäden mischten, murmelte ein »Behüt dich Gott« – und ging hinaus in die Dunkelheit. Im Osten dämmerte mit fahlem Rot der neue Tag herauf.

Als die Mutter ihm nachlief, das alte Wolltuch fest um sich geschlungen, und fragte, warum er sich denn davonschleiche wie ein Dieb, sagte er nur mit brüchiger Stimme: »Frag den Peter.«

»Aber der Vater ... er wird es nicht verstehen.« Josefa Ruhland, vor der Zeit gealtert, mit müden Augen und mit viel zu früh welk gewordener Haut, rang die Hände. »Was soll ich ihm denn sagen?«

»Ich lass ihn grüßen.« Ben schloss die Hand um sein Bündel so fest, dass die Fingerknöchel weiß hervortraten. »Du weißt doch, dass ich nie wirklich gezählt hab für ihn. Er hat immer nur den Peter gesehen, den Gutserben, den Namensträger.« Er konnte nicht verhindern, dass Bitterkeit in seiner Stimme mitschwang. Sein Vater war ein grobknochiger, strenger Mann, der nur eine Freude zu kennen schien: seine Weinberge und den Ertrag daraus. Seine Söhne waren nichts weiter als Gehilfen auf dem Gut. So zumindest hatte Ben es immer empfunden. Allein Peter als Erbe der Ruhlands besaß die Achtung des Vaters. Er sollte die Arbeit vergangener Generationen fortführen.

»Sag nicht so etwas, Junge! Der Vater ist dir gut«, rief Josefa verzweifelt. »Ben! So bleib doch, Bub!«

In diesem Moment tat ihm seine Mutter noch mehr leid als sonst. Ihr Leben war nicht leicht gewesen, denn sein Vater war ein Mensch, der nur selten lachte und der auch ihr, seiner Frau, keine Freude gönnte. Josefa hatte nur ein junges Ding von zwölf Jahren als Hilfe im Haus. Hanni, die Tochter eines Tagelöhners, war ein spindeldürres Mädchen, das ihr kaum wirklich zur Hand gehen konnte.

Aber was konnte er ändern an ihrer Lage? Nichts. Sein Abschied würde die Mutter immerhin von einem weiteren Esser befreien.

Ein letzter Blick, ein inniger Händedruck. Ben beugte sich noch einmal zu ihr hinab und küsste sie auf die Wange. Sie schlug das Kreuzzeichen über ihn, dann ging er ohne ein weiteres Wort davon.

Nachdem er sich einige Zeit als Pferdeknecht, dann sogar als Landarbeiter in Venetien und Umbrien verdingt hatte, kam er auf seiner Wanderung schließlich nach Frankreich und heuerte in Marseille zum ersten Mal als Matrose an. Auf dem Meer fühlte er sich frei und ungebunden, also blieb er dabei, zumal er auf der *Parisienne* in Jérôme Bertrand einen ordentlichen, rechtschaffenen Kapitän gefunden hatte, der seine Leute gut behandelte und der sie ehrlich bezahlte. Die Heuer war zwar alles andere als ein fürstlicher Lohn, ein paar Silbertaler gerade mal, aber Ben sparte eisern. Er hatte ein Ziel, und für dieses Ziel lohnte sich jede Entbehrung!

Als sich das zweite Jahr auf See dem Ende entgegenneigte, kaufte er in Frankreich und in Italien, im Piemont, einige Rebstöcke und brachte diese in Genua an Bord, wo die *Parisienne* für sechs Tage ankerte, da einige Segel ausgebessert werden mussten.

Diese musste er nun schnell zu seinem Land schaffen – oder vorübergehend an einem Ort lagern, an dem nicht die Gefahr bestand, dass sie gestohlen oder von irgendeinem Hohlkopf als Unkraut vernichtet wurden.

Die Wirtin wischte sich die Hände an der fleckigen

Schürze ab und sah ihn forschend an. »Du hast also vor, hier Wein anzubauen, Jungchen, ja?«

Er nickte nur.

»Da bist du nicht der Erste. Mein Großvater hat's auch versucht, aber er hatte kein Glück.« Sie zuckte mit den Schultern. »Na, hat auch mehr gesoffen als gearbeitet. Genau wie mein Alter.« Sie sah Ben streng, aber nicht unfreundlich an. »Ich hab einen Schuppen im Hof. Mit 'nem eisernen Schloss an der Tür. Kannst deine Reben dort unterstellen und die Nacht da verbringen, wenn du willst.«

Über Bens Gesicht glitt ein erleichtertes Lächeln. »Ich danke Euch, wie soll ich das nur …«

»Schon gut.« Sie winkte ab, bevor Ben zu einer überschwenglichen Dankesrede ansetzen konnte. »Du gefällst mir. Scheinst ein ehrlicher Kerl zu sein. Und falls es dir wirklich gelingt, gescheiten Wein anzubauen, dann denk später mal an mich. Einen wirklich guten Tropfen hab ich schon ewig nicht mehr in der Kehle gehabt.« Schwerfällig stand sie auf. »Satt geworden?«

»Ja, danke. Das war gut«, sagte er, obwohl er noch Hunger verspürte, aber er konnte es sich nicht leisten, noch mehr Geld im Wirtshaus zu lassen.

Die Wirtin lachte, denn sie sah ihm seinen Zwiespalt offenbar an. »Bist wohl nicht gerade verwöhnt worden an Bord.« Sie schlurfte davon, kam wenig später mit einem Stück Braten zurück. »Hier, das ist Kaninchen. Musste nicht bezahlen«, fügte sie hinzu, als sie sah, dass der junge Mann zögerte.

Das Fleisch war zart und gut gebeizt. Ben aß erneut mit großem Appetit, denn so etwas Gutes hatte er lange nicht mehr bekommen.

»Danke nochmals.« Er legte drei Münzen auf den

Tisch. »Ich schau mich mal um in der Gegend und komme später wieder vorbei.«

***

Als Ben aus dem Wirtshaus in den hellen Sommertag trat, musste er kurz die Augen zusammenkneifen. Die Sonne blendete, das Stimmengewirr im Hafen kam ihm auf einmal viel zu laut vor. Vor ihm, im Rinnstein, liefen zwei Ratten. Das war eine Plage, derer man in Hafenstädten kaum Herr wurde. Die Tiere machten sich über die Abfälle her und vermehrten sich rasend schnell.

Gleich gegenüber der kleinen Schenke *Zum Rheinfels* war ein größeres Wirtshaus. Hier ging es lärmend zu. Eine raue Männerstimme brüllte etwas, das Ben nicht verstehen konnte, dann begann eine Frau zu singen. Dem grölenden Gelächter und den Pfiffen nach zu urteilen, die daraufhin einsetzten, hatte das Lied einen anzüglichen Text.

Ben ging weiter, er wollte so rasch wie möglich fort aus dem Hafenviertel, in dessen Straßen und Gassen sich der Unrat türmte und wo es wahrscheinlich mehr Ungeziefer gab als Menschen. Draußen auf dem Meer war die Luft frisch gewesen, hatte nach Salz geschmeckt. Vor allem hatte es besser gerochen als hier, wo sich neben alten Fischernetzen, in denen sich Seetang und toter Beifang verfangen hatten, auch die Abfälle aus den Gaststuben sammelten.

So waren sie alle, die Hafenstädte, die Ben in den zwei Jahren kennengelernt hatte, in denen er als Matrose auf der *Parisienne* gefahren war: laut und schmutzig, aber voller Leben.

Kapstadt erstreckte sich in einiger Entfernung, eingebettet in die Ausläufer des Berges. Der Tafelberg war von leichten Dunstschleiern umgeben, und die Ausmaße der Stadt an seinem Fuß schienen gigantisch zu sein, viel größer, als er es sich vorgestellt hatte. Unterhalb des Berges zogen sich weithin sichtbar Weinhänge entlang. Selbst aus der Entfernung konnte Ben die säuberlich gezogenen Reihen der Reben erkennen.

Er wollte gerade die Karte hervorziehen, die sein Großvater dem letzten seiner Briefe beigelegt hatte, um seinen Standort zu bestimmen, als ganz in seiner Nähe wüstes Geschrei anhob. Zunächst sah er nur zwei Reiter, die ihre lange Gerte wild herabsausen ließen. Erst dann bemerkte er die Schwarze, die sich vor den Männern in Sicherheit zu bringen versuchte. Sie trug einen Jungen von etwa fünf Jahren auf der Hüfte und presste ihn angstvoll an sich. Mit der anderen Hand hatte sie den gelb-roten Rock etwas hochgezogen, damit sie rascher laufen konnte. Ben sah, dass sie nicht einmal einfache Schuhe anhatte, sondern barfuß war. Schon hatte sie eine schmale Gasse zwischen zwei Gebäuden erreicht, als die Gerte des einen Reiters sie am Arm erwischte und zu Fall brachte. Sie schrie auf, als sie zu Boden stürzte, und ihr Kind begann, laut zu weinen.

»Hab ich dich, verfluchte Schlampe!« Der Reiter auf dem Apfelschimmel, deutlich jünger als der andere Mann, der auf einem dunklen Wallach saß, stellte sich in den Steigbügeln auf und ließ die Gerte erneut durch die Luft zischen.

Der dunkelhäutige Junge, er konnte höchstens fünf Jahre alt sein und war erschreckend dünn, wollte sich gerade aufrappeln, da waren die Reiter schon bei ihm.

Der ältere, ein kräftiger Kerl mit ungepflegtem Bart, beugte sich vor und hob den Kleinen an dem einfachen ärmellosen Hemd hoch. Der Stoff riss, und das Kind fiel wieder auf die staubige Erde.

Ben hastete los, aber da war die Frau schon bei ihrem Sohn, versuchte, ihren Jungen an sich zu ziehen. Ihre großen dunklen Augen waren vor Angst noch mehr geweitet, und Ben sah, dass ihr Gesicht tränenüberströmt war. Nur noch unterdrücktes Wimmern drang über ihre Lippen. Jetzt bemerkte Ben die blutigen Striemen auf ihren Armen, und auch über ihr Gesicht, das außergewöhnlich feine Züge hatte, zog sich eine rote Spur; offensichtlich hatte die Peitsche sie hier getroffen. Das Tuch, das sie nach Art des Landes zu einem Turban geschlungen eben noch auf dem Kopf getragen hatte, lag jetzt im Straßenstaub, ihre kurzen krausen Haare schimmerten im hellen Licht wie Ebenholz.

»Weg da! Aus dem Weg, Kerl!« Der Reiter auf dem hochbeinigen Wallach zügelte sein Pferd so knapp vor Ben, dass das Tier auf die Hinterhand stieg. »Bist du irr? Verschwinde, sonst zieh ich dir auch eins über.«

»Wag das lieber nicht!« Ben sah den älteren Weißen herausfordernd an. »Warum verfolgt ihr die Frau?«

»Bist wohl neu hier, was? Halt dich raus, sonst kriegst du Ärger. Das Weib hat versucht zu fliehen. Mitsamt ihrem Bastard. Aber nicht mit mir!« Er stieg vom Pferd und packte die junge Frau grob am Arm, doch die riss sich mit einem Ruck wieder los und taumelte wie Schutz suchend ein paar Schritte zu Ben hin.

»Lass sie!« Ben ging mit forschen Schritten auf den Mann zu. Dessen Gesicht hatte etwas Grobes, seine pockennarbige Haut war von der Sonne verbrannt. Ben bemerkte, dass er leicht hinkte – sein linkes Bein schien kürzer zu sein als das rechte.

»Ein Sklavenfreund«, höhnte der Mann. »Das hab ich gern!«

»Sie ist eine Sklavin?«, entfuhr es Ben.

»Stell dir vor«, erwiderte der Hinkende in schlechtem Englisch. Sein Akzent ließ vermuten, dass er aus Holland oder Flandern stammte. »Und sie ist nicht die Einzige. Meine Äcker kann ich schließlich nicht alle selber bestellen. Und mein Haus putze ich auch nicht. Dafür ist Sina da. Aber dieses Miststück …« Er versetzte der Frau einen Tritt, so dass sie wieder zu Boden geworfen wurde.

»Schluss damit!« Ben hatte zwar gehört, dass die Sklaverei in Südafrika üblich war, aber er selbst lehnte es ab, sich auf diese Weise Arbeiter zu beschaffen; Menschen waren schließlich keine Ware. »Ich … ich kaufe die Frau.« Er erschrak vor den Worten, die er unwillkürlich ausgestoßen hatte. Was sagte er da? War er wahnsinnig geworden? Aber er wusste genau, dass es im Moment der einzige Weg war, die junge Frau vor dem brutalen Weißen zu retten.

Schallendes Gelächter war die einzige Antwort.

Ben tastete nach seinem Geld. Der kleine dunkelbraune Lederbeutel hing an einem schmalen Lederstrick um seine Hüfte, von Hemd und Joppe verborgen. Mit den Jahren hatte er gelernt, dass es ratsam war, das Geld dicht am Körper zu tragen, denn so bot man Dieben weniger Gelegenheit. Viel besaß er nicht mehr. Ein paar Taler und ein paar holländische Dukaten, englische Sovereigns, mit denen sein Kapitän ihn zuletzt bezahlt hatte. Dazu noch sieben Louis d'or – ein kleines Vermögen, das er bei allem Mitleid auf keinen Fall anrühren konnte. Mit diesen Goldstücken musste er noch mehr Land kaufen, ein Haus bauen, die Existenz gründen. Dafür hatte er jahrelang eisern gespart. Aber da waren noch ein paar Silbertaler. Es waren deutsche Taler, er hatte sie nie angerührt in den letzten Jahren, er wusste nicht einmal, ob sie hier in der Fremde als Zahlungsmittel Gültigkeit hatten. Er konnte nur hoffen, dass der Kerl sie annahm. Noch bevor er recht überlegt hatte, hielt er die Münzen schon in der Hand. »Hier, mehr hab ich nicht.«

Das gierige Glitzern in den Augen des anderen hätte ihm verraten müssen, dass er viel zu viel geboten hatte. Aber Ben trat schon zu der jungen Schwarzen und reichte ihr den Arm.

Sie duckte sich, als erwartete sie erneut Schläge.

»Sie gehört dir«, rief der Mann ungeduldig. »Ich hab nicht ewig Zeit!« Er ging zu seinem Pferd zurück.

»Ich will sie und den Jungen.«

»Dann leg noch mal die Hälfte drauf.« Der Hinkende war wieder aufs Pferd gestiegen, als fühlte er sich hier sicherer, überlegener.

»Nein. Nehmt das Geld oder lasst es.« Ben gab sich betont gleichgültig, doch er hoffte inständig, dass der andere sein Angebot annehmen würde. Die Frau tat ihm leid, aber zu viel konnte er nicht für sie opfern.

»Meinetwegen«, sagte der Reiter und nahm die Münzen entgegen. »Aber ihre armselige Habe behalte ich!« Der hochbeinige Wallach stieg wieder auf die Hinterhand, als der Pockennarbige ihm die Sporen fest in die Flanken drückte. Der Reiter rief noch: »Los jetzt, Peer!«, dann preschten die Männer davon. Zurück blieb nur eine bräunlich gelbe Staubwolke.

Ben sah den beiden Kerlen einen Augenblick lang

wie benommen nach, dann beugte er sich zu der jungen Schwarzen hin, die mühsam aufgestanden war und die jetzt versuchte, ihm die Hände zu küssen.

»Lass das!« Als sie ihn verständnislos ansah, fügte er hinzu: »Ich will das nicht. Sag mir lieber, was ich jetzt mit dir machen soll.«

Die Frau zog ihren Sohn schützend an sich. »*Dunno, Master* …« Sie senkte den Blick, als hätte sie Angst vor neuen Schlägen.

Ben sah es und schüttelte den Kopf. »Steh auf, ich werde dir ganz bestimmt nichts tun«, versicherte er langsam und deutlich auf Englisch. »Und deinem Kind erst recht nicht.« Unsicher blickte er sich um. Die Straße war belebt, Kutschen fuhren rasch vorüber, ein paar Frauen standen auf dem Gehweg und sahen neugierig herüber. Auch drei Soldaten waren Zeugen des Zwischenfalls geworden, doch offensichtlich hatte niemand es für nötig befunden, einzugreifen. Ben sah den Frauen, die elegant gekleidet waren, mit ihren Sonnenschirmen spielten und jetzt rasch weitergingen, kopfschüttelnd nach, dann wandte er sich wieder an Sina. »Wir sollten sehen, dass wir von hier wegkommen. Die Frage ist nur – wohin?«

»*Your house* …?« Fragend sah die junge Frau ihn an.

»*No house* … ich habe kein Haus«, versuchte er ihr verständlich zu machen. Als er sie nun zum ersten Mal richtig ansah, musste er sich eingestehen, dass sie sehr hübsch war. Ihre Haut glänzte mokkafarben, ihr Mund hatte eine sanft geschwungene Form. »Dein Name ist Sina, nicht wahr?«, fragte er, denn er erinnerte sich daran, dass der Hinkende sie so genannt hatte.

»Ja, *Master*. Und das ist Will«, antwortete sie mit

einem leichten Zittern in der Stimme. »Er ist fünf und kann schon ein bisschen arbeiten.« Sie schob den Jungen ein Stückchen vor, so als sei der Kleine ein Stück Vieh, das begutachtet werden sollte.

»Dafür ist er doch noch viel zu jung.« Ben schüttelte den Kopf.

Der kleine Junge begann zu weinen. Er verstand ganz offensichtlich nicht, was hier geschah. Ängstlich versteckte er das runde Gesichtchen, in dem die Augen so groß und glänzend wirkten wie Brombeeren, in den Rockfalten der Mutter.

»Wir sollten gehen«, wiederholte Ben.

»Und – wohin? Du hast Geld, aber keinen Platz, wo du schläfst?« Sina sah ihn ungläubig an.

»Ich bin eben vom Schiff dort drüben gekommen. Und jetzt will ich weiter ins Hinterland. Da habe ich ein Stück Land geerbt. Es muss irgendwo östlich von hier liegen.«

Sina wurde lebhafter. »Wir suchen zusammen. Sina kennt sich aus, ist viel herumgekommen.«

Ben wollte lieber nicht genau wissen, wie viel sie gesehen hatte. Er war sich auch so ziemlich sicher, dass Sina schon an verschiedenen Orten als Sklavin hatte arbeiten müssen. Ihr kleiner Sohn hatte eine hellere Hautfarbe als seine Mutter – wahrscheinlich hatte irgendwann einmal einer ihrer Herren sie zu sich ins Bett geholt.

»Kannst du mir den Weg zeigen? Ich muss in Richtung Nordosten.« Er zögerte, dann fügte er hinzu: »Ich suche ein bestimmtes Land. Der Boden muss für den Weinanbau geeignet sein.«

»Ja, komm.« Schon wandte sie sich zum Gehen.

»Warte! Ich muss dich erst noch etwas fragen.«

Wieder flackerte Angst in den großen dunklen Augen auf.

Ben sah es und hob die Hände zu einer beschwichtigenden Geste. »Ich will nur wissen, wie lange es dauert, bis wir Cape Town hinter uns gelassen haben. Die Stadt ist größer, als ich gedacht habe.«

»Das hier ist Simon's Town. Cape Town liegt ein Stück weiter in die Richtung.« Sie wies nach Norden. Der Anflug eines Lächelns war auf Sinas Gesicht zu erkennen. »Warum weißt du das nicht, Seemann?«

Ben zuckte leicht mit den Schultern. »Weil ich nie eine genaue Karte gesehen habe. Es gibt nur eine Zeichnung meines Großvaters, die hab ich immer vor Augen. Aber da ist das Kap nur in groben Umrissen eingezeichnet. Und mein Kapitän hat nie ein Wort darüber verloren, dass der Hafen nicht direkt zu Kapstadt gehört. Oder ich hab nicht richtig hingehört.« Er lächelte verlegen. »Wie weit ist es von hier bis in die Stadt?«

»Wenn man zu Fuß geht, ist es fast ein Tagesmarsch. Mit dem Pferdefuhrwerk drei Stunden.«

»Du weißt viel, Sina.« Er lächelte sie freundlich an. »Und du sprichst recht gut Englisch. Ich hab lange gebraucht, um es halbwegs zu lernen. Ich kann auf dem Gut Hilfe gebrauchen, aber ich kann dir nur ein Dach über dem Kopf bieten und etwas zu essen. Willst du trotzdem mit mir kommen?«

»Und Will?« Sie wies auf den kleinen Jungen. »Darf er bei mir bleiben?«

Er sah sie verwundert an. »Natürlich, ein Kind gehört doch zur Mutter!«

Sina erwiderte nichts, für einen kurzen Moment sah sie unschlüssig aus, so als überlegte sie, ob sie nochmals zu fliehen versuchen sollte.

»Ich habe Rebstöcke mitgebracht, *grapevines*«, erklärte Ben schnell. Inzwischen war es früher Nachmittag. »Die muss ich von Bord holen, und dafür brauchen wir ein Fuhrwerk.«

Sina nickte nur bedächtig.

Ben überlegte. Sollte er jetzt schon versuchen, ein Pferdefuhrwerk zu mieten, ohne zu wissen, wie weit es bis nach *Stellenbosch* war? Wenn er bis morgen wartete, bräuchte er einen Schlafplatz für sich, Sina und Will. Und so schwer konnte sein Grund und Boden doch nicht zu finden sein. Sein Großvater hatte begeistert von diesem berühmten großen Weingut geschrieben. Es war mehrere hundert Hektar groß und brachte den berühmtesten Wein hervor. Und auch von dem ertragreichen Weingut *Constantia* hatte der alte Mann erzählt, auf dem Gouverneur Simon van der Stel seinen Lebensabend verbracht hatte. Fünfzig Meilen östlich von dort hatte der alte Ruhland Land gekauft. Vor mehr als dreißig Jahren, als er noch gehofft hatte, er könnte sich in der Fremde eine Existenz aufbauen. Die Böden waren angeblich hervorragend geeignet für den Weinanbau. Doch die Karte seines Großvaters war nicht allzu hilfreich für Ben, denn dort waren nur die Umrisse von *Stellenbosch* und *Constantia* eingezeichnet, dazu ein Lageplan der eigenen Parzelle. Würde diese noch abgesteckt sein? Wie sollte er seinen eigenen Besitz finden in der weitläufigen Landschaft, die zum großen Teil noch aus Brachland bestand?

Plötzlich kam ihm ein Gedanke. »Warte hier«, rief er Sina zu und eilte zur Schankstube zurück.

***

Hanne, die Wirtin, hatte gerade ein neues Fass angeschlagen und wischte sich über das schweißnasse Gesicht, als er eintrat. »Was willste denn schon wieder?« Ihre Stimme klang nicht gerade freundlich.

»Ihr habt gesagt, dass Euer Mann auch einmal Wein angebaut hat. Wo war das genau?«

»Nordöstlich von *Stellenbosch*. Das Gut ist deutlich markiert. Daran grenzt noch ein anderer Besitz an, aber wir haben dort nie jemanden arbeiten sehen. Kannst es aber nicht verfehlen, obwohl ... von der alten Pracht ist nicht mehr viel übrig.« Sie goss drei Humpen voll und brachte sie an den Tisch der drei älteren Matrosen. Diese stierten inzwischen volltrunken vor sich hin, tasteten aber sofort nach den Krügen und setzten sie an die Kehle. »Die haben's bald hinter sich«, meinte die Wirtin unwirsch. »Dann kann ich sehen, wie ich das Pack wieder loswerde.« Sie strich sich mit dem Handrücken die strähnigen Haare zurück. »Könntest mir helfen, sie auf die Straße zu setzen.«

»Jetzt gleich? Lass sie noch austrinken.«

»Ach was. Das war nur ein Scherz. Mit den alten Saufbrüdern werd ich schon noch allein fertig.« Sie nahm ihn beim Arm und zog ihn in eine Ecke der Kneipe. Hier brannte eine etwas hellere Lampe. »Jetzt sag – was willste noch?«

Ben zögerte. Konnte er der Alten vertrauen? Schließlich griff er in sein Wams und zog einen der Briefe heraus. »Hier ... das hat mein Großvater vor Jahren geschrieben. Er war eine Zeitlang Kellermeister auf *Stellenbosch*. Er hat auch eine Skizze angefertigt, wo genau das Gut liegt, aber ich kann sie nicht deuten. Könnt Ihr mir erklären, wie ich es finde?« Er hielt ihr die Karte hin.

»Sicher. Das kennt hier jeder. War mal der bedeutendste Besitz weit und breit. Hab's dir ja gesagt: In der Nähe hatte sich mein Ahn auch niedergelassen. Die Böden da sind gut. Na ja, mein Alter hat alles zunichtegemacht.« Mit einigen Worten erklärte sie, woran er sich auf dem Weg zum Gut orientieren musste, um es zu finden. »Vielleicht ist dein Land sogar das, welches an das unsrige grenzt«, fügte sie hinzu, und Ben spürte, wie dieser Gedanke ihm neue Kraft gab. Das wäre eine Chance ... ein unverhoffter Glücksfall!

Eindringlich sah er die Wirtin an. »Ich weiß nicht mal Euren ganzen Namen. Dabei hab ich Euch schon so viel zu verdanken.«

»Unsinn, Jungchen. Es tut gut, noch mal einen aus der Heimat zu hören. Ich heiße Hanne Schneeberger. Aber so nennt mich hier keiner. Ich bin für alle in der Gegend die Suppen-Hanne. Weil es bei mir nur Suppe zu essen gibt.« Sie lachte und zeigte dabei wieder ihre wenigen Zähne. »Jedenfalls für diejenigen, die dafür bezahlen. Bist eben eine Ausnahme, Landsmann.«

»Hanne ... ich brauche ein Pferd. Oder besser noch zwei. Oder ein Fuhrwerk.«

Sie lachte erneut. »Und den Mond vom Himmel, was?«

»Muss nicht sein. Pferde genügen.« Er grinste. »Könnt Ihr mir helfen?«

»Muss ich ja wohl, Jungchen.« Sie stützte sich schwerfällig auf und winkte ihm. »Komm mit.«

Schnell folgte er ihr nach draußen. Wieder musste er die Augen kurz zusammenkneifen, denn das helle Tageslicht blendete noch immer, wenn man aus der dämmrigen Gaststube trat.

Draußen war Wind aufgekommen, er zerrte an Hannes grauen Haarsträhnen, riss an Bens Joppe. Er zog sie sich fester um den Körper und sah zum Himmel, an dem wilde Wolkenfetzen trieben. Die wenigen Sträucher in den Hinterhöfen bogen ihre Zweige fast zur Erde.

»Der Wind ist gefährlich«, erklärte Hanne. »Nimm dich in Acht davor. Er kommt ganz plötzlich und ist gar nicht gut für die Reben. Hoffe, dein Gut ist im Schatten des Tafelbergs. Oder von einem anderen Hügel. Das ist wichtig, glaub mir. Die drei großen Güter sind alle so angelegt, dass die Hänge windgeschützt sind.«

Ben wusste, dass sie recht hatte. Wind und Regen zur falschen Jahreszeit konnten die ganze Ernte vernichten; das galt für die Getreideernte und für die Obsternte ebenso wie für die Weinlese. Wenn es kurz vorher regnete, wenn es gar zu kalt wurde, war das für den Winzer eine Katastrophe. Er konnte sich erinnern, dass es vor mehr als zehn Jahren daheim eine schlechte Lese gegeben hatte, weil Unwetter die meisten Weintrauben vernichtet hatten. Damals hatten viele der Nachbarn große Not gelitten, denn es waren noch drei kühle, viel zu nasse Jahre gefolgt.

Hanne führte ihn durch enge Gassen, in deren Mitte ein kleines schmutziges Rinnsal lief. Die Häuser waren meist eingeschossig; nur drei Gebäude besaßen kleine Aufbauten mit Schmuckgiebeln. Doch auch die waren bereits von Wind und Wetter beschädigt. Es war gut zu erkennen, dass hier Armut herrschte und dass niemand Geld hatte, sein Heim wohnlich zu gestalten. Alle waren froh, überhaupt ein Dach über dem Kopf zu haben.

Auch das Haus, auf das Hanne nun zuging, war klein und nur an der Vorderseite mit weißem Kalk verputzt. Ein mit groben Steinen gepflasterter Weg führte an der Seite zu einem recht großen Schuppen im Hinterhof.

Hanne klopfte an eine Tür, von der der grüne Anstrich bereits abblätterte. »Tom, mach auf! Ich brauch deine Gäule!«

»Was 'n los?« Die Tür wurde mit einem Ruck aufgerissen. Ein vierschrötiger Kerl mit feuerroten Haaren und einer groben Hakennase füllte die Öffnung fast ganz aus. »*Damned*, Hanne, was willst du?«

»Deine Pferde. Leih mir für zwei Tage dein Gespann.«

»Warum sollte ich das tun?« Der Mann, dessen Aussehen ebenso wie seine Aussprache deutlich seine irische Herkunft verrieten, sah argwöhnisch von Hanne zu Ben.

»Weil du dann einen ganzen Monat lang bei mir essen kannst.«

»Essen nennt sie den Fraß!« Er grinste. »Aber von mir aus. Hab im Moment sowieso nichts zu tun.«

»Weil du ein Faulpelz bist. Wenn das deine Eva wüsste …«

»Die ist aber nicht mehr.« Seine Stimme bekam einen rauen Klang, und er machte Anstalten, die Tür wieder zu schließen.

Hanne ließ sich von seiner ablehnenden Haltung nicht irremachen. »Schon gut. Also – kann ich die Gäule haben?«

»Von mir aus. Vergiss die Bezahlung nicht.« Schon schlug er die Tür wieder zu.

Ben hatte das Gespräch mit einiger Verwunderung angehört. Fragend sah er Hanne an. »Wer war das?«

»Tom. Ein Ire. Netter Kerl. War er zumindest mal. Aber vor einigen Monaten ist seine Frau am Kindbettfieber gestorben. Und das Kleine mit ihr. Seitdem säuft er nur noch. Vernachlässigt sein Fuhrgeschäft, verkommt immer mehr. Armer Kerl.« Sie zuckte mit den Schultern. »Seine Eva kam auch aus Deutschland. Aus dem Norden. Hab sie gut gekannt. Schade um sie.« Während sie das sagte, war sie halb ums Haus herumgegangen und zog jetzt eine Stalltür auf, die elend in den Angeln quietschte. »Hier, nimm dir, was du brauchst. Kannst ruhig ein paar Tage wegbleiben. Tom wird die Tiere nicht vermissen.« Sie sah sich kurz in dem aus grauen Steinquadern errichteten Stall um. Das Stroh der Pferde war durchweicht, es stank jämmerlich. Futter war keins mehr in den Krippen, und auch rechts vom Eingang, wo normalerweise Stroh und Heu gelagert wurden, konnte man schon den nackten Boden sehen.

»Ich werd mal kurz ausmisten. Und die Pferde brauchen was zu fressen.« Ben griff schon nach einer Forke, dann fiel ihm Sina ein, die sicher voller Angst auf ihn wartete. »Das geht jetzt nicht. Die Gäule müssen sich gedulden. Ich muss los, meine Weinstöcke vom Schiff holen, bevor der Kapitän mir die Ladung ins Meer kippt.« Er gab der Alten die Hand. »Wenn ich die Pferde zurückbringe, schaffe ich hier Ordnung.«

»Komm, ich helf dir noch beim Anspannen. Mich kennen die Tiere.« Hanne hantierte sehr geschickt mit dem Geschirr. Die beiden Pferde, entsetzlich dürre Braune, ließen sich willig anspannen. Dann gab sie dem ersten Gaul einen Klaps auf die Hinterhand. »Los, macht, dass ihr fortkommt!«

Ben sprang auf den Bock und griff nach den Zügeln, die hart in seiner Hand lagen. Das Leder war lange nicht gepflegt worden, so wie das ganze Gespann einen jämmerlichen Eindruck machte. Aber es war wenigstens ein brauchbares Fuhrwerk, dafür musste er schon dankbar sein.

Die beiden Braunen, von denen einer eine sternförmige Blesse auf der Stirn hatte, schienen froh zu sein, sich endlich bewegen zu können, denn sie verfielen schon bald in einen raschen Trab, ohne dass Ben irgendwelche Hilfen hätte geben müssen.

***

Sina und Will warteten im Schutz einer schmalen Gasse in der Nähe der Stelle, wo er sie verlassen hatte. Will hatte sich auf den Boden gehockt und beobachtete einige bläulich schillernde Mistkäfer, die er in einem Dunghaufen entdeckt hatte. Den Kleinen schien der Unrat ringsum nicht zu stören, er war ganz versunken.

»He du, nimm den Bastard von der Straße!«, rief ein elegant gekleideter Engländer in einem dunkelblauen Seidenanzug, der gerade aus einem der Wirtshäuser kam. Er war sichtlich angetrunken und hielt in jedem Arm eine Hure. Die Mädchen, gerade mal sechzehn, schätzte Ben, lachten albern. Die Blonde trug einen orangefarbenen Rock, den sie an der linken Seite hochgezogen hatte, so dass man die Unterröcke sehen konnte. Ihre Freundin, klein, zierlich und mit feuerrotem Haar, versuchte, Will einen Fußtritt zu versetzen, als sie an ihm vorbeiging, wobei auch sie die Röcke unzüchtig hochhob.

»Lass das!« Ben trat ihr entgegen. »Weg von meinem Eigentum!« Es war ihm selbst nicht geheuer, was er da sagte. Konnte, durfte man einen anderen Menschen als Eigentum bezeichnen? So wie er aufgewachsen war, konnte er sich das nicht vorstellen, auch wenn er natürlich wusste, dass es überall Sklavenhandel gab. Gerade in Afrika verschwanden seit weit über hundert

Jahren immer mehr Menschen, meist ohne eine Spur zu hinterlassen. Ben hatte gehört, dass viele von ihnen in die Neue Welt gebracht wurden. Was dort genau mit ihnen geschah, wusste er nicht. Auf der *Parisienne* war er einmal Zeuge eines Gesprächs geworden, das der Kapitän mit seinem Zweiten Offizier geführt hatte. Es war um die einträglichen Geschäfte gegangen, die mit den Sklaven gemacht werden konnten.

»Das waren noch Zeiten, damals in Nantes«, hatte Kapitän Bertrand gesagt. »Mein Vater war viermal Segelmeister auf einem Sklavenschiff. Ihr könnt Euch gar nicht vorstellen, was da los war – und wie viel die Händler verdient haben an ihrer lebenden Fracht.«

»Und sein Gewissen?«, hatte Henry Gardener gefragt.

»Keine Ahnung. Ich weiß nur, dass der Schiffseigner reich geworden ist. Mein Vater hat von dem Geld nicht viel gesehen.«

»Ich bin nicht sicher, ob ich das Leid der Menschen, die aus ihrer Heimat geraubt und verschachert werden wie ein Stück Vieh, mitansehen könnte«, hatte Gardener laut überlegt. »Familien werden auseinandergerissen, die Leute werden geschunden. Und viele sterben auf solchen Transporten, das weiß man ja ...«

»Ich transportiere auch lieber Getreide, Stoffe und irgendwelche Gewürze.« Der Kapitän hatte ungeniert gelacht. »Die brauchen weder was zu essen, noch proben sie den Aufstand. Mir sind Ruhe und Sicherheit an Bord wichtiger als ein paar Louis d'or mehr oder weniger am Schluss der Fahrt.«

An diese Unterhaltung, die er zufällig mitangehört hatte, musste Ben jetzt wieder denken, als er die Furcht in Sinas Gesicht sah.

»Kommt, steigt auf«, forderte er sie auf. Und als sie zögerte, streckte er den Arm aus, um ihr zu helfen.

Als er die Hand der jungen Schwarzen ergriff, die ihren Jungen auf den Arm genommen hatte, spürte er, dass die rauen, von harter Arbeit schwieligen Finger zitterten. Wie viel Angst musste diese Frau ausgestanden haben! Sina war noch jung, er schätzte, dass sie die Mitte ihres dritten Lebensjahrzehnts noch nicht erreicht hatte. Er erhaschte einen kurzen Blick auf ihre langen Wimpern und auf die zarte Rundung ihrer Wangen, als sie neben ihm auf dem Bock Platz genommen hatte. Sina war eine ungewöhnlich schöne Frau, daran konnte nicht einmal ihr erbärmlicher Aufzug etwas ändern. Trotz der zerfetzten Bluse, die sie zu dem langen, verschlissenen gelb-roten Rock trug, war ihre Haltung stolz. Aber ihre Augen hatten einen melancholischen Ausdruck, der stumm von vergangenem Leid erzählte. Ben fühlte Mitleid mit ihr in sich aufsteigen.

»Wenn wir am Hafen die Reben aufgeladen haben, fahren wir in Richtung Nordosten«, sagte er, um seine Beklemmung abzustreifen. »Kannst du lesen?«

Sie schüttelte den Kopf. »Lesen – nein.«

»Aber du sprichst Englisch. Beherrschst du auch die Sprache der Buren?«

»Nicht richtig«, antwortete sie.

»Und wer hat dir Englisch beigebracht?«

Sina zuckte mit den Schultern und senkte den Blick. »Mein letzter Herr. Ich hab seine Kinder versorgt. Viel gelernt. Kochen und backen, aber nicht lesen.«

»Macht nichts. Vielleicht kann ich es dir beibringen, wenn Zeit dazu ist.« Er schnalzte mit der Zunge, und die Pferde setzten sich wieder in Bewegung.

Während der Fahrt zum Anlegeplatz der *Parisienne*

sprachen sie nicht. Sina hielt den Kopf gesenkt. Der kleine Will presste sich an sie, und Ben ahnte, dass er es in seinem kurzen Leben bereits gelernt hatte, sich still zu verhalten. Es war sicher besser für einen Sklavenjungen, sich so unsichtbar zu machen wie möglich.

Der Frachtsegler dümpelte an seinem Anlegeplatz unruhig hin und her. Immer wieder brachen sich einige hohe Wellen an den Planken, die Gischt spritzte den zwei Matrosen, die an Deck Wache hielten, ins Gesicht.

Henry Gardener, der nun zu ihnen trat, zeigte zu den immer schneller dahinziehenden Wolken hinauf und rief einige Worte, die ihm der Wind von den Lippen riss, so dass Ben sie nur undeutlich verstand. Vermutlich war der Zweite Offizier besorgt, dass die Vertäuung des Schiffes bei einem Sturm nicht ausreichen würde. Ben wusste, dass ein früheres Schiff Gardeners, die *Lady Belle*, vor einigen Jahren in diesem Hafen gesunken war.

»Kann ich an Bord kommen?«, rief er dem Zweiten zu und sprang vom Kutschbock.

Der winkte nur auffordernd. Und als Ben neben ihm an der Reling stand, meinte er knapp: »Gut, dass du dein Grünzeug von Bord holst, wir brauchen den Platz bald. Der Käpt'n verhandelt gerade wegen einer neuen Ladung.«

»Aye, aye, Sir.« Ben verbeugte sich, dann hastete er in den Laderaum und lud sich die ersten zwei Säcke mit den Rebstöcken auf. Als er damit beim Fuhrwerk ankam, sprang Sina auf und half beim Aufladen.

»Soll ich mit dir kommen? Dann geht es schneller«, fragte sie, doch Ben wehrte fast entsetzt ab.

»Bloß nicht! Weiber an Bord, das bringt Unglück.«

Eingeschüchtert blieb sie neben den Pferden stehen und wartete, bis Ben die nächsten Rebstöcke abgeladen hatte. Die knorrigen Stämme, die schon keine Blätter mehr trugen, lagen, jeweils zu fünft zusammengebunden, in alten Jutesäcken. So hatte Ben sie schon vor Tagen zurechtgelegt, damit das Entladen rascher vonstattengehen konnte.

André, einer der Matrosen, rief Ben zu: »Hast du dir schon in den ersten Stunden ein Liebchen angelacht? Alle Achtung, du vergeudest keine Zeit!« Grölendes Gelächter folgte.

Der junge Winzer zuckte nur mit den Schultern. Der Wind wurde noch stärker, es galt, so rasch wie möglich von hier fortzukommen.

***

Kurze Zeit später verließen sie die Hafengegend, in der es nach Teer, nach brackigem Salzwasser und nach Fisch roch. Ben dachte an die letzten Hafenstädte, in denen er gewesen war. In Brest war es sauberer gewesen, in Hamburg auch. Doch auch in Marseille und Genua hatten die Ratten die Straßen und Gassen beherrscht. Ben hatte gelesen, dass es in vielen Städten schon richtige Abwasserkanäle gab, anders, als es in Simon's Town der Fall war.

Etwa eine Stunde später lagen die Häuser von Simon's Town hinter ihnen. Der Wind und die Hufe der Pferde wirbelten den Staub des von unzähligen Fuhrwerken ausgefahrenen Weges auf. Der Weg führte durch sanfte Hügel, auf denen verschiedene Büsche und Pflanzen wuchsen, die Ben nicht kannte. Er sah aber auch einige kleine Eichenwälder, dazwischen wildwuchernde Palmen und Kakteen, in denen unzählige Vögel nisteten, deren Zwitschern die Luft erfüllte.

Nach einer weiteren halben Stunde erreichten sie Kapstadt. Ben mochte seinen Augen kaum trauen. Er hatte sich alles ganz anders vorgestellt. Schlichter, übersichtlicher, noch viel mehr im Aufbau begriffen. Doch hier wurden sie von einer Stadt mit großen Holzbauten und breiten Straßen empfangen, auf denen zum Teil sogar zwei Fuhrwerke nebeneinanderfahren konnten. Hohe weiß und gelb gekalkte Häuser aus Stein, die zum Teil von hohen Mauern umgeben waren, verliehen den breiten Straßen große Eleganz. Es herrschte reger Betrieb, und Ben hatte Mühe, sein klappriges Gefährt heil durch die belebten Straßen und Gassen zu lenken. Hin und wieder hörte er einen abschätzigen Ruf, der ihm zu gelten schien, auch wenn er sich zunächst keinen Reim darauf machen konnte. Erst allmählich begriff er, dass diese Äußerungen dem Umstand galten, dass er mit einer Schwarzen zusammen auf dem Kutschbock saß.

Doch das kümmerte ihn nicht, und er sah sich weiter neugierig um. Dort gab es einen Gemischtwarenladen, da einen Barbier. Auf einem breiten Messingschild über der Tür eines herrschaftlichen Hauses stand: »Lamberts Bank«. Er versuchte, sich die Straße zu merken, denn sicher würde er später eine Bank brauchen.

Als er eine Straße erreicht hatte, die gerade nach Osten führte, zügelte Ben die Pferde und beugte sich zu drei Männern hinab, die gerade schwere Jutesäcke in ein Lagerhaus schleppten. »Verzeiht – könnt Ihr mir sagen, wie ich ins Weinbaugebiet komme? Richtung *Stellenbosch* wär nicht falsch.«

»Ach ja. Willst du deinem schwarzen Liebchen die Weinberge aus der Nähe zeigen? Dann fahr einfach der Nase nach!« Der jüngste der Männer grinste. Sein Haar, flachsblond und fettig, hing ihm in Strähnen ins gerötete Gesicht. Der Blick, mit dem er Sina streifte, war unverschämt.

Ben musste sich beherrschen, um ihm nicht eins mit der Peitsche überzuziehen.

»Bitte, Herr, fahrt weiter«, drängte Sina mit leiser Stimme. Und dann, nach etwa hundert Metern, wies sie zu einer Hügelkette hinüber, die zum Teil von tiefhängenden Wolken verhüllt war. »Da hinüber.« Sie biss sich auf die Lippen, blickte zu Will hinunter, der auf dem Boden hockend eingeschlafen war, und streichelte ihm über den Kopf.

»In Ordnung. Wenn wir aus der Stadt heraus sind, zeig ich dir eine Karte. Vielleicht kannst du etwas damit anfangen und wir brauchen nicht mehr zu fragen. Die Leute hier wirken nicht sehr freundlich.«

Ihm war aufgefallen, dass recht viele Soldaten in englischer Uniform durch die Straßen patrouillierten. Offenbar wollten die Engländer auf diese Weise die neu gewonnene Macht in diesem Winkel des Kontinents zur Schau stellen.

Die Pferde wurden unruhig, als ihnen plötzlich in rascher Fahrt eine elegante Kutsche entgegenkam. Ben griff fester in die Zügel, versuchte, die Tiere durchzuparieren. Vor die Kutsche, deren dunkles Holz mit glänzenden goldenen und hellroten Ornamenten verziert war, waren zwei wunderschöne Rappen gespannt, deren schwarzes Fell in der Sonne schimmerte wie Seide. Nur flüchtig bemerkte Ben den Kutscher in einer schwarzen Livree, die an den Kanten des Revers mit goldenen Litzen abgesetzt war, denn sein Blick wurde von der jungen Frau angezogen, die im offenen Wagen saß und mit der linken Hand ihren Hut festhielt, der unter dem zarten Kinn mit breiten Seidenbändern gehalten wurde.

Vor einem Geschäft hielt die Kutsche an, der Kutscher sprang vom Bock und half der Frau heraus. Spontan zügelte auch Ben seine Pferde, drehte den Kopf und sah wie gebannt zu der Fremden hin. Ihr Kleid aus hellgrünem Samt war am Hals mit weißer Spitze gesäumt. Blondes Haar, das unter dem Hut hervorquoll, fiel ihr bis weit über die Schultern. Ihr Antlitz war fein geschnitten, und sie warf ihm aus ihren blauen Augen einen kurzen Blick zu.

Er war so berührt vom Anblick der Dame, dass er nicht auf die Pferde achtete, die aufgeschreckt zur Seite sprangen, als ein Hund mit lautem Kläffen hinter einer Katze herjagte und ihnen zwischen die Beine geriet. Das Pferdefuhrwerk machte einen Satz nach vorn und wäre beinahe in den Weg eines schäbigen Gefährts geraten, das nun ausweichen musste.

»Verdammt, pass gefälligst auf, wo du hinfährst! Oder hat dir dein Sklavenliebchen gerade den Verstand weggefickt?« Aufgebracht schüttelte der Kutscher des breiten Ochsengespanns die Faust gegen ihn.

Die junge Frau sah noch einmal kurz zurück, bevor sie das Geschäft betrat. Als ihr Blick ihn erneut berührte, fühlte Ben, dass sich sein Herzschlag beschleunigte.

»Vorsicht, *Master*.« Sina griff in die Zügel, weil er nicht mehr darauf geachtet hatte, wohin die Tiere traten. Der Wallach mit der weißen Blesse versuchte gar zu steigen.

Ben sah sich noch einmal um. Nie zuvor, so schien es ihm, hatte er so viel Anmut und Liebreiz gesehen. Er musste einen weiteren Blick wagen, auch wenn es unschicklich war. Aber die junge Frau war nicht mehr zu sehen, der offene Wagen war um die nächste Straßenecke verschwunden.

***

Will schlief zu Sinas Füßen, bis sie weit draußen vor der Stadt waren. Es war inzwischen später Nachmittag, der Wind hatte sich hier im Landesinneren ein wenig gelegt, und die Sonne brannte erneut erbarmungslos vom Himmel. Die Gegend wirkte zunächst trist und menschenleer, dann plötzlich kamen die ersten Weingärten in Sicht, und in Bens Brust keimte Hoffnung auf. Einige der Reben schienen zwar verdorrt, die Stöcke seit Jahren nicht gepflegt worden zu sein, aber es gab drei größere Weinberge, auf deren geraden Furchen das Auge sich ausruhen konnte. Die Rebstöcke standen da in frischem Grün, und Ben sah, dass die jungen Triebe bereits hochgebunden worden waren.

Ben hielt den Wagen kurz an und sprang hinaus. Er bückte sich, nahm ein paar Brocken Erde hoch und zerrieb sie zwischen den Fingern. Es war Lössboden, und ihm war klar, dass der Winzer, dem dieses Land gehörte, sicher einen gehaltvollen, aromatischen Wein herstellen konnte.

Nachdem sie ein weiteres Stück Wegs zurückgelegt hatten, sah er, dass die Hänge hier noch viel besser gepflegt waren. In akkuraten Reihen standen unzählige Rebstöcke dicht an dicht. Auf einer Anhöhe bemerkte er ein weiß getünchtes großes Gebäude, das von einer Mauer umgeben war.

»Ist das schon *Constantia*?« Fragend sah er Sina an. Die aber zuckte nur mit den Schultern.

Ben zügelte die Pferde, die leise schnaubend stehen blieben und sofort am Wegrand zu grasen versuchten. »Hier, halt das fest. Nicht dass uns die Gäule noch durchgehen.« Er drückte Sina die morschen Lederriemen in die Hand, tastete dann in seiner Jacke, die an den Ärmeln schon zerschlissen war, nach den Briefen und nach der ungelenken Zeichnung des Großvaters.

Sein Vater hatte dieses »Gekritzel« schon ins Herdfeuer werfen wollen. Zum Glück war es Ben gelungen, das Stück Papier fast unversehrt zu retten. Niemand daheim hatte verstehen können, was ihn an Afrika so faszinierte. Sie hatten doch alle ihr Auskommen! Niemand musste hungern, nicht einmal die Tagelöhner, die zur Weinlese aus der weiteren Umgebung an den Rhein zogen. Für alle gab es Brot und Suppe genug.

Die Briefe des Großvaters steckte Ben wieder ein, die einfache Zeichnung, auf der nur einige Hügel und ein Wasserlauf deutlich zu erkennen waren, gab er Sina. »Kannst du etwas darauf erkennen?«

Die junge Schwarze zögerte, drehte das Blatt in den Händen. Nach einer Weile wies sie auf einen schraffierten Teil. »Der Tafelberg«, sagte sie. »Und hier ... da sind wir. Aber das hier ...« Sie wies auf eine Stelle, die der alte Ruhland mit einem Kreuz und einem Kreis gekennzeichnet hatte. »... das muss noch weiter draußen sein.«

Ben zögerte einen Moment, dann beschloss er, einfach auf seine Begleiterin zu vertrauen.

Wie sich bald zeigte, hatte er gut daran getan. Sie erreichten *Stellenbosch* etwa eine halbe Stunde später. Das Gut, vor Jahren noch ziemlich heruntergekommen, wie er aus Berichten von Reisenden erfahren hatte, befand sich jetzt wieder im Aufschwung. Es war bereits viel von der einstigen Pracht wiederzuerkennen. Eine Allee aus hohen Eichen, in deren Blättern der Wind rauschte, führte zum Haupthaus, daneben standen kleinere Gebäude. Sie waren noch nicht frisch gestrichen worden, aber er sah Zimmerleute und andere Handwerker bei der Arbeit. So wie auch in den Weinbergen unzählige Schwarze emsig damit beschäftigt waren, neu zu bepflanzen. Zwischen dem frischen Grün des Weinbergs wimmelte es förmlich vor Menschen, und Ben vermutete, dass vor allem die Frauen, die durch ihre bunten Kopftücher auffielen, damit beschäftigt waren, jedes noch so kleine Insekt, das den Reben schaden könnte, zu beseitigen. Auch wurde der Boden gelockert, Unkraut wurde gejätet, und am linken Hang waren Schwarze damit beschäftigt, junge Reben hochzubinden. Niemand unterbrach seine Tätigkeit, um die Fremden näher in Augenschein zu nehmen.

Nach einigen Minuten bemerkte Ben dann auch die Vorarbeiter, die auf ihren Pferden an den Hängen entlangritten und darauf achteten, dass die Arbeit ordentlich verrichtet wurde.

Himmel, war das ein riesiger Besitz! Ben sprang vom Kutschbock, stemmte die Fäuste in die Seiten, streckte die ein wenig steif gewordenen Glieder und sah sich um. Nie im Leben würde er damit wetteifern können. Er besaß gerade einmal zweihundertfünfzig Rebstöcke. Und er mochte sich kaum vorstellen, wie es auf dem Land des Großvaters aussah. Sicherlich war es eine Wildnis und das Unkraut hatte alle Reben überwuchert. Panik wollte in ihm aufsteigen, doch er zwang sich, den Mut nicht zu verlieren. Niemand hatte gesagt, dass es leicht sein würde, sich hier etwas aufzubauen. Aber er würde es schaffen. Er musste es schaffen! Er würde mit der

Arbeit seiner Hände ein stolzes Gut aufbauen, auf dem er einen ebenso vollmundigen Tropfen herstellen konnte wie auf *Constantia* oder auf *Stellenbosch*!

Drei Schwarze, die ganz in der Nähe mit ihren Spitzhacken den Boden lockerten, sahen neugierig herüber, als Sina nun ebenfalls herabsprang. »Ich frage die drei, ob sie was wissen von einem kleinen Gut hier in der Nähe«, rief sie Ben zu.

»*Molweni!*«, grüßte sie. »*Unjani?*«

»*Unjani wena*«, antwortete einer der drei, und die anderen nickten. Ben hörte fasziniert zu, wie Sina mit den Männern sprach. Er verstand kein Wort, nahm jedoch an, dass es Xhosa war, die Sprache der Einheimischen. Als seine Begleiterin sich ihm schließlich wieder zuwandte, wirkte sie zufrieden.

»Die Männer haben gesagt, dass sie sich hier gut auskennen. Und sie wissen auch von einer alten Hütte, die unbewohnt ist und inmitten von alten Weinbergen steht. Wir müssen noch eine Stunde weiter nach Osten. Dort steht angeblich das verfallene Haus, und es gibt auch noch ein paar Obstbäume und eben die alten Weinstöcke. Vielleicht ist es das Haus von der Karte.« Sie wies zum Himmel, wo sich die Sonne schon gen Westen neigte. »Aber wir müssen uns beeilen, es wird bald dunkel.«

»Ja, du hast recht.« Er half ihr hinauf, nahm die Zügel in die Hand und grüßte die drei Schwarzen mit einem kurzen Nicken. Dann schnalzte er, hob die Zügel, und das Gefährt setzte sich wieder in Bewegung.

Obwohl die Pferde, unterernährt und ohne jede Ausdauer, bereits dampften und kaum noch vorwärtswollten, zwang Ben sie immer weiter. Er musste heute noch an den Ort gelangen, der im Grunde immer noch ihm gehörte! Sein Großvater hatte damals einige Parzellen Land gekauft, das war sogar amtlich registriert worden. Ben hoffte inständig, dass sich an diesen Besitzverhältnissen im Lauf der Jahrzehnte nichts geändert hatte. Die beiden Urkunden aus Großvaters kleiner Holzkiste hatte er, in Wachspapier eingeschlagen, in seinem Seesack aufbewahrt.

Auf der weiteren Fahrt sprachen sie nur wenig. Sanfte Hügel, auf denen nur struppiges Gras wuchs, das zum Teil schon von der Sonne ausgedörrt war, wechselten sich ab mit grünen, sorgfältig bewässerten Weinbergen, bis ihr Weg sie hinter einer Biegung urplötzlich, wie es schien, in die Ödnis führte. Grasland wurde zu karger, steiniger Wildnis, über der die Luft flimmerte. Dann wieder sah man große Flecken lilafarbenen Heidekrauts und halbhohe grüngraue Büsche. In der Ferne sahen sie ein paar barfüßige, dunkelhäutige Kinder in zerrissenen braunen Kitteln, die eine Ziegenherde hüteten.

Und dann, der Schein der Sonne bekam schon einen tiefroten Schimmer, entdeckten sie endlich eine verfallene Hütte mit halb abgedecktem Dach und schief in den Angeln hängender Tür.

Das musste es sein! Ben hielt an und stieg ab, um das Gut in Augenschein zu nehmen. Das aus groben Holzstämmen zurechtgezimmerte kleine Haus stand im Schutz eines bewaldeten Hügels und war weitläufig umgeben von alten, zum Teil vollkommen vertrockneten Weinstöcken. Allerdings sah der erfahrene Benjamin gleich, dass einige der Rebstöcke frische Triebe zeigten. Es erschien ihm wie ein Wunder, dass es auf dem Stück Land noch einen Bestand von brauchbaren Pflanzen gab. Die Luft roch nach dem sonnengewärmten Grund, und in Bens Herz keimte Zuversicht auf, als er nun eine Handvoll Erde zwischen den Fingern zerrieb. Ein Boden, wie geschaffen für den Weinanbau, da hatte sein Großvater recht gehabt!

Rechts neben der Hütte befand sich ein Brunnen. Einige der Bruchsteine, mit denen er eingemauert war, lagen auf der staubigen Erde, die Kette für den Holzeimer war gerissen. Sina stieg ebenfalls vom Bock herunter und lief geradewegs auf den Brunnen zu.

»Was machst du denn?«, rief Ben ihr nach.

»Mal nachsehen, ob noch Wasser da ist!« Sina lächelte und zeigte zwei Reihen weißer Zähne. Wie Perlen, schoss es dem Mann durch den Kopf. Und wieder wurde ihm bewusst, von welcher Schönheit die junge Schwarze war. Der geschwungene Mund mit den perfekt geformten Lippen weckte insgeheim sein Begehren, und er wandte den Blick ab.

Er musste absteigen und die Pferde beruhigen, die auf einmal mit den Hufen scharrten und unruhig im Geschirr tänzelten. Der Wallach mit der weißen Blesse wieherte angstvoll.

Was war nur los? Was hatten die Tiere? Ben blickte sich um, doch weit und breit konnte er keine Menschenseele und auch kein Tier entdecken.

»Ruhig, ganz ruhig. Es geschieht euch doch nichts«, versuchte er den Pferden zuzureden. Doch das Tier, das links eingespannt war, stieg auf einmal auf die Hinterhand. Sein Wiehern klang so schrill, wie Ben es noch nie gehört hatte.

Er versuchte, die Zügel fester zu halten, aber er musste all seine Kraft aufbieten. Er trat zwei Schritte vor – und da sah er sie: Eine dünne gelbe Natter glitt durch das halbhohe Gras. Sie hielt inne und züngelte, dann verschwand sie so plötzlich, als habe die Erde sie verschluckt.

»Sina, pass auf – eine Schlange!« Ben konnte nicht verhindern, dass Angst in seiner Stimme mitschwang. Wer wusste schon, ob das Gift der Schlange für den Menschen tödlich war?

»Ja, hier gibt es Wasser. Das weiß sie bestimmt.« Sina wirkte unbewegt. Sie beugte sich tiefer in den Brunnen hinab, und Ben konnte ihre schlanken, wohlgeformten Beine sehen. Seine Zunge wurde trocken, er musste schlucken.

Sein Blut pulsierte schneller durch die Adern, als ihm bewusst wurde, dass er allein war mit dieser jungen Frau. Er versuchte, seinen Gedanken eine andere Richtung zu geben.

In diesem Augenblick wandte Sina sich zu ihm um. »Hier, Wasser. Es ist ein bisschen abgestanden, aber man kann es trinken.« Sie hatte ein großes Blatt geschickt zusammengerollt und damit ein wenig von dem kostbaren Nass geschöpft.

»Danke.« Ben trank einen Schluck und verzog den Mund. »Es schmeckt modrig.«

»Es ist aber nicht faulig. Und wir müssen etwas trinken.« Sina ging wieder zum Brunnen, schöpfte erneut Wasser und gab es ihrem Jungen, der die zwei kleinen Schlucke gierig trank.

Auch den Pferden gab sie ein paar Tropfen. Sina rieb ihnen einfach mit dem feuchten Rockzipfel über die Nüstern, was Ben erneut einen Blick auf ihre schlanken Beine erlaubte.

Wieder raschelte es, und er trat ein paar Schritte zurück. Warum, zum Teufel, hatte er sich nicht erkundigt, ob die Schlangen hier gefährlich waren oder nicht? Er würde so bald wie möglich jemanden fragen, der in diesem Landstrich lebte.

Und dann, ganz plötzlich, war die Sonne verschwunden, und es wurde merklich kühler. Abgetaucht am Horizont, so als wäre sie von einem dunklen Tellerrand gefallen. Was blieb, war ein glutroter Schein am Himmel. Wie Feuerglühen, schoss es Ben durch den Kopf. Und im nächsten Augenblick dachte er: Was machen wir jetzt? Auf keinen Fall können wir heute noch zurück in die Stadt. Es war viel zu spät geworden, schon in einer Stunde würde man nur noch Schemen erkennen können. Er hatte Sorge, dass die alte Kutsche auf dem holprigen, ausgewaschenen Weg umstürzen könnte.

»Spann die Pferde aus«, sagte er zu Sina. »Ich sehe nach, wie es in der Hütte ausschaut. Vielleicht bietet sie uns ein Obdach für die Nacht.«

Sina nickte nur. Sie führte die Tiere etwas abseits und band sie an einem alten knorrigen Baum fest. An dieser Stelle gab es ein wenig Gras, und die erschöpften Tiere begannen sogleich zu fressen.

Die Holztür, die windschief in den Angeln hing, knarrte widerstrebend, als Ben sie öffnete. Ein paar Fledermäuse, aufgeschreckt nach jahrelanger Ungestörtheit, flogen dicht an seinem Kopf vorbei. Ein paar Ratten huschten mit hohem Quieken davon.

Spinnweben zogen sich von der niedrigen Decke bis zu dem wackeligen Tisch in der Mitte des einzigen Raums. Ben sah ein Regal an der Wand, in dem immer noch einige Teller standen. Drei gesprungene Becher fristeten ein tristes Dasein neben einem irdenen Krug, der ebenfalls zwei tiefe Risse aufwies. Eine alte Öllampe stand auf dem Boden, doch Bens Hoffnung, dass er sie entzünden könnte, erfüllte sich nicht. Auch fand sich keine Kerze. Durch die schmalen Fenster drang noch das letzte Licht des frühen Abends herein, und er ließ die Tür offen stehen, damit er sich weiter umsehen konnte.

Was er entdeckte, machte ihm keine großen Hoffnungen darauf, dass man die Hütte rasch wohnlich herrichten könnte: Es gab kein Bett, nicht einmal einen Schemel, auf den man sich hätte setzen können. Der Tisch wackelte, und als er den Krug hochhob, brach dieser endgültig entzwei. Seufzend schaute Ben nach oben. Durch das schadhafte Dach konnte er den Himmel sehen. Wahrhaftig kein behaglicher Schlafplatz.

Ich werde Bretter kaufen müssen. Werkzeug. Ein paar Decken. Und etwas Geschirr. Sonst können wir hier nicht einmal für eine Woche hausen, ging es ihm durch den Kopf. Es ist im Grunde eine menschenunwürdige Behausung. Aber wo sonst sollen wir hin?

Sina trat ein. Obwohl sie nicht besonders groß war, musste sie sich bücken, um nicht an den Türstock zu stoßen. »Viel Arbeit! Aber das wird wieder.« Sie sah Ben aufmunternd an, und ein kleines Lächeln spielte um ihre Lippen.

»Das wird nie ein gescheites Haus«, meinte Ben niedergeschlagen. »Ich kann nur versuchen, es notdürftig instand zu setzen, damit wir wenigstens ein festes Dach über dem Kopf haben, wenn's regnet. Aber ich fürchte, es lohnt nicht, viel Arbeit hineinzustecken.«

»Ich helfe.« Sina ging in eine Ecke und hob einen alten Lappen auf, an dem Ratten und Mäuse genagt hatten. Mit Schwung fegte sie ein paar Spinnweben fort, ebenso die dicke Staubschicht, die den Tisch bedeckte.

»Lass es, Sina«, winkte Ben ab, der aufs Neue von tiefer Niedergeschlagenheit erfasst wurde. »Das bringt doch nichts. Am besten vergesse ich all meine Pläne.«

»Welche Pläne?« Ihre großen dunklen Augen sahen ihn fragend an. Jetzt, da der ängstliche Ausdruck aus ihrem Gesicht gewichen war, bemerkte er erneut, wie ebenmäßig und zart ihr Gesicht war. Diese Wimpern, die die dunklen Augen umkränzten …

»Ach, alles Unsinn. Träumereien.« Er trat über die Türschwelle vor das Haus und lehnte sich dann ermattet an das Fuhrwerk. Auf einmal spürte er jeden Knochen im Leib. Seine Augen brannten, Sand und Staub machten ihm das Atmen schwer, klebten auf der Zunge und knirschten zwischen den Zähnen.

So viel Mühsal. Jahre voller Entbehrung – alles umsonst. Hier gab es nichts, auf das er aufbauen konnte. Die Bretterhütte war morsch, die Weinstöcke waren zum größten Teil abgestorben, im Brunnen gab es nur Brackwasser. Nein, das waren keine guten Voraussetzungen für einen Start in diesem fremden Land. Wenn er sich überlegte, was er alles anschaffen müsste, um auch nur halbwegs menschenwürdig hier leben zu können, senkte sich die dunkle Wolke noch viel tiefer über ihn. Seine Ersparnisse würden rasch zur Neige gehen, und seine wenigen mitgebrachten Reben würden das trockene Klima nicht lange überstehen, denn tagsüber brannte die Sonne heiß vom wolkenlosen Himmel, die Nacht kam fast ohne Übergang, es wurde kühl und windig. Erst jetzt wurde ihm bewusst, dass er fror. Aber es waren eher die innere Kälte und das Gefühl der Verlassenheit, die ihm zusetzten.

Ach, Großvater, jetzt verstehe ich dich, dachte Ben und musste sich beherrschen, um ein trockenes Schluchzen zu unterdrücken. Jetzt begreife ich, warum du nach Hause zurückgekommen bist. In diesem Land konntest du nicht leben – erst recht nicht als alter, kranker Mann.

Gedankenverloren sah er sich um. Ein paar Rebstöcke standen zu seiner Überraschung in vollem Laub, und es hingen sogar schon einige Trauben daran. Wie von einer unsichtbaren Macht gezogen, ging Ben hinüber, zupfte eine Traube ab, kostete – und zuckte beinahe zusammen. Die Beeren waren von unerwarteter Süße. Klein, grünlich, einige von ihnen angefault, aber perfekt im Geschmack!

Von einer Sekunde auf die andere hob sich Bens Stimmung wieder. Nein, er würde die Hoffnung nicht aufgeben, dass sich seine heimlichen Träume erfüllten. Er würde aus diesem Stück Land, über dem sich der weite blaue Himmel spannte, ein blühendes Weingut machen, und er würde weiteren Grund und Boden dazukaufen. Davon hatte er fast vier Jahre lang geträumt. Dafür hatte er mehr als zwei Jahre lang auf See geschuftet, hatte harte Zeiten ertragen und jeden Kreuzer, jeden Taler gespart.

»Sina, wir bleiben hier!«, rief er. »Das sind die Rebstöcke meines Großvaters! Das ist mein Land, das Land der Hoffnung. Dies hier wird mein Weingut. Und ich schwöre, ich werde mit Gottes Hilfe ein Kleinod daraus machen!« Er sah sich mit leuchtenden Augen um. »Wir bleiben hier – auf *Hopeland*!«

***

»Hoffentlich regnet es bald.« Sina sah zu Ben hinüber, der mit einer Spitzhacke den steinigen und verwucherten Boden bearbeitete. Drei große Steinhaufen lagen bereits auf der Seite, und das zum Teil schon dürre Gras hatte er aufgeschichtet, um es zu verbrennen. Seit Tagen rodete er in der sengenden Sonne die Erde, schonte sich nicht und schuftete ohne Unterlass.

In den ersten Tagen hatte er sein Hemd ausgezogen, doch die Sonne hatte seine Haut rasch verbrannt. Erst hatte er Blasen bekommen, dann war die Haut aufgeplatzt, doch es scherte ihn nicht. Er hatte Sina nur erlaubt, ein paar Blätter, die sie in einer kleinen Senke gefunden hatte, daraufzulegen. Sie kühlten die Haut und linderten den Schmerz ein wenig.

Seit Tagen nun hatte er ein altes Hemd an und trug auch einen Strohhut, den er in einem kleinen Gemischtwarenladen in Simon's Town erstanden hatte. Der Ladenbesitzer, ein feister Bure, der ihm Hacke, Schaufel, Nägel und ein paar andere Dinge verkauft hatte, hatte ihm dringend zu der Kopfbedeckung geraten. »Wir Europäer können die afrikanische Sonne nicht vertragen«, hatte er gemeint. »Glaubt mir, *Mijnheer*, nichts ist wichtiger bei der Feldarbeit als ein breitrandiger Strohhut.«

Ben konnte ihm im Nachhinein nur recht geben. Doch obwohl er schwitzte, obwohl seine Augen brannten und die Arme ihm schmerzten von der ungewohnten Arbeit – er gab nicht auf.

Sina half ihm, so gut sie eben konnte. Sie schleppte gerade zum dritten Mal den schweren Holzbottich hinüber zu den Rebstöcken, die der junge Winzer vor drei Wochen gepflanzt hatte und die jeden Tag gewässert werden mussten, wenn sie angehen sollten.

Die beiden alten Pferde, die Ben dem Iren Tom vor einer Woche abgekauft hatte, standen im Schatten einer

Baumgruppe und versuchten, die letzten grünen Grashalme zu rupfen.

»Die Gäule brauchen auch Wasser«, sagte Sina, und eine Sorgenfalte bildete sich auf ihrer sonst glatten Stirn. »Aber der Brunnen ist fast versiegt.«

»Ich hätte die Tiere lieber bei Tom lassen sollen.« Ein unterdrückter Seufzer begleitete die Worte. Ben richtete sich auf und wischte sich mit einem Lappen das verschwitzte Gesicht ab.

»Ach was«, widersprach Sina. »Dort wären sie auch verdurstet und verhungert. Tom wollte doch weg, übers große Wasser. Vielleicht hätte er sie nur noch dem Abdecker verkaufen können. Hier haben sie es besser. Und du brauchst das Gespann doch!« Sie wischte sich mit einem Zipfel ihres Rocks übers Gesicht. »Morgen geh ich weiter in Richtung Osten. Sicher gibt es da Wasser.« Sie sah sich um. »Ich denke, hier war mal ein Bachlauf. Die Kräuter drüben wachsen eigentlich nur auf feuchtem Boden.«

»Davon seh ich leider nichts. Und die paar Tropfen, die du herschleppst, nützen auch nur wenig.«

Seit seiner Ankunft hier auf *Hopeland*, wie er seinen Besitz überschwenglich getauft hatte, mehrten sich die Probleme fast mit jeder Stunde. Von seinem ersparten Geld war kaum noch etwas übrig. Seine wenigen Goldstücke hatte er in der Bank eingetauscht. Dafür hatte er Francs und die ersten Englischen Pfund bekommen, die er im Leben gesehen hatte. Jetzt, da die Franzosen und die Holländer sich allmählich vom Kap zurückzogen und den Engländern mehr und mehr die Vorherrschaft überließen, waren alle Zahlungsmittel möglich. Er hatte sogar zwei Rixdollar in der Hand gehalten. Das war eigentlich ceylonesisches Geld, wie der Mann von der Lamberts Bank ihm erklärt hatte. Doch auch diese Währung wurde am Kap akzeptiert. Es gab genau einen Schilling und sechs Pence dafür. Ben tat sich mit der neuen Währung allerdings noch schwer, so wie auch die meisten Händler in der Stadt. Sie blieben lieber bei dem vertrauten Zahlungsmittel.

Zehn Francs hatte er für Holz und Werkzeug ausgegeben. Ein paar Centimes nur hatte die Kleidung für Sina und ihren Sohn gekostet. Tom hatte ihm die Sachen seiner verstorbenen Frau überlassen – zusammen mit seinem gesamten Hausstand. So besaßen sie jetzt wenigstens eine Kommode, ein breites Bett, einen soliden Tisch aus Eichenholz und sogar ein paar gehäkelte Decken dafür. Sina war stolz auf echtes Porzellan und auf vier Töpfe, in denen sie Maisbrei kochte und Kürbisgemüse. Die Kürbisse waren an den Ständen der Marktfrauen in Simon's Town preiswert zu erstehen, und Sina hatte beschlossen, bald einen Gemüsegarten anzulegen, damit sie sich selbst versorgen konnten.

Wenn Ben daran dachte, wie emsig sie Pläne schmiedete, schämte er sich seiner Kleingläubigkeit. Er hätte nicht gewusst, was er ohne sie angefangen hätte. Sina war voller Zuversicht, sie scheute keine harte Arbeit und blickte in die Zukunft, als sei es ihr Land, das es urbar zu machen galt.

Tom hatte dem jungen Deutschen auch eine Ziege überlassen, so dass sie Milch hatten.

»Nehmt sie mit zu den Pferden, sie sind aneinander gewöhnt«, hatte der Ire gesagt, als Ben ihm das geliehene Gespann zurückbringen wollte. »Ich brauche sie nicht mehr. Ich geh sowieso weg von hier. Nach Amerika. Da fang ich noch mal ganz von vorn an.«

»Aber … hier habt ihr euch doch etwas aufgebaut, du und deine Frau«, hatte Ben eingeworfen.

»*Damn it,* ohne meine Eva ist mir das nichts wert.« Er hatte gleich wieder nach dem Humpen gegriffen und das Bier durch die Kehle laufen lassen. »Wenn ich gegangen bin, dann hol dir den ganzen restlichen Krempel. Gib mir drei von den neuen Englischen Pfund und der Hausstand gehört dir.«

Ben hatte ihm das Fuhrwerk abgekauft, aber auf seine Worte hatte er nicht allzu viel gegeben, seit Tagen trank Tom Tag und Nacht. Aber vorige Woche hatte Ben Nachricht erhalten, dass er alles abholen könnte. Mit einem vollbeladenen Fuhrwerk war er aus Simon's Town zurückgekehrt. Tom hatte ihm tatsächlich fast alles überlassen: Haushaltsgeräte, Nägel, Messer und ein halbes Dutzend Gläser. Sogar einen Eisenhammer von bester Qualität. Dazu Bettwäsche, Kleider und Röcke von seiner verstorbenen Frau, zwei Hüte, ein paar Umschlagtücher … Sina war vor Freude wie von Sinnen gewesen, als sie die Schätze gesehen hatte.

Jetzt besaß Ben ein kleines, mühsam instand gesetztes Häuschen, ein wenig Hausrat, zwei alte klapprige Pferde samt Wagen und einen kleinen Weinberg, der zu verdorren drohte, wenn nicht bald ein Wunder geschah und er eine Quelle fand, um die Rebstöcke ausreichend mit Wasser zu versorgen.

Vielleicht hatte Tom eine bessere Wahl getroffen, indem er versuchte, in der Neuen Welt Fuß zu fassen. Dort gab es ungeahnte Möglichkeiten, wie von allen Seiten berichtet wurde. Der Westen des riesigen Landes war noch weitgehend unerschlossen, man konnte dort Rinder züchten oder sich eine Farm aufbauen. Das Wetter war sicher auch viel beständiger als hier.

Gestern war das Schiff ausgelaufen, mit dem Tom Afrika verließ. Es war ein englisches Handelsschiff mit Zielhafen New York gewesen. Der kräftige Ire hatte als Matrose angeheuert und war sofort genommen worden.

»Die Stadt wächst jeden Tag gewaltig«, hatte Tom erzählt, als sie die Sachen auf das Fuhrwerk luden. »Ein Vetter von mir lebt dort. Bei ihm kann ich erst mal unterkommen. Aber ich will nicht in New York bleiben. So 'ne Stadt ist nichts für mich. Ich will weiter nach Westen.« Sie hatten zusammen bei Hanne noch einen Brandy getrunken und sich dann schulterklopfend verabschiedet. »Mach's gut, *old boy*.«

»Viel Erfolg in der Neuen Welt. Ich wünsch dir Glück, Tom. Sauf nicht so viel.«

»Klugscheißer« war alles gewesen, was der Ire darauf erwidert hatte, doch sein letzter Händedruck war freundschaftlich fest gewesen.

Hanne hatte Ben zwei Kaninchen mitgegeben, als er sich mit seinem Gespann wieder auf den Weg nach *Hopeland* gemacht hatte. »Ein Pärchen«, hatte sie grinsend gesagt. »Bau 'nen festen Stall, damit kein wildes Tier sie holt, ich hab gehört, dass sich immer wieder Hyänen aus den nördlichen Gebieten hierher verirren, die reißen alles, was sie kriegen können. Und dann sieh zu, dass die Karnickel sich vermehren. Das ist gutes Fleisch.«

»Hanne, ich habe Euch so viel zu verdanken ... ich weiß gar nicht, wie ich das wiedergutmachen soll.«

»Halt den Mund. Ich will nichts hören.« Rau und bärbeißig hatte sie sich wieder einmal gegeben, aber sie hatte ein Herz aus Gold, das wusste er inzwischen nur zu gut.

Hanne zu begegnen war ein wahrer Glücksfall gewesen. Ohne ihre Hilfe hätte er vielleicht schon aufgegeben und wäre jetzt auf einem Schiff unterwegs in die Neue Welt, genau wie Tom.

»Will! Bleib stehen!« Sinas Stimme, in der Panik mitschwang, schreckte ihn auf. »Nein!«

Er sah, dass sie mit gerafften Röcken zu einem Geröllfeld rannte, das an der nördlichen Seite des Weinbergs lag. Es war der höchste Punkt weit und breit. Ben hatte diesem Flecken, der zur Bebauung ungeeignet schien, bisher keine Beachtung geschenkt. Ihn interessierte nur die gute Erde in der Nähe des Hauses und der Schieferboden etwas weiter westlich. Auch die Böden aus Lehm und Löss im Süden wollte er nach und nach roden und bepflanzen. Hier standen auch schon einige alte Reben. Ben hatte die Stöcke beschnitten und hoffte, dass sie sich dadurch erholen und bald wieder Trauben tragen würden. An dieser Stelle würde er versuchen, mehr von den französischen Rebenstecklingen zu pflanzen, sobald er sie sich leisten konnte. Cabernet Sauvignon und Chenin Blanc waren ideal für den Boden hier. Wenn nur das Problem mit der Bewässerung nicht wäre! Zwar regnete es für gewöhnlich regelmäßig in diesem Landstrich, doch gerade hier, wo er sich niedergelassen hatte, versickerte das Regenwasser viel zu rasch.

Die Karte seines Großvaters hatte bestimmte Punkte bezeichnet, daher wusste Ben inzwischen genau, welcher Teil der Gegend ihm gehörte und welcher nicht. Nach und nach wollte er seinen Besitz auch mit Pfosten abstecken, aber noch hatte er dafür weder Zeit noch Geld. Erst einmal galt es, einen kleinen Teil nutzbar zu machen. Der Geröllberg lag im Nordosten. Dort war der Boden steinig, es wuchs kaum etwas, und unter der heißen Sonne ohne einen Busch oder einen Baum war der Grund ausgetrocknet und rissig. Ein paar Büsche fristeten ein kümmerliches Dasein; hin und wieder sah man Vögel in den Ästen. Es gab keinen Baum, kein saftiges Gras. Nur Steine.

Als Ben zum ersten Mal einen Blick darauf geworfen hatte, war ihm gar nicht bewusst geworden, dass der Steinhaufen eigentlich gar nicht in die Gegend passte. Auf einmal wurde ihm klar, dass er nur von Menschenhand aufgetürmt worden sein konnte. Nur – wer konnte das getan haben, und was hatte derjenige damit bezweckt?

»Will! Will – wo bist du? Sag was!« In langen Sätzen hastete Sina den Hügel hoch, ungeachtet der spitzen Steine, die ihr sicherlich die bloßen Füße aufrissen. Sie versuchte, ein paar große Gesteinsbrocken mit bloßen Händen fortzuheben, doch viel konnte sie nicht ausrichten.

»Lass mich mal.« Ben war inzwischen herangekommen und bückte sich nach einem flachen, breiten Stein, dessen rote Maserung ihn deutlich von den umliegenden Felsbrocken unterschied. Gleich daneben war eine Vertiefung entstanden, und Ben vermutete, dass der Junge hier verschüttet worden war. Nur – wie hatte das geschehen können?

Der große flache Stein ließ sich nur mit Mühe beiseiteschieben. Ben keuchte, fluchte – dann war es geschafft. Ein schmaler Spalt wurde sichtbar, durch den man in einen Hohlraum unter der Erde spähen konnte. Ein schwaches Wimmern war zu hören, aber der Junge war nicht zu sehen.

»Will, kannst du uns hören? Will!« Sina sah aus tränennassen Augen zu Ben hoch. »Und jetzt?«

»Weitersuchen.« Ben schob das Felsstück und weitere Steine zur Seite, und dann sah er, dass der Junge in einem Wasserloch saß. Bis zu der Hüfte hockte der Kleine in dem kostbaren Nass!

»Gib mir die Hand!« Ben streckte den Arm aus, doch Will zögerte, als hätte er Angst, dass er etwas Falsches getan hatte und bestraft werden würde. »Will – gib mir deine Hand!« Bens Stimme klang bestimmt, aber freundlich. Langsam, zitternd reckte sich der Kinderarm in die Höhe.

»Gleich ...« Ben umfasste den schmalen Arm des Jungen, so gut er konnte. Er wollte ihm nicht weh tun, musste aber seine ganze Kraft aufwenden, um den Jungen aus der Vertiefung zu ziehen. Ein kräftiger Ruck – und Will war in Sicherheit.

Während Sina ihren kleinen Sohn, dessen Kleider vollkommen durchnässt und zerrissen waren, umarmte und ihn abtastete, ob er sich nicht ernsthaft verletzt hatte, betrachtete Ben staunend den Wassertümpel zu seinen Füßen, ganz so, als hätte er ein weiteres Weltwunder entdeckt. Dann begann er zu begreifen. »Eine Quelle! Sina, auf meinem Land gibt es eine Quelle!« Er schrie es förmlich hinaus. Immer und immer wieder: »Wir sind gerettet! Wir haben Wasser!« Im Überschwang der Gefühle war er nahe daran, Sina in die Arme zu schließen, hielt sich jedoch im letzten Moment zurück. Nein, das durfte er nicht tun, auch wenn er ein übermächtiges Glücksgefühl verspürte, das ihm beinahe die Sinne raubte. Wasser auf seinem eigenen Land, das war fast so, als hätte er Gold gefunden!

Sina hatte Will fest an sich gepresst und küsste ihn immer wieder aufs Haar. Nun stand sie langsam auf und ging, den Jungen fest an der Hand, auf den schmalen Spalt zu und beugte sich darüber. Als sie ihr eigenes Spiegelbild im Wasser erblickte, begann sie zu lachen.

»Tatsächlich, wir haben eigenes Wasser!« Dann runzelte sie nachdenklich die Stirn. »Aber wo fließt es hin?« Sie deutete auf den kleinen Tümpel und dann zum Himmel, als könne dieser eine Antwort für sie haben. »Haben die Götter es gestohlen?«

»Es gibt keine Götter«, sagte Ben, ohne nachzudenken, wie er es immer tat, wenn Sina behauptete, die Götter wären verärgert und würden den Boden austrocknen, weil Ben ihnen keine Opfergaben bringen wollte. »Es versickert irgendwo hier im Erdreich.« Er hob einen Gesteinsbrocken auf und wog ihn nachdenklich in der Hand. »Niemand hat es gestohlen, es fließt in …« Er hielt einen Augenblick nachdenklich inne, dann kniete er sich auf den Boden. Mit fliegenden Händen begann er, weitere Steine beiseitezuräumen. Dass seine Hände dabei aufrissen, kümmerte ihn nicht. Ihm war, als befände er sich in einem Rausch. Wasser! Wasser auf seinem eigenen Land! Er musste sofort herausfinden, was damit geschah!

Kurz blickte er Sina an, die ihm aus großen Augen zusah. Sie stützte eine Hand in den Rücken und hielt mit der anderen weiter die ihres Sohnes in festem Griff.

Ben arbeitete wie besessen. Und endlich, endlich konnte er es sehen: Unter dem Steinhügel verlief das Rinnsal in Richtung Norden. Die kleine Anhöhe war offenbar eine Wasserscheide, und irgendwer hatte verhindern wollen, dass der Bach über Bens Besitz lief. Deshalb hatte derjenige einen Graben angelegt, diesen mit Holz verkleidet und den Bachlauf so von Bens Besitz weggeleitet.

»Kein Wunder, dass hier nichts wächst«, murmelte Ben und fluchte dann laut. »Das ist Diebstahl! Irgendwer nimmt sich mein Wasser! Aber das werde ich ab sofort zu verhindern wissen. Die Quelle befindet sich auf meinem Grund und Boden!« Er wandte sich um. »Sina, hol Werkzeug. Und Bretter. So viele, wie du nur tragen kannst!«

»Ja aber ...«

»Tu, was ich dir sage!« Vor Erregung hatten Bens Wangen sich gerötet. Keuchend machte er sich daran, weitere Steine zur Seite zu schleudern, um an die Quelle zu gelangen.

Weit über eine Stunde arbeitete er unter gleißender Sonne, bis er die ersten Befestigungen für den Wasserlauf anbringen konnte. Sina hatte ihm geholfen, so gut sie es eben vermochte, und sogar Will hatte kleine Steine fortgetragen.

»Ihr gebt dem Wasser ein Korsett«, meinte sie. Seit Sina unter Evas Kleidern ein einfaches Korsett aus Fischbein entdeckt hatte, war sie fasziniert von diesem Kleidungsstück und hatte sich den Begriff eingeprägt.

»So kann man es ausdrücken.« Ben lachte und blinzelte in der Sonne zu ihr empor. »Und ich werde diese Rinne noch erweitern. Wenn es gelingt, kann ich ein Bewässerungssystem anlegen. Aber dazu brauche ich Zeit – und noch sehr viel Holz.«

***

Drei Tage schuftete Ben von den frühen Morgenstunden bis zum späten Abend, wenn die Sonne unterging und die Nacht sich wie ein warmes dunkles Tuch über das weite Land legte. Er gönnte sich keine Ruhe, er hatte große Sorge, dass es bald zu einem Streit kommen würde. Wer immer der Nachbar war, dem jetzt das Wasser fehlte – er würde dies feststellen, und er würde es vermutlich nicht klaglos hinnehmen. Doch was Ben tat, das geschah im vollen Bewusstsein, dass dieses Wasser für sie lebensnotwendig war. Ohne den Zufluss würde *Hopeland* nicht gedeihen. Das war ihm selbst eine handfeste Auseinandersetzung wert, auch wenn er nicht streitsüchtig war.

Endlich war das Wasser gänzlich in den kleinen Kanal umgeleitet. Wenn seine Reben genug von dem kostbaren Nass abbekommen hatten, konnte er sich Gedanken darüber machen, wie er damit eine größere Fläche bewässern und seinen Boden zu einem immer grüneren Weingarten machen konnte.

»Ich fahre morgen in die Stadt«, verkündete er Sina, als er am dritten Abend die Spitzhacke und die Schaufel schulterte und sich anschickte, zurück zur Hütte zu gehen. »Neues Holz und Nägel besorgen. Was fehlt sonst noch im Haus?«

Sina überlegte. »Etwas Mehl. Salz. Sirup. Frischer Kürbis und Kartoffeln, wenn welche feilgeboten werden, und auch ein paar Bohnen. Die könnte ich setzen. Und vielleicht könnt Ihr ein paar Hühner kaufen. Dann hätten wir Eier, ich könnte Brot backen. Ach ja, bringt auch *mealies* mit.«

»Was ist das?«

»Wie nennt ihr das? Gelbe Stauden mit vielen Körnern, die wohlschmeckend sind und satt machen. Ich kann sie braten oder Fladenbrot daraus machen.«

Ben lachte. »Ach, Maiskolben. Gut, ich will sehen, ob ich welche bekomme. Und Hühner willst du haben.« Er nickte.

An diesem Abend aßen sie die letzten Kartoffeln, dazu gab es einen Rest Kürbisbrei und wilde Beeren, die Sina gesucht hatte.

Sie gingen früh schlafen, ausgelaugt und erschöpft. Ben spürte jeden Knochen in seinem Körper, als er auf seiner Pritsche lag. Auch der kleine Will war müde. Er hatte am Wasser gespielt und den Kaninchen Futter gesucht. Dabei hatte er ein paar Eidechsen gesehen und Affen, wie er aufgeregt berichtet hatte. Vor diesen Tieren hatte er Angst, sie kreischten furchterregend, und seine Mutter hatte ihm erzählt, dass sie auch bissen, wenn man ihnen zu nahe kam. Also hatte er sich hinter einem Baum verborgen und sie nur aus der Ferne beobachtet.

Ben wurde durch einen langgezogenen Schrei wach, der nicht von einem Menschen zu stammen schien und der von draußen aus der Wildnis zu ihm hereindrang. Mit einem Satz war er aus dem Bett und griff nach dem alten Schießprügel, den Tom, der Ire, ihm überlassen hatte.

Als er vor die Hütte trat, umfing ihn dunkle Nacht. Oben am schwarzen Nachthimmel glitzerten abertausend Sterne wie an einem riesigen Zeltdach, in das Lichtpunkte eingearbeitet waren, doch sie spendeten kaum Licht, und der Mond war hinter einer Wolke verborgen. Ben kniff die Augen zusammen, doch sosehr er sich bemühte, er konnte nichts Ungewöhnliches erkennen.

Angestrengt lauschte er in die Dunkelheit. Erneut erklang dieses seltsame Bellen, das fast ein Heulen war. Stießen Affen diese Laute aus? Oder wilde Hunde, die sich bis hier heraus verirrt hatten und die etwas zu fressen suchten?

Er drehte sich um, als er eine Bewegung hinter sich wahrnahm und ein Rascheln hörte, von Füßen, die durch das halbhohe Gras strichen. »Das sind Hyänen. Sie kommen nicht oft bis hierher in den Süden.« Sina hatte sich ein altes Wolltuch um die Schultern gelegt. »Es muss ein totes Tier geben hier in der Gegend.« Ihre Stimme klang heiser vor Angst.

»Geh wieder rein. Ich seh mich noch mal um.« Ben packte das Gewehr fester, doch er konnte nichts Besorgniserregendes entdecken.

Als er in den zarten Strahlen der frühen Morgensonne vor das Haus trat, um zu dem dürftig gezimmerten Verschlag zu gehen und die Pferde anzuspannen, sah er mit Entsetzen, dass die Bretter, die er mühevoll zusammengenagelt und mit denen er den Bewässerungsgraben ausgekleidet hatte, aus der Erde gerissen und zerschlagen worden waren. Das Wasser versickerte weiter oben am Hügel. Als er dort ankam und die Erde absuchte, entdeckte er Spuren von Hufen. Es waren wenigstens drei Reiter hier gewesen.

»Und ich hab nichts bemerkt! Verdammt, verdammt, verdammt!« Ben schlug immer wieder mit der Faust auf einen Pfahl in der Nähe. So lange, bis der Schmerz stärker war als seine Wut und er zu sich kam. »Wenn ich diese Mistkerle kriege …«

Mit langen Schritten lief er zurück zum Haus und holte Sina, um ihr von der Tat zu berichten.

»Wir müssen sie daran hindern!« Sina ballte eine ihrer kleinen Hände zur Faust.

»Ich verspreche dir, das war das letzte Mal!«, schwor Ben. »Ich werde die Mistkerle stellen. Und dann Gnade ihnen Gott!« Er schob sich den Strohhut in den Nacken. »Kannst du mit einem Gewehr umgehen, Sina?«

Die junge Schwarze schüttelte den Kopf und verbarg ihre Hände hinter dem Rücken. »Nicht schießen ... niemals!«

»Du wirst es lernen. Sobald ich zurück bin.«

Sina sah ihm nach, als er davonritt. Auf einmal waren all die grauenvollen Bilder der Vergangenheit wieder da: Ihr erster Herr hatte sie, als sie fast noch ein Kind war, mit Gewalt genommen, weil er fest geglaubt hatte, nur Jungfrauen würden ihn befriedigen können. Dann die Arbeit auf der Farm weiter im Osten. Es waren Holländer, die dort ihre Sklaven ausbeuteten bis aufs Blut. Danach war sie, halb verhungert und schwach, zu Simon van Houten und dessen Sohn gekommen. Der pockennarbige Simon war brutal und sadistisch gewesen, und sein Sohn war nicht besser, nein, eher noch grausamer. Peer hatte sie ... Sie vergrub das Gesicht für einen Moment in den Händen, dann glitt ihr Blick zu Will. Nein, der Junge konnte nichts dafür. Er sollte nie erfahren, wer sein Vater war und was er ihr angetan hatte in jener Nacht, da Will gezeugt worden war.

Sina sah sich um, doch weit und breit war keine Menschenseele zu sehen. Schnell verschwand sie wieder in der Hütte. Ob sie sich im Haus verbergen sollte, bis Ben zurück war? Als sie die Axt sah, die in einer Ecke stand, griff sie danach, umklammerte den rauen Holzstiel so fest, dass ihre Knöchel hell hervortraten.

»Muss schießen lernen«, murmelte sie vor sich hin. »Ich muss ...« Immer wieder kam es vor, dass Gesetzlose die Gegend unsicher machten und sich an wehrlosen schwarzen Frauen vergingen. Wenn denen nicht so viel passierte, dass sie arbeitsunfähig waren, kümmerte es die Herren, die sie gekauft hatten, nur selten, was sie erlitten hatten. Von diesem Leid schien Ben nichts zu ahnen. Er dachte wohl nur an die Männer, die seinen Wasserkanal zerstört hatten. Aber Sina wusste es besser, sie wusste, was die Menschen einander antun konnten!

Sie nahm sich vor, dass sie sich, wenn Ben fort war, immer in der Nähe des Hauses aufhalten würde, dort, wo die Axt war. Und die Machete. In der Hütte, die inzwischen ein wenig wohnlicher eingerichtet war, gab es vorerst noch genug zu tun. Ben hatte eine kleine Kammer vom Hauptraum abgetrennt, in der Sina und Will schlafen konnten.

»Es ist schicklicher so«, hatte er erklärt. »Wenn die Leute erfahren, dass wir in einem Raum zusammen nächtigen, das gibt nur Ärger.«

Sina verstand seine Bedenken, und sie wollte nicht, dass er deswegen Schwierigkeiten bekam. Bens Ruf würde leiden, wenn sich herumsprach, dass er mit einer Frau, noch dazu mit einer ehemaligen Sklavin, zusammenlebte.

Sina dachte an seine warmen Augen und musste sich eingestehen, dass er ihr nicht gleichgültig war. Zum ersten Mal in ihrem Leben hatte ein Herr sie mit Anstand behandelt, hatte ihr nie das Gefühl gegeben, dass sie wertlos oder lästig war. Sie spürte eine starke Zuneigung zu ihm. Wie anders war es ihr zuvor ergangen! Wenn sie an Simon und Peer dachte, wurde ihr ganz elend. Wie oft hatten die beiden sie in ihr Bett gezwungen! Manchmal hatten es beide gleichzeitig mit ihr getrieben, sie erniedrigt und gedemütigt.

Auch bei dem Herrn, bei dem sie einige Jahre zuvor mit ihrer Mutter gelebt hatte, war es rau zugegangen. Sina hatte schon als Mädchen von sechs Jahren auf den

Feldern und im Weinberg arbeiten müssen. Sie hatte Unkraut gejätet, Käfer von den Weinblättern abgeklaubt, der Sklavin in der Küche beim Zubereiten des Essens geholfen, war geschunden und misshandelt worden.

Und dann, kaum dass sie vom Kind zur Frau geworden war, hatte erst der Farmer, dann sein Verwalter sie in sein Bett gezwungen. Wie einsam hatte sie sich gefühlt, wie hilflos. Sina rann ein kalter Schauer über den Rücken, als sie daran zurückdachte. Es hatte keine Menschenseele gegeben, die ihr hätte helfen können. Ihre Mutter hatte das Leid der Tochter mit Tränen in den Augen mitansehen müssen, aber sie hatte nichts dagegen tun können. Niemand hatte es gewagt, sich gegen den grobschlächtigen, brutalen Verwalter aufzulehnen. Er regierte den Besitz seines Herrn mit harter Hand und verschaffte sich sein Vergnügen entweder mit Huren oder mit jungen Sklavinnen.

Ein kleines Lächeln glitt über Sinas Gesicht, als sie daran dachte, wie anders alles geworden war. Jetzt war sie bei Ben, und er war der anständigste Weiße, den sie je getroffen hatte. Sie dankte allen Göttern dafür, dass er sie aufgenommen hatte – sie und ihren Jungen. Will mochte Ben, und der junge Mann schien sich gern um ihren Sohn zu kümmern und brachte ihm manches bei, wenn sie draußen im Weinberg waren. Peer, der Vater des Kindes, hatte sich nie um den Kleinen geschert. Im Gegenteil, ihm war der »Bastard« immer ein Dorn im Auge gewesen.

Sina schwor sich, alles zu tun, um Ben beim Aufbau seines Weingutes zu helfen. Sie fühlte sich wohl auf *Hopeland*, sie liebte die Arbeit an den Weinstöcken, die genau gezogenen Reihen der Pflanzen und das weite Land, das das Gut umgab. Sie sorgte für abwechslungsreiche Mahlzeiten, und sie verlieh der einfachen Behausung so viel Wohnlichkeit, wie es irgend möglich war. Von Ben hatte sie viel gelernt, verstand einiges von der Pflege der Reben, und sie würde ihm eine echte Hilfe sein. Er würde es nicht bereuen, ihr geholfen, ja sie gerettet zu haben.

Und so arbeitete Sina nach Bens Abfahrt in die Stadt zunächst in der Nähe des Hauses. Goss die jungen Reben, sammelte zusammen mit Will das Ungeziefer, das sich in diesem Jahr wieder stark vermehrte, von den jungen Trieben und band diese zurück, wo es nötig war. Sie wagte es sogar, ein paar Eimer Wasser zu holen, auch wenn sie dazu wieder hoch zum Hügel musste. Dieser Weg löste ein Gefühl der Beklemmung aus in ihr, denn alles, alles war zerschlagen! Wer sich auf diese Weise mit Wasser versorgte, der kannte keine Skrupel und würde alles tun, um sich zu holen, was rechtmäßig einem anderen gehörte. Und eine wehrlose Frau und ein Kind würden ihn nicht daran hindern, das wusste Sina. Und es war umso schlimmer, weil sie nach der Zerstörung der Quelle um jeden Tropfen ringen musste. Das Wasser war fort, nur der Quelltümpel lieferte noch das wertvolle Nass.

Erst als die Schatten länger wurden und die letzten Sonnenstrahlen die Hügel in feuerrotes Licht zu tauchen begannen, ging sie mit ihrem Jungen ins Haus und verriegelte die Tür mit einem Balken. Es gab auch jetzt noch, im Dämmerlicht, genug zu tun. Bens alte Arbeitsjoppe war an zwei Stellen zerrissen. An einer Hose fehlten Knöpfe. Will war schon wieder gewachsen, und sie versuchte, seine gute Hose länger zu machen, indem sie einen Stofffetzen zuschnitt und einen breiten Streifen an die Hosenbeine annähte.

Plötzlich waren von draußen Stimmen zu hören. Sina spähte vorsichtig durch einen Türspalt. Das Herz klopfte ihr bis zum Hals, und sie hoffte inständig, dass niemand auf sie aufmerksam wurde.

»Wer ist da?«, fragte Will.

»Schhh.« Sina legte den Finger an die Lippen. »Ich weiß es nicht. Still, nur still!«

Will nickte. Er verkroch sich unter dem Tisch und spielte dort mit dem Holzpferd, das Ben ihm geschnitzt hatte. Es war kaum zu erkennen, dass das Spielzeug ein Pferd darstellen sollte. Zu dick war der Bauch, zu klein der Kopf, die Beine nicht einmal gleich lang. Und doch – es war das erste Spielzeug, das Will je besessen hatte, und er liebte es heiß und innig.

Die Männerstimmen kamen näher. Sina atmete auf, als die vier Schwarzen vorbeigingen und sich nicht um die Hütte kümmerten. Jeder von ihnen hatte einen prall gefüllten Sack auf der Schulter. Es war kaum anzunehmen, dass die vier das, was sie da durch die Gegend schleppten, rechtmäßig erworben hatten, denn sie blickten sich bisweilen um und redeten nur halblaut miteinander.

***

Als Ben mit seinem Fuhrwerk in Kapstadt eintraf, stellte er wieder einmal fest, dass die Stadt sich in der kurzen Zeit, seit er am südlichen Zipfel Afrikas angekommen war, vergrößert hatte und mit jedem Tag weiterwuchs. Überall sah man Zimmerleute in ihrer schwarzen Kluft bei der Arbeit. In den Baugruben schufteten die kräftigsten der schwarzen Sklaven und hoben die Erde aus, damit die Fundamente gemauert werden konnten.

Immer größere Steinhäuser wurden gebaut; die alten, zum Teil schon windschiefen Holzbauten aus der Zeit der Stadtgründung verschwanden und machten mehrstöckigen Prachtbauten Platz, die mit ihren stuckverzierten Fassaden vergessen ließen, dass man sich am Ende der Welt befand.

Die Straßen waren breit, einige davon bereits gepflastert. Zwei Kutschen konnten leicht aneinander vorbeifahren; sogar für die breiten Ochsenkarren war Platz. Wie er erstaunt feststellte, gab es in der Straße, in der sich auch die Lamberts Bank befand, schon wieder neue Geschäfte. Aus einer Bäckerei drangen verlockende Düfte, und Bens Magen meldete sich mit leisem Knurren, als er das frische Gebäck sah, das eine dralle Bäckersfrau gerade in die Auslage legte. Ein Metzger pries lautstark das aus den nördlicheren Landesteilen eingetroffene Rind- und Lammfleisch an. Darüber hinaus gab es Tuchhändler, Schneider, einen Barbier, der sich rühmte, aus England zu stammen und dort die Mitglieder des Königshauses frisiert zu haben. An ihm vorbei zogen ärmliche Straßenhändler mit Bastkörben und klapprigen Karren.

Ben lenkte sein Gespann an den Straßenrand, als plötzlich ein paar englische Dragoner heranpreschten. Sie zogen sofort die Blicke aller Umstehenden auf sich. Die rot-weißen Uniformen, an denen die Goldknöpfe blitzten, waren tadellos sauber, was darauf schließen ließ, dass die Soldaten soeben aus der Garnison kamen. Die schwarzen Gamaschen der Männer waren kaum mit Staub bedeckt, die kurzen Stiefel darunter blitzblank. Einer der Soldaten, den die goldenen Litzen am Kragen und die Epauletten auf den Schultern als Offizier auswiesen, salutierte und zügelte in dem Moment seinen schwarzen Wallach, als er dicht an Bens Fuhrwerk herangekommen war.

Für einen Moment dachte der junge Winzer, dass der Soldat auf ihn aufmerksam geworden wäre, dann erkannte er, dass dieser sein Augenmerk auf eine junge Frau und deren ältere Begleiterin gerichtet hatte, die soeben einen neu eröffneten Tuchladen verließen. Die ältere Dame, ganz in dunkelgraue Seide gekleidet, öffnete gleich ihren Sonnenschirm und schützte sich damit. Der Stoff des Schirms passte genau zu ihrem Kleid, das hochgeschlossen war und ihre schlanke Figur betonte. Nur am Hals war eine kleine doppelte Spitzenrüsche angebracht, in deren Mitte eine Brosche mit graugrün schimmernden Südseeperlen prangte. Der Rock bauschte sich in zwei Lagen bis zum Boden; kleine Spitzeneinsätze, die zusätzliche Weite gaben, waren als Zierde eingearbeitet worden. Am Sonnenschirm wiederholte sich diese Spitzenverzierung, eine kostbare Klöppelarbeit aus Flandern.

Bens Herz begann, immer stärker zu pochen, als er nun in der Jüngeren die Dame aus der Kutsche erkannte, der er an seinem ersten Tag hier begegnet war. Wie zart ihre Figur war! Die Haut schien aus Porzellan zu sein, sie war hell und makellos. Im Gegensatz zu ihrer Begleiterin, deren Haupt eine graue Spitzendormeuse zierte, eine in zwölf Falten gelegte edle Haube, war ihr Haar unbedeckt, so dass Ben den goldenen Schimmer bewundern konnte. Heute trug die junge Frau ein hellgelbes Kleid, das unterhalb der Brust von einem bestickten roten Band gehalten wurde. Der Stoff fiel in weichen Bahnen bis zum Boden. Wie magisch wurde Bens Blick von ihren rosigen Lippen, vom sanften Schwung ihres Halses angezogen, und er musste all seine Willenskraft aufbieten, um seinen Blick nicht zu lange auf ihrem Dekolleté verweilen zu lassen.

Jetzt neigte die junge Frau leicht den Kopf, um den Offizier zu grüßen. Sie hatte das blonde Haar im Nacken zu einem Knoten geschlungen, ein rotes Seidenband war apart durch den Chignon hindurchgezogen und an der linken Seite mit einem Perlenkamm festgesteckt worden. Die perfekte Linie des Halses wurde dadurch noch unterstrichen, und der junge Winzer konnte den Blick kaum abwenden. Er sah, dass die Schöne ihren gelben Spitzenschirm, der die Haut gegen die hellen Strahlen schützen sollte, erst aufklappte, dann mit einer schwungvollen Bewegung aber wieder schloss. Sie plauderte mit dem Offizier, lächelte ihn an und neigte zustimmend den Kopf, als er etwas sagte.

Bei Gott, ich würde ein Fass meines besten Weins dafür geben, wenn ich an der Stelle dieses Soldaten wäre, dachte Ben. Aber wie sollte er jemals die Bekanntschaft einer so vornehmen Dame machen? Welten lagen zwischen ihnen, sie scherte sich sicher nicht um einen einfachen Winzer. Ben seufzte. Seine Pferde, deren Fell inzwischen glänzte und die wohlgenährt und kräftig aussahen, schnaubten unruhig, und so lenkte Ben sein Gefährt weiter die Straße hinunter. In einer kleinen Seitengasse gab es einen einfachen Gemischtwarenladen, hier kaufte er, was in seinem bescheidenen Haushalt gebraucht wurde. Viel war es nicht, er musste sparen und lebte höchst bescheiden. Aber er hatte ein Ziel vor Augen. Ein Ziel, dem er sich seit vier Jahren ganz verschrieben hatte.

In einem Regal bemerkte er bunte Tücher aus echter chinesischer Seide. So jedenfalls pries der Ladenbesitzer sie an. Ein Tuch, in hellem Grün mit gelben Fransen, gefiel ihm gut, und er kaufte es aus einer Laune heraus für Sina. Sie besaß gar nichts Schönes, und nachdem er gesehen hatte, wie herausgeputzt die Frauenzimmer hier in der Stadt daherkamen, fiel ihm die Armseligkeit, in der Sina ihr Dasein fristen musste, besonders ins Auge.

Als er das Tuch zu den anderen Sachen legte, schoss ihm durch den Kopf: Du bist wohl der einzige Weiße weit und breit, der einer Sklavin ein Geschenk macht. Aber Sina war in seinen Augen keine Sklavin, sie war ihm eine große Hilfe auf seinem Gut. Sie arbeitete bis zur Erschöpfung, ohne zu klagen, als sei es ihr eigener Grund und Boden, den sie bestellte. Steinig war Bens Besitz im Osten; wenn er hier neue Reben anpflanzen wollte, musste er Sorge tragen, dass der Untergrund gut vorbereitet war. Der zum Teil sandige Boden weiter nordöstlich, hart und voller Unkraut, musste aufgelockert und bewässert werden – wie er dieses Problem auf Dauer lösen sollte, daran mochte der junge Winzer noch nicht denken, zumal er seit heute wusste, dass er einen Feind in der Gegend hatte, der ihm sein Wasser streitig machte.

Schon hatte er sein Gespann wieder erreicht, als er sich ganz plötzlich anders entschied und mit langen Schritten zur Hauptstraße hinüberging, um sich das bunte Treiben noch eine Weile anzusehen. Es herrschte lebhafter Betrieb allenthalben; die Straßen wurden von vornehmen Kutschen ebenso wie von Lastfuhrwerken beherrscht. Einzelne Reiter kreuzten in gemäßigtem Trab seinen Weg. Am Straßenrand flanierten elegant gekleidete Damen, entweder in Begleitung von Offizieren in rot-weißen Ausgehuniformen oder von nicht minder vornehmen Herren, die zur schmalen Seidenhose, die kurz unterm Knie endete, einen langen Rock aus Brokatseide oder aus edlem Tuch trugen. Die Schnallenschuhe glänzten in braunem oder schwarzem Leder, die Gamaschen waren aus Seidenstrick oder feinster Baumwolle.

Aber auch die einfachen Leute schienen sich heute auf der Straße versammelt zu haben. Was war nur los?

Ben fragte einen Herrn, der mit einer Gruppe von Männern vor einem Laden stand, und erfuhr, dass genau an diesem Tag Südafrika ein weiterer Kolonialstaat des Englischen Königreiches geworden war. Die Vorherrschaft der Franzosen und Holländer war nun offiziell zu Ende. Ein Grund zum Feiern war dies für die Bevölkerung wohl weniger, doch es war anscheinend ein Vorwand, um auszugehen, sich zusammenzufinden und die neue politische Lage zu diskutieren. In einigen der vornehmen Stadthäuser wurden offenbar auch Feste gefeiert – in erster Linie natürlich bei den Engländern, die in der Kapkolonie sesshaft geworden waren; auch darüber schwatzte man auf der Straße. Ben suchte das Gewimmel mit den Augen ab. So flüchtig die Begegnung vorhin auch gewesen sein mochte – ein zartes Antlitz hatte sich in sein Herz gebrannt. Hin und wieder glaubte er sie zu entdecken, und dann war es doch ein anderes Gesicht.

Als er schon aufgeben und zu seiner Kutsche zurückgehen wollte, sah er sie: Sie trat mit ihrer Begleiterin aus einem eleganten Wäschegeschäft. In der Linken trug sie ein schmales Päckchen, das sorgfältig in braunes Papier eingeschlagen war. Ihre Rechte, in einem hellen Handschuh steckend, hielt den zarten Sonnenschirm. Gemeinsam mit ihrer in Grau gekleideten Begleiterin überquerte die junge Frau die Straße. Bens Herzschlag stockte, als er das herrenlose Pferd bemerkte, das genau auf die beiden Frauen zupreschte. Der Gaul galoppierte wie rasend dahin und warf jedes Hindernis um. Zwei Abfallkübel, die die Besitzerin eines kleinen Ladens an den Straßenrand gestellt hatte, den kleinen Karren eines Händlers, woraufhin Rüben und Knollen über die Straße rollten. Die ältere der Damen schrie auf, raffte die Röcke, lief zu einem Hauseingang und brachte sich in Sicherheit.

»Nein!« Ben war nicht bewusst, dass er selbst es war, der voller Panik aufschrie. Mit einem langen Satz war er bei der blonden Fremden, stieß sie zur Seite – und wurde selbst von dem sich wie rasend gebärdenden Pferd an der Schulter gestreift und zu Boden geworfen. Der Schmerz nahm ihm für ein paar Augenblicke den Atem. Dunkle Punkte tanzten vor seinen Augen.

Als er wieder zu sich kam, lag er im Straßenstaub – und blickte in sorgenvoll geweitete Augen von einem dunklen Blau, das an Veilchen erinnerte. Die junge Dame hatte sich über ihn gebeugt.

»Seid Ihr verletzt?«, fragte sie. »Ich … ich muss Euch so sehr danken. Wenn Ihr nicht so beherzt eingegriffen hättet …« Sie biss sich auf die Lippen. Es waren sanft geschwungene Lippen von zartem Rot, und ihre Mundwinkel zitterten, das war das einzige Zeichen, das ihre Erregung verriet.

»Keine Sorge.« Mit ein wenig Mühe kam er wieder auf die Beine und klopfte sich den Staub von den Kleidern. »Macht Euch keine Gedanken, mir ist nichts geschehen.« Als er bemerkte, dass seine Mütze noch auf der Erde lag, bückte er sich – und stieß aus Versehen mit der jungen Frau zusammen, die sich ebenfalls ein wenig vorgebeugt hatte.

»Ich … es tut mir leid …«, stammelte er und spürte, wie ihm das Blut ins Gesicht schoss.

»Aber ich bitte Euch – ich bin es, die dieses unsanfte Zusammentreffen bedauern muss. Wobei ich Euch unendlich dankbar bin, denn Ihr habt mich vor einem Unglück bewahrt. Dieses Pferd …« Sie sah sich nach dem durchgegangenen Gaul um, den einige Männer inzwischen am Zaumzeug gepackt und zur Seite geführt hatten. »Jedenfalls stehe ich tief in Eurer Schuld.« Sie lächelte ihn an, und Ben spürte seinen Herzschlag. Was ist nur mit mir los?, fragte er sich. Nie zuvor hatte er so empfunden. Nicht einmal damals, als er das erste Mal mit Katrin zusammen gewesen war und sie sich ihm ganz hingegeben hatte. In einem kleinen Schuppen auf dem elterlichen Hof war es gewesen, und für lange Zeit war diese Nacht in der Erinnerung die schönste seines Lebens gewesen. Aber jetzt ahnte er, dass es noch ein ganz anderes, noch größeres Gefühl gab …

»Übrigens, ich bin Charlotte de Havelbeer.« Wider jede Etikette reichte ihm die schöne blonde Frau die Hand.

»Benjamin Ruhland.« Er wagte es nicht, ihre Finger zu ergreifen, die in einem gehäkelten weißen Handschuh steckten. »Verzeiht, meine Hände sind nicht sauber«, murmelte er entschuldigend und hatte Mühe, seine Verlegenheit zu verbergen. »Ich habe Ware aufgeladen.« Mit einer knappen Geste wies er zu seinem Fuhrwerk hin.

»Das macht doch nichts.« Sie lächelte, und fasziniert sah er, dass sich ein kleines Grübchen in ihrer linken Wange bildete. »Nochmals Dank, *Mijnheer*.« Ein leichtes Kopfnicken, dann ging sie hinüber zu ihrer Begleiterin, von der sie gleich mit einem Wortschwall überschüttet wurde. Mit klopfendem Herzen beobachtete Ben, wie Charlotte den Kopf schüttelte und sich dann noch einmal nach ihm umsah. Ein knappes, nur flüchtig angedeutetes Winken, dann verschwanden die beiden Frauen in einem Hutmacherladen. Dort war außer den schlichten Hauben, die zu jeder Tageszeit getragen werden konnten, aparter Kopfschmuck aus Straußenfedern, Tüll und Seidenblumen ausgestellt. Dazu Pompadours, Handschuhe aus gehäkelter Baumwolle und Seide, Haarkämme aus Schildpatt mit kostbarer Verzierung.

Ben versuchte noch, einen Blick ins Innere des Geschäftes zu erhaschen, doch hinter den vielfältigen Waren im Schaufenster war dies schwierig, konnte er kaum etwas erkennen. Ihr Name klang in ihm nach: Charlotte de Havelbeer.

Ben wollte gerade seinen Platz am Schaufenster verlassen, da sah er, dass Charlotte sich zum Fenster wandte. Als sie ihn entdeckte, lächelte sie ihm zu, dann aber wandte sie rasch und mit zartem Erröten den Kopf ab.

Auch Ben wurde verlegen. Noch einmal verbeugte er sich leicht, dann ging er rasch zu seinem Fuhrwerk. Mit einem Satz war er auf dem Kutschbock und gab den Pferden die Zügel wieder frei. Er kaufte bei einer alten Frau noch zwei Hennen, damit sie Eier hatten. Sie band sie an den Füßen zusammen, und sie stießen ein lautes Gegacker aus. Die Alte warnte ihn noch, er solle achtgeben, dass sie nicht von Hunden oder Füchsen gerissen wurden. Dann machte er sich auf den Heimweg.

Seine Schulter schmerzte inzwischen immer heftiger von dem Zusammenstoß, und das Gespann zu lenken war anstrengend.

Auf dem ganzen Weg nach *Hopeland* musste er an Charlotte de Havelbeer denken. Die veilchenfarbenen Augen wurden von langen dunklen Wimpern beschattet, und die Erinnerung an ihren Blick sandte einen warmen Schauer über seinen Rücken. Erst als er rechts und links des staubigen Wegs grüne Weinberge erblickte, fand er wieder in die Wirklichkeit zurück. Weit erstreckten sich die in vollem Saft stehenden Stöcke. Wohin das Auge auch schaute, sah er sorgsam gepflanzte Reben in Reih und Glied stehen, ein Prachtbild für jeden Winzer. Es gab kein Unkraut zwischen den Reihen, alles wirkte perfekt angelegt und gepflegt. Ben wünschte sich in diesem Moment wie so oft, er würde auf sein eigenes Gut blicken.

Doch dies war nicht *Hopeland*, sondern das riesige *Groot Constantia*, an dem er sein Gespann jedes Mal vorbeilenkte, wenn er aus der Stadt nach Hause fuhr. Zuerst war er einige Male über ödes Brachland bis zu seinem kleinen Besitz gefahren, dann erst hatte er entdeckt, dass dieser Weg viel kürzer war. Das Herrenhaus, das einst Simon van der Stel gebaut hatte, als er 1679 Gouverneur am Kap wurde, war nach dessen Lebenszeit noch vergrößert und verschönert worden. Simon hatte mit der Wahl des Standorts ein sicheres Gespür bewiesen: Hier gab es die besten Böden, und die Weinstöcke waren ertragreich wie nirgendwo sonst. In dem weitläufigen Garten, der das Hauptgebäude umgab, blühten Geranien, Bougainvilleen und Hibisken in verschwenderischer Fülle; der Duft war betäubend, wenn man dicht daran vorbeifuhr. Sogar Palmen und Mimosenbäume wuchsen hier, ebenso etliche Eichen. Der Besitz wirkte wie eine Oase inmitten der sandigen, staubigen Ödnis.

Vor allem gab *Constantia* Ben einen Eindruck davon, wie wohlhabend einige der großen Winzer in Südafrika geworden waren. Grundlage hierfür waren allerdings nicht nur die richtigen Böden und das sichere Gespür fürs Geschäft, am wichtigsten war es wohl, dem Erdreich, das innerhalb weniger Meilen von unterschiedlicher Beschaffenheit sein konnte, die richtige Lese abzuringen.

Auf *Groot Constantia* wurde in erster Linie Muskateller gekeltert. Der süße *Constantia*-Wein war in Europa sehr beliebt, der Export florierte und hatte auch die neuen Besitzer von Simon van der Stels Weingut zu reichen Leuten gemacht.

Wie schon beim ersten Mal, als er hier vorbeigekommen war, zügelte Ben auch heute wieder seine Pferde und sah mit begehrlichem Blick zu dem eindrucksvollen Herrenhaus hinüber. Welch ein Gegensatz zu der ärmlichen Hütte, in der er hauste! Wie riesig das Gebäude mit den hohen Giebeln, die typisch waren für die Herrenhäuser am Kap. Die weiße Fassade leuchtete im späten Sonnenlicht, und die Unterkünfte der vielen Arbeiter, die auch jetzt überall auf dem Gut tätig waren, wirkten ebenfalls gepflegt. Schwarze Sklaven und einige weiße Arbeiter waren emsig dabei, Reben hochzubinden und die Stöcke zu überprüfen.

Noch zwei, drei Jahre, dann ist es auf *Hopeland* auch so weit, schoss es Ben durch den Kopf. Bis dahin müssen wir irgendwie überleben. Zwar war der Boden gut, und einige der alten Stöcke trugen dank seiner und Sinas Pflege wieder frisches Grün, doch es würde noch dauern, bis die Reben einen reichhaltigen Ertrag brachten. Das Keltern würde sich für den jungen Winzer von *Hopeland* erst dann lohnen, wenn einige der neuen

Rebstöcke auch Früchte trugen, und das konnte Jahre dauern.

Bis dahin war noch unendlich viel zu tun: Lagerräume mussten geschaffen werden, und er benötigte dringend Fässer, möglichst neue, damit von vornherein jede Fäulnisbildung ausgeschlossen werden konnte. Heute hatte er versucht, wenigstens ein halbes Dutzend zu erwerben, aber dies schien ein Ding der Unmöglichkeit zu sein.

»*Sorry, chap*, die Europäer versuchen, unseren Winzern Knüppel zwischen die Beine zu werfen«, hatte ihm John, der Holzhändler aus London, erklärt. »Sie haben Angst, dass zu viel von unserem Wein dem der Italiener und Franzosen den Rang abläuft. Also rationieren sie die Lieferung von Fässern, diese Mistkerle!«

»Aber ich brauche Fässer! Wenigstens drei oder vier!« Fast flehend hatte Bens Stimme geklungen. »Was sind denn die paar Fässer für dich! Du lieferst doch das Hundertfache an die großen Güter.« Er stützte sich mit einer Hand auf der groben Holztheke ab und fuhr sich mit der anderen durch das dunkle Haar.

»Eben. Da weiß ich wenigstens, dass ich mein Geld kriege.« John, ein alter, knorrig wirkender Mann, hatte sich schon vor zehn Jahren am Kap niedergelassen und die Konflikte zwischen seinen Landsleuten, den Holländern und Franzosen hautnah miterlebt. Sein Geschäft lief gut, er war auf Bens wenige Taler nicht angewiesen, und er blieb hart. Und so konnte Ben nur hoffen, dass er beim nächsten Mal mehr Glück hatte. Außer John gab es in Cape Town noch zwei weitere Lieferanten, sogar einen erfahrenen Fassmacher aus Italien, das hatte er auf der Straße gehört.

Wenn ich das nächste Mal herkomme, fahre ich hinunter zum Hafen und statte Hanne einen Besuch ab, nahm Ben sich vor. Viele Leute waren ihr verbunden, vielleicht konnte sie ihm auch in diesem Falle helfen. Obwohl sie ihr äußerlich nicht wirklich ähnlich war, erinnerte ihn die grauhaarige Wirtin entfernt an seine Mutter. Diese wachen Augen in einem Gesicht, in das das Leben so viele Falten gegraben hatte ... Ihm wurde warm ums Herz, als er sich in Erinnerung rief, wie selbstlos ihm die Alte gleich am Tag seiner Ankunft am Kap geholfen hatte. Ihrer Spelunke hatte er seitdem jedes Mal einen Besuch abgestattet, wenn er zum Hafen fuhr, und er wollte Hanne in seinem Leben nicht mehr missen. Wenn sie sich auch barsch und spröde gab, er wusste genau, dass sie im Grunde ein weiches Herz besaß.

Ben schnalzte mit der Zunge, um die Gäule wieder anzutreiben. Bald hatte er *Constantia* hinter sich gelassen. Ganz hinten auf der Ladefläche lagen, neben glatten, geschmirgelten Brettern für einen Anbau und einem alten Fenster, auch kleine, grobe Bretter. Damit wollte er den Bachlauf regulieren. Und in den kommenden Nächten würde er sich auf die Lauer legen, um zu sehen, ob wieder jemand versuchen würde, seinen Wasserlauf zu zerstören. Er würde nicht zulassen, dass man ihm seinen Besitz nahm!

Früher nie ein Raubein, hatte Ben auf See doch gelernt, sich mit den Fäusten Respekt zu verschaffen. Und obwohl er Gewalt im Grunde verabscheute, wollte er in dieser Lage einem Kampf nicht ausweichen. Er griff in seine Tasche, in der ein kleiner Beutel Munition für die alte Muskete steckte. Dazu Pulver und Blei, denn er hatte beschlossen, sich demnächst die Kugeln selbst zu gießen, um Geld zu sparen. Es war nicht schwer, er hatte es vor Jahren in Italien bei einem alten Fuhrknecht gelernt, der sich einst als Söldner verpflichtet hatte.

Noch hatte Ben die Nachbarschaft nicht genau erkundet, er wusste nicht, wer weiter östlich lebte. Sobald die wichtigste Arbeit getan war, so hatte er es sich vorgenommen, wollte er einen ausgedehnten Erkundungsritt unternehmen. Weiter nach Osten wurden die Flächen, auf denen Wein angebaut wurde, kleiner, das hatte er gehört. *Stellenbosch* war der letzte große Besitz in dieser Himmelsrichtung; dann gab es noch ein paar kleinere Güter, die aber längst nicht die Pracht entfalteten wie das alte, sehr bekannte Weingut, das vor mehr als hundertfünfzig Jahren gegründet worden war.

Jetzt fuhr er an ebenso armseligen Hütten vorbei, wie er selbst eine besaß. Farmer versuchten, dem Boden etwas abzuringen, in einiger Entfernung weideten kleinere Ziegen- und Schafherden, die von halbwüchsigen Schwarzen gehütet wurden. Die Jungs riefen ihm etwas zu, das er jedoch nicht verstand.

Zwei Stunden hinter Kapstadt gönnte er den Pferden eine kurze Rast an einem Bachlauf. Der Platz war beschattet von einigen Bäumen, deren feste, kleine Blätter sacht im Wind raschelten. Er konnte sich nicht erinnern, den kleinen Bach bei seiner letzten Fahrt gesehen zu haben. Vielleicht ist das sogar mein Wasser, schoss es Ben durch den Kopf, als er sich selbst erfrischte und dann die Tiere saufen ließ.

Irgendwann muss ich mir ansehen, wohin der Bach vorher geflossen ist, überlegte er. Sicher gibt es noch Anzeichen, die auf den ursprünglichen Verlauf hindeuten. Büsche, Gräser, bestimmte Pflanzen, vielleicht sogar Tiere. Aber das hat noch Zeit. Das Haus muss vergrößert und befestigt werden, bevor die Herbststürme kommen. Das Dach ist immer noch nicht wirklich dicht, und wenn Sina einen Gemüsegarten für uns anlegen will, muss dieser eingezäunt werden. Der Hühnerstall ist sicher schnell gebaut, und ich müsste Will endlich ein eigenes Bett zimmern … Unendlich viel war vor Einbruch von Herbst und Winter noch zu tun!

Von diesen Gedanken angetrieben, spannte er die Pferde wieder an und kletterte auf den Kutschbock.

Während er durch die Landschaft fuhr, die so ganz anders war als sein Heimatland, wollte ihn für einen Moment wieder der Mut verlassen. Wie rasch sein Geld dahinschmolz! Aber dann erblickte er sein Land, das Land seiner Hoffnung, und er sah Sina, die auf der Erde hockte und sich jetzt, da sie das Fuhrwerk hörte, aufrichtete. Sie stützte die rechte Hand in den Rücken und beschirmte die Augen mit der anderen, um zuzuschauen, wie das Gespann durch die letzte kleine Talmulde fuhr und dann dicht vor ihr stehen blieb.

Auch Will kam angelaufen und sah ihn an aus großen runden Augen, die Ben immer an die Herzkirschen aus dem heimatlichen Garten erinnerten.

»Na, warst du artig?«

»Klar, immer!« Will kam vertrauensvoll näher und schielte auf Bens Jacke. Von seinem letzten Besuch in der Stadt hatte Ben ihm einige Bonbons mitgebracht – für Will eine nie zuvor gekannte Köstlichkeit.

Ben sprang vom Kutschbock. »Hier, die sind für dich.« Er streckte dem Jungen drei Zuckerstangen entgegen – eine gelbe, eine rote und eine grüne.

Wills Augen leuchteten. »Danke!« Er wollte sich gleich alle drei auf einmal in den Mund stecken.

»He, nicht alle auf einmal«, lachte der junge Winzer. »So schnell bin ich nicht wieder in der Stadt.«

Sina trat auf ihn zu. Sie hatte ein einfaches Leinentuch um den Kopf geschlungen, um sich vor der Sonne zu schützen. In den schlanken Händen hielt sie eine Hacke und einen Korb, mit denen sie Steine vom Feld gesammelt hatte. »Habt Ihr alles bekommen?«, erkundigte sie sich.

»Schau nach!« Er wies zur Ladefläche, wo jetzt die Hühner wieder aufgeregt zu gackern begannen.

»Gut sehen die aus«, sagte Sina nach einem prüfenden Blick auf das Federvieh. »Ein bisschen mager, aber das wird schon.« Dann sah sie das Fenster und klatschte vor Begeisterung in die Hände. »Eines Tages wird es ein schönes Haus sein!«, rief sie. »Mit Fenstern und Türen, mit einem großen Tisch und Stühlen, mit Lampen und Teppichen, Wäschetruhe und Kommode und …«

»Hör auf, Sina«, wehrte Ben ab, doch er konnte sich angesichts ihrer beinahe kindlichen Freude eines Schmunzelns nicht erwehren. »So weit sind wir noch lange nicht.«

Sina zuckte nur mit den Schultern. Sie war jetzt schon mehr als zufrieden und half Ben, alles abzuladen und anschließend die Pferde zu versorgen. Die Hühner mussten in der Zwischenzeit in einer Kiste ausharren, was vor allem Will nicht gefiel, der annahm, dass auch diese Tiere gekauft worden wären, damit er mit ihnen spielen konnte.

Dann wurde die Aufmerksamkeit des Jungen auf all die Dinge gelenkt, die Ben aus der Stadt mitgebracht hatte, und er fuhr sacht mit dem Finger über die Beutel und betrachtete eingehend alles, was der Wagen geladen hatte: Mehl, ein bisschen Fleisch, etliche gepökelte Fische, Maiskolben, Saatkartoffeln und eine weitere Lampe, damit auch Sina und Will in ihrer kleinen Kammer etwas Licht hatten.

»Hier – für dich.« Ein wenig verlegen reichte Ben Sina das Päckchen mit ihrem Geschenk.

»Für mich?« Sina blickte ihn ungläubig an. Doch dann schnürte sie mit zitternden Fingern die Kordel auf – und stieß einen unterdrückten Freudenschrei aus. Das Seidentuch schimmerte im späten Abendlicht, und gegen ihre dunkle Haut wirkte das Grün noch leuchtender und prachtvoller, als die junge Frau sich das Tuch jetzt umlegte. Da störte es nicht einmal, dass sie den mausgrauen Baumwollkittel trug, den sie sich aus Evas Sachen herausgesucht hatte und in dem sie stets die groben Arbeiten verrichtete.

»Danke, Herr.« Ihre Augen waren feucht. »Seid bedankt.«

»Du sollst das nicht sagen«, wehrte er ab. »Ich bin nicht dein Herr.«

Sina schüttelte gedankenverloren den Kopf, voller Seligkeit über das Geschenk.

»Gefällt dir das Tuch?«, fragte Ben. »Es steht dir ausgezeichnet.«

»Es ist sehr schön.« Sie zögerte, dann trat sie dicht vor ihn, drehte sich aber in der nächsten Sekunde um und lief davon.

Irritiert sah Ben ihr nach. Für einen Moment hatte er geglaubt, dass Sina mit ihren Lippen die seinen berühren wollte – eine Vorstellung, die ihm nicht unangenehm war. Er spürte ein Prickeln, das seinen ganzen Körper erfasste. Wie lange hatte er keine Frau mehr in den Armen gehalten! Es schien eine Ewigkeit her zu sein.

***

In dieser Nacht fand Sina keinen Schlaf. Nicht nur, weil sich die Hitze des Tages im Haus gestaut hatte, sondern auch, weil ihre Gedanken sie nicht zur Ruhe kommen ließen. Obwohl sie fast zwölf Stunden auf dem Hof gearbeitet hatte, war sie nicht müde. Ihr Herz klopfte heftig in der Brust, alle Geräusche, alle Empfindungen schienen doppelt so stark zu sein. Als draußen einer der wilden Hunde aufheulte, die Nacht für Nacht durch die Gegend streunten, richtete sie sich halb auf ihrem Lager auf, um der mondsüchtigen Klage zu lauschen. Es war kein richtiges Bett, auf dem sie lag, das hatte nicht einmal Ben. Es war eine Lagerstatt aus Stroh, auf der nur ein paar alte Decken ausgebreitet waren. Aber es gehörte ihr allein, sie musste es nicht, so wie früher, mit zwei anderen Frauen teilen.

Sogar Will hatte einen Schlafplatz für sich. Ben hatte ihm einen kleinen Bettkasten gezimmert, weiches Stroh hineingelegt und dann ein Tuch darübergebreitet. Dazu gab es ein Kissen – eine Kostbarkeit aus dem Besitz der verstorbenen Eva.

Eines der Pferde wieherte leise. Sina hörte, dass Ben vor das Haus trat, denn die Tür quietschte immer noch in den Angeln. Draußen ging er mit langen Schritten auf und ab. Jetzt sprach er leise zu den Pferden, kam dann zurück in die Hütte. Wieder quietschte die Tür.

Dann war es still.

Sinas Herz schlug immer noch viel zu hastig.

Einige Zeit verstrich. Langsam, zögernd schlug Sina ihre leichte Decke zurück und stand auf. Ihr Nachtkleid war aus zartem Leinen – etwas, das wohl keine andere Sklavin am Kap besaß. Auch dieses Stück war von Eva.

Die junge Frau zögerte, dann öffnete sie die dünne

Kordel am Hals, zog sie auf, um den Ausschnitt zu vergrößern. Jetzt sah man ihre schmalen dunklen Schultern, den Ansatz ihrer Brüste. Obwohl sie Will lange gestillt hatte, waren diese immer noch fest und nicht zu groß.

Sanft strich sie darüber, spürte, wie die zarte Haut sich zusammenzog – und ging dann leise hinüber zu Ben.

Er lag auf der Pritsche, die er sich aus wenigen Holzbrettern gezimmert hatte, und war nur mit einer dünnen Decke zugedeckt. Er schien zu schlafen.

Noch einmal zögerte Sina, dann hob sie die Decke hoch und schlüpfte darunter.

Vorsichtig und sehr sanft legte sie den Kopf auf Bens Brust. So als hätte sie Angst, ihn zu wecken.

Aber dann merkte sie, dass er nicht schlief. Sein Atem ging rascher, er schob ihr Leinenhemd hoch, und wie von selbst schloss sich seine Hand um ihre Brust, begann sie sanft zu streicheln. Ein tiefer Seufzer kam über seine Lippen, als er sich über sie beugte und ihre Brüste mit verlangenden Küssen bedeckte. Seine Zunge liebkoste ihre Haut, glitt tiefer und tiefer.

Schließlich richtete er sich auf und legte sich auf sie. Er sprach kein Wort, nur sein Atem ging rascher.

Sina schloss die Augen, als sie spürte, dass er in sie eindrang. Es war eine zärtliche Bewegung, kein brutales Zustoßen, wie sie es von früher kannte, und auch das Streicheln seiner Hände war sanft und weckte noch größeres Begehren in ihr. Sie wand sich unter seinem Körper, tastete nach seinem Nacken, streichelte ihn sanft. Ihre Hände glitten hinunter zu seinem Rücken, pressten ihn fester an sich, während Bens Bewegungen in ihr immer stärker wurden.

Schließlich konnte er seine Leidenschaft nicht länger zügeln, er richtete sich halb auf, liebkoste erneut ihre Brüste, glitt mit seinen Händen tiefer und tiefer. Sina stöhnte auf, dunkel, kehlig. Auch sie konnte sich nicht mehr beherrschen und schrie ihre Lust laut hinaus.

»Leise, du weckst Will auf«, flüsterte Ben und verschloss ihr den Mund mit einem langen Kuss.

Sina fühlte sich, als wäre sie mitten in einem Traum, aus dem sie nicht aufwachen wollte. Nie zuvor war sie so geküsst worden. Immer hatten die Herren sie zu besitzen versucht. Hatten sie mit Gewalt genommen und sich nicht darum geschert, ob sie Schmerz oder Ekel empfand. Wie Tiere hatten sie sich benommen, und wie ein Stück Vieh hatte sich Sina bei ihnen immer gefühlt. Die Herren, die bisher zu ihr gekommen waren oder sie zu sich befohlen hatten, stillten nur ihre eigene Lust, dann ließen sie von ihr ab und ließen sie liegen wie einen Gegenstand, den man nicht mehr wollte.

Ben war anders. Ben war auch dann noch zärtlich, nachdem er sich in ihr ergossen hatte. Sie spürte seinen Saft, wie er sanft an ihren Beinen hinunterrann, und schloss glücklich die Augen.

»Sina … Sina …« Seine Stimme verursachte ihr eine leichte Gänsehaut, und als sie verstand, dass er immer noch nicht genug hatte von ihr, wälzte sie sich zur Seite. Ben versuchte, sie sanft festzuhalten, doch sie lächelte nur, schüttelte leicht den Kopf und schlug das Laken ganz zurück. Dann begann sie, ihn behutsam zu massieren. Ihre Hände waren sanft, aber doch kraftvoll. Von der Brust abwärts glitten diese schlanken Finger, die geschickt bei der Arbeit waren und zuzupacken verstanden – und die ihn jetzt in höchste Erregung versetzten.

»O Gott«, stöhnte Ben, als sie immer tiefer glitten, diese Hände. »Sina ...« Vorsichtig hob er die schlanke Gestalt hoch und legte sie wieder auf das schmale Bett. Er sah sie lange an, betrachtete bewundernd ihren Körper, dann nahm er sie erneut. Diesmal war es ein kurzes, heftiges Spiel, das sie spielten. Schnell fanden sie wieder ihren Rhythmus, und dieses Mal war es Ben, der laut aufschrie, als er zum Höhepunkt kam.

Ein leiser Ruf drang aus dem Dunkel.

»Alles in Ordnung, Will, schlaf weiter«, raunte Sina.

Ben lag still neben Sina, ohne sich zu rühren. Als alles ruhig blieb, küsste er mit verklingendem Verlangen noch einmal ihre Brüste und löste sich dann von ihr. Sie wollte ihn zurück in ihre Arme ziehen, aber er schob sie von sich, stand auf und ging hinaus. Reglos stand er vor der Hütte und sah zum Himmel hinauf, an dem Tausende von Sternen prangten. Die Geräusche der Wildnis, das Rauschen der kühlen Luft im Gras und in den Reben, das magische sanfte Licht, all das ließ das eben Erlebte unwirklich erscheinen und öffnete sein Herz für den Ruf des unbekannten und doch schon so vertrauten Landes. Das Kap hat mich verändert, dachte er, dieser entlegene Teil der Welt hat mich zu einem anderen Mann werden lassen.

Sina lag noch eine Weile ganz still da und genoss den herben, männlichen Duft, der von seinem Kissen aufstieg. Dann stand sie auf und ging hinüber zu ihrer Schlafstatt. Ach, wie gern wäre sie jetzt auch nach draußen gegangen, hätte sich an Ben geschmiegt und ihn wieder und wieder geküsst. Aber sie war sich unsicher, ob er das wollte, ob sie es wagen durfte.

Zu schön war die letzte Stunde gewesen, Ben hatte ihr etwas geschenkt, das sie bislang nicht gekannt hatte. Nach allem, was ihr im Leben geschehen war, hatte Sina nicht gehofft, jemals zu erfahren, was Liebe war. Sie hatte gedacht, wenn sie Glück hatte, würde sie vielleicht ein wenig Leidenschaft kennenlernen, in deren kurzem Rausch sie den tristen Alltag für einige Momente vergessen konnte. Aber so viel Zärtlichkeit, wie Ben ihr eben geschenkt hatte … so viel sanfte Zuwendung kam Sina vor wie ein Wunder.

In dieser Nacht schlief die junge Frau nicht. Nachdem auch Ben wieder ins Haus gekommen war und sich auf sein Lager zurückgezogen hatte, lauschte sie angestrengt auf seine tiefen Atemzüge und nach draußen, doch nichts Besonderes war zu hören. Alles war wie immer – und doch war alles anders. Ein verschlafenes Vogelzwitschern drang an ihr Ohr, das Zirpen der Grillen, und von ganz fern glaubte sie den schwermütigen Gesang einiger Sklaven zu hören.

Nein, das war nicht möglich. Viel zu weit lag der nächste Besitz entfernt. Sie hatte sich diese Melodie wohl nur eingebildet. So, wie sie es sich wohl auch eingebildet hatte, dass sie mit Ben vereint gewesen war.

Er rief sie nicht zu sich, weder in der folgenden Nacht noch in der nächsten, auch wenn sie sich nichts mehr wünschte als das. Und so verblasste die Erinnerung an die gemeinsame Leidenschaft mit jeder Stunde ein wenig mehr. Würde sie jemals wieder bei ihm liegen?

***

Die Schluchten des Tafelbergs schimmerten grünlich zwischen den Wolken hervor, die Größe des Bergs war kaum richtig zu erahnen, als Ben sein Gespann zur

Stadt lenkte. Über drei Stunden war er unterwegs gewesen in immer schwüler werdender Luft. Die beiden alten Gäule dampften, gingen nur noch im Schritt. Die Nüstern waren gebläht, weiße Schaumflocken tropften ihnen aus den Mäulern. Sie waren an der Grenze zu Kapstadt angekommen, der Stadt, die sich in die Ebene unter dem über tausend Meter hohen riesigen Felsmassiv schmiegte.

In einer alten Zeitung – der Gemischtwarenhändler hatte ihm einige der Einkäufe darin eingewickelt – hatte Ben gelesen, dass der Wolkenteppich, der den Berg hin und wieder einhüllte, *tablecloth* genannt wurde. Es waren feuchte Luftmassen, die vom offenen Meer ins Landesinnere drangen und für die der Berg ein Hindernis darstellte. Die Luft stieg auf, kühlte in höheren Lagen ab und bildete diese besondere Wolkenformation.

Ben blickte hinüber zu dem Berg, der von diesem »Tischtuch« aus Wolken verdeckt war, und seufzte. »Dann ist in der Stadt wieder der Teufel los«, murmelte er, denn er hatte inzwischen gelernt, dass dieses Klima vielen Menschen auf die Stimmung schlug. Sie waren gereizt, manche gar streitlustig. Von der alten Suppen-Hanne wusste Ben, dass es bei solchem Wetter häufig zu Schlägereien kam, die blutig endeten. Aber – was bedeutete hier schon ein Menschenleben? Bürgerliche Ordnung, wie er sie von daheim kannte, gab es in bestimmten Schichten kaum. Nicht einmal die Holländer, die sich seit Jahren am Kap eingerichtet und die Herrschaft übernommen hatten, waren bislang in der Lage gewesen, dieses annektierte Gebiet wirklich zu zivilisieren.

Es war also kein guter Tag, um zum Hafen hinunterzufahren. Aber er musste bei Hanne einige Dinge abholen, die er bestellt und die der Händler bei ihr gelagert hatte. Außerdem waren etliche Rebensetzlinge für ihn geliefert worden, diesmal aus der Heimat, aus dem Rheingau.

Ben biss sich auf die Lippen, bis er Blut schmeckte. Am liebsten hätte er diese Ladung gar nicht angenommen, doch Stolz konnte er sich unter den harten Lebensbedingungen hier nicht leisten.

Vor einigen Wochen hatte er zum ersten Mal von Afrika aus einen Brief nach Hause geschrieben – vor allem, um seine Mutter zu beruhigen. Sie sollte erfahren, dass er angekommen war, ohne Schaden zu nehmen, und dass es ihm gutging. Er schrieb, dass er die Hütte des Großvaters gefunden und ausgebaut hätte, dass es sogar noch einige Reben gab, die Trauben trugen. Er zeichnete ein lebhaftes Bild vom bunten Treiben am Kap und davon, wie schwer und doch wie erfüllend die Arbeit auf dem Land war.

Eine junge Schwarze arbeitet mit mir auf dem Land, schrieb er. *Sie ist durch kuriose Umstände zu mir gekommen, und ich biete ihr Essen und ein Dach über dem Kopf. Sie hilft mir dabei, den Weinberg zu bestellen. Ohne ihre Hilfe wäre ich ganz sicher verloren. Sina ist nicht das, was man hier gemeinhin unter einer Sklavin versteht*, hatte er angemerkt. *Sie ist klug und fleißig. Ich brauche ihr nichts zu befehlen, sie sieht von allein, was getan werden muss. Und Arbeit gibt es genug, auch wenn mein Weinberg sich noch lange nicht mit den großen Anbauflächen von Groot Constantia und den drei anderen großen Weingütern in der Umgebung messen kann.*

Dann berichtete er noch von den wenigen Tieren, die zu seinem Grund gehörten, und schloss mit den Worten: *Ich grüße Euch alle aus der Fremde. Dich, liebe Mutter, umarme ich und bin und bleibe Euer Sohn und Bruder Ben.*

Da er keine eigene Anschrift hatte, weil sein Weingut auf keiner Karte verzeichnet war, hatte er Hanne gefragt, ob er ihre Adresse angeben dürfe, falls er jemals Post aus der Heimat bekommen sollte.

Seither hatte er einen Brief von der Mutter bekommen, einen weiteren vom Vater. Doch während die Mutter ihm in ihrer liebevollen Art Gottes Segen und gutes Gelingen bei all seinen Vorhaben wünschte, hatte der Vater nur geschrieben:

Da Du es vorgezogen hast, die Heimat bei Nacht und Nebel zu verlassen wie ein Dieb, sehe ich keine Notwendigkeit, Dich weiterhin zu behandeln wie einen Sohn. Ich werde Dir 500 Rebensetzlinge schicken – nimm sie und ziehe, wenn Du kannst, einen ordentlichen Wein daraus. Damit sind alle Ansprüche auf Dein Erbe abgegolten. Vater.

Oh, wie gern hätte er diese Setzlinge ins Meer geworfen! Sein Vater war ein so hartherziger Mensch! War es für den alten Ruhland bedeutungslos, dass sein eigener Bruder Ben die Braut weggenommen hatte? Nein, das zählte nicht für den Vater. Der sah nur seinen Besitz – und vielleicht noch Peter, den Erstgeborenen, der ihm so ähnlich war. Ihm verzieh er alles.

Aber Ben konnte, Ben durfte diese Reben, die ein kleines Vermögen darstellten, nicht vernichten. Immerhin waren sie ein weiterer Schritt auf dem Weg zum Erfolg von *Hopeland*.

Im Hafen herrschte, wie erwartet, fieberhaftes Treiben. Da das Wetter immer schlechter wurde, waren die Kapitäne besorgt um ihre Schiffe. Oft schon war es vorgekommen, dass der Sturm das Meer so aufgepeitscht hatte, dass leichtere Boote ans Ufer gespült worden waren wie Zündholzschachteln. Eine neue, sichere Hafenanlage war schon lange geplant, doch sie war immer noch nicht fertiggestellt worden.

Im Schankraum des *Rheinfels* erfuhr er, dass Hanne mit Fieber zu Bett lag, doch ihre junge Magd hatte in ihrem Auftrag alle Lieferungen angenommen und sicher im Schuppen untergestellt.

»Ich sag der Hanne noch rasch guten Tag«, meinte Ben, nachdem er alles aufgeladen hatte. Erschöpft wischte er sich über die Stirn und trank mit großen Schlucken das frische Wasser, das die blonde Magd ihm reichte. Eine Suppe lehnte er ab, er hatte keinen Hunger. Ein Stück Brot sollte ihm genügen.

»Geht heute lieber nicht zu Hanne. Sie ist sehr elend und schläft die meiste Zeit«, riet sie ihm und sah scheu zur Seite.

»War ein Arzt bei ihr?«

»Nein.« Das Mädchen, es sah aus, als wäre es höchstens siebzehn, schüttelte den Kopf. Ihre kleine graue Haube, deren einziger Schmuck ein schmaler Volant war, verrutschte ein wenig dabei. Sie errötete und rückte sie sich rasch zurecht.

»Dann hol einen. Mit Fieber ist nicht zu spaßen. Hanne hat schon beim letzten Mal stark gehustet.« Er drückte der Magd einige Münzen in die Hand. »Los, beeil dich. Ich warte hier.«

Die alte Wirtin hatte ihn auf ihre raue Art ins Herz geschlossen. Vielleicht, so dachte Ben manchmal, sieht sie in mir so etwas wie den Sohn, den sie nie gehabt hat. Zumindest hatte sie nie von irgendwelchen Verwandten erzählt. So wie sie auch darüber schwieg, warum sie vor mehr als zwanzig Jahren in dieses Land gekommen war. Ben wusste nur, dass sie sich erst als Landarbeiterin auf einigen großen Gütern durchgeschlagen hatte, ehe sie und ihr Mann selbst einen Weinberg bestellt hatten. Diesen hatte er durch seine Trunksucht durchgebracht, und sie hatten ihn verkaufen müssen. Mit dem Geld aus dem Verkauf hatte sie diese Schenke eröffnet und führte sie mit strenger Hand.

Hanne war eine patente Person, die sich mit den Jahren in der Hafengegend offenbar eine gewisse Achtung erworben hatte. Ben hatte sie sehr gern, nicht zuletzt, weil sie ihm immer ein Gefühl von Heimat gab, wenn er bei ihr war. Schon allein dass er mit ihr in seiner Muttersprache reden konnte, tat der Seele gut.

Es dauerte nicht lange, dann kam der Arzt, Dr. van Hooven, ein Holländer. Er stellte bei Hanne eine Lungenentzündung fest. »Sie braucht Ruhe. Ich hab ihr Medizin und ein paar Kräuter dagelassen.« Er schloss seine Tasche. »Morgen komme ich wieder.«

Ben sah ihn eindringlich an. »Wird sie es schaffen?«, fragte er mit einem bangen Gefühl in der Brust.

»Ich denke schon. Sie ist zäh.« Der Arzt, ein kleiner, schmächtiger Mann, der etwas gebeugt ging, nahm seine Tasche und seinen langen grauen Mantel, nickte Ben zu und verließ das Wirtshaus. Er war seit Tagen kaum zur Ruhe gekommen, denn das Fieber, an dem auch Hanne litt, raffte immer mehr Menschen in der Umgebung dahin. Doktor van Hooven war der einzige Arzt weit und breit, der auch zu den Ärmsten der Armen ging. Niemand, der Hilfe brauchte, klopfte vergebens bei ihm an.

Erleichtert sah Ben dem alten Holländer nach. »In zwei Wochen komme ich wieder«, erklärte er Nelly, der

Schankmagd. »Kümmere dich um Hanne. Ich verlasse mich auf dich.«

Der Wind hatte aufgefrischt, die feuchte Luft vom Meer zog ihm in die Knochen, als er nach draußen trat, und er beschloss, nicht länger in der Stadt zu bleiben, sondern gleich wieder nach *Hopeland* aufzubrechen. Mit ein wenig Glück war er noch vor Einbruch der Dämmerung zurück.

Aber dann fuhr er doch nicht auf dem kürzesten Weg heim, sondern machte einen Umweg zum vornehmsten Teil der Stadt mit seinen eindrucksvollen Bauten – er wusste nicht, warum. Je mehr er sich dem Stadtkern näherte, umso sauberer wurden die Straßen. Immer mehr Straßenzüge waren bereits gepflastert worden, und hin und wieder sah Ben Arbeiter, die Steine von Lastkarren abluden und damit die staubigen Wege ebneten. Die Abwässer flossen in diesem Viertel in kleinen gemauerten Rinnsalen in der Mitte des Weges, und an den beiden Hauptstraßen waren bereits Gehwege eingerichtet worden. Die vornehmen Damen konnten so flanieren, ohne befürchten zu müssen, dass der Saum ihrer kostbaren Kleider schmutzig wurde.

Wie merkwürdig sind Städte wie diese, dachte Ben. Gerade bin ich noch in einer anderen Welt gewesen, laut, voller Schmutz und Lärm, und ein paar Straßenzüge weiter ist es so ruhig und so friedvoll.

Auch war es in den vornehmen Straßen längst nicht so stickig wie in den ärmeren Vierteln. Ben atmete tief durch. Wenn man hier leben könnte!

Eines der prachtvollsten Häuser, das drei Stockwerke hoch aufragte und dessen Mauern von strahlendem Weiß waren, gehörte Willem de Havelbeer, einem holländischen Kaufmann, der schon lange am Kap lebte und hier höchst erfolgreiche Geschäfte gemacht hatte. Als die Holländer noch die Herrschaft über diese Region gehabt hatten, war er einer der bedeutendsten Männer der Gegend gewesen. Er besaß mehrere Segelschiffe, die bis ins ferne Indien und in die Neue Welt fuhren, und er handelte mit allem, was einträglich war – mit Gewürzen, Getreide, Holz, Stoffen und sogar mit Kautschuk, den er aus dem südamerikanischen Urwald bezog, wie man sich voller Ehrfurcht erzählte. De Havelbeer war ein großer, breitschultriger Mann mit dichtem weißem Haar. Seine Gestalt allein wirkte achtunggebietend. Ben wusste viel über ihn durch die Händler, mit denen er zu tun hatte, und so bildhaft, wie die Schilderungen waren, hatte er den Kaufmann sofort erkannt, als er ihn einmal auf der Straße gesehen hatte.

Ben hatte sich auch nach dessen Tochter Charlotte erkundigt. Er hatte sogar von ihr geträumt, als Sina zu ihm ins Bett geschlüpft war. Er hatte es nicht gewollt, aber Sinas Körper hatte seine Leidenschaft geweckt und jeden Gedanken an ein schlechtes Gewissen zum Schweigen gebracht.

Jetzt fuhr er an dem prachtvollen Haus vorbei, in dem Charlotte lebte und in das gerade einige Lieferanten drängten. Er sah, dass Blumengestecke gebracht wurden; ein Bäckerbursche hob ein paar große Körbe von einem Handkarren. Drei Dienstboten – zwei Frauen in schwarzem Kleid, über dem sie eine weiße, mit Rüschen verzierte gestärkte Schürze trugen, und ein Mann in einer farbenprächtigen Uniform, die ein wenig an die der Franzosen erinnerte – gingen zu einer Kutsche und holten Körbe und Kisten heraus. Ein großer Schwarzer schleppte einige Fässer ins Haus.

Schon hob Ben die Zügel an, um weiterzufahren, als

Charlotte unerwartet aus dem Haus trat. Das blonde Haar wurde am Hinterkopf mit einem hellblauen Band zusammengehalten und fiel ihr weich bis weit über den Rücken. Hellblau war auch das Musselinkleid, das sie trug. Der Ausschnitt war dezent, unter der Brust hielt ein dunkelblaues Band, das mit einer großen Gemme geschmückt war, den Stoff so zusammen, dass er ihr in leichten Falten bis zu den Knöcheln fiel.

Charlotte rief den Bediensteten etwas zu, das Ben nicht verstehen konnte. Dann drehte sie den Kopf in seine Richtung, erkannte ihn und lächelte.

»Guten Tag!« Er tippte sich an die Stirn. »Hier herrscht ja reger Betrieb!«

Mit leichten Schritten kam die junge Frau näher. »Mein Vater feiert seinen sechzigsten Geburtstag«, sagte sie. »Wir geben einen Empfang und abends einen Ball.« Ein kurzes Zögern, einen Wimpernschlag lang nur, dann fügte sie hinzu: »Habt Ihr nicht Lust, auch zu kommen? Ich würde mich freuen.«

»Aber …« Ben schüttelte bedauernd den Kopf. »Das geht nicht. Ich … ich passe nicht in Eure Gesellschaft.«

Charlottes helles Lachen erklang. »Meint Ihr nicht, das zu entscheiden solltet Ihr lieber mir überlassen? Also, am Samstag um siebzehn Uhr. Ich erwarte Euch!«

Mit einem Satz sprang er vom Kutschbock und fuhr sich nervös durchs dunkle Haar. »Charlotte … wisst Ihr, was Ihr da tut? Ich bin nur ein armer Winzer, der sich etwas aufbauen will. Ich habe nicht mal …« Er stockte. Nein, er würde ihr nicht gestehen, dass er nicht mal einen gescheiten Anzug besaß! Bis Samstag würde sich etwas Angemessenes auftreiben lassen. Und wenn er seinen letzten Golddukaten dafür ausgeben musste!

Ich weiß, warum er zögert, schoss es Charlotte derweil durch den Kopf. Meine Einladung hat ihn verlegen gemacht, und er würde sie gerne annehmen, aber er wagt es nicht. Was wird nur Papa dazu sagen? Irgendetwas an diesem Ben Ruhland hat mir das Herz geöffnet. Er ist offen, ehrlich, ganz anders als die Herren der Gesellschaft. Aufrichtig. Jedes geschnörkelte Gehabe scheint ihm fremd zu sein. Und er ist ein hübscher Bursche. Daran ändern nicht mal das billige Wams und die zerschlissene Hose etwas!

»Also, Ben Ruhland«, sagte sie mit verstecktem Lächeln und wunderte sich selbst über ihren Wagemut. »Kann ich mit Euch rechnen?«

»Ja.« Seine Stimme klang heiser, aufgeregt. »Ja, ich werde kommen. Habt Dank für die Einladung.«

»Dann freue ich mich ganz besonders auf das Fest.« Charlotte errötete und lächelte ihm noch einmal zu, dann drehte sie sich um und ging zurück zu den Dienstboten, die neugierig zu ihr und Ben hinübergestarrt hatten. Doch ein paar knappe Anweisungen der Tochter des Hauses bewirkten, dass sie sich rasch wieder an ihre Arbeit begaben.

Die Wolken schoben sich immer stärker zusammen, bald würde es zu regnen beginnen. Doch für Ben schien die Sonne an diesem Tag heller als jemals zuvor. Bald würde er Charlotte wiedersehen, vielleicht sogar beim Tanz ihre Hand berühren.

Es fuhren noch zwei weiter Fuhrwerke vor, die mit Kisten und Fässern beladen waren. Es gab viel zu tun vor dem Fest, für Getratsche war keine Zeit.

Allerdings hatte auch Charlotte kaum Zeit, ein wenig zu träumen. Dabei wäre sie am liebsten hinauf in ihre Räume gegangen, hätte sich ans Fenster gestellt und in

Richtung Osten geschaut, dorthin, wo Ben Ruhlands Weingut lag.

»Liebes, kommst du? Wir müssen noch das Leinen sichten – und die Kerzen werden auch nicht reichen.« Die Stimme ihrer Tante Helene holte Charlotte in die Wirklichkeit zurück.

»Ich komme schon!«, rief sie und beeilte sich, hinüber in die kleiner Halle zu gehen. Dort, in dem Druchgang zum Dienstbotentrakt, saß Helene Kreuvert, hielt eine Liste in der Hand und sprach mit drei Hausmädchen, die noch einmal das Leinen bügeln, das Silber putzen und ihre eigenen weißen Schürzen stärken sollten.

»Du bist zu streng, Tante«, lächerlte Charlotte. »Es ist doch alles perfekt.«

»Noch lange nicht.« Helene schüttelte den Kopf. »Komm und hilf mir bei der Tischordnung.«

Charlotte nickte. Und sie überlegte heimlich, wie sie es schaffen sollte, Ben Ruhland in ihrer Nähe zu platzieren …

***

»Wo wart Ihr so lange? Ich hab mir schon Sorgen gemacht!« Sina, den bodenlangen Rock an der Seite hochgebunden, trat aus dem Gemüsegarten. »Das Wetter schlägt um, es wird Regen geben.« Ja, die Wolken schoben sich immer stärker zusammen, bald würde es zu regnen beginnen. Doch er hatte gar nicht darauf geachtet, er musste an Charlotte denken und an die Einladung und daran, dass er sie wiedersehen und dass er vielleicht sogar mit ihr tanzen würde.

Als er heimkehrte, war es in der Stunde des Tages, da sich die Sonne gen Westen neigte, erst den Tafelberg mit goldenem Glanz einhüllte, um dann, in einem Meer von Gold und Rot im Wasser des Ozeans unterzugehen. Durch die Wolken war es dunkler als sonst, die Luft war schwül und schwer, doch ein letzter rotgoldener Schein ließ die Hütte auf seinem Land nicht mehr ganz so armselig aussehen. Das Dach hatte inzwischen ordentlich aufgenagelte Schindeln, das neue Fenster blinkte und blitzte im letzten Sonnenlicht. Und die Reben ringsum ... sie trugen fast alle prachtvolles dunkelgrünes Blattwerk, die alten Stöcke trugen sogar Trauben, die schon jetzt von verheißungsvoller Süße waren.

»Hoffentlich regnet es nicht allzu heftig«, murmelte Ben gedankenverloren. »Das wäre fatal für die Setzlinge. Hier, sieh mal!« Er wies auf die Ladefläche, die fast vollständig mit den jungen Reben bedeckt war.

»So viele neue Weinstöcke! Das ist sehr, sehr gut, Master Ben! Wir werden den Hügel drüben zu Ende roden müssen. Dort wuchert immer noch die Macchia.«

»Bei uns gibt es einen Landstrich im Norden, die Heide. Dort blüht ganz viel Erika, auch Heidekraut genannt. Die Gegend sieht so ähnlich aus wie die Landschaft da drüben.« Ben konnte nicht verhindern, dass Sehnsucht in seiner Stimme mitschwang.

»Heimweh?« Sina legte ihm kurz die Hand auf den Arm, trat aber gleich verlegen ein paar Schritte zurück und senkte den Kopf.

Ben runzelte die Stirn. Bei ihrer Berührung war ihm ein warmer Schauer über den Rücken gelaufen. Was war nur los mit ihm? Eben noch hatte er voller Sehnsucht an Charlotte de Havelbeer gedacht, jetzt spürte er heißes Verlangen nach Sinas warmem Körper. Das war Unrecht, er wusste es wohl. Seit jener Nacht, als Sina zu ihm gekommen war, hatten sie einander nicht mehr beigewohnt. Sie sollte kein Ersatz sein. Und doch ... hatten sie nicht beide das Recht auf ein bisschen Wärme, auf ein bisschen Zärtlichkeit ...?

In der folgenden Nacht rief er leise ihren Namen. Und es schien, als hätte Sina nur darauf gewartet, unter seine Decke zu schlüpfen. Sie lächelte, sprach aber kein Wort. Doch ihre Lippen, weich und warm, liebkosten seine Brust, seinen Hals, öffneten sich, als er sie dann endlich küsste. Seine Hände streichelten ihre dunkle Haut, die zu glühen schien. Ben atmete schwer. Als sie sich auf ihn setzte, als sie ihn mit ihrer wilden Leidenschaft zum Keuchen brachte, schloss er die Augen. Und er wünschte, er würde langes, weiches und helles Haar zwischen den Fingern spüren. Vor seinem inneren Auge sah er eine hochgewachsene, schlanke Gestalt, die ihn küsste, liebkoste, die ihm Erfüllung schenkte und Glück.

»Ich hab mich gesehnt nach dir«, flüsterte er mit geschlossenen Augen.

Sina lächelte.

In dieser Nacht, in der Sina an seiner Seite blieb, schlief Ben nicht. Er streichelte sanft den schlanken Körper, der sich an ihn schmiegte, doch er hatte ein schlechtes Gewissen dabei, denn seine Gedanken waren bei einer anderen. Einer jungen Frau, die so unerreichbar für ihn war wie die Sterne am Himmel.

Als der Morgen graute, schlich sich Sina von seinem Lager fort und streifte sich den Arbeitskittel über. Will schlummerte noch tief und fest, so dass Ben und Sina sich nur flüsternd unterhielten, während sie ihre Suppe aßen. Für Ben hatte Sina noch zusätzlich ein paar Fladenbrote gebacken und sie mit Sirup beträufelt. Dankbar nickte er ihr zu, während er sich stärkte.

Mit keinem Wort erwähnten sie das Geschehen der vergangenen Nacht. Seine Miene war freundlich, Sina arbeitete geschäftig, und keiner von beiden ließ sich anmerken, dass sie eben noch das Lager miteinander geteilt hatten.

»Wenn der Kleine wach ist, komm mit rüber zum Brachland am Osthang«, sagte Ben, als er seine Schüssel geleert und den Tee getrunken hatte. »Du kannst schon mal anfangen, die kleineren Büsche auszuhacken. Ich reite erst mal weiter gen Osten und seh mir an, wer dort lebt – und wer uns das Wasser abgräbt.« Er zog eine leichte Weste über das Hemd und nahm die Stiefel, die gleich neben der Tür standen. »Wenn keine regelmäßige Bewässerung gewährleistet ist, brauchen wir erst gar nicht anfangen, einen neuen Weinberg anzulegen.« Noch in der offenen Tür stieg er in die alten schwarzen Lederstiefel, die er vor Jahren bei einem Schuhmacher in Genua gekauft hatte. Sie waren schon recht ausgetreten, hielten aber noch und waren bequem.

»Und – die neuen Reben? Was wird damit?«, wollte Sina wissen.

»Lass sie noch im Schatten des Schuppens liegen, sprüh meinetwegen etwas Wasser darüber. Ich bin bis Mittag zurück, dann sehen wir weiter.« Er nickte knapp und ging hinüber zum Unterstand der Pferde. Dort sattelte er die alte Amy, die sich am leichtesten reiten ließ. Sie war trittsicher und nicht schreckhaft, daher für das unwegsame Gelände, das er zu erkunden vorhatte, besser geeignet als Rick, der Wallach.

Die Namen hatte Will den Tieren vor einigen Tagen gegeben, niemand konnte sagen, wie er dazu gekommen war. »Er wird sie irgendwo in der Stadt aufgeschnappt haben, und die Namen haben ihm gefallen«, hatte Ben gemeint. »Meinetwegen können wir die Gäule so taufen, ich habe nichts dagegen.«

Wie ein Feuerball stieg die Sonne aus dem Meer, und als Ben den Hügel erreicht hatte, konnte er weit über das Land blicken, er erspähte gar ein Stück des blauen Ozeans, dort, wo der Waldgürtel aufhörte und wo sich die alten Weinberge erstreckten, die er nach und nach wieder urbar machen wollte.

Von einigen Leuten aus der Stadt hatte er erfahren, dass sich weiter im Osten, etwa vier Tagesritte entfernt, eine große Wüste befand. »Gebt acht«, hatte einer der Händler gesagt, »wer sich dorthin verirrt, ist verloren. Es gibt etliche Farmer, die ein ausgerissenes Tier da gesucht haben und nie wieder heimgekehrt sind.«

Nein, so weit wollte er sich nicht vorwagen, ein Umkreis von einem halben Tagesritt sollte vorerst genügen.

Ben gab Amy leicht die Sporen, und die Stute trabte wieder los. Etwa eine Stunde waren sie unterwegs, die Sonne stieg höher und höher, und die Luft über dem staubigen Boden begann zu flimmern.

In einer Baumgruppe kreischten Paviane, ein Raubvogel kreiste über einem schmalen Feld aus Heidekraut und Krüppelkiefern. Dann, wie ein Pfeil, schoss er hinunter, um im nächsten Augenblick mit seiner Beute – einer Feldmaus, vermutete Ben – wieder in die Luft zu steigen.

Nachdem er mehr als anderthalb Stunden geritten war, kam Ben wieder ins Weinland. Die Rebhänge zogen sich über drei Hügelketten dahin; es waren meist Muskatellertrauben, die hier reiften. Allerdings fiel dem jungen Winzer gleich ins Auge, dass die Rebstöcke nicht in exakten Reihen standen; Unkraut wucherte zwischen den Reben, rankte sich teilweise gar an den Stöcken hoch und raubte den Pflanzen so die Kraft.

Kopfschüttelnd ritt Ben weiter. Was ist das für ein Winzer, der gutes Land so verkommen lässt?, dachte er und sah sich um, ob er irgendwelche Arbeiter entdeckte. Doch niemand war zu sehen – bis er weiter hinunter ins Tal kam. Tief in die Talmulde schmiegte sich ein langgestrecktes weißes Gebäude, das nur ein Stockwerk besaß, an einen Schieferfelsen, der den nördlichen Teil begrenzte. Zum Süden und zum Westen hin zogen sich grüne Hügel empor, im Osten erstreckte sich ein kleiner Eichenwald. In seinem Schatten waren aus groben Balken zwei Hütten errichtet. Sie wirkten heruntergekommen, waren nur oberflächlich verputzt, an einigen Stellen trat das innere Flechtwerk zutage, und die Dächer waren schadhaft. Noch weiter gen Süden, kaum noch auszumachen, standen einige Kraals, sicher die Behausungen der Sklaven, sagte sich Ben. Oder vielleicht wurde dort das Vieh gehalten.

Dicht neben den Hütten lagen ein zersplitterter Ochsenziemer, morsche Bretter und ein paar auseinandergebrochene Fässer.

Als Ben näher ritt, traten aus einem der schäbigen Häuser vier Schwarze. Sie schleppten Weidenkörbe zum Haupthaus hinüber. Ein junges Ding, nur mit einem knöchellangen grauen Kittel bekleidet, rannte schreiend über den Hof, hinter ihr her hetzte ein junger Weißer, der die Hosenträger heruntergelassen hatte und der wütende Flüche ausstieß, wobei er mit der rechten Hand die Hose festzuhalten versuchte.

»Miststück, verfluchtes! Dir werd ich beibringen, wie man sich seinem Herrn gegenüber zu benehmen hat. Die Peitsche wirst du spüren!«

»Schweig, Johannes! Und scher dich ins Haus!« Mit einem Mal stand ein großgewachsener, knorriger Mann in der rostrot gestrichenen Eingangstür des Hauptgebäudes. In seiner Rechten hielt er eine Flinte, legte sie langsam an und richtete sie auf Ben.

»Das blöde Ding hat mich gebissen!«

»Recht so! Wer sich nicht durchsetzen kann, dem tanzen die Sklaven auf der Nase rum. Los, ins Haus!« Eine unmissverständliche Bewegung mit der Flinte unterstrich die Worte, dann wurde der Schießprügel wieder auf den Fremden gerichtet.

Ben zögerte, ob er näher reiten sollte. Auf diesem Gut herrschte, das spürte er bis in die letzte Pore hinein, ein unguter Geist. Und auf sein Gefühl konnte er sich verlassen! Während seiner Wanderschaft und auch auf See hatte sein Instinkt ihn oft davor bewahrt, Ungemach zu erleiden.

»Hey, Ihr da … was wollt Ihr auf meinem Land?« Der Mann, dessen braunes Haar ihm in langen Strähnen bis auf die Schultern hing, trat ein paar Schritte näher. »Runter vom Pferd«, befahl er.

Ben hielt es für ratsam, der Aufforderung Folge zu leisten. Er tastete kurz an seinen Gürtel, wo ein scharfes Messer in der Scheide hing. Nicht gerade die ideale Waffe, um sich gegen einen Mann zu verteidigen, der ein Gewehr besaß, doch es vermittelte ihm zumindest das Gefühl, nicht ganz schutzlos zu sein.

Langsam stieg er aus dem Sattel. »Ich bin gekommen, um mich mit Euch bekannt zu machen«, sagte er, nahm die Stute am Zügel und ging weiter auf den Bewaffneten zu. Jetzt bemerkte er die rote Narbe, die sich quer über die rechte Wange des Mannes zog. »Ich fand, dies gebiete die Höflichkeit.«

Doch der hagere Mann hielt die Waffe weiterhin auf ihn gerichtet und musterte ihn argwöhnisch. »Ihr seid neu hier in der Gegend?«

»Ja. Mir gehört das alte Weingut drüben hinter dem Hügel.« Er wies Richtung Westen. »Mein Großvater hat das Land vor etlichen Jahren gekauft, es ist aber lange nicht mehr bewirtschaftet worden. Ich bin seit einigen Monaten in der Gegend und will die Weinberge bestellen.«

»Ach ja?« Hohn schwang in den Worten mit. »Ihr versteht also was vom Weinbau?«

»Ich denke schon.« Ben zwang sich zur Ruhe. »Ich bin auf einem Weingut im Rheingau aufgewachsen.«

Der Hagere kniff die Augen noch mehr zusammen. Die Sonne, die fast im Zenit stand, blendete ihn, so dass er zur Seite tat, damit er Ben betrachten konnte.

Ben zog kurz seinen Hut, dann setzte er ihn so wieder auf, dass die Krempe sein Gesicht beschattete. »Ich heiße Benjamin Ruhland«, stellte er sich vor.

»Und ich bin Albert Lammersburg. Meine Familie lebt seit drei Generationen hier.« Er hielt kurz inne, dann fuhr er mit harter Stimme fort: »Wenn Ihr in Frieden leben wollt, tut Ihr gut daran, mir nicht in die Quere zu kommen. An Nachbarn, die alle naselang hier auftauchen, ist mir nicht gelegen. Haltet Euch daran. Mehr ist nicht zu sagen.«

Einen Moment lang war Ben sprachlos. So ein ungehobelter Kerl! Missachtete die einfachsten Regeln der Höflichkeit und der Gastfreundschaft! Aber so einfach würde er, Ben Ruhland, sich nicht beeindrucken oder gar einschüchtern lassen.

»Auf meinem Land befindet sich eine Quelle«, sagte

er mit kühler Stimme. »Ich vermute, Ihr habt das Wasser umgeleitet, um damit Eure Böden zu bewässern.«

»Unsinn! Das ist mein Wasser! Eure Unterstellungen sind unverschämt!«

Ben schüttelte den Kopf. »Die Besitzverhältnisse lassen sich jederzeit beweisen. Aber ich bin nicht gekommen, um Unfrieden heraufzubeschwören. Im Gegenteil, mir ist an guter Nachbarschaft gelegen, und ich denke, wir werden sicher einen Weg finden, der uns beiden gerecht wird.«

»Den Weg kann ich Euch zeigen!« Lammersburg hob seine Flinte höher. »Runter von meinem Besitz! Und wagt es nicht, Eure Lügen in der Gegend zu verbreiten! Alles, was Ihr hier seht, ist mein Besitz. Und das hat noch nie jemand zu bezweifeln gewagt!«

»Seid versichert, dass ich Euch Euer Land nicht streitig machen will. Ich bin in der besten Absicht hergekommen.« Ben nahm die Zügel fester und schwang sich auf sein Pferd. »Wir können doch reden und …«

»Es gibt nichts zu reden. Macht, dass Ihr fortkommt.«

Aus den Augenwinkeln heraus bemerkte Ben den jüngeren Mann, den Albert Lammersburg Johannes genannt hatte. Sicher war es sein Sohn, die Ähnlichkeit war unverkennbar, auch wenn Johannes noch weiche Gesichtszüge hatte. Auf den ersten Blick war er ein hübscher Bursche, doch seine Augen waren hart, und er schien nicht gerade friedfertig zu sein. Auch er hielt jetzt eine Flinte in der Hand.

»Vater, soll ich ihm zeigen, wo der Weg ist?« Ein höhnisches Lachen begleitete diese Worte.

»Du sollst im Haus bleiben, hab ich gesagt. Scher dich wieder rein!«

Ben sah erstaunt, dass der junge Mann tatsächlich gehorchte. Albert Lammersburg schien keinen Widerspruch zu dulden. Ben hielt Ausschau, ob eine Frau zu sehen war, doch er bekam nur die junge Schwarze zu Gesicht. Aber auch sie beeilte sich, in den Schutz einer der Hütten zu gelangen.

Ben mochte immer noch nicht glauben, dass das Gastrecht, das gerade in dünnbesiedelten Gebieten hochgehalten wurde, wie er immer wieder erfahren hatte, hier so missachtet wurde. Er ließ sein Pferd ein paar Schritte weiter nach vorn gehen. »*Mijnheer* Lammersburg, sollten wir nicht versuchen …«

»Seid still! Kein Wort mehr! Und macht endlich, dass Ihr wegkommt!« Dabei hob er die Flinte höher – und schoss in die Luft.

Amy wieherte erschrocken auf, stieg kurz auf die Hinterhand, und Ben hatte Mühe, sich im Sattel zu halten. »Verdammt, seid Ihr des Teufels?«, schrie er und fasste die Zügel fester. Es war nicht leicht, das Pferd zu zügeln, und als er endlich die Herrschaft zurückgewonnen hatte, drehte er sich um und preschte den Hügel hinauf.

Auf halber Höhe hielt er nochmals inne und drehte sich im Sattel um. Lammersburg stand immer noch breitbeinig vor seinem Haus, lud soeben das Gewehr nach und legte wieder an.

»So ein Irrer«, murmelte Ben, dann gab er Amy die Sporen.

Als er sein Land erreicht hatte und den Hügel, auf dem der Bach entsprang, atmete Ben tief durch. Er sprang vom Pferd, erfrischte erst sich selbst mit dem kühlen Wasser, dann ließ er Amy vorsichtig trinken.

Lange stand er ganz ruhig da und sah in den kleinen

Quelltümpel hinunter. Ja, dieses Wasser war die Lebensader von *Hopeland* – und er würde sich dieses Wasser nicht nehmen lassen, nicht einmal von den Lammersburgs!

***

Ben und Sina waren schon kurz nach dem Morgengrauen aufgestanden. Sie wollten die Kühle des frühen Tages nutzen, um einen Hang zu roden, der gen Süden lag. Das Unkraut wucherte hier zum Teil mannshoch. Dornbüsche, Silberdisteln und wilde Kamille wuchsen hier überall. Vereinzelt reckten Krüppelkiefern oder vom Wind zerzauste Eichen die Äste in den Himmel.

»Die Eichen bleiben auf jeden Fall stehen«, sagte Ben und wischte sich über das erhitzte Gesicht. »Sie spenden wenigstens etwas Schatten. Und auch die Kiefern werde ich stutzen und versuchen, sie in Form zu binden. Aber alles andere muss fort, sonst können wir hier keine Reben anpflanzen. Das Unkraut laugt den Boden aus.«

Sina nickte nur. Sie kauerte auf der Erde, den Kopf mit einem bunten Tuch gegen die Sonne geschützt, die immer höher wanderte. Mit einer Sichel versuchte sie, dem Gestrüpp zu Leibe zu rücken, das sich nicht einfach ausreißen ließ. Hin und wieder grub sie auch mit einem kleineren Spaten die Wurzeln aus.

Ben tat es ihr gleich, wobei er die schwerere Arbeit übernommen hatte: Sanddorn, wilde Rosenbüsche und Disteln zerfetzten ihm das Hemd, rissen ihm die Arme und die Hände blutig.

»Wir machen Rast«, keuchte er, nachdem sie mehr als drei Stunden gearbeitet hatten. Das Hemd klebte ihm am Körper, sieben große Haufen mit sperrigem Unkraut und holzigem Gestrüpp warteten darauf, gegen Abend verbrannt zu werden. »Wir haben schon viel geschafft.«

»Ja, Master Ben, das haben wir.« Auch Sinas Gewand war nass vom Schweiß, und es klebte am Körper. Ben war am Ende seiner Kräfte und ließ sich im Schatten der Eichengruppe nieder.

»Komm her!«, forderte er Sina auf. Die aber schüttelte den Kopf. »Ich muss nach Will sehen. Er hat sicher Hunger«, sagte sie leise.

»Ach, den Kleinen hab ich ganz vergessen!« Ben sah die junge Schwarze bedrückt an. »Was macht er denn die ganze Zeit allein?«

»Er spielt. Und er arbeitet im Stall.«

»Er arbeitet? Was arbeitet er?«

Sina warf den Kopf in den Nacken. »Er ist fleißig, ein fleißiger Will. Er kann schon einen Stall ausmisten und die Hühner füttern, und er ...«

»Das muss er nicht tun«, fiel Ben ihr ins Wort. »Er ist ein Kind!«

»Aber er verdient sich sein Essen!« Sina sah ihn kopfschüttelnd an. »Das hat er auch schon früher getan.«

Ben richtete sich auf. »Gut, von mir aus kann er Hühner füttern und den Kaninchen was zu fressen suchen. Aber er mistet keinen Stall aus, der kleine Kerl. Das verbiete ich!«

»Aber ...« In Sinas Augen standen Tränen. »Er muss doch ...«

»Nein, Sina. Er kann bei dir bleiben, ohne dass er arbeitet. Später einmal sieht das anders aus, wenn er größer geworden ist.« Ben dehnte seinen schmerzenden Rücken. »Geh hinüber und richte etwas zu essen. Ich brauche nur Brot und etwas Most, wenn noch welcher da ist.«

Die junge Schwarze biss sich auf die Lippen, wagte aber keinen Widerspruch mehr. Master Ben hatte oft merkwürdige Ansichten – aber er war ein sehr, sehr guter Herr!

Während Sina zur Hütte zurücklief, überlegte sie, dass es gut wäre, noch ein paar Ziegen mehr zu halten. Dann hätten sie Milch und sie könnte Käse machen.

Will hatte brav mit den Kaninchen gespielt und nach besten Kräften versucht, den Unterstand der Pferde zu säubern. Jetzt lag er auf einem Ballen Stroh und schlief. Als Sina ihn hochhob, blinzelte er und schlang die Arme um ihren Nacken.

»Ach, mein Kleiner, sicher hast du Hunger.«

»Und Durst.« Will leckte sich die Lippen.

»Gleich gibt es Wasser. Und Fladenbrot.«

»Mit Sirup.«

Sina zögerte, dann nickte sie. »Ja, mit Sirup.«

Sie selbst aß nur ein wenig von der Suppe, die vom Morgen übrig geblieben war, trank einen Becher Wasser und schnitt Brot ab. In einen irdenen Krug füllte sie Wasser, das sie mit zurück zum Rebhügel nehmen wollte.

»Will kommt mit.« Der kleine Junge rannte auf Ben zu, in der Hand ein Stück Fladenbrot. Als er fast bei Ben angekommen war, der sich im Gras ausgestreckt hatte, hielt der Kleine inne und sah zu der Hügelkette im Nordosten hin. »Da sind Männer!« Angst schwang in seiner Stimme mit.

»Was sagst du da?« Ben richtete sich auf, beschattete die Augen mit der Hand, um besser sehen zu können.

»Tatsächlich …«, murmelte er, als er die beiden Reiter sah, die auf einer Hügelkuppe standen und ihn beobachteten. Schnell griff er nach der alten Flinte, die er immer bei sich trug, für den Fall, dass er einer räudigen Hyäne oder einem wilden Pavian begegnete. So viel hatte er inzwischen in der Wildnis hier gelernt: Vor den größeren Tieren musste man sich in Acht nehmen!

»Komm her!« Er streckte die Hand nach Will aus. »Hock dich ins Gras.«

Will gehorchte, aber er ließ die Fremden auf ihren Pferden nicht aus den Augen. Nach einer Weile setzten sie sich wieder in Bewegung und entfernten sich. Dann kam Sina und brachte Ben und Will etwas Wasser.

Ben aß und trank ganz mechanisch. Er hatte die Reiter erkannt – es waren Albert und Johannes Lammersburg. Und das verhieß wahrlich nichts Gutes!

Nachdem er sich gestärkt hatte, ging er wieder an die Arbeit. Sina hockte einige Meter von ihm entfernt und hackte das Unkraut aus der harten Erde. Derweil versuchte Ben, einen besonders großen Dornbusch auszugraben.

»Verdammt!«, fluchte er, als ihn ein paar scharfe Dornen tief in den Handballen stachen. Blut quoll aus den Wunden, und er musste in der Arbeit innehalten.

»Sina – komm her!« Er winkte der Schwarzen zu. »Ich hab mich verletzt! *Merde, Shit.* Da soll doch der Leibhaftige dreinfahren!« Erst als er Will entdeckte, der neugierig näher gekommen war, unterbrach er die Tirade wüster Schimpfwörter, die er auf See gelernt hatte.

»Flucht nicht«, mahnte Sina leise, nahm seine linke Hand und betrachtete sie prüfend. »Das muss ich verbinden. Und ich muss Kräuter auf die Wunde legen, sonst bekommt Ihr noch Fieber.«

»Ach was, wegen der paar Dornenstiche doch nicht«, winkte er ab.

»Eure Hand ist schmutzig, ich weiß, dass das gefährlich werden kann«, sagte Sina unbeirrt, und Ben musste eingestehen, dass sie recht hatte.

»Meinetwegen«, gab er murrend nach. »Später, wenn wir zurück sind.«

Sina aber schüttelte den Kopf. »Nein, jetzt.«

»Ich muss aber noch diese zwei Furchen zu Ende beackern. Dann kannst du von mir aus die Samariterin spielen.«

»Was ist das?« Stirnrunzelnd sah Sina ihn an.

Ben musste trotz der Schmerzen lächeln. »Das erkläre ich dir später. Jetzt wird weitergearbeitet.«

Doch schon bald musste er erkennen, dass er mit der linken Hand nicht mehr allzu viel tun konnte, die Dornen hatten zu tiefe Wunden in sein Fleisch gerissen. Und so gingen sie früher zur Hütte zurück, als sie vorgehabt hatten.

Sina suchte gleich Verbandszeug zusammen und kam mit einem alten Unterrock, den sie zerrissen hatte, wieder nach draußen, wo Ben sich auf einem Schemel niedergelassen hatte. Er schloss die Augen und wandte das Gesicht der untergehenden Sonne zu.

Eine Weile stand Sina still und sah ihn nur an. Er war ein schöner Mann, ihr Master Ben! Sein Haar war sauber und ordentlich geschnitten, wenn es auch nicht so lang war, dass man es mit einem Seidenband zusammenbinden konnte, wie es die eleganten Herren aus der Stadt trugen. Er rasierte sich jeden zweiten Tag und wusch sich gründlich.

»Ich suche noch schnell ein paar Kräuter drüben am Wiesenrand«, sagte sie. »Daraus mache ich einen

Brei – und Ihr werdet sehen, dass Ihr kein Fieber bekommt.«

Ben schlug die Augen auf und blickte Sina an. »Das krieg ich sowieso nicht so leicht«, meinte er. »Komm, wickel einfach ein bisschen Leinen um die Hand, das genügt.«

Sina hockte sich vor Ben auf die Erde, nahm seine Hand und sah stirnrunzelnd auf die tiefen Einstiche. »Ich mache es sauber«, erklärte sie. Und diesmal widersprach Ben nicht, sondern ließ es zu, dass sie die Wunden gründlich auswusch. Nie hätte er gedacht, dass Dornenstiche so schmerzen könnten. Behutsam legte Sina den Verband an.

»Das machst du gut«, lobte Ben.

Sie erwiderte nichts, sondern ging ins Haus, um das karge Abendbrot vorzubereiten.

Ben sah ihr nach. Klein Will war zu müde, um viel zu essen, er bekam etwas Brot und Wasser, dazu eine Birne, dann ging er, ohne zu murren, auf seine Lagerstatt und schlief gleich ein.

»Ich denke, es wäre nicht schlecht, noch zwei, drei Ziegen mehr zu haben«, sagte Sina, als sie den Tisch für Ben und sich deckte.

»Noch mehr Ziegen? Was sollen wir denn mit dem stinkenden Getier?« Unwillig schüttelte Ben den Kopf.

»Ziegen geben Milch. Gesunde Milch. Ich weiß, wie man Käse macht und …« Sina biss sich auf die Lippen.

Ben, den linken Arm auf den Tisch gestützt, zuckte mit den Schultern. »Meinetwegen«, murmelte er. »Aber halt sie in einem Gatter weit weg von hier. Ich will sie nicht in der Nähe haben.«

»Ja, Master Ben.«

Unwillig sah er sie an. »Hör auf, so unterwürfig zu reden! Du weißt, dass ich das nicht will!«

»Aber …«

»Sina, wir arbeiten hier Hand in Hand, einer ist ohne den anderen nichts. Und deshalb …«

»Ihr seid der Herr auf *Hopeland*«, warf sie ein. »Das vergisst Sina nicht.«

»Ach, du …« Dann stand er seufzend auf und ging zur Hütte. Es war nicht leicht, in ihrer kleinen Gemeinschaft diesen Standesunterschied zu wahren. Und wenn er daran dachte, was er getan hatte … Sina und er hatten das Lager geteilt. Sie waren sich so nah gewesen, wie zwei Menschen es nur sein können.

Der Gedanke war ihm plötzlich unangenehm. Er dachte an Charlotte de Havelbeer, an diese Frau, die durch seine Träume ging. Wie konnte er da noch an Sinas warmen Körper denken, der eng mit seinem verschmolzen war?

In der Tür blieb er unvermittelt stehen. »Ich schau noch einmal nach den Pferden, dann gehe ich schlafen. Morgen ist wieder ein harter Tag. Und später …« Er zögerte, dann fuhr er fort: »Übermorgen reite ich noch einmal nach Kapstadt. Ich muss etwas besorgen.«

»Die Ziegen?« Hoffnungsvoll sah Sina ihn an.

»Meinetwegen auch die Ziegen. Und jetzt geh schlafen.« Er schob den Teller, auf dem noch ein Stück Brot lag, von sich und stand auf. Grußlos verließ er die Hütte und kam erst spät zurück. Die Sonne war bereits im Meer schlafen gegangen, wie Sina ihrem Sohn immer erzählte. Die Schatten wurden länger, Geräusche, die am Tage nicht zu vernehmen waren, erklangen. Tierlaute, die Ben fremd waren. Ein leises Singen der Blätter im Abendwind. Entfernt heulte ein wilder Hund, dann kreischten gleich wieder die Affen auf.

Erst als Ben sich niedergelegt hatte und seine Gedanken auf Charlotte richtete, fand er Ruhe. Bald, bald schon würde er sie wiedersehen. Sie vielleicht sogar beim Tanzen im Arm halten. Himmel! Ihm wurde heiß und er warf das Bettzeug zurück. Er konnte nicht tanzen! Ein neues Problem war entstanden, doch ehe er länger darüber nachgrübeln konnte, schlief er ein.

***

Lange Pechfackeln erhellten den Weg von der Straße zu dem dreistöckigen Gebäude, dessen weiße Fassade mit Ornamenten aus Stuck und mit zwei ausladenden Balkonen geschmückt war. Blumenkübel, darin späte Rosen, die immer noch ihren süßen Duft verströmten, wechselten sich ab mit mannshohen Palmen, die in rostroten Terrakottakästen standen, die der Hausherr aus Italien hatte anliefern lassen. Alles im Haus des Kaufmanns Willem de Havelbeer atmete Eleganz und Reichtum. Wer hier verkehrte, gehörte zu den wichtigsten Leuten in der Gegend. Hier zeigte sich, wie groß die gesellschaftlichen Unterschiede auf diesem Flecken Erde waren. Die Bediensteten, meist schwarze Sklaven, lebten in armseligen Hütten am Rand der Stadt oder in kargen Unterkünften am Ende der Grundstücke ihres Herrn. Die weißen Kaufleute oder Großgrundbesitzer hingegen kannten kaum Sorgen und zeigten an Abenden wie diesem, dass sie am Kap das große Glück gemacht hatten.

Ben stand verlegen im Foyer und blickte sich scheu um. Er hatte das Gefühl, sich in einer fremden Welt zu befinden.

Die Roben der Damen waren modisch und elegant, der Schmuck war erlesen. Die Herren trugen entweder eine Samtjacke oder ein dezent gemustertes Brokatjackett über einem gerüschten Hemd, eine Seidenhose und seidene Strümpfe. Die Soldaten mit höherem Rang kamen in Paradeuniform.

Hier, im Foyer des Hauses, am Fuß einer großzügig geschwungenen Marmortreppe, standen Charlotte und ihr Vater, Willem de Havelbeer. Zwei Schritte hinter ihnen stand die ältere Dame, die Charlotte in der Stadt begleitet hatte. Sie trug ein graues Kleid aus Rohseide. Neben ihr stand ein englischer Fregattenkapitän.

Willem de Havelbeer trug aus Anlass seines sechzigsten Geburtstags einen eleganten dunkelblauen Frack mit einer orangefarbenen Schärpe. An seiner Brust glänzten drei Orden – zwei, die ihm in seiner holländischen Heimat verliehen worden waren, einen, den er unlängst vom englischen Gouverneur der Kapprovinz erhalten hatte. Damit waren seine Verdienste um dieses noch junge Land gewürdigt worden.

Mit ausgesuchter Höflichkeit begrüßten Willem und seine Tochter die zahlreichen Gäste. Seit drei Jahren repräsentierte die junge Frau an der Seite ihres Vaters. Ihre Mutter war schon lange tot, sie war nur wenige Monate nach Charlottes zehntem Geburtstag gestorben. Sie war eine zarte, stets kränkliche Frau gewesen und schließlich einem Malariaschub erlegen. Noch heute machte Willem sich Vorwürfe, dass er sie damals, als sie gerade in Südafrika angekommen waren, zu einer Safari ins Landesinnere mitgenommen hatte, wo es an den vielen Seen und Wasserlöchern vor Mücken nur so wimmelte. Er selbst war ein leidenschaftlicher Jäger und hatte dieser Leidenschaft auf dem Schwarzen

Kontinent ausgiebig frönen können, ohne dass ihm je etwas geschehen war. Seine Greta aber war an Malaria erkrankt – und nie wieder gesund geworden. Und schließlich war sie an einem besonders starken Fieberschub gestorben, ihr geschwächter Körper hatte einfach nicht mehr die Kraft gehabt, sich gegen die Krankheit zu wehren.

Wenn er Charlotte anschaute, glaubte er beinahe, in das Antlitz seiner verstorbenen Frau zu sehen. Je älter seine Tochter wurde, umso stärker ähnelte sie Greta, die in ihrer Jugend bildschön gewesen war.

Auch Ben konnte den Blick kaum von Charlotte wenden. Heute Abend trug sie ein weißes Mousselinekleid, dessen oberste Stoffschicht mit Goldfäden durchwirkt war. Goldbänder zierten die kleinen Ärmel und das Mieder, das dicht unter dem Busen abschloss. Dazu trug sie nur eine breite Goldkette, die vorn mit Diamanten besetzt war. Ihre zarten Ohren waren schmucklos. Doch Ben fand, ihre Jugend, ihr frischer Teint waren Schmuck genug.

Jetzt schien Charlotte Ben bemerkt zu haben. Sie zuckte leicht zusammen, und Ben glaubte ein Aufblitzen in ihren veilchenblauen Augen zu bemerkten. Dann löste sie sich von der Seite ihres Vaters und trat ein Stück auf Ben zu. Auch Ben hatte seinen Beobachtungsplatz verlassen und ging Charlotte entgegen. Er blickte sich unsicher um und verbeugte sich etwas verlegen vor den Gastgebern.

»*Mijnheer* de Havelbeer, ich danke sehr für die Einladung und gratuliere Euch zum Geburtstag.« Dann wandte er sich kurz an Charlotte: »Gnädiges Fräulein ... ich darf mich auch bei Euch bedanken.« Wieder eine Verbeugung, die nächste galt der älteren Dame, die nun einen halben Schritt näher trat und sich an Charlotte wandte.

»Liebes, du solltest uns den jungen Herrn vorstellen.« Sie legte Charlotte die Hand auf den Arm und drückte ihn leicht, so, als wollte sie ihr Mut machen.

»Wie schön, dass Ihr gekommen seid!« Sie ergriff leicht Bens Arm und wandte sich dann halb um. »Vater, darf ich dir Ben Ruhland vorstellen? Wir haben uns zufällig kennengelernt, er hat mich gerettet, als ich beinahe auf die Straße gestürzt wäre, weil ein Pferd durchgegangen ist.« Dann wandte sie sich an die ältere Dame: »Helene, du kennst Herrn Ruhland ja schon. Wir sind ihm in Kapstadt begegnet«, sagte sie und stellte sie daraufhin Ben vor. »Herr Ruhland, das ist meine Tante Helene Kreuvert.«

Willem runzelte ein wenig die Stirn. Es war in seinen Augen eine Selbstverständlichkeit, dass ein Kavalier einer Dame in Schwierigkeiten beistand. Und das bedeutete wahrlich nicht, dass man den Retter gleich einlud. Doch dann hieß er Ben höflich willkommen. Allerdings nahm er sich vor, den jungen Burschen im Auge zu behalten. Heute Abend würde er ihn dulden, wenn er sich ordentlich benahm, danach aber sollte dieser Benjamin Ruhland sein Haus nicht mehr betreten.

»Ich danke nochmals für die Einladung«, sagte Ben steif. »Ich bin mir der Ehre bewusst.« Er verbeugte sich so formvollendet, wie es ihm möglich war. Er fühlte sich unbehaglich in dem neuen Gewand. Nie zuvor war er in einem so prachtvoll ausgestatteten Haus gewesen, und ihm wurde erneut und auf schmerzliche Weise bewusst, dass Charlotte unerreichbar war für ihn.

Dabei hatte er sich die größte Mühe gegeben, sich standesgemäß zu kleiden! Er hatte bei einem englischen

Schneider in Kapstadt einen dunklen Abendanzug erworben – ein Stück, das ein anderer Kunde bestellt und dann doch nicht abgeholt hatte. Der Schneider hatte nur wenige Änderungen vornehmen müssen, der Anzug saß recht ordentlich.

Das weiße Hemd und die Seidenkrawatte, die er erst zu binden lernen musste, hatte er ebenfalls in diesem Atelier bekommen. Und er hatte ein Vermögen bezahlt dafür!

Zumindest war es in seinen Augen ein Betrag, der ihn schwindeln ließ. Doch die Vorstellung, einen ganzen Abend lang in Charlottes Nähe sein zu können, war ihm jedes Opfer wert.

»*Mijnheer* Ruhland, geht doch schon einmal hinüber in den großen Salon. Ich komme nach, sobald ich hier abkömmlich bin.« Charlotte nickte ihm noch einmal zu und wandte sich dann an die nächsten Gäste, ein älteres Ehepaar aus Amsterdam, das die weite Reise ans Kap extra zu Willems Ehren gemacht hatte. Sie wurden vom Hausherrn auf das Freundlichste begrüßt, und auch Helene Kreuvert wandte ihre ganze Aufmerksamkeit nun diesen Gästen zu.

Zögernd nur folgte Ben der Aufforderung Charlottes. Er fühlte sich immer noch unbehaglich in dieser ihm völlig fremden Welt, die voller Prunk war. Der Saal, der fast doppelt so groß war wie sein kleines Haus, wurde von Hunderten von Kerzen erleuchtet. Zum Teil brannten sie an Kristallleuchtern, die ringsum die Wände schmückten, zum Teil steckten die Kerzen auch in hohen Kandelabern, die in der Mitte und in den vier Ecken des Raums aufgestellt waren. Und von der Decke hing ein Kronleuchter. Er war aus zartgrünem und zartgelbem Glas, das im Kerzenlicht glitzerte wie Edelstein. Es war ein Kunstwerk aus venezianischem Glas, das der reiche Kaufmann in der italienischen Lagunenstadt erworben hatte. Mit einem seiner Schiffe waren sowohl die Leuchter als auch Spiegel, wundervoll geschliffene Gläser und italienische Tücher hierher ans südliche Ende Afrikas gebracht worden.

Mindestens hundert Menschen waren in dem prachtvoll ausgestatteten Raum bereits versammelt. Offiziere in Galauniform, mit roten Röcken, weißen Hosen und schwarzen oder weißen Gamaschen, an denen die seitlich angebrachten Knöpfe glänzten. Ihre Kopfbedeckung, den obligatorischen Dreispitz, hatten sie abgelegt, und man sah die gepuderten Perücken mit den kurzen Zöpfen, die von schwarzen Samtbändern gehalten wurden.

Die Zivilisten waren zum größten Teil in edelste Brokatröcke gekleidet, nur hin und wieder bemerkte Ben jemanden, der einen grauen oder dunkelgrünen Festanzug aus einfachem Tuch trug. Wesentlich aufwendiger waren die Toiletten der Damen: knisternde Seidenroben, teils mit weitem Rock und enggeschnürtem Mieder, zum Teil ganz modisch nach französischem Vorbild unter der Brust gebunden, so dass man die Taille nur erahnen konnte. Fast alle Damen hatten die Haare hochgesteckt und mit Edelsteinen, Hornkämmen oder Bändern geschmückt.

Auf den Dekolletés glitzerten Rubine, Smaragde und Diamanten. Drei ältere Damen, hinter deren Sessel hochdekorierte englische Offiziere standen, musterten den jungen Deutschen durch ihre Lorgnons, als er an ihnen vorüberging. Ben verbeugte sich knapp im Weitergehen, und er kam sich irgendwie ungeschickt vor! Nein, das hier, das war nicht seine Welt!

Als er zur Tür schaute, sah er, dass Charlotte gerade mit ihrer Tante den Raum betrat. Suchend sah die junge Frau mit dem schimmernden Blondhaar sich um. Als sie Ben entdeckte, lächelte sie und trat auf ihn zu. Helene Kreuvert zögerte, doch dann folgte sie ihrer temperamentvollen Nichte, die offensichtlich jede Etikette zu missachten gedachte.

Helene Kreuvert, eine eindrucksvolle Erscheinung in ihrer grauen Festtagsrobe, zu der sie als einzigen Schmuck eine fünfreihige Perlenkette trug, sah Ben prüfend an.

»Benjamin Ruhland, wenn ich mich recht erinnere?« Ein kleines Lächeln umspielte ihren Mund.

»Zu Euren Diensten, Madame.« Er verbeugte sich und versuchte, sich formvollendet über die Hand zu beugen, die ihm nun entgegengestreckt wurde.

»Charlotte« – sie wies kurz auf die junge Frau neben ihr – »hat mich Euch ja schon vorgestellt. Ich bin ihre Patin.« Die etwa fünfzigjährige Frau nickte ihm zu. »Wir sind uns ja bereits begegnet, auch wenn alles so schnell ging, dass Sie mich vermutlich kaum in Erinnerung haben.«

»Doch, natürlich erinnere ich mich«, beeilte Ben sich zu versichern. Im nächsten Moment suchte sein Blick wieder Charlotte, die ihm lächelnd zunickte.

»Es ist schön, dass Ihr gekommen seid«, sagte diese, doch noch ehe sie dazu kam, länger mit Ben zu reden, fiel die Tante ihr ins Wort.

»*Mijnheer* Ruhland, ich würde gern ein wenig mit Euch plaudern, bevor das Dinner beginnt. Liebes – lass uns für einen Moment allein, ja?«

Charlotte neigte zustimmend den Kopf. »Schau nur, dort steht Chester Hamsfield mit seinem Vater. Sei so gut und leiste den Herren ein wenig Gesellschaft, bis dein Vater Zeit hat, sich den Herren zu widmen.«

»Wir Ihr wünscht, Frau Tante.« Charlotte runzelte unwillig die Stirn, doch sie kam dem Wunsch der Älteren nach, der im Grunde ein Befehl gewesen war.

Helene wandte sich mit einem kleinen Lächeln an Ben. »Kommt mit, begleitet mich ein wenig dort hinüber, *Mijnheer*. Hier ist es viel zu laut. Ich würde gern erfahren, was Euch in dieses Land geführt hat.«

Offen berichtete er von sich, erzählte von seinen Wanderjahren durch Italien und Frankreich, sprach von der Zeit auf See und fuhr fort:

»Vor etlichen Wochen dann war ich endlich am Ziel. Ich habe den Besitz, den mein Großvater einst hier am Kap erworben hatte, ausfindig gemacht und versuche, das Land wieder urbar zu machen. Es ist leider alles recht verkommen mit den Jahren, denn es gab niemanden, der das Gut bewirtschaftet hätte. Und deshalb: Ich habe im Augenblick nichts – und werde auch in den nächsten Jahren nichts besitzen«, endete er. »Ein Weingut aufzubauen, das erfordert Zeit und Geduld. Und ein wenig Gnade des Himmels«, fügte er hinzu.

Helene lächelte. »Der Satz gefällt mir. Ihr gefallt mir, Ben Ruhland. Ihr unterscheidet Euch höchst wohltuend von all den selbstgefälligen Dandys, die sich hier einschleichen und nichts anderes wollen als Charlottes Geld.«

Bestürzt sah er sie an. »Ihr denkt doch wohl nicht von mir …«

»Nein, wahrhaftig nicht. Ich bin sicher, dass Ihr Charlotte sehr mögt. Nicht umsonst habt Ihr einiges an Mühen auf Euch genommen.« Sie zupfte an seinem Jackett. »Kompliment, kein schlechter Stoff.«

Verlegen senkte Ben den Kopf. »Ich habe … ich hatte kein …« Er verhaspelte sich und spürte, dass ihm das Blut ins Gesicht stieg.

»Wer so hart arbeitet wie Ihr, der braucht keinen Ausgehanzug, dafür habe ich vollstes Verständnis.« Sie machte eine kleine Pause, dann fügte sie leise hinzu: »Und auch dafür, dass meine Nichte Euch sehr gern sieht.« Helene nickte ihm zu. »Würdet Ihr mir die Freude machen, mein Tischherr zu sein, Ben? Ich glaube, mein lieber Cousin hatte mir einen alten General zugedacht – aber ich hab keinen Bedarf an den ausschweifenden Erzählungen verschiedener gewonnener oder verlorener Schlachten. Ich möchte lieber erfahren, was Ihr so macht auf Eurem Stück Land. Und wie der Wein hergestellt wird, den ich gern trinke.« Sie hielt inne. »Ich mag ihn allerdings nicht so süß.«

»Diese Geschmacksrichtung ist aber gerade sehr beliebt, vor allem in Europa mag man den Muskateller. Und den, der hier vom Kap kommt, ganz besonders.« Ben lächelte verhalten. »Ich persönlich ziehe allerdings auch den Chardonnay vor, doch davon gibt es bislang nur sehr wenig, es werden noch nicht die entsprechenden Trauben angebaut.«

»Dann ändert das, junger Freund.« Helene hakte sich bei ihm unter und führte ihn gemessenen Schrittes in einen anderen großen Raum, in dem festlich gedeckt worden war. »Mal sehen, ob es uns gelingt, unbemerkt die Platzkarten zu vertauschen.« Sie winkte einer jungen Dienerin in schwarzem Kleid mit weißer Schürze und weißem Häubchen auf dem dunklen Kraushaar zu und gab den entsprechenden Auftrag.

Das Mädchen nickte und gehorchte.

Eine halbe Stunde verging noch, dann mischten sich

Charlotte und ihr Vater unter die Gäste, von denen nun auch der letzte eingetroffen war. Dem Hausherrn war zu seinem Geburtstag ausgiebig gratuliert worden, er hatte viele Geschenke erhalten. Plaudernd schritt er von einer Gruppe zur nächsten. Er stand eine Weile bei Handelspartnern, Bankiers, Offizieren. Aber genauso liebenswert plauderte er mit einer Schauspielerin aus London und einem Geigenvirtuosen aus Genua. Beide waren von Charlotte engagiert worden, um diesem Fest mit ihrer Kunst besonderen Glanz zu verleihen.

Etwa eine Stunde verging noch so, Ben kam sich trotz der Gesellschaft von Helene Kreuvert, die sich die ganze Zeit in seiner Nähe aufhielt und ihn mit einigen Herrschaften bekannt machte, immer verlorener vor. Man kam ihm höflich entgegen, aber man ließ ihn auch spüren, dass er ein Außenseiter war in dieser Gesellschaft.

Der Hausherr selbst sprach nicht mit ihm, und es wurde Ben schmerzlich bewusst, dass Charlottes Vater ihn wohl nur höflich duldete, weil seine Tochter ihn eingeladen hatte.

Ben überlegte schon, ob er sich vor dem Abendessen auf den Heimweg machen sollte, denn die, auf deren Gesellschaft er so sehnlich hoffte, schien ihn auch kaum zu bemerken. Dann fiel ihm ein, dass Madame Kreuvert ihn ja zu ihrem Tischherrn gemacht hatte – einen Affront konnte er da nicht riskieren.

Als zwei ältere Holländer auf ihn zukamen, von denen er inzwischen wusste, dass sie mit Willem de Havelbeer eng befreundet waren und eine eigene Handelsflotte unterhielten, drehte er sich wie unabsichtlich um und ging zu einer der großen Flügeltüren, die in den Garten hinausführten.

Und da, endlich, kam Charlotte auf ihn zu. Sie war allerdings nicht allein, an ihrer rechten Seite ging ein junger Offizier mit weichen Gesichtszügen, links hielt ein eleganter Engländer ihren Arm behutsam fest. Der hellblonde Mann, der stattlich gebaut war, wirkte sehr vertraut mit Charlotte. Mit brennenden Augen sah Ben den blonden Hünen an. Der Anzug des Mannes war aus feinstem Tuch; Seidenaufschläge verliehen ihm edlen Charakter. Seine zu einer großen Schleife gebundene Krawatte wurde von einer Perle geziert, die von einem Kranz aus Brillanten umgeben war.

»Sie wollten mir den Garten zeigen, liebe Charlotte«, meinte er in diesem Moment geziert und musterte Ben abschätzig.

»Später gern, Chester, jetzt möchte ich mich anderweitig unterhalten. Ihr entschuldigt mich, meine Herren.« Charlotte lächelte liebenswürdig, und doch war die Abfuhr, die sie ihrem Verehrer erteilt hatte, unverkennbar. Der junge Offizier verneigte sich knapp und wandte sich ab, während der Blonde die Stirn runzelte. Er sah kurz von Charlotte zu Ben, dann neigte er kaum merklich den Kopf und ging zu einer Gruppe von Herren, die ein Stück entfernt beisammenstanden und sich lebhaft unterhielten.

Ben spürte die feindseligen Blicke des anderen noch einige Augenblicke wie Nadelstiche auf der Haut, doch es kümmerte ihn nicht. Er sah nur die tiefblauen Augen der jungen Holländerin, die sich jetzt ganz ungezwungen bei ihm einhängte.

»Wie ich gesehen habe, hat Tante Helene Euch schon examiniert«, lachte sie. »Und? Hat sie Euch leben lassen?«

»Das seht Ihr ja.« Er wagte es, seine Hand auf ihre

Rechte zu legen, und zog ihren Arm ein wenig fester an sich. »Ich fand die gnädige Frau sehr liebenswert und gütig.«

»Oje!« Charlotte lachte leise. »Da seid Ihr einer der ganz wenigen hier am Ort. Tante Helene ist gefürchtet für ihre scharfe Zunge.«

»Davon hab ich nichts gemerkt.« Ben sah sich um. »Ich glaube, sie hatte Mitleid mit mir. Ich ... ich passe wirklich nicht in diese vornehme Gesellschaft ...«

»Mir seid Ihr von Herzen willkommen.« Charlotte sah ihn mit einem kleinen koketten Lächeln an. »Und das zählt doch, oder?« Sie ging ein wenig rascher und zog Ben mit sich. Sie schritten durch einen Wintergarten und traten dann auf eine weitläufige Terrasse hinaus. Von hier aus führten einige Steinstufen hinunter in einen Park von so großen Ausmaßen, wie Ben noch keinen zuvor gesehen hatte. Exotische Blumen, deren Namen Ben nicht kannte, blühten hier in verschwenderischer Fülle und verströmten ihren betörenden Duft. In der Mitte gab es einen Springbrunnen mit Steinfiguren aus der griechischen Mythologie. Vier große Fische, von einem Steinmetz naturgetreu nachgearbeitet, spien Wasserfontänen in die Luft.

»Das ist ja wie im Märchen!« Bewundernd sah er sich um. »Diese Palmen sind riesig. Und ich habe in dieser Gegend auch noch nie so hohe Fächerakazien gesehen. Man findet diese Bäume mehr im Landesinnern.«

»Ja, die Bäume sind fast so alt wie ich«, nickte Charlotte. »Aber mein ganzer Stolz sind die Rosen dort drüben. Sie duften herrlich.« Sie löste ihren Arm aus seinem und nahm ihn bei der Hand. »Kommt mit, ich zeige Euch meinen Lieblingsplatz, Ben.«

Sie nannte ihn beim Vornamen, sie ließ alle Konventionen beiseite! Bens Kehle wurde eng, er wusste nichts zu erwidern, doch seine Blicke, mit denen er Charlottes schlanke Gestalt in dem hellen Kleid umfing, sagten mehr als Worte.

Aber noch ehe sie weitergehen konnten, erklang von drinnen eine feine Glocke.

»Schade. Jetzt müssen wir zurück, das Dinner wird serviert.« Charlotte machte Anstalten, zum Haus zurückzugehen.

»Sehr schade.« Ben hielt sie am Arm fest. Sanft zog er sie näher zu sich. »Ich … ich wollte Euch noch …«

»Später.« Charlotte beugte sich vor und hauchte einen Kuss auf seine Wange. »Später könnt Ihr mir noch so vieles sagen«, flüsterte sie. »Aber jetzt müssen wir hinein.«

Die nächsten Stunden erlebte Ben wie im Rausch. Er saß an einer prachtvoll gedeckten Tafel, die mit feinstem Leinen bedeckt war. Zart bemaltes, hauchdünnes Porzellan war gedeckt, es gab Kristallgläser in verschiedenen Größen, hohe Weinkaraffen, Besteck aus Silber. In der Mitte des Tisches standen hohe Blumenvasen, aus denen Rosen, Rittersporn, Orchideen und Efeu üppig rankten.

Aber was bedeutete das alles schon? Nicht einmal das köstliche Essen, das serviert wurde, beeindruckte ihn. Dabei hatte er noch nie im Leben Fasan gegessen, kannte keinen gespickten Hirschrücken. Der Geschmack von Perlhuhn war ihm ebenso unbekannt wie der von gebeiztem Fisch und von mit einer Kräuterkruste überbackenen Muscheln.

Und er hörte kaum zu, wenn Helene Kreuvert etwas zu ihm sagte, gab einsilbige Antworten oder nickte nur.

Immer wieder blickte er zu Charlotte hinüber, die zwischen den beiden jungen Männern saß und mal mit dem einen, mal mit dem anderen plauderte. Sie hatte ihm ihre Zuneigung gezeigt, nur das war wichtig.

Das Essen war vorüber, einige Reden auf Willem de Havelbeer waren gehalten worden, und inzwischen war es weit nach Mitternacht. Ben Ruhland hatte gesehen, wie Charlotte ihm einen Blick zugeworfen und sich dann in den Garten geschlichen hatte, und er entschuldigte sich bei Helene Kreuvert und verließ den Saal, um ebenfalls in den großen Garten zu gehen. Er sah sich so verhalten um wie möglich. Wo war Charlotte? Er wagte nicht, nach ihr zu rufen, um kein Aufsehen zu erregen.

Links vom Hauptweg stand, versteckt hinter einer Rosenhecke, ein kleiner Pavillon. Beinahe hätte Ben ihn übersehen und wäre vorbeigegangen.

»Hierher, Ben!« Eine leise Stimme rief ihn zurück.

Charlotte! Mit langen Schritten war er beim Pavillon, an dessen Gitter sich ebenfalls Rosen emporrankten. Weiße, gelbe und zartrote Rosen bildeten eine süß duftende Wand, die denjenigen, die sich in den Pavillon zurückzogen, Schutz vor fremden Blicken bot.

»Ja …« Atemlos stand er vor ihr, sah sie nur an. Das weiche Mondlicht zauberte silberne Punkte in ihr Haar und in den Glanz ihrer Augen.

»Ich musste endlich allein mit Euch sein.« Charlotte führte ihn in den Pavillon. Auf der schmalen Bank, die sich um das kleine Holzhaus zog, ließen sie sich nieder. »Ich weiß im Grunde gar nicht, wer Ihr seid, Ben Ruhland.«

»Ein kleiner Winzer aus Deutschland. Aus dem Rheingau, genauer gesagt. Ich musste weg von daheim, weil …« Er biss sich auf die Lippen, denn lange Zeit hatte die Erinnerung an Katrin, die ihn so schmählich hintergangen und sich seinem Bruder zugewandt hatte, sehr geschmerzt. Jetzt merkte er zu seiner Verwunderung, dass diese Erinnerung gar nichts mehr in ihm auslöste, nicht einmal mehr ein kleines Bedauern. Es war Vergangenheit, ein abgeschlossenes Kapitel im Buch seines Lebens.

»Ich habe noch zwei ältere Brüder«, erzählte er ohne große innere Anteilnahme. »Der älteste bekommt einmal den Hof, der zweite hat auf einen anderen Besitz eingeheiratet. Für mich war da einfach kein Platz mehr.« Ein Schulterzucken begleitete die Worte, und er konnte sogar lächeln, als er hinzufügte: »Also bin ich losgezogen in die Fremde. Mein Großvater hat einst hier in der Gegend gelebt, Afrika war sein großer Traum.«

»Ihr seid in die Fremde gezogen, ohne zu wissen, was Euch hier erwartet?«

Er schüttelte den Kopf. »Ich hatte eine vage Ahnung – eben durch die Erzählungen meines Großvaters. Er hat einige Jahre auf *Stellenbosch* gearbeitet und Briefe aus Afrika geschrieben. Leider musste er wieder heimkehren, er wurde krank. Ich glaube, ich war der Einzige in der Familie, der begeistert seinen Erzählungen gelauscht hat. Der Schwarze Kontinent – das war seine Leidenschaft.« Er schaute in Charlottes veilchenfarbene Augen, und es dauerte einige Augenblicke, bevor er weitersprechen konnte. »Seine kleine Hütte hab ich wiedergefunden – und ich bewirtschafte jetzt das Land, das er einmal zu roden begonnen hat.« Ein Lächeln glitt über sein Gesicht. »Es gibt sogar noch ein paar alte Weinstöcke, die recht ordentlich tragen werden. Das hoffe ich zumindest, denn ich habe die alten Rebstöcke nach bestem Wissen gepflegt in den letzten Monaten. Zusammen mit den neuen Pflanzen, die ich aus Frankreich und Italien mitgebracht habe, ist es ein ganz gesunder Grundstock. Mit ein bisschen Glück geht es mir in drei Jahren wirtschaftlich besser.«

»Ihr seid mutig.« Charlotte sah ihm offen in die Augen. »Ich würde Euch so gern helfen, Ben.« Sie hatte ihn wieder beim Vornamen genannt! Zarte Röte färbte ihre Wangen.

»Warum?« Sein Blick war fragend auf sie gerichtet.

»Weil … weil ich dich mag«, gestand sie leise. »Sehr sogar.« Charlotte legte ihre Rechte an seine Wange, zärtlich streichelte sie über die Haut, die schon wieder ein wenig rau war von dem nachsprießenden Bart, obwohl Ben sich so gründlich rasiert hatte wie lange nicht.

»Charlotte«, raunte er. Sanft, zögernd nahm er ihr Gesicht zwischen seine Hände, sah ihr tief in die Augen. Dann küsste er sie. Es war ein scheuer Kuss, ohne Drängen.

Er spürte, wie Charlotte sacht erschauderte, dann schmiegte sie sich an ihn. Sie schien zu spüren, dass sie es war, die in dieser Situation zeigen musste, was sie fühlte. Ben würde es nicht wagen, sich ihr als Erster zu offenbaren.

»Ich bin dir so gut«, flüsterte sie dicht an seinem Mund, und er löste die Hände von ihrem Gesicht und nahm sie fest in die Arme.

In diesem Augenblick vergaß Ben jeden Standesunterschied. Was bedeutete es, dass sie reich war und er arm? Sie waren jung, sie spürten die gleiche Leidenschaft in sich, ihre Herzen schlugen im selben Takt. »Ich liebe dich.« Er erschrak vor dem eigenen Mut, doch Charlotte seufzte glücklich auf, dann küsste sie ihn wieder.

Erst als von der Terrasse her laute Stimmen erklangen, lösten sie sich voneinander. »Ich muss zurück«, flüsterte Charlotte und hauchte einen letzten Kuss auf Bens Lippen. »Warte noch eine Weile hier.«

Er nickte nur, wie benommen von all dem, was gerade geschehen war.

Charlotte de Havelbeer jedoch ging mit federleichten Schritten zurück zum Haus. Die Gesellschaft amüsierte sich hervorragend, und als jetzt einer der Offiziere auf sie zutrat und sie zum Tanz aufforderte, strahlte sie ihn an und legte die Hand auf seinen Arm.

»Ihr seht bezaubernd aus, Charlotte«, sagte Mathew Spencer, der zur berittenen Garde des Gouverneurs gehörte. »Es ist mir eine besondere Ehre, heute Abend dieses exquisite Fest besuchen zu dürfen. Wie Ihr wisst, werde ich bald in die Heimat zurückkehren und dort den Besitz meiner Familie übernehmen.« Er machte eine Pause, tanzte mit ihr in eine Nische und sah sie bedeutungsvoll an. »Charlotte, Ihr wisst, dass ich einer Frau vieles bieten kann. Unser Landsitz grenzt an die Ländereien der Königsfamilie, wir sind ein altes, wohlangesehenes Geschlecht und ...« Er biss sich kurz auf die Lippen, geriet aus dem Takt und stieß dann hervor: »Ich wollte Euch auf diese Weise sagen, dass ich mir nichts Erstrebenswerteres denken kann, als mit Euch, liebste Charlotte ...«

Rasch legte sie ihm die Hand auf die Lippen. »Bitte, Mathew, sprecht nicht weiter. Ich fühle mich wahrlich geehrt, weil Ihr mir so von Herzen zugetan seid. Und auch ich sehe in Euch einen lieben Freund, aber ...«

»Einen Freund.« Er biss sich kurz auf die Lippen. »Ja, ich verstehe.« Mit einer gekonnten Drehung führte er Charlotte in die Mitte der Tanzfläche zurück. »Auch das macht mich stolz und glücklich«, presste er hervor, und es war ihm anzusehen, dass er nur mit Mühe die Contenance wahren konnte.

Charlotte senkte den Blick. Es tat ihr leid, den netten Mathew so enttäuschen zu müssen. Zweimal waren sie im offenen Landauer ausgefahren und hatten die Gegend erkundet. Dabei hatte sie ihm jedoch nie in irgendeiner Weise Hoffnungen gemacht. Sie unterdrückte einen Seufzer. Schade, sie hatte jetzt sicher einen charmanten Freund verloren …

Ohne wirklich zu wissen, was sie tat, setzte sie einen Fuß vor den anderen, machte die Ländler-Schritte, wie sie es in der Tanzstunde gelernt hatte. Nach Mathew tanzte sie noch mit Chester Hamsfield. Der blonde Bankier führte hervorragend, er war glücklich, die Tochter des Gastgebers in den Armen halten zu dürfen, die nicht nur schön, sondern auch die ideale Partie für einen Hamsfield war. Dass ihr Lächeln nicht ihm galt, ahnte er nicht.

Es gelang Ben, sich wieder unter die Feiernden im Saal zu mischen. Aufatmend stellte er fest, dass wohl niemand bemerkt hatte, wie er sich im Garten mit Charlotte getroffen hatte. Als er sah, dass sie tanzte und dabei ihren Tanzpartner, einen hellblonden Hünen, charmant anlächelte, gab es ihm einen Stich. Brüsk wandte er sich ab und beschloss, das Fest zu verlassen.

»Sicher habt Ihr bemerkt, wer zu meiner Tochter passt.« Die kühle Stimme Willem de Havelbeers neben ihm ließ ihn zusammenzucken. »Deshalb denke ich, dass Ihr auf weitere Besuche in meinem Haus verzichten solltet. Ebenso missbillige ich ein erneutes Treffen zwischen Euch und meiner Tochter, das mache ich hiermit ganz deutlich.«

»*Mijnheer* de Havelbeer … es liegt mir fern, Euren Unmut zu erregen. Und mir ist auch bewusst, dass uns sehr viel trennt. Ich bin neu hier am Kap, habe nichts außer meiner Scholle dort draußen und einigen ehrgeizigen Plänen. Aber seid versichert, dass ich lautere Absichten hege.«

»Was nehmt Ihr Euch heraus, Herr …« An Willems Schläfe schwoll eine Ader. »Hat Euch niemand erklärt, wo Euer Platz im Leben ist?«

Ben biss sich auf die Lippen. Er hätte gern harsch geantwortet auf diese überhebliche Bemerkung, doch er war Gast in diesem Hause – und vor ihm stand der Vater der Frau, die er liebte und begehrte.

»*Mijnheer* de Havelbeer, glaubt mir bitte, dass ich nichts Unrechtes im Sinn habe. Doch Eure Tochter und ich …«

Willem wischte mit der Rechten gebieterisch durch die Luft. »Da gibt es keine Gemeinsamkeiten. Und wie Ihr Eure Zukunft gestaltet, interessiert auch nicht.« Der Hausherr nahm Ben am Arm und führte ihn in die Halle hinaus. Ben spürte deutlich, dass er zum Gehen veranlasst werden sollte.

»Seid bedankt für den Abend in Eurem Haus.« Er verbeugte sich und wartete dann, bis ihm einer der schwarzen Diener seinen Hut gegeben hatte. »Meine Empfehlung an die Damen.«

»Adieu, mein Herr.« Willem senkte nur leicht den Kopf, als Ben sich vor ihm verbeugte. Aufatmend drehte er sich dann um. Dieses Problem war gelöst! Seine Tochter hatte sich verirrt, ihre Gefühle waren mit ihr durchgegangen, das passierte wohl vielen jungen Mädchen. Da war es seine Pflicht als Vater, helfend und korrigierend einzugreifen. Und das hatte er getan!

Willem de Havelbeer wirkte sehr zufrieden, als er sich in den Festsaal zurückbegab, wo die Musikanten immer noch zum Tanz spielten. Gerade als er sich zu einigen Freunden gesellen wollte, trat seine Schwester auf ihn zu.

»Wo ist Benjamin Ruhland?«, zischte sie ihm zu.

»Fort.«

»Hast du es wirklich gewagt …« Helene schüttelte den Kopf.

»Ich muss niemanden in meinem Haus dulden, der mir missfällt.«

»Aber er gefällt deiner Tochter!«

»Unsinn. Sie weiß nicht, was sie tut!« Willem wandte sich ab und ging auf seine Bekannten zu.

»Der Einzige, der nicht weiß, was er tut – und welche Konsequenzen sein Handeln hat –, bist du, lieber Bruder.« Helene Kreuvert eilte ihm nach und dirigierte Willem unauffällig in eine Ecke. Sie war wütend, wenn sie auch verstehen konnte, dass ihr Bruder es nicht unbedingt gutheißen mochte, dass sich seine Tochter in einen armen Schlucker verliebt hatte. Aber das gab ihm noch lange nicht das Recht, Ben aus dem Haus zu weisen. Damit würde er Charlotte zutiefst verletzen. Und wer konnte wissen, wie sie dann reagierte. Das Mädchen besaß ebenso viel Verstand wie Stolz, war auch recht eigensinnig und hasste es, bevormundet zu werden.

»Hast du vergessen, was unser Vater war?« Helene versuchte, ruhig zu bleiben. Sie legte Willem die Hand auf den Arm und sah ihm eindringlich in die Augen. »Ein armer Schiffer, der mit seinem kleinen Lastkahn den Rhein hinauf- und hinuntergeschippert ist, immer in der Angst, nicht genug Ladung zu bekommen und uns sechs Kinder nicht satt zu kriegen.«

»Das habe ich nicht vergessen, wahrhaftig nicht. Und ich habe nicht umsonst Tag und Nacht geschuftet, um diesem Elend zu entrinnen. Und auch du hast alles getan, um von daheim fortzukommen«, fügte er hinzu. »Bei Nacht und Nebel bist du fortgelaufen, um mit diesem Kreuvert in die Fremde zu ziehen.«

»Ich habe Adrian Kreuvert geliebt! Deshalb bin ich mit ihm gegangen.«

»Er war ein Abenteurer, und du kannst deinem Herrgott danken, dass du nicht ins Elend geraten bist an seiner Seite.«

Helene straffte die Schultern. »Nein, das bin ich wahrlich nicht. Im Gegenteil. Er hat sein Glück gemacht. Und ich bin an seiner Seite glücklich geworden. Es ist zu traurig, dass er so früh von mir hat gehen müssen.«

»Es hätte auch anders gehen können. Sieh dich doch um! Wie viele von unseren Landsleuten sind gescheitert! Du weißt wie kaum ein anderer Mensch, wie hart ich für meinen jetzigen Stand habe schuften müssen. Das lasse ich mir nicht zerstören.«

»Sieh dich vor, Willem. Nicht dass dein Stolz dich eines Tages unglücklich macht. Was hast du davon, wenn du irgendwann allein in diesem prachtvollen Haus sitzt? Ohne mich, ohne dein einziges Kind?«

»Das wird nicht passieren! Ich kenne meine Tochter!«

»Ganz offensichtlich nicht«, murmelte Helene. »Und

ich kann nur für uns alle hoffen, dass Charlotte klüger ist als du.«

»Natürlich ist sie klug! Und deshalb wird sie sich darauf besinnen, dass der junge Hamsfield die ideale Partie für sie ist. Diesen Winzer, der ihr nicht mal ein gescheites Dach über dem Kopf bieten kann, wie ich ihn einschätze, wird sie rasch vergessen, dafür werde ich sorgen!« Damit drehte er sich um und ließ Helene stehen.

»So viel Torheit hätte ich dir nicht zugetraut, Bruder«, murmelte Helene und wandte sich wieder dem Festtagstreiben zu. Doch noch setzte sie sich nicht zu einigen Damen, sondern schaute sich suchend nach Charlotte um. Ein Glück, sie tanzte gerade und schien noch nicht bemerkt zu haben, dass Ben Ruhland das Haus verlassen hatte!

***

Amy ging brav unter dem Sattel. Sie war, seit sie gut genährt und gepflegt wurde, ausdauernd und duldsam, zum Reiten besser geeignet als der Wallach Rick.

Zunächst konnte die Stute noch den schmalen Pfad entlangtraben, dann musste sie Schritt gehen, weil das Gelände zu unwegsam wurde. Ben sah sich um. Es war ungewöhnlich still heute. Nicht einmal die Vögel, die allgegenwärtig waren, schienen bei der sengenden Hitze auf Futtersuche zu sein.

Sorgenvoll sah Ben auf die sanft abfallenden Südhänge, an denen die alten Rebstöcke standen. Noch waren die Blätter grün, die Trauben begannen zu wachsen, in zwei, drei Monaten würden sie reif sein und geerntet werden können. Doch wenn die Hitze nicht bald zu

Ende ging, war seine erste karge Weinlese in Gefahr. Er konnte nicht auch noch die alten Rebstöcke regelmäßig bewässern.

Er drehte sich kurz im Sattel um und schaute zurück nach Westen. Oft geschah es, dass der schmale Wolkenstreifen, der den Tafelberg umgab, sich verdichtete, dass sich an den hohen Wänden Wolken zusammenballten und Regen über das Land schickten.

Heute allerdings war damit nicht zu rechnen, die Luft war von trockener, flirrender Hitze erfüllt, kein Windhauch regte sich.

Ben folgte dem dünnen Wasserlauf eine knappe halbe Stunde, dann kam er zur Quelle. Unvermittelt hielt er sein Pferd an und starrte entsetzt auf die Verwüstung. Alles, was er gebaut hatte, damit das Wasser kontrolliert auf seinen eigenen Grund lief, war zerstört worden! Die Bretter waren aus dem Boden gerissen und zertrümmert worden; die Steine, mit denen er den Rand der Quelle zu befestigen versucht hatte, waren aufs freie Feld geworfen worden.

Fassungslos sah Ben sich um. Niemand war zu entdecken! Doch als er genauer hinsah, bemerkte er, dass jemand versucht hatte, in entgegengesetzter Richtung eine tiefe Rinne zu graben und das Wasser dorthin zu leiten.

»Sabotage«, stieß der junge Winzer erbittert hervor. »Den Lammersburg kauf ich mir …« Für ihn stand zweifelsfrei fest, dass der Nachbar für diese Zerstörung verantwortlich war.

So gut es eben ging, versuchte er, den Schaden zu beheben. Er schwitzte, die Schwüle machte das Atmen schwer. Bei dem Versuch, wenigstens einige der Bretterteile wieder in die richtige Lage zu bringen, verletzte er sich an der linken Hand. Der Riss blutete heftig, und Ben fluchte laut.

Aber noch bevor er dazu kam, sich ein Schnupftuch um die Wunde zu binden, hörte er in seinem Rücken eine höhnische Stimme: »Ihr seid nicht einmal in der Lage, ein paar Holzstücke gescheit zusammenzunageln. Versucht Euch gar nicht erst als Winzer, Ihr werdet das Nachsehen haben und kläglich Schiffbruch erleiden.«

»Lammersburg! Was fällt Euch ein, mir das Wasser zu stehlen?« Wütend sah Ben sich um.

»Ihr nennt mich einen Dieb?« Albert Lammersburg, ein spöttisches Lächeln im narbigen Gesicht, kam hinter einer Felsnase hervor. Zwei Schwarze standen etwas abseits, zwei fast sieben Fuß große Zulu mit breiten Schultern und muskelbepackten Oberarmen. Den schwarzen Wallach, ein großes, starkes Pferd mit langer Mähne und langem Schweif, lenkte Lammersburg nur mit dem Druck seiner Schenkel, in den Händen hielt er ein Gewehr und richtete es auf Ben. »Das ist eine Frechheit, Ruhland!«

Ben wandte den Blick nicht ab. Fest sah er Albert Lammersburg ins Gesicht. »Dies ist mein Land«, erklärte er, »und folglich ist es mein Wasser!«

»Euer Land! Das müsst Ihr erst mal beweisen. Und solange das nicht der Fall ist – schert Euch davon! Bevor ich nachhelfe!«

»Wenn Ihr darauf besteht, kann ich Euch die Besitzurkunde vorlegen. Zuvor aber bringt Ihr das da wieder in Ordnung.« Er wies auf die zerschlagenen Bretter.

Wieder lachte Lammersburg höhnisch. Schließlich wandte er sich an die beiden Schwarzen. »Ihr habt es gehört – bringt die Sache in Ordnung!«

Wie Marionetten bewegten sich die beiden Schwarzen auf Ben zu, und noch bevor ihm bewusst wurde, was da geschah, schlugen sie schon wie wild auf ihn ein. Der Ältere von den beiden hatte etliche Narben auf der Brust. An seinem stiernackigen Hals baumelte eine Lederkette. Daran hingen kleine Knochen, Federn und ein glänzender Glasstein. Der Jüngere, schmäler und sehr wendig, lachte bösartig und zeigte dabei seine weißen Zähne, von denen ihm an der linken unteren Seite zwei fehlten. Seine Nase war platt, und die Oberlippe war gespalten. Es war ein äußerst hässlicher Mensch, sein Blick hatte etwas Böses und Tückisches. Und er lachte wie von Sinnen, als er jetzt mit einem Stein, den er in der Faust hielt, auf Ben einschlug.

Ben spürte, dass seine Augenbraue aufplatzte, Blut rann ihm aus dem Mundwinkel. Er versuchte, sich zu wehren und mit dem Arm sein Gesicht zu schützen, doch immer wieder trafen ihn harte Schläge an den Schläfen und am Kinn.

Der Schmerz trieb ihm die Tränen in die Augen, er taumelte vorwärts, ohne zu merken, wohin er trat. Halb blind hob er die Fäuste, versuchte, die beiden Angreifer auch einmal wirkungsvoll zu treffen. Doch sie wichen geschickt aus.

»Verdammter Eindringling! Hast du immer noch nicht genug?« Albert Lammersburg senkte den Kopf mit dem breitrandigen Strohhut etwas tiefer, dann legte er das Gewehr an und schoss knapp an Ben vorbei. Doch die Kugel prallte an einem Felsstück ab und streifte Ben am linken Arm. Er hörte noch einen Fluch, einige Worte auf Zulu, die er nicht verstand, dann wurde ihm schwarz vor Augen.

Als er wieder zu sich kam, war von Albert Lammersburg und von den beiden Schwarzen nichts mehr zu sehen. Mühsam rappelte Ben sich auf. Sein Arm war blutverschmiert und schmerzte, das Hemd war zerfetzt. Ben presste die Zähne aufeinander und unterdrückte einen Schmerzensschrei, als er versuchte, das Hemd auszuziehen und sich die Wunde genauer anzusehen. Die Kugel war zum Glück nicht sehr tief ins Fleisch eingedrungen, die Blutung ließ sich stillen. Entschlossen riss Ben den schon halbzerfetzten Ärmel ganz ab und band das Leinenstück um die Wunde. Dann zog er das Hemd mühsam und unter Schmerzen wieder an. Die Hand tat ihm ebenso weh wie die Schussverletzung.

Mit der unverletzten Rechten hob er die Nägel und den Hammer auf. Im Augenblick konnte er nichts tun, es blieb nur zu hoffen, dass die Hitze bald nachließ und das wenige Wasser, das im Moment noch auf seinen Grund lief, nicht verdunstete.

Amy, die verschreckt davongaloppiert war, als sich der Schuss aus Lammersburgs Gewehr löste, kam mit gesenktem Kopf zurück. Sie stand still, als Ben sich mühsam in den Sattel zog und mit der gesunden rechten Hand die Zügel anhob.

»Los, lauf heim, mein Mädchen«, stieß er hervor und schlug ihr die Fersen in die Flanken. Ihm war so elend zumute, dass er nicht mehr darauf achtete, wohin das Pferd trat. Er konnte nur noch darauf vertrauen, dass Amy den Heimweg allein fand.

***

Sorgenvoll sah Sina zum wolkenlosen Himmel hinauf. Es war heiß an diesem elften Dezember 1795. Zu heiß für die Reben, zu heiß für das Gemüse, das Sina in dem kleinen Garten hinter dem Haus angebaut hatte. Jeden Morgen und jeden Abend musste sie Wasser schleppen. Auch die Hühner – inzwischen waren es vier, Ben hatte noch zwei dazugekauft – und die zehn Kaninchen litten stark unter der drückenden Hitze. Am besten hatten es noch die drei Ziegen, die sie inzwischen besaßen, sie konnten allein zum Bach laufen und trinken. Sie hatten ihren Unterstand weitab vom Haus, und jeden Abend, wenn Sina sie molk und sie noch zusätzlich fütterte, kamen sie dorthin. Ansonsten suchten sie sich in der näheren Umgebung ihr Futter.

Ben war schon einige Stunden unterwegs. Er war zur Quelle auf seinem Weinberg geritten, um nach der Bewässerungsanlage zu schauen, die er aus Brettern und Steinen gebaut hatte, um das Wasser zu seinen Pflanzen zu leiten.

Sina stand vor der Hütte und hielt Ausschau, wo Ben blieb. Da hörte sie Hufgetrappel und sah Ben auf seinem Pferd langsam dahertraben. Entsetzt schrie sie auf, als sie Ben genauer ansah. Er hing halb im Sattel, sein Gesicht war verschwollen, das Hemd am linken Ärmel zerrissen.

»Was ist Euch geschehen, Master Ben? Was habt Ihr?« Sie lief auf ihn zu und griff Amy am Zügel. Die Stute blieb mit gesenktem Kopf stehen, als spürte sie, dass ihr Reiter am Ende seiner Kräfte war.

»Kommt, ich helfe Euch.« Sina streckte Ben die Hände entgegen, doch der schüttelte den Kopf.

»Es … es geht schon«, murmelte er, aber kaum hatten seine Füße den Boden berührt, schwankte er und musste sich an Sina festhalten. Sie führte ihn zum Haus, wo er sich mit einem Seufzer auf die roh gezimmerte Bank sinken ließ.

»Was ist Euch geschehen?«, fragte Sina wieder.

»Diese Verbrecher ... Die Lammersburgs ... sie haben das Wasser abgegraben und mir aufgelauert. Der Alte und zwei Schwarze. Ich konnte mich kaum wehren, als sie über mich hergefallen sind.« Er wischte sich über die Lippen. »Bring mir etwas Wasser«, bat er.

»Ja, sofort.« Sina eilte ins Haus, füllte einen Becher mit Wasser und brachte ihn Ben rasch hinaus. Dann ging sie in die Hütte zurück und holte Verbandszeug und ein paar von ihren Heilkräutern.

Ben wollte sie zunächst abwehren, doch er stellte fest, dass die Kräuterpaste, die Sina selbst herstellte und die sie nun auf seine Wunden strich, die Schmerzen rasch linderte. »Was ist das?«, fragte er.

»Heilkräuter. Ich hab welche gesucht – draußen in der Wildnis. Meine Großmutter hat viel davon verstanden. Sie hat mir einiges beigebracht.« Einen Augenblick lang verzog sie das Gesicht. »Sie haben sie eine Hexe genannt. Das ... das war nicht gut. Nicht gerecht. Immer haben sie die alte Frau verlacht, sie durfte nicht mit den anderen am Tisch sitzen und sollte allein in ihrer Hütte leben. Aber wenn jemand krank wurde, wenn kein anderer helfen konnte, dann hat man die alte Bahati gerufen.«

»Du bist keine Hexe«, sagte Ben und versuchte zu lächeln, doch er stöhnte auf, als die Schmerzen in seinem Gesicht dabei wieder stärker wurden. Also schloss er die Augen und ließ Sina ihre Arbeit tun.

Erst als der Mond seine Bahn so weit gezogen hatte, dass er hinter zwei Bergen verschwand, gingen sie ins Haus. Sina half Ben, sich niederzulegen. In dieser Nacht geschah es wie von selbst, dass sie sein Lager mit ihm teilte. Sanft strich sie über seine unverletzte

Schulter, schmiegte den schmalen Kopf mit dem Kraushaar an seine Brust, während er erzählte, was oben an der Quelle geschehen war …

***

Als er wach wurde, sah Ben sich verwirrt um. Er lag auf seinem Bett, die Laken waren feucht, er hatte geschwitzt, und ihm war übel. Als er zum Fenster sah, bemerkte er, dass die Sonne schon hell am Himmel stand. Draußen hörte er Sinas Stimme. Sie arbeitete im Garten und redete mit ihrem Sohn. Will spielte gewiss wieder mit den Kaninchen. Jedem Tier hatte er einen Namen gegeben, und es war immer furchtbar für den Kleinen, wenn Sina eines der Tiere schlachtete, damit sie Fleisch hatten.

Wenn ich in der Stadt bin, muss ich uns etwas frischen Fisch besorgen, ging es Ben durch den Kopf, während er versuchte, sich aufzurichten. Doch es wollte ihm nicht gelingen. Feurige Kreise tanzten vor seinen Augen, die Übelkeit wurde stärker, und er ließ sich mit einem Stöhnen zurück auf das Bett sinken.

Er tastete nach seinem schmerzenden Arm, der dick verbunden war. Und auch die linke Hand war mit einem Leinenverband umwickelt.

Sina … er erinnerte sich wieder, dass sie ihm eine heilende Salbe aufgetragen und ihn verbunden hatte. Er hatte einen Trunk bekommen, der sein Fieber bekämpfen sollte, und dann war Sina zu ihm gekommen, hatte ihn gewärmt, weil ihm plötzlich so kalt geworden war. Es war angenehm gewesen, sie so dicht bei sich zu spüren. Und doch … plötzlich quälte ihn sein Gewissen. Es war nicht recht, dass er die schöne Schwarze zu sich holte, wo sein Herz, all sein zärtliches Empfinden doch Charlotte gehörte.

Stöhnend barg er das Gesicht in der unverletzten rechten Hand. Da war ein heftiger Zwiespalt in seinem Innern. Er mochte Sina, sie war treu und zuverlässig, ehrlich, und sie war ihm gewiss zugetan. Doch das, was sie miteinander verband, hatte nur flüchtigen Bestand. Es war ein kurzer Rausch der Sinne gewesen. Im Grunde war sein Tun verwerflich, gestand er sich ehrlich ein. Er liebte Charlotte von ganzem Herzen. Und doch ... er war ein Mann in der Blüte seiner Jahre. Und Sina hatte sich nicht gewehrt, nein, sie hatte gern sein Lager geteilt.

Aber das durfte nicht wieder geschehen! Sein Herz gehörte Charlotte. Er begehrte nur sie! Und deshalb ... Er biss sich auf die Lippen, als ihm bewusst wurde, welche Schwierigkeiten sich vor ihm auftürmten. Es würde Sina verletzen, wenn er sie zurückwies. Und doch – er musste es tun! Ein tiefer Seufzer kam über seine Lippen.

Doch im nächsten Augenblick dachte er an Albert Lammersburg und an dessen Sohn. Die beiden hätten nicht solche Skrupel. Sie nahmen sich die Sklavinnen, die ihnen gefielen. Sie trieben es gewiss auch mit Huren aus den Hafenspelunken. Und nicht einen Moment würden sie darüber nachdenken, was die Frauen empfanden, mit denen sie sich vergnügten!

»Ihr seid wieder wach! Gut!« Auf einmal war Sina da und sah ihn besorgt an. »Wie geht es Euch? Habt Ihr Schmerzen?«

»Es geht ... Du hast mich verbunden, nicht wahr? Ich ... ich weiß nicht mehr genau, was gestern passiert ist.«

Sina schüttelte den Kopf. »Ihr liegt schon den dritten Tag zu Bett. Ich hab Euch die Kugel aus dem Fleisch geschnitten. Sie saß zum Glück nicht tief. Aber es wird eine Narbe bleiben. Ich musste es tun, sonst hättet Ihr noch höheres Fieber bekommen!«

»Danke. Du bist sehr mutig.« Er versuchte sich an einem Lächeln, doch es misslang kläglich.

»Hier, trinkt das.« Sina hielt ihm einen Becher mit einem Kräutersud an die Lippen. »Gegen das Fieber. Es hilft, ich hab es Euch in den vergangenen Stunden oft eingeflößt.«

Ben griff nach dem Becher und trank hastig das bittere Gebräu. Dabei bemerkte er, dass seine Finger zitterten. »Wenn ich diese Kerle kriege ...« Er schloss die Augen wieder. Noch fühlte er sich zu elend, um etwas zu unternehmen. Doch irgendwann, das nahm er sich vor, würde Albert Lammersburg für alles, was er ihm angetan hatte, bezahlen.

Vier Tage lang war Ben nicht in der Lage, aufzustehen und zu arbeiten. Er fieberte zum Glück nicht mehr allzu stark, die Kräutermischung von Sina wirkte Wunder. Auch die Pflanzen, die sie vorkaute und ihm dann als Brei auf die Wunden strich, trugen dazu bei, dass seine Verletzungen rasch abheilten.

Als Ben zum ersten Mal aufstand, taumelte er vor Schwäche. »*Merde*«, fluchte er unterdrückt.

»Was heißt das?« Will, der in einer Ecke hockte, sah ihn neugierig an.

»Das musst du nicht wissen«, wies Sina ihn zurecht.

Ben ging zum Tisch und ließ sich schwerfällig auf einem der alten Holzstühle nieder.

Sina brachte ihm einen Becher mit Tee. »Habt Ihr Hunger? Es sind Eier da. Und Kaninchenbraten.«

»Ein Rührei genügt. Und etwas Suppe.« Er erinnerte sich daran, dass seine Mutter früher immer Hühnersuppe gekocht hatte, wenn jemand krank war. Sie hielt die gehaltvolle Brühe für ein Allheilmittel.

Sina schien das auch zu glauben, denn sie hatte ein Huhn gekocht und schöpfte ihm etwas von der heißen Brühe auf einen Teller. Erst nachdem er etwas gegessen hatte, fühlte sich Ben gestärkt und in der Lage, sich zu waschen und sich anzuziehen. »Ich muss unbedingt in die Stadt«, erklärte er. »Ich brauche ein besseres Gewehr. Und auch sonst noch ein paar Dinge.«

»Ihr wollt Rache nehmen?« Stirnrunzelnd sah Sina ihn an.

Ben zögerte, dann schüttelte er den Kopf. »Später – vielleicht. Erst einmal werde ich die Quelle sichern. Und sollte es jemand wagen …« Er brach ab.

»Soll ich mitkommen in die Stadt?«, fragte Sina.

Ben schüttelte den Kopf. »Nein, nein, ich warte noch zwei Tage, dann fahre ich«, sagte er hastig. Er wollte allein fahren. Vielleicht traf er ja Charlotte wieder!

Heiß durchströmte es ihn, und er konnte es kaum erwarten, sie wiederzusehen. Aber durfte er es wagen, einfach bei ihr aufzutauchen? In ihren Kreisen war es üblich, dass man sich anmeldete, das hatte er gelernt. Aber – wie sollte er das tun? Ihr Vater würde ihn nicht in seinem Haus dulden. Willem de Havelbeer hatte ihm ganz deutlich gezeigt, dass er ihn ablehnte. Nie würde er ihm gestatten, Charlotte zu sehen, wenn er sich offiziell anmelden ließ!

Er biss sich kurz auf die Lippen, dann bat er Sina: »Häng meinen guten grauen Rock raus. Und die Stiefel müssen geputzt werden. Ich … ich reite bald los.«

Er sah sie nicht an. Sicher ahnte Sina, was ihn in die Stadt zog. Es musste ihr weh tun, zu erkennen, dass er eine andere aufrichtig liebte, das war Ben sehr wohl bewusst. Aber – er konnte es nicht ändern. Seine Gefühle für Charlotte waren größer als alles andere. Vielleicht hatte Sina auch Angst, dass der Winzer sie verkaufen könnte, dass eine neue Frau die junge Schwarze nicht mehr im Haus dulden würde.

»Ich fahre los!«, rief Ben ihr wenig später zu. Sina hob kaum den Kopf, als er die Pferde einspannte. Ben hatte sich erholt, er konnte den Arm wieder recht gut gebrauchen, und gestern hatte er sogar schon in dem alten Weinberg nahe des Hauses gearbeitet.

»Kann ich mit?«, fragte Will und sah begehrlich zum Kutschbock hoch.

»Nein, ein andermal«, wehrte Ben ab.

»*Hayi* heißt das!«, lachte der Junge. »Du wolltest doch unsere Sprache lernen! Und *Hayi* heißt nein.«

»*Ewe* – ja, das stimmt.« Ben zuckte mit den Schultern. »Ich fürchte nur, dass ich das nie schaffen werde.« Er schwang sich auf den Kutschbock. »Bis dann. Sei brav, dann bring ich dir wieder Zuckerstangen mit.«

Sina rief ihrem Sohn etwas zu, das Ben nicht verstand – normalerweise sprach sie nie in ihrem heimischen Dialekt, sondern bemühte sich, auch Will gutes Englisch beizubringen. Doch hin und wieder – vor allem dann, wenn sie erregt war – verfiel sie in ihre Muttersprache, in einen Zulu-Dialekt, der von Landstrich zu Landstrich anders klang. Will zog den Kopf ein.

Flüchtiges Mitleid schoss in Ben hoch, doch dann gab er den Pferden die Zügel frei und fuhr davon. Er hatte nur wenig Zeit. Die Sonne stand schon recht hoch, es würde wieder ein heißer Tag werden, und wenn er bis zum Abend zurück sein wollte, musste er sich beeilen. Als Erstes wollte er zum Hafen hinunter und nachschauen, ob es Hanne Schneeberger endlich besserging. Die alte Wirtin war eine Verbindung zur Heimat; wenn er mit ihr sprach, fühlte er sich in seinen geheimsten Empfindungen verstanden. Dabei war Hanne eine einfache Frau, sie hatte nicht einmal die Schule besucht. Das hatte sie Ben erzählt, als er sie gefragt hatte, ob es wohl möglich sei, den kleinen Will zur Schule zu schicken.

»Hier in der Gegend?«, hatte die Schankwirtin gemeint. »Willst du ihn zum Gespött der anderen Kinder machen? Die sich so viel auf ihre weiße Haut einbilden und meinen, sie wären was Besseres?« Hanne hatte sich bei diesen Worten in einer für sie typischen Geste eine graue Haarsträhne aus dem Gesicht gepustet. Es schien, als sei das ihre Art, ihre Verachtung auszudrücken.

Fast drei Stunden dauerte es, dann hatte Ben sein Ziel erreicht. Sein verletzter Arm begann wieder zu schmerzen, doch er achtete nicht darauf. Sina hatte ihn gestern noch einmal verbunden, das Übrige würde die Zeit besorgen.

Er sah sich um. Dort, wo vor vier Monaten noch Fynbos geblüht hatte und wo ein kleiner Agavenhain die ersten Hütten von Cape Town schützte, standen neue, weiß gekalkte Steinhäuser in drei akkuraten Reihen. Sie waren nur einstöckig, gehörten also nicht den reichen Kaufleuten oder den englischen Diplomaten. Gewiss hatten sich neue Siedler hier niedergelassen.

Langsam fuhr Ben weiter, dem Hafen zu. Jetzt, wo es Sommer war, konnten die kleineren Schiffe in der Nähe des *Castle of Good Hope* landen. Im Winter war das kaum möglich, dann mussten die Kapitäne versuchen, in Simons Town vor Anker zu gehen. Die schweren Stürme, die um diese Jahreszeit um das Kap tobten, hatten schon manches Schiff zerstört. Da war das Anlegen in Simon's Town ungefährlicher.

Eine Weile sah Ben dem geschäftigen Treiben zu. Er entdeckte drei Schoner, die er kannte; etwas weiter draußen ankerten zwei Kriegsschiffe der Englischen Marine. Soeben wurden einige Offiziere mit Beibooten an Land gebracht und dort von einigen anderen Uniformierten mit militärischem Gruß willkommen geheißen. Ben sah sich weiter um und bemerkte einige Dutzend Hafenarbeiter, die die schweren Lasten von den Schiffen in Lagerhäuser oder auf große Ochsenfuhrwerke schleppten; sie arbeiteten meist mit nacktem Oberkörper. Die meisten von ihnen waren dunkelhäutig. Die breiten Schultern und der muskulöse Brustkorb waren schweißbedeckt. Einige Weiße standen dabei und trieben die Männer an. Als einer der Sklaven unter der Last eines Sackes zusammenbrach, schlug einer der Weißen auf den am Boden Liegenden ein.

Ben war versucht, vom Kutschbock zu springen und einzuschreiten, doch im letzten Moment bemerkte er einen der Offiziere, der mit gezogenem Degen auf den Sklaventreiber zuging und etwas sagte. Ben konnte die Worte nicht verstehen, aber gleich darauf ließen zwei Schwarze ihre Lasten fallen und halfen dem Mann auf.

Und dann bemerkte er, dass von einem Dreimaster hohe Tannen abgeladen wurden. Es waren wohl ein Dutzend der Nadelbäume. Sie waren mit Stricken zusammengebunden, und doch … es waren heimische Tannen!

Ja, daheim ist jetzt Winter, schoss es Ben durch den Kopf. Sicher liegt schon allenthalben Schnee. Er dachte an die Winter seiner Kindheit. Im Ofen schmurgelten Bratäpfel, an den Sonntagen gab es Lebkuchen ... wenn der Vater es erlaubte! Ach, wie oft hatte die Mutter Ben heimlich etwas zugesteckt, weil er doch so gern Süßes aß ...

Wieder einmal wollte das Heimweh in ihm aufflammen, doch er schüttelte diese Empfindung ab. Hier, am Kap der Guten Hoffnung, war jetzt seine Heimat! Die afrikanische Erde, die gerade in diesem Landstrich wie geschaffen war für den Weinanbau, würde ihn – und vielleicht auch seine Nachkommen – ernähren! Die Heimat seiner Kinderzeit, die gab es für ihn nicht mehr!

Rasch wandte er den Blick von den Tannen ab, die soeben auf ein besonders breites Lastfuhrwerk geschleppt wurden. Er wendete seine Pferde und beschloss, erst einmal zu Hanne zu fahren, bevor er einige Einkäufe tätigte.

Aus einer kleinen Gasse, die berüchtigt dafür war, dass es hier besonders billige Huren und gepanschten, mit Absinth versetzten Schnaps gab, torkelte eine Gestalt, die Ben nur zu gut kannte – Olivier, der bärenstarke Matrose von der *Parisienne*. Aber er hatte das Schiff nicht gesehen. Ob Olivier auf einem anderen Kahn angeheuert hatte? Möglich war es, denn in der letzten Zeit, als Ben noch auf dem Schiff gewesen war, hatte Olivier häufiger Auseinandersetzungen mit Henry Gardener, dem Zweiten Offizier, gehabt. Der Zweite hatte Olivier mehrmals beim Saufen erwischt, er hatte die Wache verschlafen und sich einmal gar an einem Fass Branntwein vergriffen, das zur Ladung gehörte. Gut möglich also, dass der brutale Trunkenbold abgemustert hatte.

Jetzt hielt er ein paar kreischende Weiber im Arm

und wäre fast in ein Lastfuhrwerk gerannt, wenn ihn eine der Frauen nicht zurückgehalten hätte.

Olivier lachte nur und sah genau in Bens Richtung. »Hey … dich kenn ich doch?«, rief er. »Dann gib einen aus, *old boy.*«

Ben reagierte nicht, sondern gab den beiden Pferden kurz die Peitsche, so dass sie in raschen Trab verfielen. Zwei Straßenzüge weiter wurde die Gegend ein wenig besser. Die Hütten und Häuser waren stabiler und wirkten gepflegter. Es stank nicht mehr so erbärmlich nach Exkrementen und nach Abfällen; die Abwasserrinnen in der Straßenmitte waren sauberer, nur wenige räudige Hunde waren zu sehen.

Erst als er die Gasse erreicht hatte, in der Hannes Schenke lag, zügelte Ben die Tiere und übergab sie einem halbwüchsigen Burschen mit hellbrauner Haut. Der Junge, etwa fünfzehn Jahre mochte er alt sein, trug zerschlissene halblange Hosen und ein hellbraunes Leinenhemd, das ihm zu groß war. Er hatte es an der Seite zusammengeknotet. »Versorg sie drüben im Schuppen von Tom, dem Iren! Reib sie gut ab. Und gib ihnen was zu fressen, Hafer, wenn welcher da ist, und frisches Wasser.«

»Aber Tom ist …«

»Tom ist weg, das weiß ich. Aber sein Stall steht ja wohl noch, oder?« Ben wurde ungeduldig. Sein Arm klopfte, er hatte Durst, und er spürte seine Kraft bereits wieder schwinden.

Der Junge nickte nur und führte das Gespann fort.

Mit langen Schritten ging Ben hinüber zu Hannes Lokal. Es war ungewöhnlich ruhig in der Schankstube, nur ein paar alte Männer hockten in der Ecke bei einem Krug Bier. Die Schankmagd war nicht zu sehen, nur ein kleiner, dunkelhäutiger Junge, höchstens zehn Jahre alt.

»Was wollt Ihr, Sir?«, fragte er und bemühte sich um einen geschäftsmäßigen Ton. Sein Englisch klang hart, und die wenigen Brocken wirkten auswendig gelernt.

»Wo ist denn die Schankmagd?«

»Oben bei der Suppen-Hanne.«

»Warum?«

»Hanne hat sie gerufen.« Der Junge wies auf einen Krug Bier. »Wollt Ihr etwas trinken?«, fragte er eifrig.

»Später. Ich muss erst zu Hanne.«

Mit langen Schritten ging Ben auf die Treppe zu, die sich am Ende des schlauchähnlichen Raumes befand und die zu Hannes Privaträumen führte. Linker Hand befand sich die Theke, an der jetzt der Zehnjährige stand und versuchte, ein frisches Bier zu zapfen. Er reichte aber kaum an den Zapfhahn und musste auf die Holzbohlen klettern.

Voller Sorge stieg Ben die Treppe hinauf, klopfte kurz an die Holztür, die ein bisschen schief in den Angeln hing.

»Hanne, macht auf! Ich bin's – Ben Ruhland!«

»Landsmann! Das ist ja eine Überraschung! Komm rein, Jungchen! Ich bin schon fertig!«

Erleichterung durchströmte Ben – Hannes Stimme klang schon wieder recht kräftig. Und als er ihr dann gegenüberstand, konnte er sich davon überzeugen, dass sie wieder gesund war. Sie trug ein schwarzes Seidenkleid, das er noch nie an ihr gesehen hatte. Dazu einen schwarzen Strohhut mit einer schwarzen Zierschleife vorn.

»Oh! Wo wollt Ihr denn hin?«, entfuhr es ihm.

Hanne sah ihn ernst an. »In die Kirche. Heute ist

Evas Todestag. Ich hab Tom versprochen, eine Messe für sie lesen zu lassen.«

»Fühlt Ihr Euch denn kräftig genug?« Besorgt sah er sie an.

Hanne lachte. Es war wieder dieses dunkle, raue Lachen, das er an ihr kannte. »Unkraut vergeht nicht, Jungchen, das solltest du wissen. Ich bleibe noch eine Weile auf dieser Welt – allen Unkenrufen zum Trotz. Aber jetzt lass dich erst mal ansehen.« Sie trat zwei Schritte auf ihn zu und zog ihn dann am Jackett. »Hast dich ja fein herausgeputzt. Da bin ich froh, wieder auf den Beinen zu sein. Es stimmt wohl, was man sich erzählt – du wandelst auf Freiersfüßen. Na, ich will deine Hochzeit unbedingt noch miterleben.« Unverhohlen neugierig sah sie ihn aus ihren Knopfaugen an.

»Hochzeit? Wer redet denn von einer Hochzeit?« Unwillig schüttelte Ben den Kopf, doch er konnte nicht verhindern, dass Röte seine Wangen färbte.

»Na, man hört so einiges.« Sie nahm ihn am Arm. »Man hat dich im Haus des reichen Holländers gesehen.«

Ben senkte den Blick. »Ich … es ist doch nichts Ernstes«, murmelte er dann. »Sie steht so viel höher als ich … So reich, so schön, so klug … Wir gehören nicht zusammen. Mir ist das sehr wohl bewusst.«

Hanne tätschelte seinen Arm. »Ich bin mit der Zofe von Helene Kreuvert recht gut bekannt«, erzählte sie. »Von ihr weiß ich, was im Haus der de Havelbeers los ist. Dass die schöne Charlotte nur noch von dir spricht. Und dass sie böse auf ihren Vater ist, weil er ihr das Zusammensein mit dir verbieten will.« Sie zwinkerte ihm zu. »Du hast dir ein Goldfischchen geangelt, Jungchen!«

Ben winkte ab. »Nein. Ihr Reichtum hindert mich ja gerade daran, mich ihr zu nähern. Dieses Vermögen … es steht zwischen uns. Glaubt mir, mir wäre wohler, Charlotte wäre von meinem Stand. Dann gäbe es auch nicht diese Zwistigkeiten mit ihrem Vater.«

»Ach, mein Jungchen!« Hanne sah ihn mit einem fast mütterlichen Lächeln an. »Aber jetzt komm mit, es wird Zeit, dass wir uns auf den Weg machen.« Sie wandte sich an die Schankmagd. »Geh wieder runter und hilf dem Kleinen. Ich komme schon zurecht.«

Auf der Straße bot Ben ihr den Arm und führte sie ein paar Ecken weiter bis zu der kleinen Kirche, die sich kaum von den anderen Häusern in dieser Gegend unterschied. Zwei Stockwerke hoch war das Gebäude. Es besaß keinen Turm, nur einen kleinen Aufbau, auf dem ein Kreuz angebracht worden war. Zwei bunte Fenster ließen gedämpftes Licht in den Raum, in dem zu dieser Messe Dutzende von Kerzen brannten und ein sanftes Licht verströmten.

Ben zögerte. Er war schon eine Ewigkeit nicht mehr in der Kirche gewesen – es konnte nicht schaden, den Herrgott um weiteren Beistand zu bitten. Er blieb ganz hinten an der letzten Bank stehen, während Hanne in ihrem Sonntagsstaat bis ganz nach vorn ging.

Am Altar brannten schon zwei Kerzen an einem großen Adventskranz, der mit dicken roten Schleifen geschmückt war. Und wieder stieg in Ben die Erinnerung an zu Hause auf. Welten lagen zwischen seiner Jugend im Rheingau und dem Leben, das er jetzt führte! Wie viel hatte er erlebt in diesen letzten Jahren! Es hatte harte Monate auf dem Meer gegeben, Tage voller Freude und Lust in den verschiedenen Häfen. Dann gab es Nächte, in denen er mit seinem Los gehadert hatte – vor allem dann, wenn die Erinnerung an Katrin ihn wieder einmal quälte. Katrin, die ihn so schändlich hintergangen hatte, indem sie sich mit seinem Bruder einließ und sich mit ihm, dem Hoferben, verlobte.

Und immer, immer war es um Geld und um Macht gegangen! So wie vor einigen Tagen, als er diesen üblen Zusammenstoß mit Albert Lammersburg gehabt hatte. Macht. Besitzgier. Reichtum und Anerkennung – dafür waren die Menschen bereit, alles zu tun. Einige schreckten nicht einmal vor Mord zurück. Ob Lammersburg zu diesen skrupellosen Menschen gehörte? Das, was er bisher durch ihn erfahren hatte, ließ darauf schließen.

Ben straffte sich.

Ich will reich werden. Unabhängig und mächtig. Aber ich will auch gerecht bleiben, nahm er sich vor. Nie soll jemand vor mir zittern müssen – was immer ich in diesem Land noch schaffen und bewegen werde!

***

»Himmel, was soll das denn? Seid ihr nicht ganz gescheit?« Sina sah händeringend zu, wie zwei schwerbeladene Fuhrwerke vorfuhren und die zwei schweren Kaltblüter des ersten Gespanns und die beiden Ochsen, die vor das zweite Fuhrwerk gespannt worden waren, mit dampfenden Leibern stehen blieben.

»Hör auf zu keifen, du dummes Ding. Ruf lieber rasch deinen Herrn her, der hat das alles bestellt!« Der Kutscher des Ochsengespanns, ein alter Fuhrknecht mit langem grauen Bart und schütterem Haupthaar, sprang vom Bock und legte ein paar Holzklötze hinter die Räder des Lastkarrens. »Gleich kommen noch zwei Fuhren, bis dahin muss das hier abgeladen sein.«

»Ach, Ihr seid schon da!« Ben kam aus dem ältesten Teil des Weinbergs, wo er gerade nach den neuen Trieben geschaut hatte. Spätestens in zehn Tagen würden sie so weit gewachsen sein, dass er sie hochbinden musste. »Ich hatte Euch erst am Nachmittag erwartet.«

»Dann wird es zu spät, um noch alles abzuladen.« Der alte Fuhrmann sah Ben fragend an. »Wohin soll denn alles?«

Ben wies zu einem Plateau etwa zweihundert Meter entfernt. »Dort hab ich schon alles gerodet und so weit geebnet, wie es mir möglich war mit meinen Leuten.« Er hatte seit einigen Wochen zwei junge Schwarze eingestellt, kräftige Burschen, die Hanne ihm vermittelt hatte. Sie waren Sklaven bei einem alten Franzosen gewesen, der in seine Heimat zurückgekehrt war. Man hatte sie stets gut behandelt, sie waren zuverlässig und ehrlich.

Ben war froh, Hilfe zu haben, denn allein mit Sina konnte er die anfallenden Arbeiten nicht mehr bewältigen. Zwei neue Weinberge hatten sie inzwischen angelegt und einen Hügel gerodet, auf dem nur Dornbüsche und Steppengras wuchsen. Außerdem waren der Nutzgarten vergrößert und ein paar Obstbäume gesetzt worden.

Das alles hatte er allerdings nur möglich machen können, weil Helene Kreuvert ihm ein Darlehen gegeben hatte. Eines Tages, gut vier Monate war es her, war sie in einem offenen Landauer zu ihm hier in die Einöde gekommen. Ben war gerade von einem Kontrollritt zurückgekommen. Er hatte es sich angewöhnt, jede Woche einmal zur Quelle hinaufzureiten. Bislang allerdings war es nicht mehr zu Zusammenstößen mit den Lammersburgs gekommen – für Ben jedoch kein Grund, sich in Sicherheit zu wiegen. Diese Nachbarn waren hinterhältig und gefährlich, davon war er überzeugt!

Ein Kutscher in schwarzer Livree, mit Silberlitzen an den Aufschlägen des Jacketts und an der Hosennaht, hatte Madame Kreuvert herausgeholfen, dann hatte die ältere Dame sich eine Weile umgesehen, ohne ein Wort zu sagen.

Mit einem Satz war Ben aus dem Sattel gesprungen, hatte sich ein wenig unbeholfen die Hände an der Hosennaht abgewischt und Charlottes Tante dann ehrerbietig begrüßt. »Madame Kreuvert ... das ist ja eine Überraschung! Wenn ich gewusst hätte, dass Ihr kommt, hätte ich etwas vorbereitet.«

»Ach was!« Helene hatte ihm freundlich die Hand gereicht. »Ich will keine Umstände machen – und ich will Euch erst recht nicht von der Arbeit abhalten. Das macht schon Charlotte, nicht wahr?«

Verlegene Röte hatte Bens Wangen gefärbt. Seit längerem traf er sich heimlich mit Charlotte. Helene Kreuverts Zofe Mirja hatte das erste Billett bei der Suppen-Hanne abgegeben, und die hatte es Ben bei seinem nächsten Besuch überreicht. Mit zitternden Fingern hatte Ben das Schreiben aufgerissen und gelesen:

Mein lieber Ben, das Herz ist mir schwer, wenn ich mir bewusstmache, dass mein Vater unserer Liebe ablehnend gegenübersteht. Er mag nicht mit mir über uns sprechen und versucht mich immer wieder zu einer Verbindung mit Chester Hamsfield zu drängen. Aber ich weiß genau, mit wem ich mein Leben, meine Zukunft gestalten will – mit Dir, Ben! In Tante Helene haben wir eine Fürsprecherin. Dem Himmel sei Dank dafür!

Dann hatte sie noch ein Treffen vorgeschlagen, an einem kleinen Eichenhain draußen vor der Stadt. Seither hatten sie sich dort mehrmals getroffen, sie waren auch einige Male ausgefahren und hatten verstohlene Küsse getauscht.

Es war noch keine fünf Wochen her, da hatte Charlotte ihm erzählt, während sie Arm in Arm durch den Eichenwald schlenderten, der ihnen Schutz vor neugierigen Blicken bot: »Meine Tante will uns helfen. Sie bietet dir ein Darlehen an. Zinslos.« Und als er spontan hatte ablehnen wollen, hatte Charlotte hinzugefügt: »Bitte, sei nicht zu stolz, Ben. Wir können nicht zusammen in einer kleinen Hütte hausen, vielleicht gar noch unter einem Dach mit deinen Arbeitern. Das … das kann ich nicht. Bitte, versteh mich.«

Ja, er verstand sie. Aber es war schwer, den Stolz hintanzustellen und Hilfe anzunehmen.

Und jetzt war Helene Kreuvert zu ihm gekommen und sagte: »Hier muss etwas geschehen, mein junger Freund. So kann Charlotte nicht leben. Sie ist im Luxus aufgewachsen, das dürft Ihr nicht vergessen.« Sie hatte sich bei ihm untergehakt und hinzugefügt: »Liebe erduldet und erträgt vieles, doch wenn die Not zu groß ist, wenn die Einschränkungen zu gewaltig werden, dann kann auch die größte Liebe daran zugrunde gehen. Das solltet Ihr bedenken, Ben.«

Ja, er hatte es bedacht – und schließlich die Hilfe, die ihm so großzügig angeboten wurde, angenommen!

»Ich habe es nicht anders erwartet«, hatte Helene Kreuvert gesagt und ein paar Blätter aus ihrer Tasche gezogen. Nachdem sie sie entfaltet hatte, konnte Ben sehen, dass es Konstruktionspläne für ein Haus waren.

»So ein großes Gebäude … Und noch drei kleinere sollen auch entstehen? Das ist zu viel, ich denke …«

»Es ist genau richtig so, Ben Ruhland. Ich habe mich kundig gemacht. Und glaubt mir, ich weiß, was ich tue. Und wie ich mein Geld einsetze.« Helene, wie immer in Grau, hatte ihm zugelächelt. »Ich bin sicher, Ihr werdet ein hervorragendes Gut hier entstehen lassen. Ihr habt die Kenntnisse, guten Wein zu machen, lasst mich dafür sorgen, dass es ohne Schwierigkeiten gelingt!«

Ja, und nun kamen all die Dinge nach *Hopeland*, die er brauchen würde, um sein neues Haus zu errichten! Neben allen Gerätschaften und Materialien, die zum Hausbau notwendig waren, hatte er auch Handwerker angestellt. Sie würden in den nächsten Tagen kommen und für einige Zeit hierbleiben. Er hatte zwar schon kurz mit Sina darüber gesprochen, doch offensichtlich hatte sie nicht erwartet, dass das neue Haus so eindrucksvoll werden würde.

Fassungslos und mit großen Augen sah sie zu, wie die Männer jetzt alles abluden und seitlich von der alten Hütte abstellten. Eine Stunde später kamen noch zwei Fuhrwerke, und zwei der Männer begannen, eine vorübergehende Unterkunft für sich und für zwei andere Handwerker zu errichten.

»Sina, richte ein Essen für alle«, befahl Ben.

»Aber – so viel habe ich gar nicht vorbereitet«, wandte Sina ein. »Nur Suppe und etwas kaltes Fleisch.«

»Das wird fürs Erste reichen. Schlachte morgen ein paar Kaninchen und Hühner. Mais ist doch genug da, oder?«

Sie nickte nur.

»Na also, dann werden gewiss alle satt. Ich fahre später in die Stadt und sorge für Nachschub.« Ben besah sich das Baumaterial, die schweren Eichenbalken und die Steine, mit denen das Fundament, das Erdgeschoss und das erste Stockwerk gemauert werden sollten.

»Habt keine Sorge, Mister Ruhland, das ist noch nicht alles. Aber für die ersten Wochen werden wir mit diesem Baumaterial auskommen, dann muss nachbestellt werden.« Einer der Männer, etwa vierzig Jahre alt, muskulös und mit kahlem Schädel, grinste ihn an. Dabei zeigte er kräftige Zähne.

»Es sieht so aus, als könntet Ihr damit drei Häuser bauen«, meinte Ben.

Der Mann lachte. »Ich bin George Greenfield. Glaubt mir, Mister, ich hab schon viele Häuser gebaut, ich weiß, was man alles braucht. Verlasst Euch nur auf mich.«

In den nächsten Wochen lernte Ben Ruhland, wie aufregend und anstrengend es war, ein Haus zu bauen. Wenn die Pläne auch feststanden, es gab immer wieder Schwierigkeiten und Probleme, die er gemeinsam mit George Greenfield und dessen Leuten lösen musste. Aber das Haus wuchs mit jedem Tag, und schon bald war auch Sina, die den Veränderungen zunächst misstrauisch gegenübergestanden hatte, begeistert.

»So ein schönes Haus! Und so hoch wird es, fast wie die Häuser der vornehmen Herrschaften in der Stadt.« Sie biss sich auf die Lippen, dann fragte sie zögernd: »Es ist für sie, nicht wahr?«

Ben nickte. »Ja. Ich ... ich möchte Charlotte heiraten und hier mit ihr leben.« Er hielt den Blick zu Boden gesenkt, denn es war ihm bewusst, dass er Sina verletzte.

Nein, sie sagte nichts. Sie machte ihm keine Vorwürfe, weinte nicht, zeigte mit keiner Regung ihre Eifersucht. Und doch litt sie, das ahnte Ben. So wie er seit langem ahnte, dass Sina ihm viel mehr zugetan war als er ihr. Gewiss, sie hatten das Lager geteilt. Es war berauschend gewesen, sie in den Armen zu halten, ihre zarte Haut zu streicheln und ihre Nähe zu spüren. Und doch … was es hieß, wirklich zu lieben, das wusste er erst, seit er Charlotte kannte.

»Sina, du wirst hier immer ein Zuhause haben«, versicherte er der jungen Schwarzen rasch. »Ich werde nie vergessen, was du alles für mich getan hast.«

»Nein, Master Ben, ich … ich muss Euch dankbar sein.« Sina hob endlich den Blick und sah ihn aus ihren großen dunklen Augen an. »Wenn Ihr mir und Will nicht beigestanden hättet … wer weiß, was aus uns geworden wäre.«

Schnell legte er ihr den Arm um die Schultern und spürte, wie sie kurz zusammenzuckte. »Ich sehe schon lange mehr eine Vertraute in dir als eine Arbeiterin«, sagte er leise. »Sina, nenn mich Ben. Wie einen guten Freund.«

»Nein, das geht nicht.« Heftig schüttelte Sina den Kopf.

»Und wenn ich es dir befehle?«

»Nein.«

»Doch, Sina. Ab sofort. Gib mir die Hand.« Er hielt ihre Finger eine Weile zwischen seinen Händen. »Du gehörst zu mir. Und zu *Hopeland*, Sina. Das darfst du nie in Zweifel ziehen.«

***

Die Regenwolken zogen so rasch auf, dass Charlotte de Havelbeer nicht mehr dazu kam, das Verdeck der leichten Kutsche hochzuziehen. Hätte ich doch auf den Kutscher gehört und mich von ihm im großen Landauer fahren lassen, ging es ihr durch den Sinn. Aber sie hatte allein hinaus nach *Hopeland* fahren wollen. Die Stunden, die sie ungestört mit Ben verbringen konnte, waren knapp genug bemessen.

Heftiger Wind zerrte an ihren Haaren, und sie zog den blauen Mantel, der am Kragen und den Ärmelaufschlägen mit weißem Hermelin besetzt war, enger um sich. Die Kapuze, ebenfalls mit dem weichen Fell verbrämt, wehte ihr immer wieder vom Kopf.

Das Massiv des Tafelbergs, das sie eben noch deutlich hatte erkennen können, war auf einmal hinter einer grauen Regenwand verschwunden. Leises Donnergrollen erklang, und Hella, das trittsichere braune Kutschpferd, machte erschrocken einen Satz zur Seite. Charlotte hatte Mühe, die Zügel in den Händen zu halten und das Tier zu beruhigen.

Endlich sah sie vor sich die Lichter der Stadt! Die hohen Straßenlaternen, die an den Häusern angebracht waren und in denen Öllichter brannten, wiesen ihr den Weg. Auch Hella roch wohl den heimischen Stall, denn sie fiel in einen leichten Galopp.

»Ruhig, mein altes Mädchen, ganz ruhig. Und – Trab!« Charlotte wusste, dass es gefährlich war, auf dem Pflaster der Hauptstraßen zu rasch zu fahren. Und jetzt, bei dem Regen, war die Rutschgefahr noch viel größer. Erleichtert atmete sie auf, als sie endlich daheim angekommen war und der Stallbursche ihr die Zügel abnahm.

Er wollte ihr vom Bock helfen, doch Charlotte war schon behende heruntergesprungen. Der Mantel war schwer vor Nässe, die Haare hingen ihr in feuchten

Strähnen um den Kopf. Eilig strebte Charlotte dem Haus zu.

Doch kaum hatte sie die Halle, in der es wohlig warm war, betreten, kam ihr Vater ihr entgegen. Mit einer herrischen Bewegung scheuchte er das dunkelhäutige Hausmädchen fort, das Charlotte aus dem Mantel helfen wollte.

»Warst du wieder bei diesem Hungerleider draußen in der Wildnis?«, polterte er gleich los. »Meine Tochter schleicht sich aus dem Haus, um mit einem zweifelhaften Kerl, der nichts hat und der nichts ist, zusammen zu sein. Eine Schande ist das!«

»Vater, Ihr tut mir Unrecht.« Charlotte zog den Mantel aus und ließ ihn achtlos auf einen der chintzbezogenen Sessel fallen, die in einer kleinen Gruppe an der Längsseite der Halle standen. Flüchtig versuchte sie dann, ihr Haar zu ordnen. »Ben Ruhland ist ein anständiger Mann, der Tag und Nacht arbeitet, um vorwärtszukommen.«

»Das interessiert mich nicht. Ich will, dass du …«

»Mich interessiert aber alles, was er tut«, fiel Charlotte ihm ins Wort, und für einen Moment war ihr Vater so verblüfft über dieses ungehörige Benehmen, dass er still blieb. »Vater, er ist der Mann, dem ich mein Herz geschenkt habe. Mir ist egal, von welchem Stand er ist. Nur das, was er mir bedeutet, ist wichtig.«

»So ein Unsinn! Ich verbitte mir diese Reden! Das ist nichts als eine romantische Schwärmerei!« Willems Gesicht lief rot an. »Du wirst ihn nicht noch einmal sehen! Ich verbiete es dir! Schließlich gehören wir zu den ersten Familien der Stadt, und ich lasse mich nicht zum Gespött der Leute machen, nur weil meine Tochter sich benimmt wie eine …«

»Willem!« Die scharfe Stimme von Helene Kreuvert hinderte ihn am Weitersprechen. »Du vergisst dich!«

Der weißhaarige Mann zuckte leicht zusammen. Aufgeregt ging er noch ein paar Schritte auf und ab und blieb schließlich vor Charlotte stehen. »Du wirst ihn nicht wiedersehen! Ich verbiete es dir ein für alle Mal! Und wage es nicht, dich meinem Befehl zu widersetzen!«

Charlotte wollte aufbegehren, wollte erwidern, dass sie sich nicht von diesen Drohungen einschüchtern lassen würde, doch ein eindringlicher Blick ihrer Tante und deren sanftes Kopfschütteln hinderten sie daran.

»Ich gehe mich umziehen«, sagte Charlotte leise und eilte hinüber zu ihren Räumen. Wild aufschluchzend warf sie sich auf ihr Bett. Wie ungerecht ihr Vater war! Wie überheblich und kaltherzig! Für eine Weile vergaß sie, dass ihre Kleidung klamm war, dass sie eben noch vor Kälte gezittert hatte. Ihr Unglück füllte sie gänzlich aus und ließ für nichts anderes Raum.

»Ich hasse ihn«, weinte Charlotte in ihr Kissen. »Wenn er mir mein Glück mit Ben verbietet, werde ich heimlich fortgehen!«

Als sie jedoch am nächsten Tag ausgehen wollte, waren die Türen ihrer Räume verschlossen.

»Du gehst nur noch in Begleitung aus dem Haus«, erklärte Willem de Havelbeer. »Glaub mir, ich will nur dein Bestes. Und eines Tages wirst du mir dankbar sein, dass ich dich vor einer Dummheit bewahrt habe!«

»Sie hat wieder nichts gegessen.« Zita, eine kleine, untersetzte Mulattin mit rundem Gesicht und großen schwarzen Augen, sah Helene Kreuvert eindringlich an. »Miss Charlotte liegt immer noch im Bett. Ich ... ich fürchte, sie ist krank.« Zita stieß einen tiefen Seufzer aus. »Krank vor Liebe.«

»Du meinst, sie ist krank vor Liebeskummer«, verbesserte Helene automatisch. »Ich schaue selbst nach ihr.« Helene legte die Stickerei, an der sie seit Tagen recht lustlos arbeitete, zur Seite und stand auf. »Wo ist der Herr?«

»Unterwegs in Geschäften.« Zita senkte den Kopf. »Er hat Miss Charlottes Räume abgeschlossen, doch der Schlüssel liegt auf einer Kommode gleich davor.«

Helene nickte nur. Sie empfand das Verhalten ihres Bruders als ungeheuerlich, doch in Gegenwart der Angestellten versagte sie sich Kritik. »Komm mit«, befahl sie Zita, und gemeinsam gingen sie in den zweiten Stock hinauf, wo Charlotte drei ineinander übergehende Zimmer bewohnte. Sie hatte einen üppig ausgestatteten Salon mit zierlichen Mahagonimöbeln und drei Sesseln, die mit hellblauem Seidenstoff bespannt waren. Aus dem gleichen Material waren die Vorhänge, die bis zum Boden reichten und an hellen Tagen das Licht abmilderten. Darunter waren duftige Gardinen aus weißem Musselin angebracht, in den kleine Blüten eingewebt worden waren.

Im Schlafgemach standen zwei große Kleiderschränke, eine Kommode und ein breites Bett, über das sich ein Baldachin aus gelbem Batist spannte. Der Boden war, so wie auch der Wohnraum, mit weichen Seidenteppichen ausgelegt.

Charlotte lag auf dem Bett, nur mit einem leichten Kaschmirplaid zugedeckt. Ihr Hauskleid aus hellgrünem Wollstoff war zerknittert, es war deutlich zu erkennen, dass sie die Nacht schon darin verbracht hatte. Charlottes Gesicht war gerötet, aus trüben Augen blickte sie der eintretenden Tante entgegen.

Mit wenigen Schritten war Helene am Bett. »Liebes, was ist mit dir? Fühlst du dich nicht gut?« Prüfend legte sie Charlotte eine Hand auf die Stirn. »Himmel, du glühst ja!«

»Mir ist so heiß …« Charlotte sah die Tante aus trüben Augen an, im nächsten Moment wurde sie von einem trockenen Husten geschüttelt.

Helene wandte sich nach Zita um, die an der Tür stehen geblieben war. »Hol Wasser und ein paar saubere Tücher! Ach nein, hilf mir erst einmal, Charlotte zu entkleiden und zu Bett zu bringen. Sie ist völlig verschwitzt und wird noch elender werden, wenn sie sich nicht umzieht.«

Teilnahmslos ließ Charlotte alles mit sich geschehen. Sie hielt die Augen geschlossen und reagierte erst, als sie die kühlen Wadenwickel auf der Haut spürte. »Nein … Vater, ich muss doch zu Ben …« Ein Schluchzen folgte. Dann war es eine Weile still, die Kranke schien zur Ruhe gekommen zu sein.

Helene und Zita blieben abwechselnd bei ihr, doch gegen Abend stieg das Fieber so stark an, dass Helene den Arzt rufen wollte. »Wir können es nicht verantworten, Charlotte mit Hausmitteln zu behandeln«, erklärte Helene ihrem Bruder, der zunächst nicht glauben wollte, dass seine Tochter krank geworden war.

»Das ist doch nur Theater«, winkte er ab. »Sie will ihren Kopf durchsetzen, sie will unbedingt erreichen, dass ich diesen Benjamin Ruhland akzeptiere. Aber das wird nicht geschehen! Niemals!« Willem de Havelbeer saß hinter seinem mächtigen Schreibtisch und blies aufgeregt dicke Rauchwolken in die Luft.

Helene Kreuvert sah ihren Bruder eindringlich an. »Du versündigst dich, Willem. Und jetzt schick nach dem Doktor! Oder willst du das Leben deines einzigen Kindes wirklich aufs Spiel setzen? Charlotte hat sich stark erkältet, das hat nichts mit trotzigem Verhalten zu tun, wie du anzunehmen scheinst.« Und als er nicht gleich antwortete, sondern nur noch stärker an seiner Zigarre zog, fügte sie hinzu: »Geh doch hoch und sieh sie dir an! Schau genau hin und mach dir klar, was aus deiner schönen Tochter geworden ist: ein unglückliches, krankes, verzweifeltes Menschenkind, dem jeder Lebenswillen fehlt!«

»Du übertreibst.« Willem sah demonstrativ aus dem Fenster. Draußen war es kühl und regnerisch, der Wind bog die Zweige der Mimosenbäume, die vor dem Arbeitszimmer standen, tief zum Boden. Und auch die Bougainvilleen, die er vor vier Jahren hier hatte anpflanzen lassen, wurden vom Sturm zerzaust, die brombeerfarbenen Blüten rieselten zur Erde wie große Flocken.

»Ganz wie du meinst.« Helene raffte ihren Rock und ging mit hoch erhobenem Kopf hinaus. Sie zürnte Willem, der nur seine Meinung gelten ließ. Hatte er denn ganz vergessen, dass Liebe viel mehr wert war als Reichtum und gesellschaftliche Anerkennung?

Bis zum späten Abend bemühte sie sich, gemeinsam mit Mirja und Zita, um die Nichte, doch diese wurde von Stunde zu Stunde elender. Das Fieber stieg, sie halluzinierte.

»Lass den Arzt holen«, befahl Helene Kreuvert.

»Jawohl, *mijn vrouw*!« Zita raffte die schwarzen Röcke und stob davon. Es dauerte nur eine knappe halbe Stunde, dann kam sie mit dem Arzt zurück.

Dr. Emmerich, grauhaarig, klein und dürr, lebte seit über dreißig Jahren am Kap. Er war als einer der ersten Deutschen hierhergekommen und hatte eine Holländerin geheiratet, die vor zwei Jahren gestorben war. Seit langem schon war er der Hausarzt der de Havelbeers, kannte Charlotte seit ihren Kindertagen. Als er ihr Schlafzimmer betrat und einen Blick auf sie warf, runzelte er die Stirn.

»Warum habt Ihr mich nicht eher gerufen?«, fragte er Helene, nachdem er ihr zur Begrüßung nur kurz zugenickt hatte. »Das Kind sieht ja schrecklich aus!«

»Ach, Herr Doktor ...« Helene seufzte gepresst auf. »Das ist eine zu lange Geschichte, um sie jetzt zu erzählen. Bitte, schaut Euch Charlotte an und helft ihr. Ich ... ich habe Angst um das Mädchen.«

Dr. Emmerich öffnete seine Tasche und nahm eine erste Untersuchung vor. Er fühlte Charlotte den Puls, maß das Fieber, horchte ihr Herz und ihre Lunge ab. Seufzend richtete er sich dann auf. »Vor einigen Jahren noch hätte man sie zur Ader gelassen – wie immer, wenn man nicht weiterwusste. Und ich gestehe, dass ich nicht weiß, woher dieses Fieber rührt. Ist etwas Besonderes geschehen?« Fragend sah er Helene Kreuvert an, während Zita die Kranke wieder behutsam zudeckte. Charlotte schien von der Untersuchung gar nichts wahrgenommen zu haben. Sie stöhnte hin und wieder auf, murmelte auch zweimal Bens Namen.

»Nach wem ruft sie?«, wollte der Arzt wissen.

Helene biss sich kurz auf die Lippen. »Nach dem Mann, den sie liebt«, erwiderte sie dann.

»Und – warum holt man ihn nicht her? Seine Anwesenheit könnte sie beruhigen. Das ist doch keine simple Erkältung, das muss auch ein Laie erkennen. Der Seelenkummer beeinflusst ihre körperliche Erkrankung stark«, fügte er leiser hinzu.

Helene seufzte tief auf. »Charlotte ist unglücklich, weil mein Bruder mit der Wahl ihres Zukünftigen nicht einverstanden ist«, erwiderte sie dann offen. »Bitte, Dr. Emmerich, tut, was in Eurer Macht steht. Ich mache mir solche Sorgen!«

»Ich lasse Euch zwei Ampullen einer Medizin da, die das Fieber bekämpfen wird. Auch ein Schlafpulver solltet Ihr der Kranken geben, denn der Körper braucht Ruhe.« Der Arzt zuckte mit den schmalen Schultern. »Mehr kann ich nicht tun. Aber Charlotte ist jung, sie wird das Fieber rasch besiegen, glaubt mir.«

In der Nacht verschlechterte sich Charlottes Zustand jedoch. Sie warf sich in den Kissen hin und her, schrie und wimmerte.

Willem de Havelbeer kam zweimal kurz in den Raum, sah stirnrunzelnd auf seine Tochter und murmelte: »Der Arzt ist ein Quacksalber. Morgen lasse ich einen jüngeren Mediziner kommen. Da gibt es einen Engländer, der versteht sicher mehr von seiner Arbeit als der alte Emmerich.«

»Wenn hier einer etwas nicht versteht, dann bist du das«, sagte Helene barsch. »Sie ist krank vor Kummer. Nur deshalb geht es ihr so schlecht.«

»Unfug. Weibergeschwätz!« Willem drehte sich um und ging hinaus.

Am Morgen erklärte er: »Ich muss zur Bank, und dann fahre ich bei Dr. Summerfield vorbei. Hör auf zu lamentieren, Helene. Ich bringe das in Ordnung.«

Kaum hatte er das Haus verlassen, ordnete Helene Kreuvert an: »Einer der Stallknechte soll sich ein schnelles Pferd satteln und hinüber nach *Hopeland* reiten. Ich schreibe Ben Ruhland einen Brief – er wird gewiss herkommen.«

Die Sonne stand schon im Zenit. Ben trat aus der kleinen, nördlich des Wohnhauses gelegenen Hütte, in der er eine alte Traubenpresse aufgebaut hatte. Die Gerätschaften hatte er vor wenigen Wochen in Kapstadt gekauft. Sie waren schon alt, und zum Teil mussten sie instand gesetzt werden, doch sie waren erschwinglich gewesen! Und er war zum Glück geschickt genug, den vierten, halb abgebrochenen Balken der Presse zu richten und auch einige Schrauben zu erneuern, die verrostet oder abgebrochen waren.

Er war verschwitzt und verdreckt, als er dem jungen Reiter entgegentrat. »Was führt dich her?«, erkundigte er sich nach kurzem Gruß.

»Ich bin Azibo. Ich arbeite für *Mijnheer* de Havelbeer«, sagte der Schwarze atemlos und sprang vom Pferd. »Man hat mir aufgetragen, Euch das hier zu geben. Und ich soll Eure Antwort mitbringen.« Er bemühte sich, alles so auszurichten, wie es Helene Kreuvert ihm aufgetragen hatte.

Ben nahm das Schreiben, das der junge Bursche aus seiner Joppe gezogen hatte. Es war zerknittert und nicht mehr ganz sauber. Er sah auf die gestochen scharf geschriebenen Buchstaben: *Benjamin Ruhland*, las er. Seine Finger zitterten vor Ungeduld, als er das Schreiben erbrach und es las:

Ben Ruhland – ich schreibe Euch so formlos, weil Eile dringend nottut. Charlotte ist erkrankt und fiebert beängstigend stark. Der Arzt konnte ihr nicht helfen.

Ich vermute, sie leidet daran, dass sie mit Euch nicht zusammen sein darf. Wenn Ihr Mitleid habt mit ihr, wenn Ihr sie aufrichtig liebt, dann missachtet die Wünsche meines Bruders und kommt her. In der Hoffnung, Euch recht bald hier zu sehen, bin ich – Helene Kreuvert.

»Hast du das gnädige Fräulein gesehen?«, fragte Ben den jungen Schwarzen, der wartend neben dem Pferd stehen geblieben war.

»Nein, Herr. Seit Tagen hat Miss Charlotte das Haus nicht mehr verlassen.«

Ben besann sich nicht lange. »Warte hier. Ich ziehe mich um, dann reiten wir zusammen in die Stadt.«

Sina trat aus dem Haus und sah dem fremden Reiter neugierig entgegen.

»Geh hinein mit ihm und gib ihm etwas zu essen. Ich bin gleich wieder da«, wies Ben Sina an.

Als Benjamin zurückkam, trug er seinen guten grauen Rock und hatte sich gründlich gewaschen, man roch noch die Seife, mit der er seine Haut abgeschrubbt hatte. »Komm, wir müssen los.« Und zu Sina gewandt sagte er: »Ich weiß nicht, wann ich zurück bin. Schau nach allem.«

»Ben!« Sie hielt ihn am Arm zurück. »Ich weiß, was geschehen ist. Nimm Medizin von mir mit. Du weißt, sie ist gut und hilft mehr als die Medizin von euch Weißen.«

Draußen schnaubten die Pferde und scharrten unruhig mit den Vorderhufen im Staub.

Als er nicht gleich antwortete, eilte sie ins Haus und kehrte gleich darauf mit einer Paste und einem kleinen Beutel voller Kräuter zurück. »Die Paste gehört auf die Brust, den Tee muss man trinken. Alle drei Stunden einen großen Becher voll, so hat es Bahati, meine Großmutter, gesagt.«

»Danke.« Ben nahm den Tiegel und den Beutel und verstaute alles in der großen rechten Satteltasche.

Sina nickte. »Ich sorge für alles.«

Ben betrat das elegante Heim von Willem de Havelbeer durch den Dienstboteneingang auf der Rückseite. Er hatte Amy dem Stalljungen überlassen, dann hatte er noch rasch die Kräuter aus der Satteltasche genommen, dann drängte es ihn, zu Charlotte zu kommen.

Zita, die er schon flüchtig kennengelernt hatte, kam ihm auf der Treppe entgegen. »Guten Tag, Mister Ben«, grüßte sie. »Ich hab Euch kommen sehen. Hoffentlich hat der Herr nichts gemerkt.«

Verwirrt sah Ben sie an. »Weiß er nicht, dass ihr mich gerufen habt?«

Zita schüttelte den Kopf. »*Hayi, no*, das war allein *mijn vrouw* Kreuvert. Sie ist oben bei der jungen Lady«, stammelte die Zofe. Ben beeilte sich, ihr unbemerkt in den zweiten Stock zu folgen, wo er kurz vor Charlottes Gemächern stehen blieb. Er zögerte einzutreten.

Zita klopfte kurz an und öffnete im selben Augenblick weit die Tür. »Mister Ruhland ist da«, meldete sie.

»Ben! Wie gut, dass Ihr da seid! Kommt herein!« Helene Kreuvert, die in einem Sessel neben Charlottes Bett gesessen hatte, stand auf und streckte ihm die Hand entgegen.

Unsicher machte Ben einige Schritte ins Zimmer. Er hatte kaum einen Blick für die Eleganz, mit der der Raum ausgestattet war, er sah nur das Bett und die zarte Gestalt mit den fieberheißen Wangen und den langen blonden Haaren, die über die beiden spitzenbesetzten Kissen fielen.

»Charlotte!« Er griff nach der heißen Hand und zog sie an die Lippen. »Sieh mich an, liebste Charlotte! Ich bin's – Ben.«

Drang seine Stimme überhaupt zu ihr? Spürte sie seine Nähe?

Hilflos drehte Ben sich zu Helene um, die hinter ihm stand. »Was soll ich tun?«, fragte er leise.

»Sprecht mit ihr, lasst sie spüren, dass Ihr in ihrer Nähe seid.« Helene legte ihm die Hand auf die Schulter. »Ich weiß, dass Charlotte Euch liebt, und die Angst, Euch zu verlieren, hat sie krank gemacht. – Nein«, sagte sie nach einer kleinen Pause, »das allein ist es wohl nicht, sie hat sich erkältet und hat dann noch in den feuchten Sachen geschlafen.« Ein kleiner Seufzer begleitete diese Worte. »Das dumme Kind! Sie hat so wenig Vertrauen in die Liebe! Aber das wird sie noch lernen, glaubt mir!«

»Ich werde immer zu ihr stehen!«, versicherte Ben voller Inbrunst. »Wenn es nach mir geht, gibt es nichts, das uns trennen kann.« Ben beugte sich wieder zu der Kranken nieder, streifte mit den Lippen ihr Haar und flüsterte: »Charlotte, wenn ich hoffen dürfte, Euch für immer an meiner Seite zu haben, wäre ich der glücklichste Mensch auf der Welt.« Wieder zog er ihre Hand an die Lippen. »Schau mich an, Charlotte, Liebes ... Bitte, öffne die Augen.« Wieder war er ins vertraute Du übergegangen.

Doch nur ein Zucken ihrer Finger war zu spüren, Charlotte zeigte keine Regung.

Nachdem er fast eine Stunde so bei ihr gesessen hatte,

fielen ihm Sinas Kräuter ein. Verlegen nahm er das billige Leinensäckchen und die Paste aus der Jackentasche und reichte es Helene Kreuvert. »Wenn der Arzt mit all seinem Wissen nichts ausrichten konnte – vielleicht versucht Ihr das. Sina, eine junge Frau, die mir auf dem Gut hilft, hat die Kunst, Heilkräuter zusammenzustellen, von ihrer Großmutter gelernt. Brüht einen Tee auf, dann soll Charlotte alle drei Stunden davon trinken.«

Misstrauisch sah Helene Kreuvert ihn an. »Glaubt Ihr wirklich, dass diese Kräutermischung mehr bewirken kann als die Medizin unseres Arztes?«

Ben zuckte knapp mit den Schultern. »Ich weiß es nicht. Ich weiß nur, dass Sinas Trank mir sehr geholfen hat. Und auch die Salbe hat große Heilkraft. Die Wunden entzünden sich nicht, das hab ich selbst erlebt.«

Zita hatte das kleine Säckchen schon an sich genommen und wandte sich zur Tür. Helene sah ihrer Zofe nach, die in der offenen Tür stehen blieb.

»Wir viel wissen, Madame«, sagte Zita und roch an den Kräutern. Dann zog sie die Tür leise hinter sich zu.

Helene Kreuvert selbst übernahm es wenig später, der Kranken die erste Tasse einzuflößen. Drei Stunden später, der Abend hatte sich über die Stadt gesenkt, gab Benjamin ihr davon zu trinken. Helene war in einem der Sessel eingeschlafen. Dicht neben ihr hockte Zita auf einem Schemel und wandte den Blick nicht von Charlotte und Ben.

Der junge Winzer hielt immer noch Charlottes Hand in der seinen, streichelte die heiße Haut und wartete verzweifelt auf eine Regung. Doch Charlotte wand sich nur weiter im Fieberwahn. Sie stieß unterdrückte Schreie aus. Doch zu Bewusstsein kam sie nicht.

Es war kurz vor Mitternacht, als es herrisch an der Tür klopfte, und im nächsten Augenblick stand Willem de Havelbeers breite Gestalt im Türrahmen. »Ich hab gehört, dass Ihr es gewagt habt, mein Haus zu betreten«, stieß er grollend hervor und ging drei Schritte auf das Bett zu.

Ben war aufgestanden, er fühlte sich hilflos und schuldig zugleich. Doch noch ehe er etwas sagen konnte, war Helene Kreuvert neben ihn getreten.

»Ich habe ihn holen lassen, Willem«, erklärte sie mit gedämpfter Stimme, doch mit entschlossener Miene. »Dein einziges Kind kämpft mit schwerstem Fieber, und wenn sich nicht bald eine Besserung einstellt, müssen wir mit dem Schlimmsten rechnen!« Willem zuckte zusammen, doch sie fuhr ungerührt fort: »Da der Arzt mit seiner Weisheit am Ende ist, müssen wir zu anderen Mitteln greifen, um Charlottes Lebenswillen zu stärken. Und das kann nur ein Mensch: Ben Ruhland.«

Willem senkte den Blick, widersprach aber nicht.

Helene Kreuvert wies auf die Kranke, die sich wieder unruhig in ihren Kissen hin und her warf. »Jetzt ist nur eines wichtig: Charlotte. Deine albernen Vorurteile und dieser Standesdünkel, den ich bislang gar nicht an dir kannte, interessieren nicht.« Sie sah ihren Bruder eindringlich an. »Ich warne dich, Willem, setze nicht das Leben deines Kindes aufs Spiel.«

Nie zuvor war es vorgekommen, dass Helene die Autorität ihres Bruders im Beisein von Domestiken untergraben hatte. Doch jetzt störte sie sich weder an Zitas Anwesenheit noch daran, dass Ben im Grunde ein Fremder war. All ihr Trachten war darauf ausgerichtet, Charlottes Gesundheit wiederherzustellen.

»Was wagst du …« Willem wollte aufbegehren, doch

in diesem Moment bäumte sich Charlotte auf. »Ben!« Ihr unterdrückter Schrei ließ jeden im Raum zusammenzucken.

Sofort war der junge Winzer bei ihr und legte die Arme schützend um die schlanke Gestalt. »Ich bin da«, flüsterte er ihr ins Ohr. »Und ich verlasse dich nicht mehr, mein Liebes.« Beinah beschwörend klangen diese Worte, wirklich – Charlotte atmete ruhiger, ließ sich in die Kissen zurückgleiten und schlug sogar kurz die Augen auf. Sie sah nur Ben an, lächelte auf so wehe Weise, dass Zita, die dies beobachtete, Tränen in die Augen stiegen. Dann schlief Charlotte wieder ein.

Diesmal jedoch war es ein ruhiger Schlaf, der ihr Genesung schenken sollte.

***

»Ihr müsst zusehen, dass Ihr bis morgen alles aus der Hütte hinausgeschafft habt, Mister Ruhland.« George Greenfield, der Erste Zimmermann, wies hinüber zu Bens kleinem Haus. »Dort soll ja Euer neuer Weinkeller entstehen.«

»Ja, Ihr habt recht, wir müssen endlich alles von dort ins neue Haus räumen.« Ben blickte voller Stolz zu dem zweistöckigen Gutsgebäude hin, das bereits seiner Vollendung entgegensah. Seit zwei Monaten wurde daran gebaut. Das Fundament war aus Stein, ebenso der untere Teil und das erste Stockwerk. Danach kam ein zweites Stockwerk aus Holz, das war günstiger, hatte Ben errechnet.

Er hatte sich zunächst gescheut, das Darlehen anzunehmen, das Helene Kreuvert ihm angeboten hatte. Doch dann sah auch er ein, dass Charlotte unter keinen Umständen in einer ärmlichen Hütte leben konnte, wenn sie eines Tages seine Frau geworden war. Sie brauchte eine elegante Umgebung, sie brauchte Räume, die groß und hell waren, die sie nach eigenem Geschmack einrichten und wo sie eines Tages auch Gesellschaften geben konnte, so, wie sie es von daheim gewohnt war.

Und so war ein Gutshaus gebaut worden, das zwar nicht an die Pracht von *Groot Constantia* oder *Stellenbosch* heranreichte, und auch mit den eindrucksvollen Steinhäusern der reichen Handelsherren in Kapstadt konnte es sich nicht messen, aber es war weitläufig, besaß zehn Zimmer, einen Anbau zur Westseite hin, wo sich die Küchenräume befanden, und eine Terrasse nach Osten und nach Süden; drei Stufen sollten einmal in den Garten hinabführen. Jetzt war dieser Garten nichts als Wildnis, Unkraut wuchs hier, Disteln und Wildblumen. Aber auch das würde bald anders werden.

Am nördlichen Ende des Besitzes, dort, wo die neu angelegten Weinberge begannen, standen schon zwei Hütten, die sich die Schwarzen selbst gezimmert hatten. George wollte ihnen aber mit seinen Leuten drei weitere kleine Häuser bauen. »Ihr werdet noch mehr Leute einstellen müssen, denke ich«, hatte er zu Ben gesagt. »Und da wir schon mal da sind und da auch noch Baumaterial vorhanden ist, könnten wir alles gleich aufbauen.«

Im Geist hatte Ben seine Barschaft überschlagen – ja, es war noch etwas übrig von dem Geld der großzügigen Helene Kreuvert. Also konnten auch diese kleinen Häuser noch gebaut werden! Manchmal schwindelte ihn, wenn er sich auf seinem Land umsah. Wie sehr sich alles verändert hatte! Das Wohnhaus war noch nicht geweißelt, das Dach noch nicht ganz abgedichtet. Drei von Georges Männern kletterten gerade auf den Dachfirst und zogen mit einer Seilwinde die letzten Balken hoch. Danach würden sie das Dach mit Lehmschindeln und mit dichtem Stroh decken, das an Reet aus der Heimat erinnerte.

Sina kam aus ihrem Gemüsegarten, im Korb die ersten selbstgezogenen Kartoffeln und drei dicke Kürbisse.

Ben winkte sie zu sich. »Sina, wir müssen die Hütte ausräumen«, sagte er. »Fang schon mal an. Ich komme gleich mit Kofi und Ghedi und helfe bei den schweren Teilen.«

In diesem Augenblick sah Ben einen offenen Landauer näher kommen. Er kniff die Augen zusammen, um gegen das helle Licht besser sehen zu können.

Dann ging ein Leuchten über sein Gesicht, der müde Zug, der eben noch um seine Lippen gelegen hatte, verschwand und machte einem Lächeln Platz. Er ließ den Bottich, den er eben in die Hand genommen hatte, einfach fallen und lief der Kutsche entgegen, die von einem jungen Schwarzen gelenkt wurde.

»Charlotte! Welch freudige Überraschung!« Als der Wagen zum Stehen gekommen war, streckte er die Arme aus, und lachend ließ die junge Frau sich hineinfallen. Ohne daran zu denken, dass sie nicht allein waren, küssten sie sich. »Wie freu ich mich, dich zu sehen«, raunte Ben und sah Charlotte strahlend an.

»Ich hatte Sehnsucht nach dir«, gestand Charlotte und schmiegte sich an ihn. Der leichte Wollschal, den sie gegen den Wind um das Haar geschlungen hatte, glitt herunter und wehte zur Erde, wo er von einer

Windbö weiter zu der Baustelle hingeweht wurde. An einem Stapel Holz blieb er hängen.

»Komm, gehen wir zum Haus hinüber«, sagte Ben und reichte Charlotte den Arm. Zu dem jungen Kutscher meinte er: »Drüben bei den zwei Hütten kannst du das Pferd anbinden. Da findest du auch einen Eimer, um es zu tränken.« Dann wandte er sich wieder an Charlotte. »Weiß dein Vater, dass du hergekommen bist?«, erkundigte er sich besorgt.

Die junge Frau nickte. »Ja. Und ich gebe zu, dass es ihm nicht sehr gefallen hat. Doch er hat mich auch nicht zurückgehalten. Tante Helene war in der Nähe – er weiß, dass sie auf unserer Seite ist, und wollte wohl nicht einen erneuten Disput mit ihr heraufbeschwören.«

»Deine Tante ist ein Engel.«

Charlotte lachte belustigt auf. »Also, das würde ich nicht unterschreiben. Sie kann sehr hart sein, sehr bestimmend. Aber du hast recht, für uns ist sie ein guter Geist.« Sie schmiegte sich wieder an ihn. »Sie mag dich sehr.«

»Wahrlich. Sonst hätte sie sich nicht so großherzig gezeigt, und all das hier« – er machte eine umfassende Handbewegung – »wäre nicht möglich gewesen. Dass ich dir einmal ein großes Haus bieten kann, dass ein weitläufiger Weinkeller gebaut wird und dass ich noch weitere Reben anpflanzen kann, habe ich nur ihr zu verdanken.«

Er führte sie zum Haus und bot ihr auf der kleinen Bank an der Südseite Platz an. »Drinnen ist es ungemütlich«, erklärte er. »Wir müssen alles ausräumen und ins neue Haus schaffen. Ich werde Sina sagen, dass sie dir eine Erfrischung bringen soll.«

In diesem Augenblick trat Sina aus der Tür. Ihre Augen weiteten sich, und sie zuckte leicht zusammen, als sie die schlanke Gestalt in dem eleganten taubenblauen Kostüm sah. Der Rock reichte in üppiger Weite bis zum Boden, den Saum zierte ein dunkelblaues Samtband. Diese Verzierung wiederholte sich an den Aufschlägen des taillierten Jäckchens. Dazu trug Charlotte eine seidene Bluse, die am Hals von einer großen Gemme geziert wurde. Feine Handschuhe aus weichem Leder, dazu die passenden Stiefeletten ließen sie in dieser Umgebung erscheinen wie ein Wesen aus einer anderen Welt.

Sina hingegen hatte eines ihrer ältesten Arbeitsgewänder an, ein locker fallendes maisgelbes Kleid mit halblangen Ärmeln ohne jeden Schmuck. Es war nur mit einer kleinen gelben Borte am Hals eingefasst und endete drei Fingerbreit oberhalb der Knöchel. Sinas graue Leinenschuhe hatten bereits erste Löcher. Ihr Haar war unbedeckt, das zum Kleid passende Kopftuch war ihr schon vor drei Wochen abhandengekommen. Vielleicht war es in eine Baugrube gefallen, vielleicht hatte es aber auch der Wind davongeweht und jetzt spielten die wilden Paviane damit.

Charlotte hatte sich als Erste gefasst und trat auf die junge Schwarze zu. »Ich grüße dich, du bist sicher Sina. Ich hab von Ben gehört, dass du von Anfang an hier mitarbeitest.« Sie streckte Sina die Hand entgegen.

»Ja. Ich war von Anfang an da.« Sina presste kurz die Lippen zusammen.

»Dann wirst du mir sicher einiges zeigen können – später. Ich hoffe, wir kommen gut miteinander aus.« Charlotte lächelte gewinnend. »Weißt du, mir ist diese Arbeit hier völlig fremd, aber ich will viel lernen. Auch von dir.«

Ben trat hastig hinzu. »Sina, du hast ja schon gewusst, dass ich mich …« Er brach verlegen ab. »Nun ja, Charlotte und ich, wir werden hoffentlich bald heiraten. Und dann hier auf *Hopeland* leben. Und jetzt bring uns etwas zu trinken.«

Sina nickte nur. Die Lippen immer noch fest zusammengepresst, sah sie an den beiden vorbei. Dann ging sie zurück ins Haus.

Charlotte legte ihm die Hand auf den Arm. »Ich bin sicher, dass wir gut miteinander auskommen werden. Sie muss sich einfach daran gewöhnen, dass irgendwann eine weiße Frau hier einzieht.«

»Du wirst ihr eine gute Herrin sein.« Ben lächelte sie verliebt an. »Allerdings solltest du wissen, dass ich keine Sklaven auf *Hopeland* halte. Alle, die für mich arbeiten, bekommen Lohn.«

»Das … das wusste ich nicht.« Die junge blonde Frau sah ihn verwirrt an. »Aber das ist nicht üblich. Du weißt, dass auch unsere Leute nicht geschlagen werden, sie bekommen reichlich zu essen und haben eine angemessene Unterkunft. Aber Geld verdienen sie nicht bei meinem Vater.«

»Ich weiß.« Ben zögerte, dann erklärte er entschieden. »Aber ich werde meine Leute weiterhin bezahlen. Es ist nicht viel, was ich ihnen geben kann, aber sie schuften hart – und sie haben es verdient, dafür entlohnt zu werden. Die Sklaverei …« Er zögerte, dann sagte er leise: »Es ist eigentlich das Einzige, das mich hier in diesem Land stört. Und wenn du mich liebst, dann teilst du meine Einstellung.«

***

Die riesige Tanne, mit unzähligen kleinen Glaskugeln, Strohsternen und Kerzen geschmückt, stand in der weitläufigen Eingangshalle des Hauses. Für die Weihnachtstage bildete der Baum, den Willem de Havelbeer aus Süddeutschland importiert hatte, den Mittelpunkt des gesellschaftlichen Lebens, das gerade um diese Zeit in seinem Haus besonders intensiv gepflegt wurde.

Die Holländer und die wenigen Franzosen, die jetzt, im Jahr 1797, noch in Südafrika lebten, aber auch die Deutschen und die Engländer, die hier sesshaft geworden waren, fanden sich zusammen. Weihnachten – das weckte große Gefühle, Erinnerungen und Sehnsüchte. Alle sprachen von zu Hause. Von früher. Von der Zeit ihrer Jugend …

Ben Ruhland sah sich in der festlich geschmückten Halle um. Beinahe armselig wirkte dagegen der Weihnachtsschmuck in seinem eigenen Haus! Und doch … noch vor einem halben Jahr hatte er in einer kleinen Hütte gelebt. Vor einem Jahr hätte er nicht zu hoffen gewagt, dass sich Charlotte wirklich eines Tages zu ihm bekennen würde!

Zita und ein junges Hausmädchen, das Zita um Haupteslänge überragte, nahmen ihm den Hut und den Spazierstock ab. Ben wandte sich an die Zofe, die er inzwischen gut kannte.

»Bitte, melde mich den Herrschaften«, bat er.

»Sofort.« Zita ging zu der zweiflügeligen Tür, die in den großen Salon führte. Doch noch ehe sie zwei Schritte in den Raum hinein getan hatte, kam ihr Charlotte entgegen.

»Ich hab gespürt, dass du gekommen bist!«, lachte sie und umarmte Ben freimütig. »Elegant siehst du aus!« Sie strich kurz über sein nachtblaues Seidenjackett, das sie selbst vor einigen Wochen für ihn ausgesucht hatte.

»Und du bist wunderschön!« Mit zärtlichem Blick umfasste er ihre schlanke Gestalt. Charlotte trug ein hellblaues Kleid aus zartem Batist, der sich in drei Lagen um ihre Gestalt schmiegte. Das Dekolleté ließ den zarten Ansatz ihrer Brüste sehen. Kleine gebauschte Puffärmel, die in einer breiten Bordüre aus Perlen und Glassteinen endeten, verliehen dem Kleid spielerische Leichtigkeit.

In ihrem blonden Haar steckte ein Reif, der mit ebensolcher Stickerei verziert war. Eine hellblaue Marabufeder war daran befestigt.

Ben konnte den Blick nicht von ihr wenden. »Wie gern wäre ich jetzt mit dir allein und würde dich küssen«, flüsterte er ihr zu.

»Das wäre schön – aber das geht nicht. Komm mit, im Salon ist alles weihnachtlich geschmückt, und Vater verteilt die ersten Gläser Punsch.«

Als Ben den weitläufigen Raum betrat, in dem sich schon etwa vierzig Gäste aufhielten, war er erneut beeindruckt von der wundervollen Dekoration. An den Wänden hingen Tannenzweige, geschmückt mit Kugeln, vergoldeten Nüssen und Strohsternen. Die großen Kerzenständer auf den Tischen waren ebenfalls mit Tannengrün umwickelt, goldene Bänder und rote Kugeln vervollständigten den weihnachtlichen Schmuck.

Wie schlicht war dagegen der Schmuck in seinem neuen Haus! Ein paar Zweige, bunte Kugeln und Strohsterne waren in der Halle liebevoll angeordnet, und auch im Wohnraum, der noch kärglich möbliert war, standen zwei Krüge mit Tannengrün, dessen harziger Duft in Ben hin und wieder das Heimweh aufflammen ließ.

Charlotte hatte dafür gesorgt, dass auch in seinem Haus alles an das bevorstehende Fest gemahnte. Vor drei Tagen war sie gekommen und hatte die Zimmer mit Tannenzweigen, glitzernden bunten Kugeln und großen Strohsternen geschmückt. Glänzende rote Äpfel verströmten ihren Duft, Charlotte hatte Sina sogar gezeigt, wie man Bratäpfel zubereitet.

»Hallo, Ben! Herzlich willkommen!« Helene Kreuvert, wieder in elegantem Grau, reichte ihm die Hand. Doch noch bevor er sich zum Kuss darüberbeugen konnte, zog sie ihn mit in den angrenzenden Salon. An ihrer linken Seite ging Charlotte, die belustigt zusah, wie ihre Tante auf den Hausherrn zuging.

»Du musst den Weihnachtspunsch probieren, mein Lieber«, sagte sie zu Ben. »Zwar müsste es draußen eigentlich eisig kalt sein, um ihn wirklich zu würdigen, doch er schmeckt auch bei den warmen Temperaturen sehr gut. Mein Bruder setzt ihn selbst an, das lässt er sich nicht nehmen.«

Bens Schritt wurde langsamer, als er sich Willem de Havelbeer näherte. Wie würde Charlottes Vater ihn begrüßen? Würde er ihn willkommen heißen oder würde er ihn nicht beachten, wie er es bisher stets getan hatte, wenn sie sich zufällig begegnet waren? Der wohlhabende Kaufmann machte keinen Hehl daraus, dass er Ben Ruhland ablehnte. Der kleine Winzer, der nichts hatte und in den nächsten Jahren auch mit Sicherheit nichts besitzen würde, war in seinen Augen nicht der geeignete Bewerber um die Hand seiner Tochter.

»Willem, mein Lieber, gib uns doch drei Gläser von

deinem köstlichen Punsch.« Helene sah ihn eindringlich an.

Willem sah aus, als müsste er sich sehr beherrschen, als er Ben nun sah, und seine Hand zitterte ein wenig, als er die Punschgläser füllte.

»Vater, willst du Ben nicht begrüßen?«, sagte Charlotte mit sanfter Stimme, und Willem zuckte leicht zusammen. Doch seine Gesichtszüge wurden weicher, als er Ben das Punschglas reichte. »Willkommen in meinem Haus«, presste er hervor.

»Danke, Mister de Havelbeer. Ich weiß zu schätzen, dass Ihr mir eine Einladung habt zukommen lassen.« Ben verbeugte sich leicht.

»Nun, das war meine Tochter. Dennoch wünsche ich Euch einen angenehmen Weihnachtsabend. Wir sehen uns später.« Damit wandte er sich einem Diplomaten zu, der eben, gemeinsam mit seiner Frau und seinem halbwüchsigen Sohn, eingetreten war.

»So leicht kann er nicht aus seiner Haut«, bemerkte Helene Kreuvert. »Aber er wird sich noch fangen. Habt keine Bange, es wird ein wundervoller Abend für euch, Kinder.«

Bis das Essen serviert wurde, schlenderten die Gäste durch die drei Festräume. Man plauderte, trank Punsch, sprach von der alten Heimat und den alten Bräuchen, die man hier, am Kap, nicht kannte.

»Ich vermisse den Geruch von Schnee«, gestand ein hochgewachsener Mann von etwa vierzig Jahren, der erst seit fünf Jahren in der Kapregion lebte, doch mit seiner Handelsgesellschaft bereits ein Vermögen gemacht hatte. »Damals, in unseren Bergen, bin ich bis zum Bauch im Schnee gewatet, als wir zur Christmette gingen. Mein Gott, wie haben wir gefroren! Und auch in der kleinen Kapelle war es nicht viel wärmer. Hier aber …« Er seufzte unterdrückt auf, »hier ist es so heiß wie im Sommer.«

»Hier ist ja jetzt auch Sommer, mein Bester«, lachte eine junge Holländerin. »Alles ist genau umgedreht wie daheim. Wir sind auf der anderen Seite der Erdkugel.«

»Das ist mir bewusst, meine Beste. Und doch … gestattet mir hin und wieder eine wehmütige Erinnerung.« Er beugte sich über ihre Hand. »Doch jetzt kein Wort mehr von alten Zeiten. Ich freue mich, Euch hier zu sehen. Kommt, ich hole uns noch Punsch.«

So verging etwa eine Stunde, dann bat Helene, als Dame des Hauses, zu Tisch. Wieder einmal war Ben beeindruckt von der Pracht, die hier entfaltet wurde. Schimmernde Damasttischdecken lagen auf der hufeisenförmig aufgestellten Tafel. Auf kleinen goldenen Tellern standen dicke rote Kerzen. Dazwischen lagen kleine Tannenzweige, die mit Strohsternen geschmückt waren. Seidenschleifen und kleine gedrechselte Engelsfiguren vervollständigten diese Dekoration. Man hörte einige Ausrufe der Bewunderung.

Aus dem Nebenraum klang leise Geigenmusik. Ein Streichquartett war verpflichtet worden – zunächst, um beim Festmahl für dezente Unterhaltung zu sorgen, später dann sollten die Musiker, die alle aus Österreich stammten und bereits unter Joseph Haydn musiziert hatten, bevor dieser nach England reiste, zum Tanz aufspielen.

»Ich hätte lieber heute schon Hochzeit gefeiert«, flüsterte Charlotte Ben zu, als der dritte Gang serviert wurde. Nach einer delikaten Lachsroulade gab es nun zartes Perlhuhn und Entenbrust. Anschließend wurden Wildspezialitäten und Lammbraten gereicht.

Das Dessert, Pudding, Kuchen und frische Früchte, war gerade verspeist worden, als Willem sich erhob. Sogleich erstarben die lebhaften Tischgespräche. Und als er mit einer knappen Handbewegung die Bediensteten herbeiwinkte und man sah, dass auf den Tabletts, die sie trugen, Champagnergläser standen, ging ein Raunen durch den Saal.

Erwartungsvoll sahen alle zu dem hochgewachsenen Gastgeber hin, der sich räusperte und kurz an sein Glas klopfte. Ein wenig verlegen strich Willem sich noch einmal das weiße Haar glatt, dann begann er:

»Liebe Gäste, liebe Freunde! Wie in jedem Jahr darf ich Euch zu unserem Weihnachtsdinner herzlich begrüßen. Wir wollen froh zusammen sein und an die Zeiten in der Heimat denken – an damals, als wir zu Weihnachten noch Schnee und Eis hatten statt sengender Sonne. Als wir von einem neuen, besseren Leben geträumt haben. Nun, das haben wir jetzt erreicht! Für dieses gütige Schicksal sollten wir dankbar sein und dieses Weihnachten als Gnade betrachten.« Er hielt kurz inne, dann fuhr er fort: »Doch heute hat unser festliches Beisammensein einen weiteren, ganz besonderen Grund: Meine Tochter Charlotte wird sich mit Herrn Benjamin Ruhland verloben!« Er streckte die Hand aus. »Kommt her, ihr beiden! Ich will der Erste sein, der euch Glück für euren gemeinsamen Lebensweg wünscht!« Er umarmte Charlotte und küsste sie auf beide Wangen. Dann reichte er Ben kurz die Hand. »Macht sie glücklich, meine Charlotte. Sie ist das Wertvollste, was ich besitze.« Es klang nicht wie ein Wunsch, es klang eher wie eine Drohung, fand Ben.

»Ich werde alles tun, was in meiner Macht steht«, gab er ruhig zurück und sah Charlotte voller Zärtlichkeit an, die an diesem Abend schöner aussah denn je.

Beifall brandete nach der kurzen Rede des Hausherrn auf, alle drängten vor, um das junge Paar zu beglückwünschen.

Doch erst einmal zog Helene Kreuvert ihre Nichte an sich, dann umarmte sie Ben und flüsterte ihm zu: »Alles Gute, mein Junge.«

Ben lächelte. »Danke, Madame Kreuvert. Ihr seid sehr gütig.«

Sie nahm seinen Arm. »Außerdem ... ich hab da noch was für dich. Hier, steck es unauffällig ein.« Es war ein kleines Kästchen, und er steckte es in die Tasche. Dann nahm er, gemeinsam mit Charlotte, immer neue Glückwünsche entgegen. Willem und einer der Herren von der Hamsfield-Bank kamen aus dem Herrenzimmer, wo sie Mokka getrunken und sich eine Zigarre gegönnt hatten. Jetzt traten sie zu Ben und Charlotte, und Chris Hamsfield, der Chef des Bankhauses, sagte in herausforderndem Ton:

»Liebste Charlotte, ich gratuliere Euch von Herzen. Sicher habt Ihr Euch einen Mann ausgesucht, der Euch auf Händen trägt.« Er warf Ben einen kühlen Blick zu. »Darf ich mir den Verlobungsring ansehen? Oder – wie sah das Geschenk des glücklichen Bräutigams aus?«

Charlotte hielt für einen Moment den Atem an, dann sagte sie so ruhig, wie es ihr gerade noch möglich war: »Ich denke nicht, dass jetzt die Zeit ist, um Ihnen meine Geschenke zu zeigen, Mister Hamsfield. Aber seien Sie versichert, dass mein Bräutigam es versteht, mir alle meine Wünsche zu erfüllen.«

In diesem Moment spürte Ben einen kurzen Stoß im

Rücken – Helene Kreuvert war zu der kleinen Gruppe getreten. »Das Kästchen«, raunte sie ihm zu.

Im ersten Augenblick wusste Ben nicht, was sie meinte, doch dann erinnerte er sich an das kleine Kästchen, das ihm Helene in die Hand gedrückt hatte. Eine Ahnung stieg in ihm auf, und er lächelte Charlotte an.

»Es tut mir leid, mein Liebling, aber ich hatte mir eigentlich einen anderen Moment ausgesucht, um dir mein Geschenk zu geben. Doch wenn es die Herrschaften so sehr interessiert …« Er griff in die Rocktasche und zog die kleine Schachtel hervor. »Bitte. Ich hoffe, es trifft deinen Geschmack.« Während er das sagte, wurde ihm heiß und kalt.

Gleich darauf stieß Charlotte einen kleinen Freudenschrei aus. »O Ben, wie zauberhaft!« Sie hielt einen schmalen goldenen Ring in der Hand, in dessen Mitte ein hellblauer Stein glitzerte.

»Wie wundervoll! Ein Aquamarin! Er hat die Farbe deiner Augen, Kind!« Helene trat zu ihrer Nichte und blinzelte Ben dabei zu.

Charlotte umarmte Ben und flüsterte ihm zu: »Du bist ein Verschwender! Aber der Ring ist einmalig schön!«

»Ich freue mich, dass er dir gefällt.« Ben zog Charlottes Arm unter den seinen. »Meine Herrschaften, würdet Ihr uns einen kurzen Moment entschuldigen?«

»Natürlich. Zu einer Verlobung gehört ein Kuss, und den tauscht man diskret«, kam ihm Helene erneut zu Hilfe und sah dem jungen Paar zufrieden nach, als es auf die Terrasse trat. Dann wandte sie sich an ihren Bruder und zog ihn ein paar Schritte mit sich. »Sei vorsichtig, Willem«, zischte sie, »deine Gemeinheiten und Intrigen Ben gegenüber werde ich zu verhindern wissen.

Und – mach mich nicht zu deiner Feindin, das würde dir schlecht bekommen!«

»Helene! Was erlaubst du dir?«

»Ich sage dir mal wieder die Wahrheit. Und ich rate dir, das Glück deiner Tochter nicht immer wieder zu gefährden. Es würde dir nicht zum Segen gereichen.«

Erst einige Zeit später kam Ben dazu, ungestört mit Helene zu sprechen. Die ersten Gäste verabschiedeten sich bereits, und auch er dachte daran, bald den Heimweg anzutreten. Es war weit bis *Hopeland*, und der Ritt durch die Nacht war nicht ungefährlich. »Madame Kreuvert ... ich weiß gar nicht, wie ich Euch danken soll. Und wie ich Euch jemals all das vergelten kann, was Ihr mir Gutes tut.«

Helene winkte ab. »Erst einmal, mein lieber Ben, möchte ich, dass du Helene zu mir sagst. Die Tante lass weg, das macht mich ja noch älter, als ich schon bin. Und dann ... ich hab dir schon einmal gesagt, dass ich dir alles nur leihe. Irgendwann kannst du mir alles zurückgeben.«

»Das wird noch eine Ewigkeit dauern.«

»Na und?« Sie hakte sich bei ihm ein und ging mit ihm in den Saal zurück. »Ich gedenke noch sehr, sehr lange zu leben! Und auf Euer Glück zu achten. Und deshalb hab ich noch was für dich. Komm eben mit in den kleinen Salon gleich neben dem Eingang. Dort sind wir hoffentlich für einige Minuten ungestört.«

Als sie allein waren, zog sie ein Schreiben aus ihrem kleinen seidenen Pompadour. »Hier. Eine Schenkungsurkunde.« Ich will keine Einwände hören. Das geht nur uns beide etwas an, nicht einmal Charlotte.«

»Aber ...«

»Keine Einwände, hab ich gesagt. Ich möchte einfach nicht, dass Willem zu viel Einfluss auf deine Geschäfte nehmen kann. Und das wird er versuchen, ich kenne ihn. Aber mit dem Betrag hier bist du unabhängig.«

Ben sah das Schreiben an – und zuckte zurück. In den Händen hielt er eine Schenkungsurkunde über 20000 Pfund Sterling. Ein unermessliches Vermögen!

Er schüttelte nur den Kopf. »Das kann ich nicht annehmen!«

Helene lachte. »Weißt du, woher das Geld kommt?« Sie griff sich an den Hals, wo wieder die schwere Perlenkette schimmerte. »Mein Mann, Gott hab ihn selig, hat versucht, alle Weltmeere zu erobern und in der Fremde sein Glück zu machen. Weißt du, wir waren nämlich in unserer Jugend genauso arm wie du. Nun, in der Südsee hat er diese hier gefunden. Und noch etliche mehr. Sie sind ein Vermögen wert, denn solche Perlen sind rar.«

Ben wollte noch etwas einwenden, doch Helene Kreuvert sagte nur: »Nimm es und mach das Beste draus.«

Ben Ruhland brauchte eine Weile, bis er sich wieder so weit gefasst hatte, dass er das Dokument in die Innentasche seines Jacketts stecken und zur Festgesellschaft zurückgehen konnte.

»Da bist du ja! Ich hab dich schon gesucht!« Charlotte zog ihn mit sich. »Lass uns noch einmal kurz in den Garten gehen. Ich bin ein wenig erhitzt und brauche frische Luft.«

Draußen im Garten zog sie ihn zum Rosenpavillon. »Lass uns ein Weilchen hier allein bleiben«, meinte sie und schmiegte sich an ihn.

Ben sah ihr tief in die Augen, dann presste er seine Lippen auf ihre und küsste sie. Als sie sich voneinander gelöst hatten, fragte er: »Bist du glücklich, Charlotte?«

Sie lachte. »Siehst du das denn nicht?« Sie drückte seine Hand, wandte sich um und roch an einer der süß duftenden Rosen. »Und noch glücklicher werde ich sein, wenn ich dir erst ganz gehöre«, gestand sie fast unhörbar.

Mit zwei Schritten war er bei ihr und nahm ihre Hände, zog sie fest an die Brust. »Ich …« Seine Stimme klang rau vor Erregung. »Ich kann es kaum noch erwarten.«

Charlotte küsste ihn zärtlich. »Noch drei Monate, mein Liebster. Dann bin ich ganz die Deine.«

»So lange kann ich nicht mehr warten. Heute Nacht …« Er brach ab, als Charlotte den Kopf schüttelte.

»Es geht nicht. Und das weißt du.« Sie streichelte seine Wange, die bereits wieder einen leichten dunklen Schimmer bekommen hatte. »Ich sehne mich ja auch nach dir, aber es schickt sich nicht.«

»Ach was!« Sein Temperament ließ sich nicht länger zügeln. »Was sich alles nicht schickt, das kümmert mich nicht. Charlotte, ich bin ein Mann! Ich habe Sehnsucht nach dir! Morgen hole ich dich zu einer Spazierfahrt ab, und dann …« Seine Hand stahl sich in ihr Dekolleté.

Vorsichtig sah sich Charlotte um, voller Angst, dass man sie entdecken könnte.

»Komm jetzt, wir gehen zur Gesellschaft zurück.« Er lachte leise und ergriff ihre Hand. »Ich verspreche, ich werde mich benehmen wie ein Gentleman.«

***

Weinberge, so weit das Auge reichte! Grünes Laub schützte die noch nicht reifen Trauben. Wie mit einer Schnur gezogen, erstreckten sich die einzelnen Rebstockreihen über das Land. Auch heute, an Weihnachten, sah man einige der schwarzen Arbeiter in den Weinbergen.

»Haben die Sklaven hier nicht frei?«, fragte Charlotte de Havelbeer und lehnte sich in dem leichten Zweispänner zurück. »Wir haben ihnen allen freigegeben – bis auf den Frauen im Haus natürlich.«

Ben lachte, es klang ein wenig spöttisch. »Die Frauen müssen euch natürlich bedienen!« Er schüttelte den Kopf. »Liebes, du mokierst dich über die Männer, die die Reben sichten, und bei dir daheim sind drei oder vier Sklavinnen da, um für euch die kleinste Handreichung zu erledigen. Aber auch die haben Weihnachten!«

»Sie sind fast alle nicht getauft«, wandte Charlotte ein, dann sagte sie trotzig: »Ich bin nun einmal so aufgewachsen.«

»Ich nicht.« Er zögerte, dann fügte er leise hinzu: »Gleich am ersten Tag, als ich eben angekommen war, hab ich Sina und ihren Sohn gekauft – und ihnen so wohl das Leben gerettet. Aber sie sind nicht mein Eigentum. Kein Mensch gehört einem anderen. Und deshalb hab ich ihr schon vor vielen Monaten gesagt, dass sie frei ist. Aber sie bleibt. Und sie ist eine unentbehrliche Arbeiterin. Sie kümmert sich um alles, auch darum, dass die Neuen fleißig sind.« Er legte Charlotte den Arm um die Schultern. »Aber davon sollten wir heute nicht reden.« Er hauchte ihr einen Kuss auf die Schulter. Das leichte Kleid, das Charlotte heute trug, war aus hellrotem Musselin mit einem tiefen Brokateinsatz im Vorderteil. Ein breiter Spitzenkragen stand im Nacken halbhoch und kitzelte hin und wieder eine von Charlottes hellen Locken.

In ihr Haar war ein ebenfalls hellrotes Band eingeflochten, und auch die kleinen, kunstvoll gearbeiteten Blüten am Rocksaum waren innen hellrot, am Rand aus weißer Spitze.

Es war heiß, und Charlotte ließ den hellen Schal, den sie um die Schultern geschlungen hatte, heruntergleiten. Der leichte Sonnenschirm aus Brüsseler Spitze bot auch kaum Schutz gegen das helle Sonnenlicht an diesem ersten Weihnachtstag des Jahres 1797. Keine Wolke stand am Himmel, es war völlig windstill.

Endlich lenkte Ben das Gefährt aus den offenen Weinbergen in ein kleines Waldstück. Die Bäume boten einen gewissen Schatten, obwohl sie nicht allzu hoch waren. Erst vor dreißig Jahren waren sie angepflanzt worden.

»Gehört das alles noch zu *Stellenbosch*?«, fragte Charlotte.

»Ja. Du siehst, dass die neuen Besitzer schon wieder vieles instand gesetzt haben. Drüben allerdings«, er wies nach Norden, »muss noch viel getan werden.« Er zuckte mit den Schultern. »So wie bei mir. Die Arbeit hört einfach nicht auf. Aber ich weiß ja, wofür ich schufte.« Er beugte sich zu Charlotte und küsste sie. »Aber jetzt denken wir einmal nicht an Weinreben und Arbeit, sondern nur an unser Picknick.«

»Hier?« Sie sah sich verwirrt um.

»Da drüben ist ein guter Platz.« Ben wies nach Südwesten. Dort tat sich eine kleine Lichtung auf; von dem Plateau aus, das sich gleich daran anschloss, hatte man einen guten Blick über die ganze Bucht.

»Was für ein magischer Ort!« Charlotte sprang vom Wagen, noch ehe Ben die Pferde festgebunden hatte. »Ich wusste gar nicht, dass es so etwas hier gibt.«

»Ich hab die Stelle auch nur durch Zufall entdeckt.« Ben wies zum Boden hin. »Hier gibt es einige Felsadern, da kann kein Baum gepflanzt werden. So ist es wohl zu diesem halbrunden Platz gekommen.«

Im Schatten eines überhängenden Felsens, der eine Art Schutzdach bildete, breitete er eine Decke aus. »Nimm Platz.« Er half Charlotte, sich auf den Boden zu setzen. Dann holte er aus einem kleinen Korb Wein, zwei Becher, etwas kaltes Huhn und Fladenbrot.

»Wunderbar!« Durstig trank Charlotte von dem Wein, den sie dann aber rasch mit Wasser mischte.

»Wenn du ein paar Schritte nach rechts gehst, kannst du sogar sehen, wie sich der Atlantik mit dem Pazifik mischt«, sagte Ben.

»Gleich. Erst einmal bleibe ich hier sitzen!« Charlotte lehnte sich zurück und schloss die Augen.

Vorsichtig beugte Ben sich vor und küsste Charlottes Lippen, die sich willig öffneten. Sie legte die Arme um seinen Nacken und zog ihn an sich.

Rasch wurden Bens Zärtlichkeiten drängender, und diesmal wies Charlotte ihn nicht ab. Sie ließ zu, dass er ihr das Kleid von den Schultern streifte, das spitzenbesetzte Unterhemd zur Seite schob und den Ansatz ihrer Brüste liebkoste. Süße Schauer rannen über ihre Haut.

Sie hielt ihn nicht zurück, als Ben immer kühner wurde. Dass er ihr behutsam erst das Kleid auszog, den Unterrock, die zarte Wäsche … Nur ein dünnes Hemd mit seidenen Trägern bedeckte ihre schlanke Gestalt noch, und ein tiefer, kehliger Seufzer kam über Bens Lippen, als er Charlotte mit einem langen Blick umfasste. In diesem Moment war nur die glühende afrikanische Sonne ihr Zeuge, die wie ein Feuerball über diesem verwunschenen Ort stand, die einzigen Geräusche waren das Zirpen der Zikaden und der leise Wind in den Sträuchern. Es war, als wären sie die einzigen beiden Menschen auf der Welt.

Behutsam, zärtlich, aber wissend glitten seine Hände über ihre zarte Haut, liebkosten die zarten Brusthügel, glitten tiefer …

Charlotte hielt die Augen geschlossen. Seine Lippen brannten auf ihrer Haut, und sie konnte es kaum noch erwarten, dass auch das Letzte, das Schönste geschah! So vieles hatte sie gehört darüber, die Dienstboten wisperten immer wieder, und mit Freundinnen hatte sie heimliches Wissen getauscht – und doch war das, was sie dann mit Ben erlebte, so neu, so berauschend, dass sie alles um sich herum vergaß.

Wie von selbst drängte sie sich ihm entgegen, streichelte ihn, versank mit den Fingern in seinem dunklen, inzwischen halblang geschnittenen Haar, während er in sie eindrang. Ein kurzer Schmerz durchzuckte Charlotte, sie schrie unterdrückt auf, doch gleich verschloss Ben ihr die Lippen mit einem Kuss. Kurz richtete er sich dann auf, sah sie an. Als er ihr Lächeln gewahrte, begann er sich in sanftem Rhythmus in ihr zu bewegen. Er spürte, dass Charlotte sich entspannte. Sie passte sich seinen Bewegungen rasch an und genoss die innige Verschmelzung. Als er ermattet über ihr zusammensank und sie wieder und wieder küsste, schlug sie die Augen auf. Groß, ungläubig beinahe sah sie ihn an.

»Ben … Bleib bei mir.«

»Immer und für alle Zeiten.« Er richtete sich auf

und wollte aufstehen, doch Charlotte ließ es nicht zu. »Bleib«, forderte sie noch einmal – und endlich begriff er. Leise lachte er sie an, bevor er sie noch einmal liebte.

Erst als zwei Stunden später die Sonne sank, als sich der Himmel von strahlendem Blau in leuchtendes Orange verwandelte, wachten sie aus ihrem Rausch auf.

Ohne etwas zu sagen, kleideten sie sich an.

»Wie sehe ich aus?«, fragte Charlotte ein wenig verlegen, als sie mit den Händen versuchte, ihr langes Haar zu bändigen, das ihr jetzt bis weit über die Schultern fiel.

»Wenn ich mein Herz nicht schon an dich verloren hätte, dann wäre es in diesem Augenblick um mich geschehen«, meinte Ben.

»Ach nein, welch rührender Anblick!« Eine harte Stimme ließ sie zusammenschrecken. »Mein Nachbar Ruhland und sein reiches Liebchen!«

»Lammersburg! Ihr wagt es!« Ben bebte vor Zorn. Wie lange war sein Nachbar schon in der Nähe? Hatte er sie gar beobachtet? Der Gedanke trieb ihm das Blut ins Gesicht.

»Ach was, stellt Euch nicht so an! Hier ist freies Land, ich kann tun und lassen, was ich will. Und sagen werde ich auch, was ich denke!« Albert Lammersburg kam näher, sein Apfelschimmel tänzelte nervös auf der Hinterhand, als er das Tier dicht vor Charlotte zügelte. »Ich hoffe, Ihr wisst, auf wen Ihr Euch da eingelassen habt, meine Schöne«, meinte er und zog spöttisch den Hut. »Aber jeder so, wie er mag. Ich denke nur, Ihr hättet etwas Besseres verdient als einen Emporkömmling, der seinen Besitz nicht einmal richtig verteidigen kann! Ich darf mich empfehlen!«

»Lammersburg!« Mit drei Sätzen war Ben bei der Kutsche und zog jetzt das Gewehr unter dem Kutschbock hervor. »Ihr werdet mir gegenüber nie wieder unverschämt …«

»Wollt Ihr mich hier auf offenem Feld erschießen?« Albert Lammersburg lachte meckernd. »Das würde Eurem Fräulein Braut sicher nicht gefallen. Und es wäre auch kein rühmliches Ende dieses Schäferstündchens.« Damit riss er den Hengst brüsk am Zügel herum und preschte davon.

»Wer war das?« Zitternd schmiegte Charlotte sich an Bens Brust. »Er hat mir Angst gemacht.«

»Du musst keine Angst haben.« Ben küsste sie zärtlich auf das Haar. »Das war Albert Lammersburg – ein Winzer, dessen Besitz im Osten an meinen grenzt. Er ist ein ziemlich grober, unangenehmer Kerl«, sagte Ben.

»Ich möchte nach Hause.« Charlotte sah mit einem kurzen traurigen Lächeln zu ihm auf. »Schade, dass unser Zusammensein so enden musste.«

»Muss es doch gar nicht!« Ben nahm ihr Gesicht in beide Hände und sah ihr tief in die Augen. »Ich weiß ein Mittel, um alle Gedanken an diesen Kerl zu vertreiben.«

Und wirklich – in der nächsten halben Stunde kam Charlotte nicht mehr dazu, an irgendetwas anderes zu denken als an ihr Glück mit Ben.

***

Charlotte presste eine Hand auf ihren schmerzenden Rücken. Sie stand am offenen Fenster des Schlafzimmers und sah hinaus in die Weinberge, die sich vor ihren Blicken ausbreiteten. In langen, nicht enden wollenden Reihen zogen sie sich vom Gutshof die drei Hügel hinauf, die sie von hier aus sehen konnte. Weiter nordöstlich lagen zwei weitere Weinberge, doch die Stöcke dort würden in diesem Jahr noch nicht tragen. Ben hoffte allerdings, dass die älteren Rebstöcke, die er rekultiviert hatte, und auch einige der neueren einen gewissen Ertrag bringen würden.

»Es wird noch nicht viel sein, was wir keltern können«, hatte er ihr erst vor einigen Tagen erklärt, »doch ich kann es kaum erwarten, meinen ersten eigenen Wein zu machen.«

Charlotte konnte ihren Mann, mit dem sie gerade einen Monat lang verheiratet war, verstehen. Ben war ehrgeizig, er wollte allen, die ihm misstrauisch gegenüberstanden, beweisen, dass er es schaffte.

Die junge Frau in dem hellen, schlicht geschnittenen Hauskleid aus altroséfarbenem Wollstoff seufzte auf, dann wandte sie sich wieder den drei Kisten mit Hausrat zu, die noch ausgepackt werden mussten. Die Schränke und Truhen füllten sich immer mehr.

Es klopfte kurz, dann trat Sina ein. »Kann ich dir helfen?«, fragte sie. »Das Mittagessen ist fertig; wenn die Männer gleich vom Weinberg kommen, können sie essen. Es gibt Hammelbraten und Bohnen.«

Charlotte verzog leicht den Mund, doch sie sagte nichts. Sie selbst verabscheute Hammelfleisch, die Männer aber würden ein kräftiges Essen zu schätzen wissen. Seit dem Morgengrauen waren sie im Weinberg und kontrollierten die jungen Trauben, schnitten überflüssige Triebe ab und schauten nach, dass sich nicht zu viel Ungeziefer ausbreitete.

»Die Tischwäsche ist drüben in dem großen Bastkorb«, sagte sie zu Sina. »Die sollten wir aber gleich im Essraum in einem Schrank unterbringen. Darüber liegt noch eine Seidendecke für das Bett.« Sie zuckte mit den Schultern. »Ich weiß gar nicht, was Tante Helene noch alles eingepackt hat. So viel Aussteuer muss man doch nicht haben!«

Sina erwiderte nichts darauf. Der Überfluss, der auf *Hopeland* herrschte seit Bens Hochzeit mit der reichen Charlotte, machte ihr hin und wieder Angst. So viel Luxus! So viele fremde Dinge gab es jetzt, Dinge, die Sina nicht kannte. So zum Beispiel Seidenwäsche, die man ganz besonders vorsichtig reinigen musste. Oder Glaskrüge aus Italien, die so leicht zersprangen, wenn man sie fallen ließ ... Hin und wieder sehnte sich Sina nach der Zeit zurück, in der sie allein mit Ben auf dem Gut gewohnt hatte.

Das neue Haus war schneeweiß gekalkt und verfügte im ersten Stockwerk, im großen Wohnraum, über einen Erker, vor dessen Fenster Geranien blühten. Und es gefiel Charlotte sehr. Inzwischen hatte sie Sina zur »Hausdame« ernannt und ihr die Aufsicht über Josy und Kimani übertragen, die Charlotte aus dem Haushalt ihres Vaters mitgebracht hatte. Die beiden Mädchen waren noch sehr jung und mussten angelernt werden, aber sie waren anstellig, und Sina schien gut mit ihnen auszukommen.

»Sina, reich mir mal die Decken, die können oben in den Schrank!« Charlotte wies auf eine Truhe, die gefüllt war mit Leinenzeug und weichen Wolldecken. Alles kam in den deckenhohen, mit Schnitzereien verzierten Schrank, der an der Längsseite des Schlafraums stand. Hier lagen auch Bens Hemden und die neuen Seidenkrawatten, die er allerdings nur trug, wenn er mit seiner jungen Frau in die Stadt fuhr. Sein Arbeitszeug hing in einem Kasten im Weinkeller.

In einem anderen Schrank, der fast genauso groß und genauso hoch war, hingen Charlottes Kleider. In den Fächern im linken Teil lag ihre zarte Wäsche, die verschiedenen Handschuhe und Schals. Sina war, als sie all die Kostbarkeiten zum ersten Mal gesehen hatte, aus dem Staunen nicht herausgekommen.

»Ich glaube, Ben ist zurück!« Charlotte ließ die aufwendig bestickten Paradekissen, die sie gerade in der Hand hielt, einfach zu Boden fallen und lief zum Fenster. »Ja, er ist es!« Ihre Stimme jubilierte. »Aber … er ist nicht allein«, fügte sie überrascht hinzu.

Gestern war Ben schon vor dem Morgengrauen in die Stadt geritten, um noch einige fehlende Werkzeugteile zu besorgen. Außerdem hatte er Charlotte versprochen, in einem Tuchladen ein paar bestellte Dinge abzuholen. Er kam früh zurück! Ob etwas geschehen war?

Auch Sina schaute kurz aus dem Fenster. »Ein Schwarzer ist bei Ben«, murmelte sie und musterte mit Charlotte zusammen den hochgewachsenen Mann, der eben von einem viel zu dürren Pferd stieg.

»Kennst du ihn?« Charlotte beugte sich leicht nach vorn, um besser hinüber in den weitläufigen Hof sehen zu können. An der östlichen Seite lag der neu errichtete Weinkeller; in einem offenen Schuppen, der an dessen Nordseite angebaut war, stand die große Traubenpresse, die von vier Männern bedient werden musste.

»Komm, wir gehen hinunter und schauen, wer da gekommen ist.« Charlotte lachte leise. »Ich bin neugierig.« Und als Sina zögerte, nahm sie sie bei der Hand und zog sie mit sich. »Komm schon, die beiden brauchen auch sicher eine Erfrischung.«

Sina ließ sich mitziehen und stand wenig später vor Ben und einem Mann, der etwas älter zu sein schien als Ben. Er überragte den Winzer fast um Haupteslänge.

Ben nahm zärtlich die Hand seiner Frau. »Liebe Charlotte, ich darf dir Thabo Barkley vorstellen. Ich habe ihn eingestellt.«

»Angenehm, Mister Barkley.« Charlotte nickte dem Mann, dessen Hautfarbe einen hellen Mokkaton hatte, kurz zu.

»Ich freue mich, dass ich hier auf dem Gut arbeiten kann«, sagte er in gutem Englisch. Dann sah er kurz zu Sina hin, die ihn stirnrunzelnd musterte, so, als würde etwas an ihm sie beunruhigen.

»Woher kommt Ihr?«, wollte Charlotte wissen. »Wo habt Ihr bisher gearbeitet?«

Als Thabo kurz zögerte, ergriff Ben das Wort. »Das erkläre ich dir später«, meinte er. »Für jetzt nur so viel: Thabo hat einiges erlebt, was nicht sehr angenehm war. Er hat für Lammersburg gearbeitet und …«

»Das erklärt einiges«, warf Charlotte ein. »Nun, geh doch erst einmal mit Sina in die Küche und lass dir dort eine Erfrischung geben.«

Ben nahm sein Pferd kürzer am Zügel, dann winkte er einen der jungen Burschen, die gerade vorübergingen, zu sich. »Kofi, kümmere dich um die Pferde. Gut abreiben und langsam saufen lassen. Dann gib ihnen Heu und etwas von dem Hafer, der vorige Woche geliefert wurde.«

»Ja, Master Ben.«

»Sina, ist noch Zitronenlimonade da?«, fragte Ben.

»Natürlich. Soll ich euch eine Karaffe bringen?«

»Wir nehmen sie gleich mit. Kümmere du dich um

Thabo.« Ben nickte dem neuen Mitarbeiter zu. »Lass dir von Sina was Ordentliches zu essen geben. Ich komme gleich zurück.« Er nahm den Krug mit Limonade, den Sina aus dem Vorratsschrank geholt hatte, und stieg mit Charlotte in den ersten Stock hinauf, wo er sich im Wohnzimmer aufseufzend in einen der mit blauem Chintz bezogenen Sessel fallen ließ.

»Dieser Lammersburg ... man sollte ihn vor Gericht bringen«, knurrte er, bevor er einen tiefen Schluck von der Limonade nahm, die Sina nach einem Rezept von Charlottes Tante zubereitete. »Thabos Mutter musste schon bei seinem Vater schuften; der hat sie dann an einen versoffenen Iren verschachert, und der hat sie sogar geheiratet. Als sie zum dritten Mal schwanger war, hat er sie beim Kartenspiel verloren – wieder an den alten Lammersburg. So ist Thabo dort aufgewachsen, und wenn auch nur die Hälfte von dem stimmt, was er mir erzählt hat, muss er die Hölle auf Erden erlebt haben. Vor einigen Wochen hat er ein Pferd gestohlen und ist geflohen.« Er strich sich über die Stirn. »Du weißt, was das heißt – er ist vogelfrei und so gut wie tot, wenn man ihn findet.«

»Und trotzdem willst du ihn hier arbeiten lassen.«

»Gerade weil er ein so grausames Schicksal hinter sich hat. Ich werde ihm Lohn zahlen wie jedem anderen auch, der auf *Hopeland* arbeitet.« Er straffte sich und legte die Hand zärtlich an Charlottes Wange. »Vielleicht erkennt ihn ja auch niemand. So viel Besuch bekommen wir ja nicht.«

»Ach Ben ... das glaubst du doch selbst nicht! Dieser Thabo fällt auf! Er ist groß und recht hellhäutig, das unterscheidet ihn von den anderen Gutsarbeitern.«

»Wir werden sehen. Aber jetzt lass uns nicht mehr

darüber reden. Zeig mir, was du alles geschafft hast, während ich fort war.«

Charlotte lachte und schmiegte sich an ihn. »Willst du die Schränke durchsehen? Ich hab nur Wäsche eingeräumt. Und ein paar Kleider natürlich.«

»Ein paar Kleider«, neckte sie Ben. »Du hast mehr als alle Frauen zusammen, die ich je getroffen habe.«

»Schlimm?« Sie legte lächelnd den Kopf schräg.

»Aber nein. Ich hab nur immer noch Angst, dass du hier auf *Hopeland* nicht glücklich wirst. Du bist etwas Besseres gewohnt …«

»Nicht schon wieder! Ich liebe dich, Ben Ruhland! Das hab ich dir bei unserer Hochzeit zu Ostern geschworen. Und auch, für immer an deiner Seite zu sein!«

»Ich liebe dich!« Er zog sie an sich und küsste sie lange und leidenschaftlich.

Lachend entwand sich Charlotte schließlich seinen Armen. »Wir müssen hinunter zu Sina und zu diesem Thabo. Du hast doch sicher auch Hunger.«

»Ich hab Appetit«, raunte Ben ihr ins Ohr. »Aber nicht auf das Essen von Sina.«

***

»Schnell, Sina, lass Wasser aufsetzen. Und …« Charlotte biss sich auf die Lippen, als eine neue Wehe sie zu zerreißen drohte. »Lass Tante Helene herrufen.« Charlotte griff nach Sinas Hand. »Tut es immer so weh?«

Sina, inzwischen siebenundzwanzig Jahre alt, lachte leise. »Ich weiß nicht, ob es immer so weh tut. Mich hat's damals förmlich zerrissen. Ich hab meinen Will ganz allein gekriegt, nur eine fast blinde Sklavin hat mir geholfen. Sie hatte schon vier Kinder und wusste, was zu tun war.«

»Arme Sina«, presste Charlotte mühsam hervor.

»Ach was, ich hab's überlebt. Das tun wir alle – meistens«, fügte sie leise hinzu. »Schrei ruhig«, mahnte sie dann. »Das tut dir gut. Schrei den Schmerz hinaus, sonst platzen noch alle Adern in deinem Gesicht und in den Augen.«

Charlotte Ruhland lag seit vier Stunden in den Wehen. Ihre Schwangerschaft war ohne Zwischenfälle verlaufen; der Arzt war zufrieden mit der Entwicklung des Kindes. Gerade war einer der Gutsarbeiter nach Kapstadt geritten, um Dr. Monterey zu holen und um Helene Kreuvert darüber zu informieren, dass die Geburt des ersten Kindes von Charlotte und Ben kurz bevorstand. Ben hatte darauf bestanden, einen Arzt zu Rate zu ziehen, obwohl Sina und Zita, Charlottes Zofe, der Ansicht waren, sie würden allein mit der Situation fertig werden.

Zita hatte schon alles vorbereitet. Die Wiege, ein wunderschön geschnitztes Stück, das Willem de Havelbeer bereits vor drei Monaten gekauft hatte und das ganz mit weißem Batist ausgekleidet war, stand an der Fensterseite des großen Schlafraums. Saubere Tücher, zwei große Schüsseln mit heißem Wasser …

»Das Wasser kannst du wieder auskippen«, meinte Sina nach einer weiteren Stunde, als die Wehen immer noch nicht rascher aufeinanderfolgten. »Es ist schon ganz kalt geworden.« Mit einem kleinen Schulterzucken fügte sie hinzu: »Beim ersten Mal kann es dauern.«

Charlotte presste die Lippen aufeinander, um nicht laut aufzustöhnen, als eine weitere Wehe sie überrollte.

Wieder griff sie nach Sinas Hand und presste sie so fest, dass es schmerzte.

Aber Sina lächelte nur und tupfte Charlotte den Schweiß von der Stirn. »Das wird schon«, meinte sie. »Bald hast du es überstanden. Du musst tief durchatmen. Denk an etwas Schönes.«

»Hmm ... ich – versuch's.« Und Charlotte dachte an ihren Vater, der seine ablehnende Haltung Ben gegenüber aufgegeben hatte, seit er wusste, dass er Großvater werden würde. Zwar verband die beiden Männer nicht gerade ein freundschaftliches Verhältnis, doch ihr Vater war bereits dreimal auf *Hopeland* gewesen und hatte sich wohlwollend umgesehen. Gesagt hatte er allerdings nichts, doch ein Lob aus seinem Munde zu hören wäre wohl zu viel erwartet.

»Ben ...« Charlotte sah zur Tür.

»Der sitzt unten und hat schon das dritte Glas Wein getrunken«, meinte Sina lächelnd. »Lass ihn – das hier ist nichts für Männer.«

»Aber Tante Helene ... Sie wollte doch kommen.«

»Sie ist gewiss schon auf dem Weg«, versicherte Sina und stützte die Gebärende, als die sich aufbäumte vor Schmerz.

Kaum hatte Helene Kreuvert eine halbe Stunde später den Schlafraum betreten, begannen die Presswehen. Als der Schmerz allzu groß wurde, krallte sich Charlotte mit aller Macht in die Kissen. Sina knotete ihr ein Stück Leinen zusammen, doch sie kam damit zu spät: Die Gebärende hatte die kostbare Spitze schon zerrissen.

Der Arzt aus Kapstadt war noch immer nicht eingetroffen, als die Geburt vorbei war. Erschöpft, aber mit einem glücklichen Lächeln lag Charlotte in ihrem Bett. Das Kind war da – ein gesunder Junge, groß und kräftig. Sein Stimmchen drang laut und unüberhörbar durch den Raum.

Eine Viertelstunde später ging Sina hinunter, um Ben zu holen.

»Es ist ein wundervoller kleiner Kerl!« Sie lachte und umarmte Ben. »Der Erbe für dein Gut!« Dann ließ sie ihn endlich ins Zimmer, wo Charlotte ihm erschöpft, aber mit strahlendem Lächeln entgegensah.

Zita und Sina hatten sie gewaschen, ihr ein frisches Nachthemd angezogen und versucht, die feuchten Haare ein wenig zu kämmen.

Zita hatte die Wiege gleich neben das Bett geschoben. Und so lag das Neugeborene links von Charlotte, rechts ließ sich Ben aufs Bett sinken, hob die Hände seiner Frau an die Lippen und küsste sie andächtig. »Gott sei Lob und Dank«, flüsterte er. »Du bist gesund. Und – der Junge auch?« Nur kurz sah er in die Wiege.

»Aber ja!« Charlotte lachte leise. »Es geht uns beiden prächtig.« Sie schmiegte ihre Wange in Bens Hand, die rau und rissig war, die jetzt aber zärtlich ihr Gesicht liebkoste. »Schau ihn dir an, er ist ein Prachtkerl!«

»Stimmt. Aber was anderes hab ich von meinem Patensohn auch nicht erwartet«, warf Tante Helene ein. »Ich werde doch Patin, oder?«

»Sehr gern«, stimmte Ben rasch zu.

Helene nahm das Baby auf den Arm. »Na, mein Kleiner, dann schau dir mal deine Tante genau an. Aber erst einmal deinen Papa.« Und schon legte sie dem verdutzten Ben den Säugling in den Arm.

Unsicher schaute der Mann in das rote, leicht schrumpelige Gesichtchen. Der kleine Mund war wie zum Weinen verzogen. Als der Kleine dann die Augen zusammenkniff und gähnte, lächelte Ben. »Na, du musst nicht gleich gelangweilt sein, wenn du deinen Vater siehst«, meinte er.

»So eine Geburt ist auch für das Kind anstrengend«, belehrte Helene Kreuvert ihn. Sie küsste Charlotte auf die Stirn. »Ruht euch aus, ihr beiden. Ben und ich gehen hinunter und trinken einen Schluck auf das Wohl des neuen Erdenbürgers.«

Helene und Ben verließen das Zimmer und gingen hinunter in die große Wohnstube. »Wir zwei trinken erst einmal einen besonderen Tropfen«, bestimmte die Tante. »Hier, die Flasche hab ich mitgebracht.« Es war ein exzellenter Wein aus Frankreich, eine Rarität, die Ben mit Genuss kostete.

Helene legte ihre Hand auf seinen Arm. »Ich wünsche euch alles Glück der Welt, mein Junge«, sagte sie. »Du sollst mit deiner Familie in diesem Haus nur schöne Stunden verleben.« Sie trank ihm zu. »Und jetzt sollten wir nach draußen gehen und mit den Leuten auf das Wohl des kleinen Karl trinken«, sagte sie dann.

»Karl?« Ben runzelte die Stirn. »Wir hatten noch gar keinen Namen festgelegt.«

»Dann darf ich es tun. Karl ... nennt ihn Karl, meinen Patensohn.« Sie gab keine Erklärung, warum sie diesen Namen ausgesucht hatte. »Los, komm, die Leute warten sicher schon.« Sie winkte dem Hausmädchen Josy, einem kleinen schwarzhäutigen Ding von fünfzehn Jahren. »Lass Wein in den Hof bringen. Ich hab Brot, Fleisch und Kuchen in der Kutsche – die drei Körbe kannst du dann auch holen.«

Josy beeilte sich, dem Befehl nachzukommen. Will

kam angelaufen. Er war barfuß, trug eine kurze braune Hose und ein gelbes Hemd aus dünnem Leinen.

»Ist es da?«, fragte Will atemlos. »Euer Kind, meine ich?«

»Ja.« Ben lachte ihn an und strich ihm über das krause Haar. »Es ist ein Junge – und er heißt Karl.«

»Toll. Kann ich mit ihm spielen?«

»Nein, noch nicht. Du weißt doch, wie klein neugeborene Kinder sind. Später aber ganz bestimmt.«

»Ich kann ihm zeigen, wie man Pferde striegelt. Und Käfer in den Reben sucht. Und wie man die Kaninchen füttert und die Hühner und …«

»Ja, später.«

»Ich kann ihm vorlesen! Es geht schon ganz gut!« Stolz sah er zu Helene auf. Sie hatte ihm kürzlich ein paar Kinderbücher geschenkt, und Will war unendlich stolz darauf, dass er sie schon ganz allein lesen konnte. Seit Charlotte auf *Hopeland* wohnte, hatte sie sich um den aufgeweckten Jungen gekümmert. Da er keine Schule besuchen konnte, gab sie ihm Unterricht. Und Will saugte begierig alles auf, was es Neues zu lernen gab. Er las und rechnete besser als mancher weiße Junge, der seit drei Jahren in Kapstadt die Schule besuchen konnte.

Charlotte freute sich immer wieder über die Fortschritte des Buben – und seine nie nachlassende Wissbegierde. »Ich werde mal Kellermeister auf *Hopeland*«, hatte er vor einigen Wochen ganz ernst erklärt. »Dann darf mir keiner mehr sagen, was ich zu tun habe.«

»Und deine Mutter?«, hatte Charlotte lächelnd gefragt.

»Mom darf alles sagen – und Ihr, Missis, und Mister Ruhland auch.«

Seit er größer war, nannte er Ben nicht mehr beim Vornamen und »du«, sondern »Mister Ben« – so wie er es bei den anderen Gutsarbeitern hörte.

»Wann darf ich den Kleinen sehen?«, wollte er jetzt wissen.

»Morgen. Erst einmal müssen Mutter und Kind sich ausruhen«, erklärte Helene Kreuvert entschieden und ging zurück in Charlottes Schlafraum.

Wenig später klopfte es kurz, die Tür ging auf, und Willem de Havelbeer steckte den weißhaarigen Kopf herein, in der Hand eine große, mit einer schimmernden Schleife verzierte Schachtel, dazu einen Strauß vielfarbiger Rosen.

»Darf ich hereinkommen?« Seine Stimme klang ungewöhnlich sanft.

»Willem!«, rief Helene, die von ihrem Stuhl neben der Wiege aufgesprungen war.

»Papa!« Charlotte richtete sich in den Kissen auf, und Ben ging seinem Schwiegervater einige Schritte entgegen. Doch Willem sah ihn zunächst gar nicht. Er ging zu Charlotte, ließ die Blumen einfach zu Boden fallen und beugte sich über seine Tochter. »Mein Mädchen … geht es dir gut?«

»Sehr gut sogar.« Charlotte lächelte ihn unter Tränen an. »Dass du gekommen bist … Ich freue mich so! Schau nur …« Sie wies auf die Wiege, in der das Neugeborene friedlich schlummerte. »Das ist unser Sohn – Karl Ruhland.«

»Karl … Ach so …« Er sah seine Schwester kurz an, dann richtete er seine Aufmerksamkeit auf den Säugling, der mit rosigen Wangen schlief. »Der Erbe von *Hopeland*«, flüsterte Willem, und seine Augen wurden feucht. »Ich gratuliere euch!« Zart streichelte er dem

Baby über die schlafwarmen Wangen. »Mein Enkel. Herr im Himmel, ich danke dir, dass ich diesen Tag erleben darf!«

Helene Kreuvert sah, wie er sich verstohlen eine Träne aus den Augen wischte. Sie hatte es doch gewusst! Wenn Willem erst einmal sein erstes Enkelkind sah, würde er seine Vorbehalte gegen Ben und gegen diese nicht standesgemäße Hochzeit vergessen!

»Willst du ihn einmal auf den Arm nehmen, Papa?« Charlotte richtete sich ein wenig mehr auf.

»Nein, nein«, Willem wehrte ab, »lasst ihn schlafen. Aber ich hätte jetzt Lust, ein gutes Glas Wein auf euer Wohl zu trinken.«

»Dann kommt mit.« Helene winkte den Männern, ihr zu folgen. »Es ist für alles gesorgt.«

Bevor er seine Frau jedoch allein ließ, beugte sich Ben noch einmal über Charlotte und küsste sie innig. »Alles wird gut, mein Engel«, flüsterte er. »Ich liebe dich.«

»Und ich liebe dich«, gab sie zurück. »Aber jetzt geh zu Papa.«

Unten im Salon war bereits ein Imbiss hergerichtet, dazu gab es wieder den hervorragenden Wein, den Helene mitgebracht hatte. Nach dem ersten Schluck stand Willem de Havelbeer noch einmal auf und trat auf Ben zu. »Lass dich umarmen, mein Sohn«, sagte er. »Ich danke dir für dieses neue Leben – und ich schwöre dir, dass ich alles tun werde, damit es dir und deiner Familie hier auf *Hopeland* gutgeht.«

***

Thabo richtete sich auf und zog sich den Hut wieder in die Stirn. Er hatte einige Zweige und fauliges Gras aus dem Bachbett gefischt. Dabei waren ihm Spuren von Wildtieren aufgefallen, die offensichtlich hierhergekommen waren, um zu saufen. Sie waren wohl für den Flurschaden verantwortlich. Zum Glück konnte Thabo alles mit bloßen Händen aus dem Wasser fischen, und auch die einzelnen Bretter, die sich an dieser Stelle gelöst hatten, fand er und befestigte sie, so gut es ihm möglich war.

Gerade als er sich wieder auf sein Pferd schwingen wollte, hörte er Reiter näher kommen. Er griff nach dem Gewehr, das am Sattel hing, und lud es vorsichtshalber durch. Diabolo, sein treues Pferd, das ihm aufs Wort gehorchte, kam näher, und Thabo suchte mit ihm Deckung im Schutz einer mannshohen Weißdornhecke, die einige Meter vom Bachlauf entfernt stand. Die Lammersburgs hatten Diabolo seinerzeit erschießen wollen, weil er so wild war und sich den Sattel nicht auflegen lassen wollte. Nur Thabo war mit dem Tier zurechtgekommen. Nachdem der junge Sklave von Lammersburg einmal wegen einer Nichtigkeit halb totgeprügelt worden war, hatte Thabo beschlossen, mit Diabolo zu fliehen. Das Pferd hatte ihn auf seinem Rücken geduldet und ihn nächtelang durch die einsame Steppe getragen. Tagsüber hatten sie sich versteckt, sie waren fast verhungert und verdurstet, als Ben Ruhland sie schließlich in der Nähe von Kapstadt in einem Eichenhain entdeckt und mit nach *Hopeland* genommen hatte.

Thabo tätschelte Diabolo beruhigend den Hals. Die sternförmige weiße Blesse hatte er mit Schuhwichse bestrichen, damit die Lammersburgs das Tier nicht gleich erkannten und Thabo als Pferdedieb hängten.

Ein paar kleine Vögel flogen erschrocken von ihren Nestern auf, im Gras raschelten Eidechsen davon, und oben in der Luft stieß ein Raubvogel einen Warnruf aus.

Thabos Herz schlug schneller, als er Albert Lammersburg und seine beiden Schläger Misty und Elias bemerkte, ohne die dieser keinen weiten Ausritt unternahm. Sie ritten eine Weile am Bachlauf entlang, offenbar wollten sie hinauf zur Quelle.

»He, wer ist denn das?« Lammersburgs raue Stimme ließ Thabo zusammenzucken. Albert Lammersburg richtete sich in seinem Sattel auf und suchte die Umgebung ab. »Kein Mensch zu sehen«, stellte er fest. »Aber der Gaul ist gesattelt und ...«

»Da ist er!« Der hagere Schwarze wies auf die Bodensenke, in die sich Thabo hineingedrückt hatte.

»Los, Misty, Elias, holt ihn euch!« Lammersburg gab seinem Pferd die Sporen und folgte den beiden Schwarzen.

Misty und sein Kumpan Elias brauchten nicht lange, dann waren sie bei Thabo, der das Gewehr anlegte und warnend rief: »Keinen Fußbreit näher, sonst hole ich euch aus dem Sattel!«

Misty lachte höhnisch auf und schwang die Peitsche, die er als Waffe zu handhaben wusste, durch die Luft. Elias blieb unbewegt im Sattel sitzen. Sein Blick verriet Thabo, dass er ihn erkannt hatte, doch Elias schwieg. Thabo hatte ihm einmal, als er neu nach Summerset gekommen war, geholfen, als Albert ihn zusammengeschlagen hatte, weil er ein Stück Fleisch gestohlen hatte. Thabo nickte ihm unmerklich zu. Diabolo wieherte laut und stieg auf die Hinterhand.

»Der Gaul gehört mir! Ich kenne dieses Gebaren! Los, bring mir den Pferdedieb, Elias!« Albert Lammersburg hob das Gewehr und schoss in Thabos Richtung.

Die Kugel verfehlte zum Glück ihr Ziel, und es gelang Thabo, sich ein paar Meter weiter in den Schutz eines wilden Hibiskusstrauchs zu ducken.

Misty preschte vor, schwang die Peitsche – und Thabo spürte, dass das harte Tau, das teilweise mit Leder umwickelt war, seine Kleidung in Fetzen riss. Der Schmerz auf seinem Rücken nahm ihm den Atem.

Doch das Gewehr in seinen Händen zitterte nur für einen Augenblick, dann legte er an, schoss – und Misty fiel aus dem Sattel.

»Dir werd ich die Haut in Fetzen vom Leib abziehen!« Albert Lammersburg sah, wie sein riesiger schwarzer Sklave vom Pferd rutschte und auf der staubigen Erde liegen blieb. Er nahm sich jedoch nicht die Zeit, sich um den Mann zu kümmern, mit wütendem Gebrüll legte Albert Lammersburg wieder an und versuchte nochmals, auf Thabo zu schießen. Doch wieder ging die Kugel daneben, und bevor er neu geladen hatte, war Thabo davongerannt, hinüber zum Bach, wo er für den Moment mehr Schutz hatte.

Elias galoppierte ihm nach, auch er stieß wütende Schreie aus und sprang aus dem Sattel, die Fäuste drohend erhoben. Doch er blieb einige Fuß von Thabo entfernt stehen und sagte leise: »Heute lass ich dich laufen. Du hast mir einmal geholfen. Jetzt sind wir quitt, Bruder. Ab morgen hetz ich dich wie einen wilden Pavian.«

Thabo atmete auf, erwiderte aber nichts. So eine schwarze Seele, wie er befürchtet hatte, besaß Elias also doch nicht! Mühsam kroch er auf allen vieren weiter, in Richtung der drei hohen Felsen, die als einziger Ort in der Gegend wirklichen Schutz bieten konnten.

Lammersburg schien zu ahnen, was er vorhatte. Er schoss dreimal auf Thabo, doch entweder wurde er durch die schon schrägstehende Sonne am genauen Zielen gehindert, oder die Wut machte seine Finger unsicher. Jedenfalls verfehlte er Thabo wieder.

Noch vier Fuß … noch drei Fuß … Thabo hatte das Gefühl, als käme er nur so langsam voran wie eine Schnecke. Immer wenn Lammersburg nachladen musste, konnte er sich ein Stückchen weiter vorwagen. Und endlich, endlich war er bei den Felsen!

»Schnapp dir den Gaul, Elias! Ohne den ist er hier aufgeschmissen!« Alberts Stimme überschlug sich fast vor Wut. »Los, beweg dich!« Er stieß Misty, der immer noch auf dem Boden lag, in die Seite.

»Er ist tot, Master Lammersburg.« Elias ritt an Alberts Seite. »Seine Augen …«

»Nein, das glaub ich nicht. Sieh nach!« Er legte das Gewehr wieder an, zielte in seinem blinden Zorn auf Elias. »Beweg dich, verdammt noch mal!«

»Ja, ja …« Elias schwang sich aus dem Sattel und beugte sich über Misty. »Er ist tot.« Seine Stimme klang unbeteiligt, als er den schlaffen Körper kurz hochhob und wieder in den Staub fallen ließ.

»Das wird dieser Kerl mir …« Weiter kam Albert Lammersburg nicht, denn Thabo hatte sein Gewehr durchgeladen, zielte, schoss – und brannte dem Winzer ein Loch in den Hut, der in weitem Bogen zur Erde fiel.

»Das ist eine Warnung! Glaubt mir, ich ziele hervorragend. Beim nächsten Mal treffe ich Euch zwischen die Augen!« Thabo biss die Zähne zusammen, als er nachlud. Die Wunden auf seinem Rücken brannten wie Feuer. »Wenn Ihr mir nicht glaubt, seht her!« Er legte an, und Mistys Pferd sank zu Boden – mit einem Loch zwischen den Augen. Dann stieß er einen hohen schrillen Pfiff aus, und Diabolo galoppierte davon.

»Der Teufel soll dich holen!«, brüllte Lammersburg wieder und wieder. Er war kaum noch bei Besinnung vor Wut, doch nachdem Thabo vier weitere Kugeln abgefeuert hatte, die ihn stets knapp verfehlten, winkte er Elias: »Los, weg hier. Und mit dir da hinter den Felsen bin ich noch nicht fertig. Ich finde dich, und wenn es das Letzte ist, was ich tue – ich bring dich um!«

Sina kam mit einem Korb voll Gemüse aus dem Garten, als sie Diabolo entdeckte, der in langsamem Schritt näher kam. Über seinem Hals hing, halb ohnmächtig, Thabo.

»Herr im Himmel und alle Götter meiner Vorfahren«, murmelte Sina. Dann rief sie laut um Hilfe.

Kofi und Ghedi, die erst vor einer halben Stunde aus dem Weinberg gekommen waren und jetzt auf ein Essen warteten, stürzten aus der Küche.

»Helft ihm vom Pferd«, befahl Sina. »Und bringt ihn in seine Hütte. Ich komme dann und kümmere mich um ihn.«

Erst aber ging sie in die Küche und gab Josy Anweisungen. »Stell die Suppe auf, die ich gestern gekocht hab. Dann sag Master Ben Bescheid, dass er in Thabos Hütte kommen soll.«

Sinas Stimme zitterte. Nur zu gut erinnerte sie sich an den Tag, an dem Ben so zerschunden von einem Kontrollritt zurückgekommen war. Wie sehr hatte sie um ihn gezittert! Und jetzt ... jetzt spürte sie ihren Herzschlag dumpf in der Brust, denn auch um Thabo sorgte sie sich. Dabei konnte sie diesen aufgeblasenen Kerl doch gar nicht leiden!

Ein wenig später betrat sie Thabos Hütte, die aus zwei ineinander übergehenden kleinen Räumen bestand, und sah sich kurz um. Karg war sie eingerichtet. Es gab einen Tisch und zwei Stühle. An einem Regal hingen ein paar Henkeltassen, auf dem Brett standen drei Teller aus einfachem Steingut.

Die wenigen Kleidungsstücke hingen an einfachen Nägeln, es gab nichts, was diese Unterkunft wohnlich gemacht hätte. Sie wandte sich zu dem großen Mann hin, der bäuchlings auf seinem Bett lag. Die Schlafstatt war aus groben Brettern zusammengezimmert. Ein paar Schaffelle lagen darauf, dazu einige Decken.

»Der geschlagene Held«, murmelte sie, während sie sich über ihn beugte. »Hast du Schmerzen?«, fragte sie dann aber doch teilnahmsvoll, als sie die dicken blutigen Striemen genauer untersucht hatte.

»Nein, ich könnte mit dir gleich in die nächste Taverne zum Tanz gehen«, gab Thabo spöttisch zurück und versuchte sich zu ihr umzudrehen. Doch mit einem unterdrückten Stöhnen sank er wieder zurück.

»Thabo! Was ist geschehen?« Mit langen Schritten kam Ben Ruhland herein. »Wer war das?«

»Wer schon?«, knurrte der Verletzte und drehte den Kopf zu Ben hin. »Aber ich hab einen seiner Schläger erwischt.«

Ben biss sich auf die Lippen, als ahnte er, dass ihm über kurz oder lang neuer Ärger ins Haus stehen würde. Wenn Thabo einen von Lammersburgs Männern getötet hatte, würde eine Racheaktion des Nachbarn nicht lange auf sich warten lassen.

»Erzähl mir später alles genau. Jetzt lass dich erst einmal von Sina verarzten. Sie kann das sehr gut, das weiß ich aus eigener Erfahrung.« Dann ging er hinaus.

Thabo wandte kurz den Kopf zu Sina, als diese sich auf die Kante seines Lagers setzte und sich über ihn beugte, dann ließ er ihn seitlich wieder auf das Bett sinken.

»Ich muss dir gleich weh tun«, sagte Sina leise und winkte Josy näher, die verschüchtert am Eingang der Hütte stehen geblieben war. »Gib mir das Wasser. Und ein sauberes Tuch.«

»Hier ist schon alles.« Josy bückte sich und hob die irdene Schüssel auf, in die sie sauberes Wasser gegeben hatte. Auch zwei weiße Leinentücher hatte sie dabei. Eins davon tauchte Sina in das Wasser und versuchte dann, das Leinenhemd von den blutigen Wunden abzulösen.

Sie sah, dass Thabo die Zähne zusammenbiss, doch kein Laut kam über seine Lippen. Sina stieß einen erschrockenen Schrei aus, als sie die tiefen Striemen sah, die Lammersburgs Peitsche auf dem dunklen Männerrücken hinterlassen hatte.

»Die Salbe wird dir bald Linderung verschaffen«, meinte sie, während sie die Salbe mit sanften Fingern auf seine Wunden tupfte.

»Hast du das bei einer Hexenmeisterin gelernt?«, versuchte Thabo zu scherzen.

»Halt still! Ich bring dich schon nicht um!«, befahl sie gleich darauf, als Thabo Anstalten machte, sich aufzusetzen.

»Wer weiß das schon.« Er ließ sich wieder auf sein Lager sinken, denn er spürte, dass ihm schwarz vor Augen wurde. Feurige Kreise drehten sich, und für einen Moment vernahm er Sinas Stimme, die Josy gerade irgendwelche Anweisungen gab, nur noch aus weiter Ferne. Er schloss die Augen und sah aus, als würde er gleich ohnmächtig werden.

»Jetzt stell dich nicht so an!«, sagte Sina mit rauer,

ruppiger Stimme, wie wenn sie ihr Mitleid hinter ihrer Schroffheit verbergen wollte.

In diesem Moment spürte sie Thabos Finger, die ihre linke Hand sanft umschlossen. Sie sah zu ihm hinunter – und auf einmal fühlte sie sich Thabo sehr nah.

»Danke. Es geht mir schon besser«, sagte Thabo und schloss die Augen.

»Gut. Ich seh später noch mal nach dir«, sagte Sina hastig und stand auf. »Josy bringt dir noch einen Kräutertee. Der lässt dich schlafen und ist auch gut gegen Fieber.«

Vom Weinberg her drangen die lauten Rufe der Arbeiter, die auch jetzt noch, da die Sonne sich anschickte, über den Rand der Erde zu fallen, einen Holzbottich nach dem anderen hinunter zur Traubenpresse schleppten. Der Wind hatte aufgefrischt, kündigte den von allen Winzern gefürchteten Regen an.

Gerade jetzt, da die Trauben reif waren und ihre vollkommene Süße erlangt hatten, wäre es fatal, wenn ein Unwetter einen Teil der Ernte zerstörte. Also arbeiteten alle auf *Hopeland* so lange, bis die Dunkelheit hereingebrochen war.

Auch Sina und Will hatten bis vor zwei Stunden mitgeholfen, denn jede Hand, die eine Traube vom Rebstock abschneiden konnte, wurde gebraucht.

Dann aber war Sina zurück zum Gut gegangen, denn Charlotte brauchte Unterstützung bei der Betreuung des kleinen Karl, und auch das Essen für die Gutsarbeiter musste vorbereitet werden. Wenn die Männer heimkamen, waren sie hungrig, und Ben Ruhland wollte seine Leute bei Kräften wissen.

Sina hatte gestern schon Lammfleisch gebraten, heute

gab es dazu Brot und Maisfladen. Wer wollte, konnte Birnenkompott dazuhaben. Es war ein Essen, wie es die meisten Männer, die erst seit kurzem auf *Hopeland* arbeiteten, noch nie bekommen hatten.

Kein Wunder, dass niemand von hier fortwill, ging es Sina durch den Kopf, als sie sich endlich eine kleine Rast gönnte. Alle bekommen Lohn, sind gut untergebracht ... so gut hat es keiner der Sklaven, die Ben nach und nach freigekauft hat, jemals gehabt.

Der Säugling, der neben ihr in einer Hängematte lag, begann leise zu weinen, und sie hob, ohne die Augen zu öffnen, den Fuß und schob das Leinenbündel ein wenig an. Das Schaukeln schläferte Karl wieder ein, er greinte noch ein wenig, dann war er wieder still.

Doch auf einmal war da ein Knarren auf dem schmalen Holzstieg vor ihrer Hütte ... Sina blinzelte überrascht.

»Was ist denn das?«

»Schau es dir genau an.« Thabo sah grinsend auf sie nieder. »Man nennt es einen Schaukelstuhl, und wer so faul ist wie du, kann sich da hineinsetzen und schlafen.«

»Ich bin faul?« Mit einem Satz fuhr sie hoch, und plötzlich stand Thabo ganz dicht vor ihr und legte ihr seine großen Hände auf die Schultern.

»Du Hexe. Reg dich nicht gleich wieder auf.« Seine Stimme war auf einmal voller Zärtlichkeit. »Ich verdanke es dir, dass ich so schnell genesen bin und wieder arbeiten kann. Der Stuhl hier ...« Er wies auf den ungewöhnlichen Sessel mit den sichelförmigen Füßen. »... ich hab ihn für dich gemacht.«

Sina konnte nicht gleich etwas sagen. Da war etwas in seinem Blick, das sie unsicher machte. Und seine

Hände ... diese großen, warmen Hände, die sie einfach nicht loslassen wollten ... Auf einmal war da die Erinnerung an andere Hände, die sie auch einmal zärtlich umfasst hatten, und rasch drehte sie sich weg.

»Ich wusste gar nicht, dass du außer Sprüche klopfen und prügeln auch noch was anderes kannst.«

Thabo lachte. »Wenn du mich lässt, zeig ich dir noch viel mehr. Jetzt probier erst mal den Stuhl aus. Aber pass auf, vielleicht ist der Leim noch nicht trocken!«

»Typisch! Du willst wohl, dass ich auf den Boden falle und mir den Hals breche!«

»Aber nein! Es wäre schade um einen so schönen Hals!« Er schmunzelte. »Auch der Kopf darauf gefällt mir – solange du nicht zu viel redest!«

Sina stemmte die Hände empört in die Hüften. »Irgendwann stopf ich dir dein freches Mundwerk! Warte nur, übermorgen ist Waschtag. Da werf ich dich in den Waschzuber!«

Thabo trat zu ihr hin, und ehe sie sich's versah, hatte er Sina hochgehoben und schwenkte sie einmal durch die Luft, als sei sie so leicht wie eine Feder. »Ich freu mich schon darauf«, meinte er. »Und ich bin gespannt, wie du das anstellen willst.« Noch einmal stemmte er sie hoch, ließ sie wieder herunter – doch bevor ihre Füße den Boden berührten, küsste er sie. Flüchtig nur, es war wie ein Hauch. Und doch hatte Sina plötzlich das Gefühl, als würde sie am ganzen Körper brennen.

»So, jetzt schaukel mal ein bisschen.« Schon saß sie in dem merkwürdigen Stuhl, wippte leicht hin und her – und sah sich nach Thabo um. Doch der war wie vom Erdboden verschluckt.

***

»Wir brauchen neue Fässer! Unsere Bestände reichen diesmal nicht.« Ben Ruhland saß am Esstisch, lehnte sich in seinem Stuhl zurück und trank einen Schluck Wein, den er mit Wasser vermischt hatte. Die Weinlese war fast beendet, zum Glück war das Unwetter, das sich durch den starken Wind angekündigt hatte, rasch vorübergezogen, ohne Schaden anzurichten. Die Wassermassen hatten sich weiter nördlich entladen. Die Ernte von Gut *Hopeland* war nicht in Gefahr geraten.

»Was meinst du – ob ich es wagen kann, allein zu keltern? Die Cloosens drüben auf *Grevenhoort* sind ausgelastet, sie können unsere Trauben nicht mehr mit verarbeiten.« Fragend sah er seine junge Frau an.

»Dann wag es doch einfach.« Charlotte lächelte ihm aufmunternd zu. »Du hast alles, was du brauchst, also pack es an.«

Ben zögerte. Seit drei Jahren bewirtschaftete er jetzt den Boden, und seine Mühe, seine Sorgfalt trugen Früchte. Die uralten Stöcke, die noch sein Großvater angepflanzt hatte, hingen voll der süßen Trauben. Vor allem der Chenin Blanc und die Semillontrauben waren zurzeit heißbegehrt. Allerdings stellte Ben immer wieder fest, dass die Winzer, die schon länger am Kap waren, recht früh mit der Lese begannen. Sie hatten alle Angst, dass die Vögel ihnen die Trauben wegfressen könnten.

»Ich werde noch ein bisschen warten mit dem letzten Abschnitt«, sagte er nachdenklich. »Dann werden die Trauben am Südhang noch mehr Süße gewinnen. Jedenfalls will ich bessere Qualität beim Chardonnay erzielen, wenn ich es schon allein wage und die anderen Winzer außen vor lasse.«

»Ich bin sicher, dass du das Richtige tun wirst.« Charlotte, den Säugling auf dem Arm, lächelte ihm zu. »Bisher lag doch auf allem, was du begonnen hast, Gottes Segen.«

Er schüttelte sacht den Kopf. »Nein, erst seit ich dir begegnet bin, liegen Glück und Segen auf meinem Tun.«

Charlotte runzelte die Stirn. »Versündige dich nicht, Ben«, mahnte sie.

»Nein, nein, ich bin mit unserem Herrgott schon im Einklang«, versicherte Ben rasch. »Komm, gib mir den Jungen einmal. Ich will ihm zeigen, wo unsere besten Trauben reifen.« Mit dem Säugling auf dem Arm trat er an eines der Fenster und öffnete es weit. »Schau, Karl, das dort drüben, wo Thabo und Will gerade entlangreiten, das ist unser allerbester Weinberg. Von dieser guten Lage werden noch Generationen sprechen!«

Ben hatte von Anfang an auf die edlen Chardonnay-Trauben vertraut, denn er war sich sicher, dass die süßen Weine, die derzeit noch gefragt waren, bald von etwas trockeneren Sorten abgelöst werden würden. Der Winzer verfolgte die Entwicklung höchst aufmerksam, und er fragte sich, wann er selbst die ersten Fässer nach Europa liefern konnte. Noch bevorzugte man in Europa so schweren Wein wie den Muskateller, aber Ben Ruhland ahnte, dass sich das ändern würde.

»Was denkst du – soll ich die Fässer bestellen, oder willst du das übernehmen, wenn du in die Stadt zu deinem Vater fährst?« Er brachte Klein Karl, der unruhig auf seinem Arm zu strampeln begann, nach nebenan und legte ihn dort in die Wiege. Der Junge steckte den Daumen in den Mund, kniff die Augen zusammen, gähnte – und schlief ein.

Lächelnd ging Ben zu seiner Frau zurück. »Was meinst du?«

»Es ist sicher am gescheitesten, wenn du selbst fährst. Ich bleibe diesen Monat hier. Sina hat so viele Vorräte angeschafft, dass ich gar nichts mehr dazukaufen muss. Ihr Gemüsegarten bietet eine solche Vielfalt ... das hätte ich mir vor zwei Jahren noch nicht träumen lassen.«

Ben rieb sich das Kinn. »Wenn ich selbst zum Fassmacher fahre, kann ich nochmals kurz bei Hanne vorbeischauen. Wir haben uns so lange nicht gesehen.«

»Dann nimm ihr von mir ein paar Kuchen mit. Ich weiß doch, wie gern sie Süßes mag.«

»Natürlich.« Er lächelte Charlotte zärtlich an. »Ich werde ihr nie vergessen, was sie am Anfang für mich getan hat. Ohne sie und ihre mütterliche Güte ... wer weiß, ob ich hier so rasch Fuß gefasst hätte.«

»Ich hab gehört, dass einige Winzer Fässer benutzen, in denen vorher gepökeltes Fleisch gelegen hat«, meinte Charlotte. »Das kann doch nicht gutgehen, oder?«

Ihr Mann schüttelte den Kopf. »Das endet in einer Katastrophe, glaub mir. Aber die Verzweiflung bei einigen kleinen Winzern wächst immer mehr. Die Europäer sehen ihre Monopolstellung gefährdet und versuchen deshalb, die Ausfuhr von fertigen Fässern zu unterbinden.« Er seufzte auf. »Nicht jeder hat das Geld, hier vor Ort eigene Fässer anfertigen zu lassen.«

Der kleine Karl im Nebenraum begann leise zu weinen. »Ich weiß gar nicht, was mit ihm los ist. Heute ist er sehr unruhig.« Charlotte stand auf und ging zu dem Buben, der inzwischen so groß war, dass er kaum noch in die Wiege passte. Als sie ihn hochhob, zuckte sie zusammen. »Er hat Fieber! Sieh doch nur, Ben, ganz plötzlich hat er Temperatur bekommen!«

Aufgeschreckt durch die Panik, die in ihrer Stimme mitschwang, ging auch Ben hinüber. Er legte kurz die Hand auf das Köpfchen des Kindes. »Ja, er ist ganz heiß! Das ist mir eben noch gar nicht aufgefallen.« Hilflos sah er sich um. »Was sollen wir tun?«

»Erst einmal machen wir ihm kalte Wickel.« Schon rief sie nach Josy. »Bring eine Schüssel mit Wasser. Karl ist nicht gesund, ich werde ihm ein paar kühlende Tücher auflegen.«

Das Mädchen sah voller Angst zu dem schreienden Säugling hin und griff in die Tasche ihrer Kittelschürze. Ben wusste, dass sie eine Kette aus Holzperlen, Federn und Fischzähnen zum Schutz gegen böse Geister bei sich trug. Von Sina hatte Ben erfahren, dass Josy zwei kleine Geschwister durch ein solches Fieber verloren hatte. Aber nahm sie wirklich an, dass dieser Aberglaube seinem Kind half? Barsch fuhr er die Kleine an: »Was stehst du noch hier rum? Hol Wasser und Tücher. Lauf schon!«

»*Ewe*, Mister Ben.« Wie der Wind stob sie davon. Doch wenig später kam nicht Josy, sondern Sina mit einem Porzellantopf zurück.

Mit einem Blick erfasste sie die Situation. »Er muss trinken. Viel trinken«, sagte sie. »Und ich hole noch ein paar Kräuter für die Wickel.«

Sina ging Charlotte zur Hand, die das Baby erst einmal in die Wiege zurücklegte und dann versuchte, dem Kleinen Wadenwickel anzulegen. Doch Karl schrie jetzt, er strampelte mit den dicken Beinchen, bäumte sich auf. Dann wurde er plötzlich ganz blau im Gesicht.

»Sina!« Charlotte griff nach dem Arm der Schwarzen und drückte ihn so fest wie mit einer Schraubzwinge. »Was machen wir jetzt?«

»Ruhig bleiben.« Sina nahm den Jungen hoch und trug ihn zum Fenster. Die frische Luft schien ihm gutzutun, sein Atem wurde wieder regelmäßig, und sogar das jammervolle Weinen ließ ein wenig nach.

»Gestern hatte er auch schon mal Fieber«, sagte Charlotte leise. »Ich hab mir nichts dabei gedacht. Kinder fiebern doch öfter mal.«

»Er wird sich wieder erholen.« Sina drückte ihr den Kleinen in den Arm. »Ich geh in den Garten, Kräuter holen.«

Noch ehe Charlotte etwas erwidern konnte, begann Karl zu husten, dann erbrach er sich. Die saure Milch und der schon verdaute Brei ergossen sich über Charlottes blaues Kleid, doch das kümmerte sie nicht. Entsetzt und hilflos sah Charlotte ihr Kind an, und auch Ben wusste nicht, was zu tun war. Er reichte seiner Frau nur eines der feuchten Tücher, damit sie dem Baby das Gesicht abwischen konnte.

»Wir müssen den Arzt holen«, erklärte er dann. »Harold soll gleich losreiten.« Harold war ein junger, kräftiger Schwarzer, der erst seit zwei Monaten auf dem Gut arbeitete, der sich aber schon als sehr zuverlässig erwiesen hatte. Harold sattelte sofort sein Pferd, einen großen, ausdauernden Fuchswallach, und machte sich auf den Weg.

Ben selbst ging hinüber zum Weinkeller, wo drei der Arbeiter mit bloßen Füßen in einem Bottich standen und die geernteten Trauben zerstampften. Er sah ihnen eine Weile geistesabwesend zu. Dass er eigentlich in die Stadt hatte fahren wollen, war vergessen.

Fünf bange Stunden vergingen, dann fuhr der Arzt endlich vor. Harold musste geritten sein wie von Hunden gehetzt. Sein Fuchswallach war schweißnass, die

Flanken zitterten, und er hatte Schaum vor dem Maul. Und auch Harold war völlig erschöpft.

Dr. Monterey untersuchte Karl, und seine Miene verdüsterte sich immer mehr. Vorsichtig schaute er in den Rachen des Kindes, er war stark gerötet, die Zunge war ebenfalls rot, und sie hatte einen weißen Belag.

»Scharlach«, sagte er schließlich. »Ungewöhnlich bei einem so kleinen Kind. Hab noch nie so einen Fall gehabt.« Während er sprach, vermied er es, die Eltern anzusehen.

»Und – was heißt das?«, fragte Ben leise.

»Viel kann ich nicht tun für Euren Sohn«, erklärte der Arzt. »Er muss trinken, das Fieber muss gesenkt werden. Hängt überall im Raum feuchte Tücher auf, das wird ihm das Atmen erleichtern. Und nehmt ihn heraus aus der engen Wiege. Macht ihm ein anderes Lager.«

»Wir haben schon ein Bettchen gezimmert. Aber es ist noch nicht fertig lackiert«, sagte Ben.

»Dann lasst es herholen.«

»Und – sonst? Was können wir sonst noch tun?« Charlottes Stimme klang gepresst. Mit tränenfeuchten Augen sah sie auf den kleinen Karl, der im Gesicht immer noch tiefrot war und wimmerte.

»Ihr solltet beten«, sagte der Arzt mit leiser Stimme. »An Scharlach sterben viele, das will ich Euch nicht verschweigen. Und so ein kleines Kind … Ich hab noch nie gehört, dass ein so kleines Kind Scharlach hatte«, wiederholte er mehr zu sich selbst. Dann verlangte er heißes Wasser und wusch sich die Hände und die Arme.

Charlotte war in einem Sessel neben dem Kinderbettchen eingeschlafen, das sie mit weichen Kissen ausgekleidet hatte. Sina hielt bei Karl Wache, beobachtete jede Regung des kranken Buben. Er schlief jetzt fest, nur sein stark gerötetes Gesicht und die kleinen Fäuste, die immer wieder unruhig durch die Luft fuhren, als müssten sie etwas verscheuchen, zeugten davon, dass er krank war. Sie hatten dem kleinen Karl Sinas besonderen Kräutersud eingeflößt. Die Kräuter konnten zwar nicht viel ausrichten gegen Scharlach, aber sie senkten das Fieber, sie schenkten dem Kranken Ruhe.

Irgendwann kam Ben ins Zimmer. Er hatte keinen Schlaf gefunden und war stundenlang im Weinkeller gewesen, wo er die Maische kontrolliert und die Fässer gezählt hatte, die dort gelagert wurden. Es war nicht seine Aufgabe, aber er musste irgendetwas tun.

Jetzt, wo das erste Morgenrot im Osten den Himmel mit zartem Schein vergoldete, trat er an das kleine Bett. »Und? Wie sieht es aus?«, fragte er leise.

»Er ist ruhiger geworden. Und Luft bekommt er auch.« Sina zuckte mit den Schultern. »Ich denke, dass er es schafft.«

»Wenn ihm etwas zustößt …«

»Sag so etwas nicht!« Charlotte war wach geworden. Mit weit geöffneten Augen, in denen nackte Angst stand, sah sie von Ben und Sina zu ihrem kleinen Sohn hin. Hastig stand sie auf und befühlte Karls glühendes Gesicht. »Es geht ihm noch nicht besser.« Tränen standen in ihren Augen.

»Du darfst nicht zu viel erwarten.« Sina ging zur Tür. »Ich hole ihm neuen Tee.«

Charlotte nickte nur. Sie vertraute mehr der Medizin, die der Arzt ihrem Sohn verabreicht hatte, doch Sinas Tee konnte nicht schaden. Und wirklich – Sinas Kräutertee war alles, was Karl zu sich nahm. Sein Rachen war stark gerötet, das Schlucken fiel dem Kleinen sehr schwer, und so waren alle froh, dass er wenigstens etwas trank.

Dr. Monterey kam noch einmal. Charlotte und Sina wachten Tag und Nacht bei dem Kleinen, und endlich, fünf Tage nach Ausbruch des schweren Fiebers, konnten alle aufatmen – Karl ging es besser!

»Du solltest endlich nach Kapstadt reiten und dich um die Fässer kümmern«, meinte Charlotte. »Hier kannst du im Moment nichts tun.«

»Ich hab doch auch bisher nichts getan«, knurrte Ben, dem es schrecklich war, so tatenlos zusehen zu müssen, wie sein einziger Sohn litt. Zur Ablenkung war er stundenlang durch die Weinberge gestiegen, hatte die neuen Pflanzen, die sich noch im Wind bogen, kontrolliert und den Zuckergehalt der reifen Trauben am Südhang geprüft. Aber alles war halbherzig geschehen, mit seinen Gedanken war er immer im Zimmer seines kranken Kindes gewesen.

Als er am frühen Nachmittag dieses Tages in Kapstadt ankam, schaute er kurz bei seinem Schwiegervater vorbei und wollte ihm mitteilen, dass es Karl etwas besserging. Doch Willem war zu einem Gespräch beim Gouverneur, wann er heimkehrte, konnte niemand sagen. Auch Tante Helene war nicht daheim, und so richtete Ben seine Botschaft nur dem Butler aus.

Dann machte der Winzer sich auf schnellstem Weg auf in Richtung Hafengebiet. Er wollte zunächst zum Fassmacher, dann zu Hanne Schneeberger.

»Ich zahle dir zwei Dutzend Fässer im Voraus, John«, versprach er. »Aber ich brauche neue, saubere Fässer.

Mit den wenigen, die ich noch habe, komme ich in diesem Jahr nicht aus.«

»Die verdammten Franzosen blockieren nicht nur den Nachschub an fertigen Fässern«, schimpfte John. »*Damned*, ich weiß kaum noch, wo ich das Holz herbekommen soll, um richtig zu arbeiten.« Er machte eine kleine Pause, dann presste er zwischen den Zähnen hervor: »Sogar meine Landsleute machen uns hier das Leben schwer.«

»Es gibt hier doch so viele Eichen«, warf Ben ein. »Drüben, in *Stellenbosch*, haben einige kleinere Winzer eine richtige Allee, die zu ihrem Besitz führt.«

»Du glaubst doch nicht, dass die mir ihr Holz geben«, warf John ein und sah Ben seufzend an.

»Und ich selbst hab keinen Wald«, sagte Ben nachdenklich. »Bloß Krüppelkiefern, Mimosenbäume und Obstbäume. Und Äpfel und Birnen können wir demnächst ernten, das schon. Aber guten, hohen Baumbestand besitze ich nicht. Und die knorrigen Eichen am Westhang wirst du nicht brauchen können.«

John legte ihm seine riesige Pranke auf die Schulter. »Ich will sehen, was ich für dich tun kann. Schon weil du ein Freund von Hanne bist. Weißt du eigentlich, wie schlecht es ihr geht? Der Arzt hat kaum noch Hoffnung.«

Ben erschrak. »Ich hatte keine Ahnung, dass sie so elend ist. Ich war eine Weile nicht in der Stadt. Die Weinlese ist in vollem Gang.«

»Die Suppen-Hanne hat Scharlach.«

»Das ... das ist ja entsetzlich! Mein Sohn ist auch erkrankt. Wir haben tagelang um sein Leben bangen müssen.« Ben fühlte, wie ihm das Entsetzen eisige Schauer über den Rücken jagte. »Ich ... ich muss los.«

»Sei vorsichtig«, mahnte der Fassmacher. »Steck dich bloß nicht an!«

Ben lenkte die beiden schlanken Braunen durch die engen Gassen. Die zwei alten Pferde, die er vor Jahren von Tom, dem Iren, gekauft hatte, waren nicht mehr; erst vor zwei Monaten hatte er dem letzten Gaul, der treuen Amy, den Gnadenschuss gegeben. Die beiden Braunen waren noch junge Tiere, aber sie gingen gut im Gespann.

Die Straßen lagen, wie immer, voller Unrat, hin und wieder huschte eine Ratte vorbei, wilde Hunde verteidigten ihre Beute gegen streunende Katzen. Über allem hing das Gekreisch der Möwen, die bei den Fischerbooten auf Futter hofften.

Drei kleine verdreckte Sklavenjungen zogen mühevoll einen Handwagen hinter sich her. Darauf lagen Körbe voller Fisch. Es stank durchdringend nach Tang und nach Fäulnis, und Ben fragte sich, wer dieses verdorbene Zeug wohl noch essen wollte.

In Hannes Kneipe war alles ruhig. Durch die Fenster war kein einziger Gast zu sehen, und Ben musste am Hintereingang mehrmals laut gegen die alte Holztür hämmern, ehe ihm aufgemacht wurde. Eine in Schwarz gekleidete Frau, deren Gesichtsfarbe ganz grau war, öffnete ihm. Hinter ihr erschien die Schankmagd mit verweinten Augen.

»Hanne … Was ist mit Hanne?« Eine böse Ahnung beschlich den Winzer.

»Sie ist tot.« Die ältere Frau sagte es ziemlich unbeteiligt. In dieser Gegend wurden die Menschen meist nicht sehr alt. Armut und Entbehrung forderten ihren Tribut.

»Das Fieber …«, fügte die Schankmagd weinend hinzu. »Sie liegt noch oben in ihrem Bett. Sie ist erst vor einer halben Stunde …« Aufschluchzend brach sie ab.

Die graugesichtige Alte zuckte mit den Schultern. »Sie war noch geschwächt von der letzten Lungenentzündung. Davon hatte sie sich noch nicht erholt. Aber sie wollte ja unbedingt wieder runter in die Wirtschaft. Das war unvernünftig. Ihr Herz war zu schwach. Sie hätte sich mehr Ruhe gönnen müssen. Na ja, jetzt hat sie Ruhe. Friede ihrer armen Seele.«

Ben wandte sich zur Treppe, die in Hannes private Räume führte.

Die Alte hielt ihn am Ärmel zurück. »Zahlt Ihr mir den Lohn für die Pflege?«, fragte sie mit lauerndem Blick.

Ohne genauer hinzusehen, holte Ben eine Münze aus der Tasche und drückte sie der Alten in die Hand. Die warf einen raschen Blick darauf, ihre Augen leuchteten erfreut auf, und sie verschwand. Wahrscheinlich war es zu viel, was ich ihr gegeben habe, dachte Ben flüchtig, und nun will sie mir rasch aus den Augen gehen, ehe mir einfällt, etwas zurückzuverlangen. Er seufzte müde.

Ben stieg hinauf zu Hannes Schlafstube. Bisher war er nur wenige Male in ihrem Wohnzimmer gewesen. Es war klein, doch ansprechend eingerichtet. Jetzt war er erstaunt, wie wohnlich Hanne es in ihrem Schlafgemach hatte: Das Bett, in dem die Tote lag, war mit weißem Leinen bezogen, daneben stand ein kleiner Tisch mit einer Kerze und zwei Miniaturen im Elfenbeinrahmen. Die eine zeigte eine Kapelle inmitten von Weinbergen, auf dem anderen Bild war ein junger Mann in der Uniform der französischen Grenadiere zu sehen.

Unter dem kleinen Fenster stand ein Tisch mit Waschzeug; der Schrank war mit Schnitzereien verziert. Es waren meist Weinreben, die sich über die zwei Türen rankten. Und links neben Hannes Bett hing eine kleine Marienfigur aus Lindenholz. Maria hielt lächelnd ihr Kind im Arm, ihr zu Füßen lag ein Lamm. Der Mantel der Gottesmutter glänzte golden, und ihre Krone war mit bunten Steinen besetzt.

Das alles erfasste Ben mit einem Blick. Dann beugte er sich über Hanne, die mit geschlossenen Augen dalag. Die Hände waren über der Brust gefaltet, sie hielten einen Rosenkranz. Irgendjemand hatte noch drei feuerrote Geranienblüten dazugelegt.

Behutsam streichelte Ben die welken Hände, auf die eine Träne tropfte. »Ach Hanne«, flüsterte er und spürte einen scharfen Schmerz, »du warst ein Bindeglied zur Heimat. Wenn ich bei dir war, hatte ich das Gefühl, ich wäre zu Hause. Dank dir für alles.« Er schlug das Kreuzzeichen über der Toten, dann richtete er sich schwerfällig auf und ging hinaus.

Nelly, die Magd, stand draußen im dunklen Flur. »Was wird denn jetzt?«

Ben zuckte mit den Schultern. »Der Bestatter muss kommen.«

»Ich war schon bei ihm. Er wohnt nur zwei Gassen weiter und ist gleich da. Er muss erst noch einige andere ...« Sie sprach nicht weiter, doch Ben hatte sie genau verstanden. Der Bestatter machte in diesen Tagen ein sehr gutes Geschäft.

»Gut. Solange bleibe ich.«

»Hier – für Euch, Herr.« Schüchtern reichte sie ihm

einen Umschlag. »Den hat Hanne mir gegeben. Ich kann nicht lesen.«

Ben nahm den Umschlag, der nicht mehr ganz sauber war, und riss ihn auf.

Testament, las er. *Ich, Hanne Schneeberger, vermache all meinen Besitz Benjamin Ruhland. Er ist mir wie ein Sohn, und ich will, dass er alles, was ihm an meinem Besitz wertvoll erscheint, für sich nimmt. Nelly, die Magd, kann meine Wäsche und meine Kleider haben.* Dann folgte recht ungelenk noch Hannes Unterschrift – zusammen mit einem Postskriptum:

Ben, die Madonna hab ich von einem französischen Soldaten bekommen – halte sie in Ehren. Es ist meine Erinnerung an die einzige Liebe meines Lebens.

Hanne und ein französischer Soldat ... davon hatte er nichts geahnt. Hanne hatte nie von dieser Liebe erzählt. Jetzt erst wurde ihm bewusst, dass er im Grunde nur wenig von ihr wusste. »Das ist Hannes Testament«, erklärte er dem schmächtigen Mädchen. »Du darfst dir ihre Wäsche und ihre Kleidung nehmen.«

Die Kleine riss die Augen auf. »Oh – danke!«

In diesem Moment klangen von unten her schwere Schritte, der Sargmacher und sein Gehilfe polterten die Treppe herauf. Irritiert sah der hagere Mann zu Ben hin. So einen vornehmen Herrn hatte er hier wohl nicht erwartet. Er grüßte unterwürfig.

»Wir haben den Leinensack dabei«, erklärte er. »Die Kiste steht unten auf dem Fuhrwerk. Oder wünscht Ihr einen massiven Sarg?« Lauernd sah er Ben an.

»Natürlich! Hanne bekommt einen massiven Sarg!«, wies Ben die beiden Männer an. »Und den Sarg bringt ihr dann hinaus nach *Hopeland*. Dort wird sie begraben. Ich werde den Priester selbst verständigen.«

Dann ging Ben mit der Magd aus dem Raum, damit die beiden Männer ihrer traurigen Pflicht nachkommen konnten.

»Mister Ruhland ... was wird denn mit der Wirtschaft?«, fragte Nelly zaghaft.

»Wenn alles Hannes Eigentum war, könnte man den Laden verkaufen.«

»Oder verpachten.« Verlegen senkte Nelly den Kopf.

»Du willst das hier pachten?« Ben sah sie kopfschüttelnd an. »Du bist doch viel zu jung!«

»Ich bin zwanzig!«

»Gut. Dann führ erst einmal alles in Hannes Sinn weiter.«

***

»Kann ich denn keinen Schritt mehr tun, ohne über dich zu stolpern?« Sina, einen Korb mit Äpfeln in den Händen, funkelte Thabo an. »Hast du nichts zu tun?«

Mit ein paar langen Schritten war Thabo bei ihr. »Man sollte dir das freche Mundwerk stopfen«, meinte er. »Und ich weiß auch schon, wie.« Ehe sie wusste, wie ihr geschah, hatte er ihr den Korb abgenommen und sie in die Arme gezogen. Seine Lippen pressten sich fest auf ihren Mund, doch dann wurde sein Kuss zärtlicher, seine Lippen liebkosten die ihren, behutsam drängte seine Zunge sich vor.

Sina hatte das Gefühl, zu schweben. Was geschah hier mit ihr? Warum hob sie nicht die Hände und wehrte ihn ab? Es war ein berauschendes Gefühl, das sie erfasst hatte. Ganz anders als alles, was sie je zuvor erlebt hatte.

Nur flüchtig dachte sie an Ben ... an seine Küsse, an seine zärtlichen Hände auf ihrer Haut. Aber diese Erinnerungen zerstoben wie Samen im Frühlingswind. Da war Thabo, der starke, selbstsichere Thabo, der sie jetzt noch fester an sich presste und dicht an ihrem Mund flüsterte: »Du freches Ding.«

Sina bog den Kopf zurück, um ihm besser ins Gesicht sehen zu können. Sie sah seine Lippen, seine kräftige Nase, die Augen, die sie ebenso übermütig wie zärtlich ansahen. »Mach dich auf was gefasst«, flüsterte sie und wunderte sich, dass sie überhaupt etwas hervorbrachte. »Mit dir bin ich noch nicht fertig!«

»Wundervoll! Dann sind wir uns ja endlich einig!« Und wieder bekam sie einen langen Kuss.

»Na endlich! Ich hab schon gedacht, du traust dich nie!«

In diesem Augenblick kam Ben aus dem Weinkeller und lachte den beiden zu. Schnell löste Sina sich von Thabo und biss sich auf die Lippen. Ben tat so, als sei es ganz normal, dass sie sich einem anderen zuwandte. Ob er vergessen hatte, was zwischen ihnen gewesen war? Ja, gab ihr Herz ihr im selben Moment die Antwort. Für ihn ist das nur noch eine flüchtige Erinnerung. All seine Gefühle gehören Charlotte. Und deshalb solltest auch du neu anfangen!

Thabo lachte. »Master Ben – Ihr habt hier auf *Hopeland* das Sagen. Soll ich Sina heiraten?«

»Aber ja!« Ben trat auf die beiden zu. »Ich gratuliere. Das muss gefeiert werden. Morgen ist Sonntag, das passt doch sehr gut!«

Sina schüttelte den Kopf. »Mich hat noch keiner gefragt! Wie kommt ihr dazu, einfach über mich zu bestimmen? Ihr seid verrückt!«

Sie bückte sich und wollte den Apfelkorb aufheben.

»Nichts da!« Thabo ergriff ihren Arm und zog sie mit sich, hinüber zu seinem Haus. »Wir haben noch was zu klären!«

Schmunzelnd sah Ben den beiden nach, hinter denen jetzt die aus rohen Brettern gefertigte Tür von Thabos Hütte zufiel. Sie müssen ein besseres Haus bekommen, dachte er. Und dann muss ich mir etwas einfallen lassen, damit Thabo endlich ohne Angst hier arbeiten kann. Er ist, wenn man es streng betrachtet, immer noch Lammersburgs Sklave, ich muss ihn auslösen. Wahrscheinlich werde ich ein kleines Vermögen für ihn zahlen müssen, aber er ist es wert!

Als Charlotte, das Baby auf dem Arm, aus der Küche kam, glätteten sich seine Züge rasch wieder. »Sina und Thabo werden wohl heiraten«, berichtete er.

»Wie schön! Dabei haben sie immer so getan, als wären sie sich spinnefeind.« Charlotte lachte und griff nach Karls kleinen Fingern, die wieder einmal mit ihren Locken spielen wollten. »Aber wenn man bedenkt, wie fürsorglich Sina sich um Thabo gekümmert hat, als er so schwer verletzt war …«

»Dieser Lammersburg … wenn ich an ihn denke, kommt mir die Galle hoch.«

Charlotte schüttelte den Kopf. »Vergiss ihn doch endlich. Er stört uns nicht mehr. Hier, nimm den Kleinen. Ich gehe eben in die Küche und lasse ein besonderes Essen vorbereiten. Wir sollten Sinas Verlobung feiern.«

»Dann komm her, mein Kleiner!« Ben schwenkte Karl behutsam durch die Luft, was dieser mit einem strahlenden Lächeln belohnte. »Mein Sohn«, murmelte Ben voller Stolz und gab dem Kleinen einen Kuss auf den dunklen Schopf. Alles entwickelte sich zum Besten. »Komm mit nach draußen. Ich zeige dir die Reben, die ersten reifen Trauben, das Land … all das wird dir einmal gehören, und ich weiß schon jetzt, dass du ein hervorragender Winzer werden wirst.«

Karl sah ihn aus großen dunklen Augen an, dann patschte er ihm übermütig ins Gesicht. Lachend ging Ben mit ihm nach draußen und zeigte seinem Sohn den südlichen Weinberg, das Gold von *Hopeland*.

Der Mann, der mit brennenden Augen hinüber zum großzügig gebauten Gutshaus schaute, hatte den Hut tief in die Stirn gezogen, so dass seine Züge nicht zu erkennen waren. Zur dunklen Reithose trug er ein dunkles Hemd und eine lederne Joppe. Er wurde jetzt, bei Einbruch der Dämmerung, fast eins mit seinem dunkelbraunen Pferd, das ruhig auf der Hügelkuppe stand.

Der Blick des Beobachters war starr auf das weiß gekalkte Herrenhaus gerichtet, das inmitten grüngolden schimmernder Weinberge lag. Im Hof des Gutes, der rundherum von Pechfackeln erleuchtet wurde, standen Tische und Bänke. Es schien, als würde ein Fest vorbereitet. Einige Schwarze trugen Weinkrüge zu den Tischen, Platten mit Fleisch und Fisch wurden aus dem westlich gelegenen Anbau des Gutshauses herangetragen. Hier befand sich wohl der Küchenbereich.

Der Reiter lenkte sein Pferd noch ein paar Meter tiefer in Richtung Tal. Ein paar Sanddornbüsche boten ihm eine gewisse Deckung. Er duckte sich tiefer über den Pferdehals, als einer der Gutsarbeiter in seine Richtung wies und etwas rief, das er aber nicht verstehen konnte. Verdammt, er durfte nicht entdeckt werden, denn das konnte seinen Plan gefährden.

Der verfluchte Sklave wandte sich zum Glück wieder ab und ging zu den Tischen zurück. Ruhland, dieser verrückte Hurensohn, feierte tatsächlich mit seinen Sklaven. Der deutsche Winzer war ein Quertreiber, er machte alle Rechte, die die Weißen sich hier am Kap erworben hatten, mit seinen liberalen Ansichten zunichte!

»Hab ich es doch gewusst, dass der Mistkerl hier für immer unterkriechen will! Na warte, du Hund, du wirst in der Hölle schmoren.« Mit zusammengekniffenen Augen beobachtete er, dass einer der Schwarzen jetzt in eine Hütte ging und dann mit einer schlanken, bildhübschen Schwarzen zurückkam. Sie trug ein rotes Kleid mit weißem Blumenmuster. Das kunstvoll geschlungene Kopftuch war aus dem gleichen Stoff gefertigt. Der Schwarze hielt ihre Hand, küsste sie ... Der Mann zu Pferde spuckte in weitem Bogen aus. Seine Hand zitterte, als er in die Jackentasche griff und eine flache Flasche mit Branntwein herauszog. Kurz setzte er sie an die Lippen, nahm einen tiefen Schluck.

Seine Geduld wurde auf eine harte Probe gestellt, die Schnapsflasche war bereits halb geleert, als dort unten im Gutshof endlich die Feier begann. Ben Ruhland stand auf und sagte etwas, alle klatschten begeistert und riefen laut durcheinander. Erst als Wein ausgeschenkt wurde und alle zu essen begannen, kehrte etwas Ruhe ein.

Der Mann band das Pferd an einem der Sträucher fest, nahm aus den Satteltaschen ein paar alte Lappen und eine Flasche mit Petroleum, dann pirschte er sich vorsichtig in die Nähe der Hütten und Stallungen.

Als er die Tür des Pferdestalls vorsichtig öffnete und sich im Halbdunkel umschaute, wieherte Diabolo laut auf und stieg auf die Hinterhand. Aufgeregt schlug er mit den Vorderbeinen gegen die Verschalung seines Stalles, doch da war niemand, der ihn hörte.

Auch die beiden Kutschpferde schnaubten nervös, die drei anderen Pferde, nur locker angebunden, rissen sich los und versuchten, durch die angelehnte Stalltür zu entkommen. Der Luftzug fachte die kleine Flamme, die der Mann an einem Strohballen entzündet hatte, an und beleuchtete die Gesichtszüge des Brandstifters – es war Albert Lammersburg. Wie eine gelbe Zunge leckte das Feuer hoch, fraß sich ins trockene Stroh hinein und entfachte dieses immer stärker …

Ben Ruhland stand auf und stieß mit dem Griff seines Messers an sein Weinglas, so dass ein heller Ton erklang. »Ein Hoch auf das Brautpaar«, rief er und sah Sina und Thabo lächelnd an. »Ich wünsche euch Glück und Gesundheit und viele Kinder. Lasst uns anstoßen auf Sina und Thabo!« Er hob sein Glas und prostete den beiden zu. Die übrigen Festgäste taten es ihm nach.

»Feuer! Feuer!« Will, der gerade ein paar Kohlblätter aus der Küche geholt hatte, um die Kaninchen zu füttern, kam in den Gutshof gerannt. Sein Schrei aber ging unter im Lachen und Schwatzen der feiernden Gutsarbeiter. »Mama, es brennt!« Tränen liefen ihm übers Gesicht.

Jetzt wurden die ersten Männer aufmerksam. Im Nu schrien alle durcheinander, rannten los, behinderten sich gegenseitig. Jeder versuchte, seine eigenen wenigen Habseligkeiten zu retten.

Zwei Hütten brannten lichterloh, und der leichte Wind fachte das Feuer immer stärker an.

Ben Ruhlands Stimme übertönte alles: »Ruhe! Hört mir zu! Wir müssen eine Kette bilden! Alle Eimer und großen Gefäße zum Bach! Thabo!« Hektisch sah er sich nach dem großen Schwarzen um.

Thabo stand auf einem der Tische und gab seine Kommandos in der Sprache der Zulu. Er gestikulierte knapp, teilte die Männer ein, ließ auch die Frauen Wasser schleppen. Dort, wo vor Minuten noch heilloses Durcheinander geherrscht hatte, entstand jetzt sinnvolle Ordnung.

Es gelang ihnen zwar nicht, die ersten beiden Hütten zu retten, doch die fünf anderen Gebäude konnten davor bewahrt werden, ein Raub der Flammen zu werden.

»Wir müssen das Haus sichern!«, rief Ben seinem Vorarbeiter zu. »Wenn die Flammen auf das Gutsgebäude übergreifen, können wir den Brand nicht mehr löschen!« Er sah sich verzweifelt um. Wo war Charlotte? Und wo Karl?

Endlich entdeckte er seine Frau. Sie stand mit den anderen in der Menschenkette und reichte Eimer für Eimer weiter. Die alte Mali, schon fast sechzig Jahre alt, saß abseits und hielt den kleinen Karl auf dem Arm. Ben atmete auf, wenigstens sein Sohn war in Sicherheit! Er lief hinüber zum Haus, reihte sich in die Menschenkette ein und versuchte zu retten, was zu retten war.

Es brannte an drei Stellen gleichzeitig, und es war nur der Tatsache zu verdanken, dass der Wind endlich nachgelassen hatte, dass das Gutshaus verschont blieb.

»Der Stall!«, rief jemand. Ben zuckte zusammen, als er die gelbroten Feuerzungen bemerkte, die aus der Stalltür leckten und sich an den Holzbohlen neue

Nahrung suchten. Rauchwolken drängten durch die halbgeöffnete Tür, und jetzt, da sich die Aufmerksamkeit aller auf den Stallbereich richtete, konnten sie das angstvolle, schrille Wiehern der Pferde hören.

Ben zögerte nur einen Augenblick, dann packte er einen vollen Wassereimer, schüttete ihn über sich aus und rannte in den Stall.

»Nein!« Charlotte schlug die Hände vor den Mund und sah ihm entsetzt nach. »Ben …«

Es dauerte nur ein paar Herzschläge lang, dann brannten seine Augen, sie begannen zu tränen, und das nahm ihm die Sicht. Er wischte sich mit der rußgeschwärzten Hand über das Gesicht, während er sich halbblind vorwärtstastete. Linker Hand loderte ein neuer Brandherd auf, ein paar Strohballen, die vom Heuboden herabgestürzt waren, gaben den Flammen, die gierig hochzüngelten, neue Nahrung.

Die Pferde in den Boxen wieherten schrill, traten gegen die Holzverkleidung der Boxen.

»Ruhig, ganz ruhig.« Ben tastete nach der ersten Verriegelung, schob sie auf – und musste schnell beiseitespringen, denn die Schimmelstute flüchtete voller Panik in Richtung Stalltür. Dort stand der Torrahmen schon in Flammen, aber Ben sah durch die Rauchschwaden, dass das Tier den Weg nach draußen fand.

Noch eine Stalltür, eine dritte …

Ben riss sich die Finger auf, als ein eiserner Riegel klemmte. Seine Lungen schmerzten, und nun nahm ihm der Schmerz für einen kurzen Moment ganz den Atem. Verbissen arbeitete er weiter. Fünf Pferde waren bereits befreit, rannten schrill wiehernd ins Freie.

Dicht neben Ben fielen glimmende Balken zur Erde,

zerbarsten und schleuderten einen Funkenregen durch die Luft. Neue, kleine Brände entstanden, drohten ihm die letzte Luft zu rauben, versengten seine Kleider. Ben machte einen Schritt zur Seite – und spürte im gleichen Moment einen heftigen Schlag an der Schulter. Ihm wurde schwarz vor Augen, und er ging in die Knie.

»Master Ben!« Die Kinderstimme durchdrang die Benommenheit, die ihn für ein paar Augenblicke umfangen hatte. »Hier bin ich, Master Ben!«

»Will ... Junge!« Ben rappelte sich auf, stolperte über die rotglühenden Balken, trat ein Bündel Stroh zur Seite, damit es nicht auch noch Feuer fing. So ein Wahnsinn, schoss es ihm durch den Kopf. Hier brennt alles. Das Feuer macht alles zunichte, was ich mir aufgebaut habe.

Will stand, eng an die Stalltür gepresst, in Diabolos Box. »Ich kriege die Tür nicht auf.« Tränen rannen ihm übers Gesicht. »Und Diabolo ...« Er wies auf den Hengst, der panisch schnaubte. »Er muss doch raus!«

»Warte.« Ben hustete und zog den Riegel auf, drückte sich zur Seite, da der Hengst gleich nach draußen stürmte wie ein schwarzer Blitz. Der Mann streckte die Arme nach Will aus. »Komm her zu mir.«

»Aber das Feuer ...«

»Keine Angst, ich bin bei dir«, keuchte Ben. »Komm endlich.«

Ein ohrenbetäubendes Krachen verschluckte Wills Antwort. Wie rote Gischt loderten neue Flammen auf, als ein Teil des Daches zusammenstürzte.

»Tut alles, um ein Übergreifen der Flammen auf das Haupthaus zu verhindern!« Thabos Stimme übertönte das entsetzte Rufen und die Schreie, die die Frauen voller Panik ausstießen. »Hierher! Kofi, komm, hilf mir!« Er winkte dem jungen Mann zu. »Lasst den Weinkeller, kümmert euch um das Haus! Her mit dem Wasser!« Er rannte zu der Menschenkette und stellte sich an die Spitze. Immer und immer wieder goss er das Wasser in hohem Schwall in die Brandherde.

»Will!« Auf einmal war Sina neben Thabo, zerrte an seiner rußgeschwärzten Jacke, die an einigen Stellen bereits versengt war. »Will ist verschwunden! Er ...« Ihre großen dunklen Augen schwammen in Tränen. »Will ...« Sie machte Anstalten, in den Stall zu rennen.

Thabo riss sie zurück. »Nein! Er ist bestimmt nicht ...« Weiter kam er nicht, denn in diesem Moment stürmten die Pferde nach draußen. Voller Panik preschten sie alles nieder, was ihnen im Weg stand. Sina stürzte zu Boden, drei junge Frauen sprangen im letzten Moment zur Seite. Einige der Bänke, auf denen sie eben noch gesessen und fröhlich gefeiert hatten, fielen um und wurden von den Tieren zertrampelt.

»Will ...« Sina lag auf der Erde und wimmerte immer wieder den Namen ihre Kindes. Sie war wie von Sinnen und merkte kaum, dass Charlotte und die alte Mali sie hochhoben und ein Stück zur Seite schleppten. An der kleinen Grasnarbe, die den Gemüsegarten abgrenzte, legten sie sie nieder.

»Geht nur, Missis, ich kümmere mich um sie. Und auch um Karl.« Mali wies auf das Kind, das einige Meter entfernt im Gras lag und nur leise weinte, als würden die Schreie, die Unruhe, die flackernden Flammen, der Rauch es zutiefst ängstigen. Erst als Mali den kleinen Jungen an ihren großen Busen drückte, als sie leise ein altes Lied ihres Volkes sang, beruhigte sich Karl. Und auch Sina wurde ruhiger.

Schließlich richtete sie sich auf und sah zu dem brennenden Stall hinüber, den die Männer trotz aller Bemühungen nicht retten konnten, das sah sie deutlich.

Ein Aufschrei erhob sich, als Thabo nun in das Flammeninferno hineinrannte.

Der Vorarbeiter hatte sich eine feuchte Decke übergeworfen, sie bot ihm ein wenig Schutz gegen die sengende Hitze, die ihm sofort Tränen in die Augen trieb. Thabo sah sich verzweifelt um. Wo war Ben Ruhland? Er musste noch hier sein!

»Ben! Master Ben!« Er schrie, so laut er konnte.

»Hier … Ich kann nicht …« Die Stimme war kaum zu verstehen, doch Thabo hatte erkannt, dass Ben im mittleren Teil der Scheune liegen musste. Er tastete sich weiter vor – und hielt im nächsten Moment den Atem an. Da lag Ben Ruhland – verkrümmt, das Gesicht rußgeschwärzt, die Haare an der linken Seite versengt. Ein herabstürzender Balken hatte seine Beine eingequetscht, er konnte aus eigener Kraft nicht aufstehen. Doch in seinen Armen, notdürftig geschützt vom Oberkörper des Winzers, lag Will …

»Ich bin gleich da!« Thabo achtete nicht darauf, dass der Balken glühte, dass er sich die Hände verbrannte und dass es über ihm wieder gefährlich knackte. Mit größter Anstrengung hob er den Balken hoch. »Kannst du raus?«, stieß er keuchend hervor. Mühsam zog der Gutsherr seine Beine unter dem schweren Holz hervor und wälzte sich zur Seite, mit Will im Arm, und der Schmerz trieb ihm die Tränen in die Augen – doch er konnte mit Mühe allein aufstehen!

»Nimm Will. Ich schaffe das schon!« Er wies auf den bewusstlosen kleinen Jungen.

Thabo bückte sich, und kaum hatte er das ohnmächtige Kind hochgehoben, knirschte es, der nächste Balken, dann einige kleinere Querstreben krachten funkensprühend zur Erde.

»Raus!« Ben wollte es schreien, doch nur ein Krächzen kam aus seiner Kehle. Mühsam, schwankend und halb besinnungslos rannte er neben Thabo her. Endlich, endlich hatten sie die Stalltür erreicht! Ben versuchte, sie weiter aufzuschieben, damit Thabo mit Will auf den Armen leichter nach draußen laufen konnte.

Er hörte ein dumpfes Knirschen, und der verkohlte Eichenbalken, der die Tür gestützt hatte, brach herunter. Mit einem langen Satz konnte Ben sich ins Freie retten. Nur zwei Meter neben ihm fiel der Balken mit lautem Krachen zu Boden. Kofi sprang zu ihm hin, packte ihn hastig unter den Armen und zog ihn zur Seite. Ben hörte das Keuchen des Jungen. Er wollte ihm helfen, wollte sich abstützen, doch er war kaum noch in der Lage, sich zu bewegen. Und dann, von einem Augenblick zum anderen, ließ Kofi ihn wieder fallen. Ben wollte den Kopf heben, wollte nachsehen, was passiert war, aber es gelang ihm nicht. Seine Augenlider waren so schwer, Tränen rannen ihm übers Gesicht, er hatte irrsinnige Schmerzen, die, das spürte er genau, ihm gleich die Besinnung rauben würden.

»Will! Thabo!« Sinas Stimme schreckte ihn auf. Mit aller Kraft versuchte Ben, etwas zu erkennen. Da lag Thabo; der niederstürzende Balken hatte ihn am Kopf gestreift, Blut sickerte aus einer Wunde an der Stirn. Neben ihm, von dem breiten Körper des Mannes halb verdeckt, lag Kofi – seine gebrochenen Augen waren starr auf Ben gerichtet.

»Liebling! Endlich bist du wieder bei Besinnung!« Charlottes Hände strichen behutsam über sein Haar. Ben hatte leichte Brandwunden im Gesicht, an den Armen und den Händen davongetragen, doch sie würden rasch wieder verheilen.

Anders sah es bei Thabo aus, er würde gewiss sein Leben lang durch Narben auf der Brust an diesen schwarzen Tag erinnert werden. Doch auch er war jetzt, dreißig Stunden nach dem Brand, auf dem Wege der Besserung. Charlotte hatte angeordnet, dass er und all die anderen Verletzten ins Gutshaus gebracht wurden. In der Halle waren behelfsmäßige Betten aufgestellt worden; die sechs Männer, die zum Teil Brandwunden, aber auch starke Prellungen oder Schnittwunden erlitten hatten, wurden von Sina und drei anderen Frauen versorgt.

Ben lag in seinem Bett, und Charlotte war ihm in den letzten Stunden kaum von der Seite gewichen. Nur wenn sie sich um Karl kümmern musste, hatte sie das Krankenzimmer kurz verlassen. Doch die meiste Zeit kümmerten sich Josy oder die alte Mali um den Jungen.

Thabo war schwer verletzt, der herabstürzende Balken hatte ihn nicht nur am Kopf verletzt. Seine Schulter war gebrochen, und er hatte eine Gehirnerschütterung. Dazu kamen die Brandwunden an der Brust und am linken Arm. Dennoch gab er, noch vom Krankenbett aus, bereits Anweisungen, wie die Gutsarbeiter vorgehen sollten, um die abgebrannten Hütten abzutragen.

»Ruh dich aus«, bat ihn Sina, die auf einem Hocker an seinem Bett saß, immer wieder. »Du kannst noch nicht aufstehen. Die Arbeit kann warten, das sagt Missis Charlotte auch.«

»Aber …«

»Bitte, Thabo, tu einmal, was ich dir sage.« Sina strich ihm über das Haar, das fast ganz versengt war, und über seine gesunde Hand. »Du musst dich ruhig halten, sonst können die Wunden nicht heilen.«

»Hast du mich versorgt?«

Sina lächelte, als er die Stirn runzelte. »Brauchst gar nicht so ungläubig dreinzusehen, du weißt doch, wie gut meine Kräuter sind.«

»Mama ist fast so gut wie der Doktor aus der Stadt. Das sagt Master Ben auch.« Will war zum Bett getreten und stellte sich neben Sina. »Es tut mir leid«, flüsterte er.

»Was tut dir leid?«

»Alles. Aber … ich musste doch in den Stall gehen! Diabolo hat so laut gewiehert, und die anderen Pferde auch … Ihr habt mich nicht gehört.«

»Ist schon gut, Will.« Thabo streckte die Hand aus. »Ich bin froh, dass du Diabolo gerettet hast. Er ist mein treuester Freund.«

»Und ich? Darf ich auch dein Freund sein?« Fragend sah Will den Vorarbeiter an, auf den alle hörten und vor dem alle fast so viel Respekt hatten wie vor Master Ben.

»Aber ja!« Thabo lächelte. »Ich freue mich, wenn wir Freunde werden.«

Will sprang auf. »Das muss ich Josy erzählen. Sie hat gesagt, dass sich das nicht gehört.« Und schon stob er davon.

Sina beugte sich über Thabo. »Danke, dass du mein Kind gerettet hast. Und danke, dass es dich gibt«, flüsterte sie.

»Küss mich«, bat er.

Nur zu gern kam sie dieser Aufforderung nach. Und weil Thabo den Kuss mit zärtlichem Nachdruck erwiderte, war sie sicher, dass er bald wieder gesund werden würde. Sie würden ein gemeinsames Leben beginnen. Hier auf *Hopeland*, ihrer Heimat.

***

»Ein edler Tropfen! Kompliment, lieber Ruhland, damit habt Ihr in diesem Jahr alle anderen Winzer in den Schatten gestellt!« Sir Edward Hawkins, ein Gesandter der Englischen Krone und zu Gast im Haus von Earl George Macartney, dem Gouverneur der Kapregion, kostete erneut von dem Wein, der im Glas schimmerte wie flüssiges Gold.

Zu Ehren des Gastes hatte der Gouverneur einige Freunde und gute Bekannte eingeladen. Darunter auch Willem de Havelbeer und dessen Familie. Man konnte an diesem lauen Sommerabend noch einmal beisammen sein, die linde Luft genießen und den berauschenden Blick über das Massiv des Tafelbergs bis hin zum Ozean. Dann kehrten viele von ihnen in die englische Heimat zurück, auf die Insel im rauen Atlantik.

»Danke, Sir.« Ben trank dem alten Engländer zu, dessen Perücke im Lauf des Abends schon leicht verrutscht war. »Es ist ein gutes Jahr gewesen für mich, das darf ich in aller Bescheidenheit sagen. Nicht nur, dass wir eine exzellente Ernte hatten, mir ist auch ein zweiter Sohn geschenkt worden.«

»Dann seid Ihr wahrlich ein glücklicher Mann.« Der Gesandte trank einen weiteren Schluck. »Auf England. Und darauf, dass wir dieses herrliche Stück Land, das wir jetzt leider wieder an die vermaledeiten Holländer zurückgeben müssen, bald erneut für uns erobern können.«

Ben runzelte die Stirn. »Sir? Ich gestehe, dass ich Euch nicht folgen kann.«

»Könnt Ihr auch noch nicht. Bis vor wenigen Tagen war es noch nicht offiziell, doch jetzt ist es gewiss: Es gibt einen neuen Friedensvertrag zwischen England und Frankreich. Das Kap geht demnach zurück an die Holländer. Man will die so genannte Batavische Republik ausrufen.« Er trank sein Glas in einem Zug leer. »Gott schütze England! Gott schütze King George!«

Die Herren saßen im Kaminzimmer des Gouverneurspalastes und diskutierten die politische Lage, die für einige von ihnen weitreichende Konsequenzen haben würde. Die Damen hatten sich auf die Veranda zurückgezogen, die sich über die ganze Südseite des Gebäudes erstreckte. Man trank Tee oder süßen Mandellikör, man plauderte über Mode, über Kunst und Musik.

Charlotte schlenderte mit drei anderen Damen durch den Park. Der süße Duft der Rosen, die in großen Rondellen angepflanzt waren, mischte sich mit dem schwereren Aroma des Jasmins. Diese Büsche standen an der linken Seite, verdeckten die Mauer, hinter der sich die Garnison befand. Die Gebäude waren vor vier Jahren neu errichtet worden. Damals, im Jahr 1798, hatte ein verheerender Brand in der Garnison gewütet und vieles zerstört. In den Stallungen waren hundertdreißig Pferde qualvoll verendet.

»Ihr seid zu beneiden, meine Liebe.« Die Gattin des Gesandten, Lady Gwendolyn, in ein elegantes Kleid aus taubenblauem Seidencrêpe gehüllt, dessen Dekolleté von einer Kette aus Saphiren und Diamanten geschmückt war, legte kurz die Hand auf Charlottes

Arm. »Ihr könnt hierbleiben und diese wundervolle Luft genießen.« Sie atmete tief durch. »Ach, wie ich die kalten Winter in unserem alten Schloss hasse! Man kann heizen lassen, so viel man will – es bleibt feucht und modrig.«

»Ganz so einfach ist das Leben hier auch nicht«, erklärte Charlotte. »Fast jede Woche gibt es neues Ungemach. Aber wir sind dennoch guten Mutes.«

»Ihr müsst wissen, Lady Gwendolyn, dass es auf dem Gut meiner Nichte vor einigen Jahren gebrannt hat. Es war ein tragisches Unglück. Leider hat man den Brandstifter nicht zur Verantwortung ziehen können.« Helene Kreuvert hängte sich bei Charlotte ein und drückte sacht ihren Arm.

»Man hat ihn nicht gefasst?«

»Man konnte ihm nichts beweisen. Aber für mich steht der Schuldige fest!« Helene reckte kämpferisch das Kinn vor. Auch heute trug sie wieder eines ihrer Kleider in gedecktem Grau, doch zur Feier des Tages hatte sie sich einen rubinroten Seidenschal umgelegt, in den Silberfäden eingewirkt waren.

»Ach Tante, es ist müßig, sich darüber noch aufzuregen«, meinte Charlotte begütigend. »Wir haben alles wieder aufgebaut, größer und schöner als zuvor. Und ob es wirklich ein Lammersburg war …« Sie zuckte mit den Schultern, »man kann es nicht beweisen.«

»Man hat eine Schnapsflasche gefunden – mit einem Rest von Branntwein darin. Genau das, was er gern trinkt. Sagen zumindest einige seiner Leute. Und dass er Ben ohne großes Widerstreben Thabo verkauft hat, noch dazu zu einem angemessenen Preis … das zeugt von einem schlechten Gewissen, das lass ich mir nicht ausreden.«

Im Grunde musste Charlotte ihrer Tante recht geben, doch hier und jetzt war nicht der Ort, über diese Dinge zu reden. Sie wollte den Abend genießen. Neue Eindrücke gewinnen, sich mit anderen jüngeren Damen über Theaterstücke und Musik unterhalten.

»Übrigens, ich habe gehört, dass Joseph Haydn vor einiger Zeit wieder in England war«, wandte sie sich an Lady Gwendolyn.

»Das stimmt. Doch das ist schon einige Jahre her. Ich hatte das große Vergnügen, eines seiner Konzerte zu besuchen. Zurzeit weilt er aber wieder in Wien, wie man hört. Dort lebt noch ein musikalisches Genie: Ludwig van Beethoven.«

»Ich habe einige seiner Klavierstücke eingeübt«, warf Charlotte ein. »Ein wundervoller Komponist. Seine Musik ist ungemein kraftvoll. Wenn Ihr mich fragt, kann man ihn mit Mozart gleichsetzen.«

»Das stimmt in der Tat. Man sagt allerdings, dass er unter beginnender Taubheit leidet und sich immer mehr zurückzieht.«

»Das stelle ich mir tragisch vor.« Charlotte griff spielerisch nach einer Rosenblüte. »Bei einem solch genialen Künstler ist das noch viel schlimmer als bei unsereinem.«

»Ihr habt ein allzu trauriges Thema!« Mary Thornwood, die hagere Gattin eines hochrangigen Offiziers, kam mit ihrer Tochter Betsy näher. »Ich würde viel lieber etwas über die neue Mode hören. Es soll in der Stadt eine Schneiderin geben, die in einem Atelier in Paris gearbeitet hat. Sie weiß die Stoffe höchst raffiniert zu drapieren und zusammenzunähen. Und die Dekolletés, die sie entwirft …« Sie lächelte vielsagend. »Die Herren sollen begeistert sein!«

Rasch waren Mode und die neuesten Frisuren, dekorativer Federschmuck und bestickte Seidentücher das Thema der Damen.

Charlotte atmete erleichtert auf, als sie sah, dass Ben mit einigen der Herren auf die Veranda getreten war. Einige von ihnen rauchten, andere schauten hinüber zur Garnison, die von diesem Platz aus jedoch nur noch zu einem kleinen Teil zu übersehen war.

Ben sprach noch eine Weile mit zwei älteren Herren, die sich für seinen Wein interessierten, dann verabschiedete er sich und kam lächelnd auf Charlotte zu. Er trug ein schwarzes Jackett mit hohem Kragen; Silberknöpfe und seidene Aufschläge verliehen ihm unaufdringliche Eleganz. Die Hose war aus weichem schwarzen Tuch, die Schuhe stammten vom besten Schuhmacher der Stadt.

»Möchtest du heimfahren, meine Liebe?« Er zog Charlottes Hand an die Lippen. »Du sollst dich ja noch ein wenig schonen, hat Dr. Monterey gesagt.«

»Wie aufmerksam von Ihrem Gemahl!« Lady Gwendolyn sah Ben mit einem intensiven Blick aus ihren wasserblauen Augen an. »Er sieht nicht nur phantastisch aus, er scheint auch ein sehr fürsorglicher Ehemann zu sein.« Sie lachte trocken auf. »Ihr seid wahrlich zu beneiden. Und ich wünsche Euch für die Zukunft nur das Beste.« Die Engländerin, deren Gesicht schon zahlreiche Falten aufwies, lächelte und reichte erst Charlotte, dann Ben huldvoll die Hand.

»Eine gute Heimreise, Lady Gwendolyn. Und solltet Ihr noch einmal nach Kapstadt kommen, müsst Ihr uns unbedingt auf *Hopeland* besuchen.«

»Das werde ich dann auf jeden Fall tun!« Unvermittelt zog sie Charlotte an sich. »Alles Gute für Euch und

Eure Kinder.« Auf einmal trat ein trauriger Ausdruck in ihre Augen. »Leider ist mir dieses Glück versagt geblieben.« Sie biss sich kurz auf die Lippen, dann sagte sie: »Versprecht mir eins: Solltet Ihr noch einmal das Glück der Mutterschaft erleben, lasst es mich wissen – ich würde dann gern die Patenschaft für dieses Kind übernehmen.«

»Das ist ... das ist eine große Ehre. Wir wissen diese gütige Geste sehr zu schätzen.« Ben verneigte sich, dann nahm er Charlotte am Arm. »Und jetzt wünschen wir Euch noch einen angenehmen Abend. Wir dürfen uns zurückziehen.«

***

»Master Ben!« Thabo winkte dem Winzer zu, der gerade eine neugebaute Zisterne prüfte. Ben ritt auf seinem Pferd näher. Vor ihm im Sattel saß der dreijährige Sebastian. Mit beiden Händen hielt der blondlockige kleine Junge sich an der langen Mähne des Pferdes fest.

»Will runter!«, rief er, kaum dass er Thabo gesehen hatte »Sebi will runter!«

»Warte noch, Sebastian. Nicht so stürmisch!« Ben hob seinen Jüngsten lachend aus dem Sattel und reichte ihn Thabo. Der große Schwarze ließ Sebastian zu Boden gleiten, ohne mit ihm wie sonst kurz Schabernack zu machen.

»Sebi will fliegen!«, rief der kleine Junge und streckte die Ärmchen aus.

»Jetzt nicht«, wehrte Thabo ab. »Ich muss mich um die Reben kümmern.«

Der kleine Sebastian rannte zwischen den Rebstöcken hin und her. Dabei riss er die Blätter ab und warf sie in hohem Bogen durch die Luft.

»Hör auf, Sebastian«, rief Thabo, packte den Jungen sanft und hielt ihn fest.

»Nein! Lass mich!« Der Dreijährige, dessen Gesichtchen so liebreizend aussehen konnte, lief rot an vor Wut. Er strampelte und schlug Thabo mit aller Kraft ins Gesicht.

»Sebastian! Hör auf!« Ben nahm dem großen Schwarzen seinen strampelnden Sohn ab und gab ihm einen leichten Klaps. »Du kleiner Teufel! Du darfst Thabo doch nicht schlagen!«

»Doch!« Sebastians blaue Augen blitzten böse auf. »Sebi darf!«

»Nein, mein Sohn, das darfst du nicht!« Bens Stimme gewann an Entschiedenheit. Er hatte in den letzten Monaten feststellen müssen, dass Sebastian nicht nur seinen kindlichen Charme entfalten konnte, sondern dass er auch oft bösartig und jähzornig war. Das waren Eigenschaften, die Ben gleich im Keim ersticken wollte. Er hatte auch mit Charlotte darüber gesprochen, doch diese liebte ihren blonden Engel, wie sie Sebastian gern nannte, beinahe abgöttisch.

»Er ist so ein süßer Fratz«, lachte sie, wenn Sebastian durch den Gutshof tobte. »Er weiß doch noch gar nicht zu unterscheiden, was Gut und Böse ist.«

Doch Sebastian zankte sich oft mit seinem älteren Bruder. Und auch die kleinen Kaninchen, die Karl so liebte und mit denen er immer gern spielte, wurden von Sebastian oft schmerzhaft an den Ohren gezogen.

»Das darfst du nicht!«, hatte Karl mit ihm geschimpft, als er das zum ersten Mal gesehen hatte. Aber

Sebastian hatte nur gelacht und triumphierend gerufen: »Doch, ich darf!«

Nur wenn er in der Nähe seiner Mutter war, gab er sich sanft und liebevoll. Dann schmiegte er den Lockenkopf an Charlottes Beine, oder er kletterte auf ihren Schoß und verteilte kleine Küsse auf ihrem Gesicht.

Karl beobachtete dies alles schweigend, doch er zog sich oft in die Küche zu Sina zurück. Auch schloss er sich immer mehr seinem Vater und Thabo, dem Vorarbeiter, an. Mit Ben verband ihn die Liebe zu dem Land, zu den Tieren. Er war gerade sechs Jahre alt, und doch verstand er schon einiges von der Aufzucht junger Reben und von der Weinherstellung.

»Er wird einmal ein ganz hervorragender Winzer«, hatte Ben an Karls sechstem Geburtstag gesagt und seinem Sohn sechzig Rebstöcke geschenkt. Sie standen auf sandigem Boden, waren recht leicht zu pflegen. »Die gehören dir ganz allein«, hatte er gesagt. »Wenn du nicht weißt, was zu tun ist, kannst du Thabo und mich fragen. Aber du entscheidest, wann die jungen Triebe hochgebunden werden, wann die Trauben geerntet werden.«

»Danke, Papa! Das ist mein schönstes Geschenk!« Karls Augen, dunkel wie die seines Vaters, hatten gestrahlt, und er hatte es kaum erwarten können, seiner Tante Helene diesen Schatz zu zeigen. »Komm mit raus! Wir gehen über mein Land!« Diesen Begriff hatte er von seinem Vater oft gehört – und jetzt machte er ihn sich zu eigen.

»Er freut sich mehr über die Weinstöcke als über das neue Zaumzeug für sein Pony.« Charlotte sagte es fast ein wenig unwillig.

»Gräm dich nicht. Er weiß alle Geschenke zu schätzen.«

Anders als Karl freute Sebastian sich über ein Schaukelpferd, einen bunten Kreisel und über einen dunkelblauen Samtanzug, zu dem ein Hemd mit Spitzenkragen gehörte. Als Ben ihn so sah, die blonden Locken fielen weit über den Kragen, schüttelte er den Kopf. »Du machst einen kleinen Prinzen aus ihm, Charlotte«, rügte er, doch der sanfte Ton nahm den Worten die Schärfe.

»Ach, alle, die ihn kennenlernen, sind entzückt von ihm. Da darf ich ihn doch ruhig ein wenig herausputzen«, lachte Charlotte. »Vor allem heute, an seinem Geburtstag!«

»Tu ruhig, was dir Freude macht.« Ben sah seinen beiden Söhne voller Stolz nach, als sie dann mit Sina hinüber in die Küche gingen, wo die Geburtstagstorte noch fertig verziert werden sollte. Allerdings warf Sebastian, als er nicht gleich ein Stück bekam, einen Becher in das Kunstwerk aus kandierten Früchten und sahniger Creme. Sinas Schimpfen beachtete er nicht und flüchtete zurück zu Charlotte, die es einfach nicht fertigbrachte, ihren Jüngsten zu rügen. Stattdessen strich sie ihm über die blonden Haare und versprach: »Morgen gibt es eine neue Torte, mein Schatz.«

Helene Kreuvert, die zusammen mit ihrem Bruder schon vor drei Tagen aus Kapstadt gekommen war, um Sebastians Geburtstag festlich zu feiern, schüttelte den Kopf. Sie versagte sich jedoch jede Rüge, denn sie wollte die gute Stimmung nicht gefährden. Allerdings nahm sie sich vor, bei Gelegenheit mit Charlotte zu reden. Sie durfte Sebastian nicht so sehr verwöhnen! Und vor allem – sie durfte ihn nicht so deutlich dem älteren Karl vorziehen! Das würde eines Tages zu Komplikationen führen, die man jetzt noch nicht annähernd erkennen konnte.

Auch Ben dachte darüber nach, dass Charlotte ihren Jüngsten offenbar mehr zu lieben schien als den Erstgeborenen, als er Sebastian nun energisch daran hinderte, weitere Blätter von den Rebstöcken abzureißen. Wenn seine Mutter ihn auch maßlos verwöhnte – bei ihm musste Sebastian gehorchen!

»Wir müssen etwas unternehmen, Thabo«, wandte er sich dann an den Vorarbeiter. »Alle Leute, die verfügbar sind, sollen in den Weinberg gehen und versuchen, die Larven der Schädlinge abzupflücken.« Er seufzte. »Es wird nicht viel nützen, aber wir müssen alles tun, um die Fortpflanzung der Tiere einzudämmen.«

»Ich hab gehört, dass man die Blätter auch mit Seifenlauge abwaschen kann.« Ein tiefer Seufzer folgte diesen Worten. »Aber das ist eine Arbeit, die wir unmöglich leisten können.«

»Ich glaube nicht, dass das hilft. Wir müssen das Übel an der Wurzel packen. Und das heißt, dass wir die befallenen Rebstöcke ausreißen und vernichten müssen.« Ben sah sich um. »Wir können nur hoffen, dass noch keine allzu große Fläche betroffen ist.«

»Und dann?«

»Der Boden muss gereinigt und zum Teil erneuert werden, und dann werde ich mich umhören, ob es nicht widerstandsfähigere Pflanzen gibt.« Er zuckte mit den Schultern. »Es werden immer wieder neue Sorten gezüchtet, sicher gibt es inzwischen Reben, die nicht ganz so anfällig sind.« Er straffte die Schultern. »Schau nach, wie groß der Schaden ist. Ich reite zum Gut und schicke dir die Leute hoch.« Er sah kurz zum Himmel. »Es ist noch nicht spät am Tag; fünf, sechs Stunden lang können wir noch arbeiten, bis die Dunkelheit kommt.« Er winkte Sebastian. »Komm, mein Kleiner, wir reiten zurück.«

Er war noch nicht lange in Richtung Gutshof geritten, als ihm einer der Schwarzen aufgeregt winkend entgegenkam.

»Master Ben! Master Ben! Ein Unglück, kommt rasch!«

»Was ist denn passiert?«, fragte Ben.

»Es ist furchtbar! Ein großes Unglück!« Der höchstens Vierzehnjährige ließ sich nicht mehr entlocken, und so gab Ben seinem Pferd die Sporen und ritt in gestrecktem Galopp heim.

Auf dem Gut war es ungewöhnlich still. Nur aus dem Weinkeller drangen einige Geräusche. Aber es war keine der schwarzen Frauen auf dem Hof, kein Lachen oder Singen kam aus dem Küchentrakt, wie es so oft zu hören war.

»Ghedi! Dikko!« Bens Stimme schallte laut über den Hof. Doch nur die alte Mali kam aus dem Gemüsegarten; in einem Korb lagen Kartoffeln und einige Kräuter.

»Mali, was ist hier los? Wo sind sie denn alle?«

»Master Ruhland ...« Mali berührte verstohlen den Fetisch aus Federn und einem Haizahn, der um ihren Hals hing. »Es ist so schrecklich ...«

»Was, Mali? Was ist schrecklich? Und wo sind die Männer?«

»Ein paar im Weinberg. Und Ghedi ... er ist im

Weinkeller. Mit Master de Havelbeer.« Mali begann zu weinen. »Es ist so schrecklich …«

Unwillig runzelte Ben die Stirn. »Ja, ja, das weiß ich ja schon. Aber was ist denn passiert?« Er rüttelte die Alte an der Schulter. »Nun red schon!«

»Madame Kreuvert … sie ist … sie ist … tot!«

Für einen Moment glaubte Ben, sein Herz müsse ebenfalls stehenbleiben. »Was sagst du da?« Fassungslos sah er die alte Mali an, der die Tränen über die runden dunklen Wangen liefen.

»Sie ist umgefallen. Einfach so. Im Salon, sagt Sina.« Mali wies auf die breite Haustür mit den üppigen Schnitzereien. »Da ist Missis Charlotte«, flüsterte sie.

»Ben!« Mit ausgebreiteten Armen lief Charlotte auf ihren Mann zu und barg den Kopf an seiner Schulter. »Es ist so entsetzlich«, stammelte sie wieder und wieder. »Sie ist zusammengebrochen – einfach so …«

Ben legte den Arm um seine Frau und führte sie ins Haus. Sebastian zerrte am Rock seiner Mutter, doch Charlotte kümmerte sich nicht um ihn. Sie drehte sich nach Mali um. »Sag Josy Bescheid, sie soll Sebastian waschen und ihm etwas zu essen geben.«

Im ersten Stockwerk, in den Wohnräumen der Gutsbesitzer, wirkten alle in ihrem Schmerz wie erstarrt. Nur mit Mühe gelang es Ben, seine Frau zum Reden zu bringen.

»Sag mir doch, wie alles passiert ist«, bat er und hielt ihre eiskalten Hände liebevoll fest. »Komm, Charlotte, sprich mit mir.«

Er zog sie mit sich zu einer Chaiselongue, auf die er sie sanft niederdrückte. »Es ist tragisch, aber wir müssen auch diesen Schicksalsschlag verkraften«, sagte er leise. Und dann, sich umschauend, fragte er: »Ist dein Vater noch im Weinkeller?«

»Ja.« Charlotte presste die Hand vor den Mund. »Er hat gesagt, er hält es hier nicht aus!« Wieder wurde ihr zarter Körper von heftigem Schluchzen geschüttelt, und es gelang Ben kaum, sie zu beruhigen.

»Wir müssen einen Geistlichen holen lassen«, sagte er nach einer Weile.

»Ja ...« Charlotte biss sich auf die Lippen, dann richtete sie sich kurz auf und strich sich eine Haarsträhne, die sich aus ihrer Hochsteckfrisur gelöst hatte, hinter das Ohr. »Tante Helene wollte hier bei uns begraben werden«, sagte sie leise. »Auf *Hopeland*. Das hat sie immer wieder gesagt.«

»Dann soll ihr dieser Wunsch auch erfüllt werden.« Ben stand auf. »Kann ich dich für eine Weile allein lassen, meine Liebe?«

»Ja, ja. Es geht schon wieder.«

»Dann sage ich Zita und Sina, dass sie die Tote waschen und zurechtmachen sollen. Wir werden doch sicher einige Stunden lang Totenwache halten, nicht wahr?«

Charlotte nickte nur. »Ja. Aber ... ich kann nicht ... Noch nicht jetzt«, weinte sie leise auf.

»Ich kümmere mich um alles«, versicherte Ben und verließ den Raum.

In der nächsten Stunde ordnete er alles an, was zu tun war. Einer der jungen Männer ritt in die Stadt und unterrichtete den Geistlichen. Dieser wurde auch gebeten, die Beisetzung auf dem kleinen Friedhof von *Hopeland* vorzunehmen.

Anschließend sollte Dikki, ein junger Mann von zweiundzwanzig Jahren, der klug und gewandt war, noch im Haus von Willem de Havelbeer Bescheid geben. Auch zwei Freundinnen von Helene mussten Mitteilung bekommen. Für diese Damen gab Ben dem jungen Burschen ein kurzes Schreiben mit.

Als Dikki davongeritten war, kam Ben endlich dazu, nach seinem Schwiegervater zu sehen. Willem de Havelbeer saß in der Vorhalle des Weinkellers. Hier standen drei große Fässer, an denen man Wein verkosten konnte. Vor ihm standen bereits zwei große leere Karaffen. Seine Hand zitterte, als er zu seinem Glas griff und einen tiefen Schluck nahm.

»Helene …« Seine Stimme klang schwerfällig und wie belegt. »Sie war immer für mich da … In all den guten und in den schweren Zeiten. Und jetzt … einfach so … da stöhnt sie auf, greift sich ans Herz – und fällt um. Einfach so.« Kopfschüttelnd sah er in sein Glas, bevor er wieder einen tiefen Schluck nahm. »Einfach so …«

Ben legte ihm die Hand auf die Schulter. »Sie hat nicht leiden müssen«, sagte er leise. »Ich weiß, das ist im Moment nur ein schwacher Trost, aber mehr kann ich dir und Charlotte nicht sagen. Nur so viel: Helene war einer der großherzigsten Menschen, die mir je begegnet sind.«

»Das stimmt.« Willem nahm noch einen Schluck. Als Ben ihm das Glas wegnehmen wollte, wehrte er ihn brüsk ab. »Lass mich. Lass mich allein.«

»Aber wenn der Priester kommt …«, wagte Ben noch einzuwenden.

»Ach was, der hilft mir auch nicht weiter. Und jetzt scher dich raus!« Willem griff wieder zum Weinglas und nahm einen tiefen Schluck.

»Ich schau später nach dir«, sagte Ben leise. Er zog

die schwere, halbrunde Tür des Weinkellers hinter sich zu und biss sich auf die Lippen. Er hätte Willem gern beigestanden, aber er sah ein, dass im Moment kein Wort des Trostes den trauernden Holländer erreicht hätte. Willem de Havelbeer hatte seine eigene Art, die Trauer zu bewältigen.

Man musste ihm Ruhe und Zeit geben.

Ben blinzelte in die schon schrägstehende Sonne. Sie würde schon bald hinter dem Gebirgsmassiv des Tafelbergs verschwinden. Er zögerte einen Augenblick, dann ging er mit langen Schritten hinüber zu seinem ältesten Weinberg. Die Reihen der Reben begannen ganz dicht beim Gutshof, nur getrennt von dem kleinen Kräutergarten, den Sina angelegt hatte. Dort, von einer kleinen Kapelle umgeben, in der Ben oft eine Kerze entzündete, stand die alte Marienstatue, die Hanne Schneeberger ihm vermacht hatte. Das Bild vermittelte etwas Tröstliches, und als Ben jetzt davor stehen blieb und die Hände faltete, kehrte Ruhe in sein Herz ein.

***

»Lange hat sich die Batavische Republik ja nicht gehalten«, meinte Ben und trat ans Fenster des großzügig geschnittenen Schlafgemachs. Von hier aus hatte er einen weiten Blick in Richtung Osten. Sanfte Hügelketten, die er in den letzten beiden Jahren mit neuen Rebsorten bepflanzt hatte, zogen sich bis zum Horizont.

»Hoffen wir, dass es nicht wieder zu Zwistigkeiten kommt«, meinte Charlotte, die vor ihrem Frisiertisch saß und sich mit einer silbernen Bürste die langen Haare kämmte.

»Das glaube ich nicht. Jetzt haben sich die Engländer

endgültig hier am Kap eingerichtet, davon bin ich überzeugt.« Ben ging ein paar Schritte und sah Sebastian, der auf dem Hof hinter Karl herlief. Karl hielt einen Kreisel in der Hand, und der Dreijährige schrie aus Leibeskräften.

»Wir müssen auf Sebastian achtgeben«, meinte Ben. »Er entwickelt mir zu viel Selbstsicherheit. Er ist ja ein ganz niedlicher Fratz, und wenn er einen anstrahlt, kann man ihm kaum böse sein. Aber dieses trotzige Verhalten müssen wir ihm beizeiten austreiben.«

Charlotte drehte sich kurz um und winkte ab. »Ach was, das legt sich wieder. Er ist ein so liebenswertes Kerlchen, da muss man ihm nachsehen, dass er hin und wieder etwas unbeherrscht ist.«

Ben runzelte die Stirn und schwieg. Ihm war inzwischen nur zu deutlich bewusst geworden, dass Charlotte ihren jüngsten Sohn ganz besonders liebte. Zwar war sie auch Karl eine gute Mutter, doch ihre besondere Zuneigung galt Sebastian.

»Ich schaue einmal in den Weinkeller, ob Thabo zurechtkommt. In einer Stunde können wir fahren.«

Charlotte legte die Bürste zur Seite. »Schau noch einmal nach den Jungen, ja? Sie haben noch kein Mittagessen gehabt. Josy weiß aber Bescheid, was sie essen sollen.«

»Ist recht, meine Liebe.« Er ging noch einmal zu ihr und küsste sie auf den blonden Scheitel, dann umfasste er ihren leicht gewölbten Leib. »Fühlst du dich auch wirklich gut genug, um mit nach *Groot Constantia* zu fahren? Die Einladung ist nicht sehr wichtig, wir könnten …«

»Nichts da«, fiel Charlotte ihm ins Wort. »Wir fahren! Ich freue mich seit Tagen darauf. Die neue Besitzerfamilie ist ausgesprochen nett; mit der jungen Frau verstehe ich mich ausgezeichnet.«

»Wie du meinst.« Ein letzter prüfender Blick in ihr Gesicht, das ihm heute recht blass vorkam. Doch er sagte nichts, er wollte die Unruhe, die er plötzlich empfand, nicht auf Charlotte übertragen. Ein Glück, dass sie im Stadthaus in Kapstadt übernachten würden, *Groot Constantia* lag nicht allzu weit von dort entfernt. Sina und Zita würden sie begleiten, damit Charlotte alle Bequemlichkeiten hatte, die sie brauchte.

Als Karl seinen Vater entdeckte, lief er gleich auf ihn zu. »Reiten wir in den neuen Weinberg?«, fragte er und sah Ben bittend an.

»Nein, mein Junge, heute nicht. Du weißt doch, dass Mama und ich heute auf ein anderes Gut fahren.«

»Kann ich nicht mit? Ich würde gern sehen, was die anderen Winzer machen.«

Ben strich ihm zärtlich über die dunklen Locken. »Das geht heute leider nicht. Aber ich verspreche dir, dass wir beide diesen Ausflug einmal allein machen. Einverstanden?«

»Ja, Vater.« Karls dunkle Augen strahlten auf.

»Dann lauf, hol Sebastian und geh mit ihm in die Küche zu Josy. Da steht das Essen für euch bereit. Mama und ich kommen gleich noch und sagen euch Lebewohl.«

Karl gehorchte sofort, und auch Sebastian sträubte sich diesmal nicht. Ben sah seinen beiden Söhnen, die so unterschiedlich waren, mit väterlichem Stolz nach. Dann schweifte sein Blick kurz hinüber zum Garten, der sich an der Westseite des Hauses erstreckte.

Er war noch immer Sinas Reich. Sie duldete kaum Hilfe, dabei bauten sie inzwischen Kartoffeln, Kürbis und Kohl an. Sogar Bohnen gediehen prächtig. Dann schaute er hinüber zum Blumengarten. Sein Auge erfreute sich an der üppigen Blütenpracht, die gleich an das Haus grenzte. Auf Charlottes Wunsch waren hier Rosen, Geranien und herrlich duftender Lavendel angepflanzt worden. Fast das ganze Jahr über blühten die drei großen Bougainvillea-Büsche, und die Zierpalmen wiegten sich im leichten Wind, der vom Atlantik her wehte.

»Hier bist du!« Charlotte, angetan mit einem bequemen Reisekleid aus leichtem Wollstoff, trat zu ihm und legte kurz den Kopf an seine Schulter. »Genießt du den Ausblick? Oder denkst du darüber nach, wo du noch einen neuen Weinberg anlegen kannst?« Ein kleines Lächeln begleitete ihre Worte. »Wir haben inzwischen hundertvierzig Hektar, das ist unendlich viel.«

»Das stimmt.« Bens Blicke schweiften stolz über die Hügelketten, die fast vollständig mit Reben bepflanzt waren. Er hatte viele neue Arbeiter einstellen müssen, und zur Erntezeit kamen Saisonarbeiter, denn mit seinen Leuten schaffte er es nicht mehr, alle Trauben rechtzeitig zu ernten.

Er wandte sich seiner jungen Frau zu. »Diesmal habe ich nicht zu den Reben geschaut, ich habe mich an deinem schönen Garten erfreut. Und ich bin sicher, dass es kaum einen zweiten im weiten Umkreis gibt, der so liebevoll gestaltet wurde.« Er seufzte unterdrückt auf. »Wenn ich daran denke, dass wir vielleicht auch die Lammersburgs treffen werden ... dann vergeht mir die Lust an dieser Geselligkeit.«

»Wie kommst du denn jetzt auf unsere unfreundlichen Nachbarn?«

Ben zuckte mit den Schultern. »Die wenigen Male,

die ich auf *Summerset* war, haben mir gezeigt, wie ungepflegt dort alles ist. Genauer gesagt – trostlos. Ich kann mir nicht vorstellen, dass sich daran in den letzten Jahren etwas geändert hat.«

»Vielleicht ist der Sohn anders als Albert Lammersburg.« Charlotte schob ihre Hand unter seinen Arm. »Es wäre zumindest zu hoffen. Es ist schade, dass wir gerade zu unseren nächsten Nachbarn keine Verbindung haben.«

»Ich lege wahrlich keinen Wert darauf«, sagte Ben, und nur selten klang seine Stimme so hart wie jetzt. »Von dieser Familie ist noch nie etwas Gutes gekommen! Ich darf gar nicht daran denken, was Albert mir alles angetan hat!« Ben biss die Zähne aufeinander, man konnte das leise Knirschen hören. Es war für Charlotte ein Zeichen, dass er sich nur mit äußerster Mühe beherrschte.

»Es ging eben immer um das lebenswichtige Wasser«, sagte sie besänftigend.

»Eben! Er hat eigene Quellen auf seinem Besitz. Sicher, sie sind nicht so ergiebig wie unsere, doch es reicht, wenn man geschickt umgeht mit dem Wasser. Er könnte Zisternen bauen lassen, so wie wir. Er müsste dann allerdings noch eine aufwendigere Bewässerung durchführen. Aber um diese Leitungen zu bauen, ist er wohl zu faul. Da stiehlt er das Wasser lieber. Und wenn das nicht gelingt, wird er zum Brandstifter!«

»Das hast du ihm nie beweisen können.« Charlotte schüttelte sacht den Kopf. »Und jetzt komm, wir müssen losfahren. Denk nicht mehr an all die Unbill, die geschehen ist«, bat sie. »Wir müssen uns beeilen, sonst kommen wir zu spät.«

»Du hast recht, der Tag ist viel zu schön, um solch unerfreulichen Gedanken nachzuhängen. Und ich freue mich darauf, mit meiner bezaubernden Frau ausfahren zu können.« Er küsste sie sacht auf die Wange. »Lammersburg werde ich einfach ignorieren!«

»Das ist mein kluger Mann!« Charlotte reckte sich auf die Zehenspitzen und gab ihm einen Kuss auf die Wange. »Du hast schon wieder einen leichten Bart«, lachte sie.

»Kein Problem, ich werde mich noch einmal rasieren, bevor wir in Kapstadt losfahren.«

Mit einem Mal verzog Charlotte das Gesicht.

Besorgt sah er sie an. »Hast du etwas? Schmerzen?«

Schnell wehrte sie ab. »Nein, nein, es ist nichts. Mach dir keine Gedanken. Uns beiden geht es prächtig!« Damit legte sie rasch die Hand auf den Bauch. Sie lächelte ihn kurz an und atmete ein paarmal tief durch, dann fühlte sie sich wieder hervorragend. Lächelnd verabschiedete sie sich von den Kindern, die in Josys und Malis Obhut blieben. Dann bestiegen sie die bequeme Reisekutsche, in der auch die großen Kisten mit ihrer Garderobe Platz fanden.

Die Sitzbank war weich gepolstert, dennoch spürte Charlotte jede noch so kleine Unebenheit. Doch sie versuchte, den ziehenden Schmerz nicht zu beachten, der in kurzen Abständen aufflammte. Sie schaute nach draußen, wo neben Weinbergen immer mehr Ackerland zu sehen war. Jede Woche kamen neue Siedler ans Kap, einige versuchten sich als Händler oder als Handwerker, etliche machten sich daran, das Brachland zu roden und eine Farm aufzubauen. Die Bevölkerung der Kapregion, die stetig wuchs, musste sowohl Brot als auch Fleisch haben – die Farmer versprachen sich viel von ihrem Einsatz am südlichsten Ende Afrikas!

Rotglühend stand die Sonne am westlichen Himmel, die Hügelketten, die sich am Fuß des Tafelbergs erstreckten, wirkten so, als habe man ein goldenes Tuch über sie gebreitet. An den Hängen standen, aufgereiht wie an einer Perlenschnur, unendlich viele Rebstöcke.

»Das hier gehört alles schon zu *Stellenbosch*«, sagte Ben und wies hinaus. »Ein gewaltiges Anwesen, das mit den neuen Besitzern zu neuer Blüte gekommen ist. Sieh dir nur die alte Eichenallee an, die gibt es nirgendwo sonst so prachtvoll.«

»Du freust dich darauf, mit Kollegen fachsimpeln zu können, nicht wahr?« Mühsam lächelte Charlotte ihren Mann an. Benjamin Ruhland war in den letzten Jahren reifer geworden. Sein Gesicht ein wenig voller, das Haar, früher stets etwas wild, lag korrekt geschnitten um seinen Kopf. Der Mode entsprechend, hatte er es im Nacken zusammengebunden. Zudem trug er einen graublauen Reiseanzug, den er später, im Haus seines Schwiegervaters, gegen einen eleganten Anzug aus nachtblauem Brokat vertauschen würde. Er wirkte sehr distinguiert, und doch hatte er seinen jungenhaften Charme, in den sich Charlotte sofort verliebt hatte, noch nicht verloren.

Und diesen Charme hatte er seinem Sohn Sebastian vererbt! Charlotte dachte voller Stolz an ihre beiden Söhne, an den ruhigen, besonnenen Karl und an den hübschen Sebastian.

Hoffentlich bekomme ich diesmal ein Mädchen, dachte sie und suchte sich eine etwas bequemere Sitzhaltung. Sie konnte sich nicht erinnern, dass sie bei den vorhergehenden Schwangerschaften so gelitten hatte.

Nicht nur, dass ihr lange Zeit morgens übel gewesen war, sie hatte auch oft Kopfschmerzen, der Rücken tat ihr weh, die Füße waren geschwollen.

Doch Ben gegenüber klagte sie nie, er sollte sich keine Sorgen um sie machen. Und so begrüßte sie ihren Vater und einige der schwarzen Dienstboten, die schon lange im Haus waren, freundlich wie immer. »Sei nicht böse, Papa, aber heute kann ich nicht viel mit dir plaudern, ich muss mich umkleiden.« Sie gab Willem, der bereits einen eleganten Anzug mit hohem Kragen und strassbesetzten Zierknöpfen trug, einen flüchtigen Kuss. Zusammen mit Sina ging sie dann hoch in die Zimmer, die sie früher schon bewohnt hatte und die ihr nach wie vor zur Verfügung standen.

Während die beiden Männer, die sich inzwischen sehr gut verstanden, im Arbeitszimmer von Willem eine Zigarre rauchten, zog sich Charlotte mit Hilfe von Sina um. Zita, die seit Helene Kreuverts Tod auf *Hopeland* lebte, ging in die Küche, um dort einen Schwatz mit ihren ehemaligen Gefährtinnen zu halten.

Als sie mit Sina allein war, ließ Charlotte sich auf ihr Bett fallen und griff sich stöhnend an den Leib. »Mir ist gar nicht gut«, gestand sie. »Wenn heute nicht die Einladung wäre ...«

»Aber die könnt ihr doch absagen! Deine Gesundheit ist viel wichtiger!« Prüfend legte Sina eine Hand auf Charlottes Stirn. »Fieber hast du nicht«, meinte sie.

»Nein, nein, es ist nichts. Vielleicht ist es das Wetter. Wir bekommen Regen. Komm, hilf mir auf«, bat sie und versuchte, sich aufzusetzen. »Ich muss mich umziehen. Die Haare müssen auch noch aufgesteckt werden. Ich habe mir zwei Perlenkämme eingesteckt und …« Sie brach ab, denn auf einmal raste ein solcher Schmerz durch ihren Unterleib, dass sie glaubte, sie würde gleich die Besinnung verlieren. Stöhnend ließ sie sich wieder auf das Bett zurücksinken. Die Beine halb an den Leib gezogen, lag sie da und atmete in schnellen Stößen.

Sorgenvoll sah Sina die schöne blonde Gutsherrin an. »Bewegt sich das Kind?«, erkundigte sie sich und betrachtete die Schwangere prüfend, während sie nach ihrer Hand tastete.

»Aber – ja!«, sagte Charlotte keuchend. Auf einmal bäumte sie sich auf, und ein Schrei, der kaum etwas Menschliches an sich hatte, kam aus ihrer Kehle. Dann sank sie halb ohnmächtig zurück. Ihre Augen waren halb geschlossen, und mit der rechten Hand krallte sie sich in Sinas Kleid.

»Es … es zerreißt mich«, flüsterte sie. »Sina … hilf mir …«

»Natürlich. Sofort. Hab keine Angst.« Sina streichelte Charlottes Wangen. Dann nahm sie ihre Hände, die immer wieder unruhig durch die Luft fuhren, um sich dann entweder in Sinas Kleid oder im Bettlaken festzukrallen. Dabei biss sich Charlotte so fest auf die Lippen, dass sie bluteten.

»Es tut auf einmal so weh«, presste sie hervor. »Sina!« Ihren Schrei erstickte sie selbst, indem sie sich in die linke Hand biss.

»Ich hole Ben!« Sina drückte noch einmal Charlottes Hand, dann stürzte sie aus dem Zimmer. Den grünen Rock, der mit schwarzer Spitze am Saum verziert war, hochgerafft, rannte sie die Treppe hinunter. Fast wäre sie auf einem Absatz gestolpert vor Aufregung, doch sie fing sich im letzten Moment.

»Ben! Ben, komm schnell!« Ohne anzuklopfen, stürzte sie in das Arbeitszimmer Willem de Havelbeers.

Die beiden Männer, aufgeschreckt von ihren Schreien, hatten sich schon erhoben, Ben war bereits an der Tür. »Um Himmels willen, Sina, was ist denn los?«

»Charlotte ... sie hat wahnsinnige Schmerzen. Ich glaube, das Kind kommt!« Tränen liefen über Sinas dunkle Wangen, und sie knetete die Hände.

»Aber – es ist doch noch viel zu früh ...« Ben stürmte schon an ihr vorbei die Treppe hinauf.

Charlotte lag, fast ohne Besinnung, auf dem Bett. Entsetzt sah Ben den roten Fleck, der sich auf ihrem Rock und auf dem Bettlaken ausbreitete.

»Liebling!« Er kniete nieder, hielt Charlottes Hände, rief immer wieder ihren Namen und küsste ihre blutleeren Lippen.

Endlich, endlich sah sie ihn an. »Hilf mir, Ben«, flüsterte sie. »Ein Arzt muss kommen ... das Kind ...«

»Ich hole den Arzt!« Ben stürmte wieder nach draußen, rannte an Sina und Willem vorbei, schob einen der Hausburschen, der gerade die Tür öffnen wollte, brüsk zur Seite und rannte hinaus. Nicht einen Moment lang dachte er daran, einen der Schwarzen nach Dr. Monterey zu schicken.

Mit langen Sätzen und wehendem Haar – das seidene Band, mit dem es im Nacken zusammengehalten worden war, hatte sich gelöst – rannte er drei Straßenzüge weiter und schlug wie von Sinnen gegen die breite Holztür, neben der sich das Schild des Arztes befand. Den Türklopfer aus Messing, der die Form eines Gazellenkopfes hatte, beachtete er nicht.

Drinnen blieb alles still. Vor Bens Augen verschwamm die dunkle Holztür, die mit hellen Einlegearbeiten verziert war, zu einer braunen Masse. Tränen verschleierten seinen Blick, und er hieb so lange gegen das Holz, bis seine Handkante zu schmerzen begann.

Endlich wurde die Tür einen Spaltbreit geöffnet. Eine etwa vierzehn Jahre alte Sklavin sah ihn aus angstvoll geweiteten Augen an.

»Wo ist der Doktor?«, herrschte Ben das Mädchen an.

»Weg. Ich weiß nicht, wohin.«

Ben zwang sich, einmal tief durchzuatmen. »Wo ist er hin? Denk nach!«, bat er.

Und als das Mädchen nur mit den Schultern zuckte, fragte er weiter: »Hat er die Kutsche genommen? Ist seine Tasche da?«

»Welche Tasche?«

»Die mit der Medizin. Und den Instrumenten.« Ben musste all seine Beherrschung aufbieten, um ruhig zu bleiben.

»Ich sehe nach, Mister. Ja?« Die Kleine hob den Rock ihres gelb-rot gestreiften Kleides hoch und flitzte davon.

Die Zeit verging in bangem Warten. Dann endlich kam das Mädchen zurück. »Master Doktor ist weg. Mit Tasche.«

»Schon lange?«

»Weiß nicht ...« Das Mädchen biss sich auf die volle Unterlippe. Sie senkte den Kopf, als hätte sie Angst, geschlagen zu werden, weil sie eine Auskunft gegeben hatte, die dem Weißen in dem eleganten Anzug nicht gefiel.

»Ist gut. Danke«, presste Ben hervor, dann wandte er sich ab. Sein Herz schlug schmerzhaft in der Brust, die Angst, die er um Charlotte hatte, ließ ihn fast die

Besinnung verlieren. Er sah kaum noch, wohin er seine Schritte lenkte.

An der nächsten Straßenecke wäre er beinahe mit einem Mann zusammengestoßen, der aus einer dunkelgrün gestrichenen Doppeltür kam – Dr. Monterey!

»Doktor!« Es war wie ein Schrei. »Kommen Sie – schnell! Meine Frau ... Das Kind ...«, stammelte Ben. Seine Knie zitterten, er war so erleichtert, den Arzt getroffen zu haben, dass er befürchtete, sich nicht mehr auf den Beinen halten zu können.

»Gehen wir!« Der Arzt wies auf seine Tasche. »Ich habe alles dabei. Die junge Frau, zu der ich gerufen wurde, hat ihr Kind schon ohne meine Hilfe zur Welt gebracht.«

Mit langen Schritten hasteten sie durch den Abend. Im letzten Moment wich Ben einem Fuhrwerk aus, als er die Straße vor dem Haus der de Havelbeers überquerte, ohne nach rechts oder links zu schauen.

»Beruhigen Sie sich, Ruhland«, brummte er. »Sonst muss ich erst Sie verarzten, bevor ich mich um Ihre Frau kümmern kann.«

Die barschen Worte verfehlten ihre Wirkung nicht – Ben zwang sich zur Ruhe und führte den Arzt wenig später zu Charlottes Zimmer. Die junge Frau lag mit hochrotem Gesicht und schweißnassem Haar, das ihr in Strähnen um den Kopf lag, in den Kissen. Die Spitze der weißen dünnen Decke, die Sina über sie gebreitet hatte, war völlig zerdrückt, und Charlotte stöhnte nur auf, als Dr. Monterey sich über sie beugte und sie ansprach.

»Schnell – noch mehr heißes Wasser. Und Tücher.« Er wedelte kurz mit der Hand und scheuchte Josy, die mit verstörtem Gesicht im Türrahmen erschien, wieder fort. »Und dann hinaus mit euch. Bis auf dich.« Er wandte sich an Sina. »Hast du schon mal eine Geburt mitgemacht?«

»Ja, Doktor. Ich war bei Missis Charlottes ersten beiden Entbindungen dabei.«

Ernst sah der Arzt Sina an. Plötzlich bäumte die Gebärende sich auf, die Augen weit aufgerissen, und stieß einen unterdrückten Schrei aus. »Sina!«

»Ich bin da.« Sina nahm Charlottes Hände und drückte sie beruhigend. »Keine Angst, alles wird gut werden. Ich weiß es.« Eindringlich sah sie Dr. Monterey an. »Das Kind kann nicht heraus«, flüsterte sie. »Es ist höchste Zeit. Sie müssen es drehen und holen.«

»Mhmm«, brummte Dr. Monterey und begann, Charlotte behutsam zu untersuchen. Er sah deutlich, dass sie am Ende ihrer Kräfte war. Die Schwarze hatte recht behalten – das Kind lag in Steißlage, das hatte er ertasten können. Jetzt war höchste Eile geboten, denn das Baby drohte noch im Mutterleib zu ersticken.

Draußen vor der Tür ging Ben mit langen Schritten auf und ab. Das Glas Portwein, das Zita ihm anreichte, trank er in einem Zug leer, ohne ein Wort zu sagen. Immer wieder sah er zur Tür, durch die nur leises Gemurmel drang, hin und wieder ein unterdrückter Schrei von Charlotte.

»Ich gehe hinein.« Zita, die ebenso mitgenommen wirkte wie Ben, holte noch einmal heißes Wasser, das sie in das Zimmer der Gebärenden trug.

Dr. Monterey winkte sie zu sich. »Komm, hilf mir.« Er hatte Charlottes Unterleib höher gelagert, versuchte alles, um das Kind gesund aus dem Mutterleib zu holen. Es zerriss Charlotte fast vor Schmerz, als er das Baby zu drehen versuchte – aber es gelang, der Geburtsvorgang konnte endlich weitergehen.

»Ein langes Laken. Schnell!« Dr. Monterey streckte schon die Hand aus. »Wickelt es ihr um den Leib. Ja – so ...« Er keuchte vor Anstrengung, als er die Enden des Lakens so zusammendrehte, dass das Kind fast aus Charlottes Körper gepresst wurde. Doch die Hilfe fruchtete: Mit einem aufbegehrenden leisen Schrei glitt der kleine Körper halb aus dem Geburtskanal. Noch ein paar gekonnte Griffe ... das kleine Mädchen war geboren!

Noch ehe der Arzt reagieren konnte, griff Sina zu und wickelte das kleine nasse Geschöpf in ein weiches Tuch, sie säuberte Mund und Nase vom Schleim und legte das Kind dann erst wieder neben Charlotte.

»Sie kann sich jetzt nicht darum kümmern. Nehmt es fort und versucht, es zum Schreien zu bringen.« Dr. Monterey kontrollierte Charlottes Puls; er war sehr niedrig. Die junge Frau hatte viel Blut verloren, und die Miene des Arztes war ernst. Erst als das Baby ein paar schwache Laute von sich gab, atmete er auf.

»Missis Ruhland!« Leicht tätschelte er Charlottes Wange. »Hören Sie nur – Ihre Tochter!« Er flößte Charlotte ein paar Tropfen ein, und wenig später öffnete sie mühsam die Augen. Ihr Blick irrte durch den Raum, glitt von Dr. Monterey hinüber zum Fenster, dann blieb er an Sina haften, die das Kind auf dem Arm hielt und jetzt mit zwei Schritten zum Bett kam.

»Sieh nur, deine kleine Prinzessin«, lächelte sie und legte Charlotte das Neugeborene in den Arm. »Sie ist gesund«, fügte sie hinzu.

»Danke ...« Charlottes Stimme war nur ein Hauch, doch ihr Blick wurde immer klarer. »Ben ...«

»Ich hole ihn«, sagte Sina. Und dann schaute sie mit ein wenig Wehmut im Herzen zu, wie Benjamin Ruhland erst seine Frau innig küsste, dann ihre Hände nahm und sie zärtlich in seinen hielt. »Mein armes Herz«, flüsterte er, »wie geht es dir?«

»Wieder gut.« Charlotte schmiegte die Wange an seine Hand. Dann sah sie zu Dr. Monterey auf. »Es ist doch alles gut?«, fragte sie.

»Ja, Sie können ganz unbesorgt sein. Ich gratuliere Ihnen zu einer kleinen Tochter.«

»Danke.« Charlotte zog ihre Rechte aus Bens Hand und streichelte zärtlich über die immer noch krebsrote Wange ihrer Jüngsten. »Sie ist so klein, unsere Madeleine ...« Auf diesen Namen hatten sie sich schon vor Wochen geeinigt. Wenn es ein Mädchen würde, wollte Charlotte sie Madeleine nennen, einen Jungen hätte sie gern Charles genannt.

»Aber sie ist eine Kämpferin«, warf Sina ein. »Glaub mir, sie wird sich durchsetzen.« Sie ging zur Tür. »Ich hole dir etwas Wein mit Ei«, sagte sie. »Das gibt neue Kraft.«

»Ich lasse Sie auch kurz allein.« Der Arzt folgte Sina zur Tür. »Du zeigst mir bitte erst, wo ich mich waschen kann«, forderte er. »Und dann brauche ich auch einen Schluck Wein.«

Sina nickte nur und verließ mit dem Arzt den Raum.

Allein mit Charlotte und dem Baby, küsste Ben seine Frau noch einmal lange und innig. »Danke, mein Herz, für diese kleine Prinzessin«, flüsterte er und hob das Neugeborene zärtlich auf die Arme.

Doch Madeleine wandte das Köpfchen ab.

***

»Lady Gwendolyn hat geschrieben!« Charlotte saß auf der südlichen Terrasse, der *Stoep*, wie viele der Kapbewohner immer noch sagten, und sichtete die Post, die an diesem Morgen angekommen war. Thabo, der neues Saatgut, Fleisch und Fisch in der Stadt gekauft hatte, hatte auch die Post der letzten drei Wochen mitgebracht.

»Was schreibt sie denn?«, fragte Ben aus reiner Höflichkeit und ohne wirkliches Interesse. Er hatte die Engländerin, deren Bekanntschaft sie vor anderthalb Jahren gemacht hatten, als recht schwatzhafte Person in Erinnerung. Charlotte jedoch hielt regen Kontakt mit der Diplomatengattin. Sie hatte ihr sogar von Madeleines komplizierter Geburt berichtet.

Und jetzt, fast ein halbes Jahr danach, kam ein ausführliches Schreiben aus London, dem auch noch ein kleines Paket beigefügt war.

Meine liebe Charlotte, schrieb Lady Gwendolyn, *ich freue mich für Euch, dass Euch endlich ein kleines Mädchen geschenkt wurde. Madeleine – ein reizender Name. Erinnert Ihr Euch, dass ich Patin Eures nächsten Kindes werden wollte? So Ihr also noch niemanden bestimmt habt, so würde ich diese angenehme Aufgabe gern übernehmen. Leider habe ich Eure Nachricht erst jetzt erhalten; wir waren für einige Monate in Indien – übrigens ein schreckliches Land, wenn Ihr mich fragt. Aber davon wollen wir reden, wenn wir uns wiedersehen. Anbei ein erstes kleines Präsent für Klein Madeleine. Sobald wir wieder in Cape Town eintreffen, hoffe ich, Eure Tochter in die Arme nehmen zu dürfen.*

Seid bis dahin gegrüßt von Eurer treuen Freundin Gwendolyn Hawkins.

Charlotte ließ den Briefbogen sinken und griff nach

dem kleinen Paket, das noch ungeöffnet auf ihrem Sekretär lag. Sie erbrach das Siegel, schlug das braune feste Papier auseinander und stieß im nächsten Moment einen kleinen Schrei aus. »Ben – schau nur! Lady Gwendolyn hat ihren Vorsatz wahr gemacht. Sie will Madeleines Patin werden und hat unserer Tochter bereits ein erstes Geschenk gemacht.« Behutsam nahm sie die kostbare Miniatur, die ein altes Schloss darstellte, in die Hand. Das kleine Bild im Elfenbeinrahmen war ein Kunstwerk, das sah Charlotte sofort. Und auch die Brosche, die noch unter einer Schutzhülle aus Watte und Papier lag, eingebettet in ein mit Samt ausgeschlagenes Kästchen, war höchst wertvoll: Es war eine Schleife aus Rubinen und Brillanten, ein Meisterwerk der Goldschmiedekunst!

»So ein Geschenk können wir nicht annehmen«, meinte Ben und schüttelte den Kopf. »Ich möchte mich nicht verpflichten.«

»Aber das tun wir doch gar nicht! Glaub mir, Lady Gwendolyn mag uns aufrichtig, sie verfolgt keinerlei Absichten mit ihrem Angebot, Madeleines Patin zu werden.« Charlotte lehnte sich in ihrem Schaukelstuhl zurück. »Ich mag sie zudem sehr gern. Und ich freue mich für meine Tochter.«

»Ist schon gut, ganz wie du es möchtest.« Ben trat zu ihr und küsste sie auf das blonde Haar, das ihr heute in weichen Wellen offen über die Schultern floss. Seit Madeleines Geburt war Charlotte sehr empfindlich. Sie weinte häufig, ohne einen Grund dafür nennen zu können. Zudem war sie noch schwach und musste sich auf Anraten des Arztes schonen.

»Das kommt oft vor nach einer schweren Geburt«, hatte Dr. Monterey ihm erklärt. »Eine Art Wochenbettschwermut. Aber seid beruhigt – diese Phase wird rasch vorübergehen.«

Ben warf einen Blick auf seine Frau und unterdrückte ein Seufzen. Charlotte hatte sich verändert, sie war oft still und in sich gekehrt. Von der zärtlichen Geliebten, die sie ihm immer gewesen war, war nichts mehr zu spüren. Im Gegenteil, sie entzog sich ihm, wann immer es ging. Nur wenn die Kinder bei ihr waren, gab sie sich gelöst und fröhlich. Vor allem Sebastian schaffte es mit seinem kindlichen Charme immer wieder, seiner Mutter ein Lächeln zu entlocken.

»Ich werde sofort antworten, mich bedanken und Lady Gwendolyn versichern, dass wir uns sehr geehrt fühlen, dass sie Patin von Klein Madeleine werden will.« Charlotte erhob sich ein wenig schwerfällig. Sie trug an diesem Tag ein weichfallendes hellblaues Kleid aus Baumwolle, in das kleine Seidenfäden eingewebt waren, die dem schlichten Gewand einen edlen Charakter verliehen.

»Tu das, meine Liebe. Ich werde vor dem Nachtmahl noch einmal einen Ritt durch die Weinberge unternehmen. Thabo sagte, dass er wieder irgendwelches Ungeziefer entdeckt hätte. Wir müssen den Anfängen wehren. Und auch die neue Zisterne muss überprüft werden.«

»Geh nur. Wir sehen uns später.« Charlotte nickte ihm kurz zu, dann ging sie in ihren kleinen Salon, der mit zarten, weiß lackierten Möbeln eingerichtet war. Außer einer hellgelben Seidenchaiselongue und zwei dazu passenden Sesseln standen hier ein ovaler Tisch mit Einlegearbeiten und ein Mahagonisekretär, an dem die junge Gutsherrin ihre private Korrespondenz erledigte. An den Wänden hingen kleine venezianische

Leuchter, dazwischen goldgerahmte Bilder von holländischen und englischen Malern. Aber auch zwei kleine Porträts der Kinder, die ein französischer Künstler, der auf der Durchreise gewesen war, angefertigt hatte, befanden sich hier. Charlotte hatte den Mann, der schon über siebzig Jahre zählte, in einem kleinen Geschäft getroffen. Dort hatte Philippe Daubigny nach Zeichenpapier und Malutensilien gefragt.

Spontan hatte Charlotte ihn, der nur für zwei Wochen in Südafrika bleiben und dann mit einem französischen Segler in die Heimat zurückkehren wollte, nach *Hopeland* eingeladen. Und Philippe Daubigny hatte diese Einladung nur zu gern angenommen! Der alte Herr mit dem langen weißen Haar und der fast femininen Figur war fasziniert von Charlotte – und hatte, da er über kein Vermögen verfügte, als Dank für die Gastfreundschaft Porträts der Kinder angefertigt.

Eifrig machte sich Charlotte nun an das Dankesschreiben an Lady Gwendolyn, die ihr eine so großherzige Freundschaft anbot. Ben schaute ihr eine Zeitlang zu, doch da sie keine Notiz mehr von ihm zu nehmen schien, verließ er den Raum und ging hinunter in den Gutshof.

Still war es hier im Augenblick, die meisten Arbeiter waren im Weinberg, wo Thabo ihnen die verschiedenen Aufgaben zugewiesen hatte. Und auch die Frauen waren beschäftigt – mit der Wäsche oder in der Vorratsküche, manche arbeiteten aber auch in den Reben.

Ben ließ sich ein Pferd satteln und ritt hinüber zum ältesten Weinberg. Hier standen noch immer die ersten zweihundertfünfzig Rebstöcke, mit denen er einst hier am Kap angekommen war. Sie trugen reichlich, lieferten hervorragende Trauben. Und es war Ben gelungen, schon etliche gute Stecklinge abzuschneiden und neue Rebstöcke zu kultivieren.

Als er an den südlichen Rand des Hanges kam, sah er Josy und die alte Mali, die mit den Kindern hierhergekommen waren. Karl stand, wie hätte es anders sein können, bei den Rebstöcken und kostete von den noch nicht ganz reifen Trauben. Sebastian spielte mit Josy Ball, und stirnrunzelnd sah Ben, dass sein jüngerer Sohn den bunten Ball mutwillig gegen die Rebstöcke warf.

»Lass das!« Karl wollte seinen kleinen Bruder beiseiteschieben, doch Sebastian wehrte sich mit aller Macht. Er war ein bildhübscher Bub, zierlich, aber wendig und nicht schwach. Sein helles Haar, das ihm in weichen Wellen bis über die Schultern fiel, war ein Erbteil von Charlotte. Ebenso seine kleine zarte Nase und die langen, feingliedrigen Finger.

Jetzt ballte er die Hände voller Wut zu Fäusten und schlug damit auf seinen Bruder ein. Karl wich zurück, er wollte sich offensichtlich nicht mit dem Jüngeren schlagen. Der allerdings lachte hämisch. »Feigling!«, rief er immer wieder. »Karl ist ein dummer Feigling!« Er rief es so lange, bis der Größere die Geduld verlor und ihm ein paar Backpfeifen verpasste.

Die alte Mali, neben sich eine Decke, auf der die kleine Madeleine lag, sagte etwas, das Ben nicht verstehen konnte. Und auch Josy rief den raufenden Jungen etwas zu. Als die nicht hörten, stand sie auf und trennte die beiden mit energischer Hand.

»Seid ihr jetzt wohl brav!« Ben war näher geritten und griff ein. »Sebastian! Hör auf zu streiten!«

»Ich war das gar nicht!« Der blonde Fünfjährige warf trotzig den Kopf in den Nacken. »Karl hat angefangen.«

»Das ist nicht wahr!«, wehrte sich der dunkelhaarige Junge, der seinem Vater jetzt schon wie aus dem Gesicht geschnitten war.

»Ihr seid sofort artig, sonst müsst ihr auf euer Zimmer und bekommt kein Abendessen.« Ben blieb im Sattel sitzen und machte ein strenges Gesicht. »Ich will jetzt nichts mehr von euch hören. Spielt artig weiter, ja?«

»Ja, Vater.« Karl nickte und ging zu Mali, die ihm kurz übers Haar strich. Sebastian allerdings senkte nur den Kopf, trat nach ein paar Steinen und lief zurück zum Gutshof.

Mit einem kleinen Seufzer sah Ben ihm nach. So hübsch Sebastian auch aussah, so schelmisch er lächeln konnte – er war immer noch aufbrausend und hin und wieder sogar boshaft. Das hatte Ben schon feststellen müssen. Doch leider wollte Charlotte nicht einsehen, dass ihr jüngerer Sohn eine feste Hand brauchte. Sie verhätschelte den Jungen, der sich bei ihr stets von seiner liebenswertesten Seite zeigte. Ben hoffte nur, dass die Zeit Sebastian ändern würde.

Als er weiterritt, winkte er der schwarzen Kinderfrau kurz zu, die gerade eine Flasche für Klein Madeleine aus einem hohen Weidenkorb holte und das Kind zu füttern begann. »Geht nicht zu spät heim, ich glaube, ein Wetter kommt auf«, rief er Mali und Josy zu, dann gab er seinem Wallach die Sporen, der daraufhin in einen leichten Trab verfiel.

Wie so oft in den letzten Wochen dankte Ben dem Herrgott dafür, dass Klein Madeleine gesund war und gut gedieh. Sie war rasch gewachsen, und nichts erinnerte mehr daran, unter welch dramatischen Umständen sie zur Welt gekommen war. Sie war ein süßes Kind mit roten Wangen und aschblondem Haar, das sich über den kleinen Ohren ringelte. Immer wieder versuchte Charlotte, eine kleine Schleife in das Haar der Kleinen zu stecken, doch noch waren die Haare zu dünn und zu weich.

Mit einem kleinen Lächeln auf den Lippen wandte Ben sich ein Stück nach rechts. Hier befand sich, von einer Hecke aus Weißdorn umgeben, der kleine Gottesacker von *Hopeland*. Neben Hanne Schneeberger lag seit einem halben Jahr auch Helene Kreuvert hier begraben, die so plötzlich und unerwartet gestorben war. Unter großer Anteilnahme war sie hier auf *Hopeland* bestattet worden, wie es ihr Wunsch gewesen war. Charlotte und Ben hatten sie beerbt und ihr Vermögen so noch mehren können.

An einem kleinen Holzkreuz waren zwei Gedenktafeln für Bens Eltern angebracht, die vor zwei Jahren Opfer der Influenza geworden waren. Nur ein kurzes, sachliches Schreiben seines älteren Bruders Peter hatte Ben davon in Kenntnis gesetzt. Seither war jede Verbindung zur Heimat abgerissen. Für einen kurzen Moment hatte Ben es bedauert, dann sagte er sich, dass es so gewiss besser sei. Von seinen Geschwistern hatte er nie etwas Gutes erfahren, also sollte er sie aus seinem Leben streichen. Alles, was ihn an sie erinnerte, war mit Kummer und mit Enttäuschung verbunden.

Ein wenig abseits befanden sich drei Gräber von Khoisan. Die Buschmänner waren eines Tages aufgetaucht und hatten um Arbeit gebeten, die Ben ihnen gerne gab. Die drei waren fleißig und zuverlässig. Doch sie starben innerhalb weniger Wochen – woran, das ließ sich nicht klären. Auch diese Grabstätten waren mit einem Kreuz geschmückt, obwohl die Einheimischen nicht getauft waren. »Vor unserem Herrgott sind alle Menschen gleich«, hatte Charlotte erklärt und den dreien ebenfalls eine angemessene letzte Ruhestätte gewährt.

Helene Kreuverts Grab wurde von einem rot geäderten Marmorstein geschmückt, davor blühten gelbe Rosen, so wie auf Hanne Schneebergers Grab.

Ein kurzes Gedenken, dann schwang Ben sich wieder auf sein Pferd und ritt hinüber zur Zisterne, die regelmäßig entweder von ihm oder von Thabo kontrolliert wurde. Erst als er sich davon überzeugt hatte, dass alles in Ordnung war, trat er den Weg nach Hause an, wo er sich waschen wollte, bevor er zu seiner Frau ging. Er hielt es gern so wie die schwarzen Arbeiter: Ein kurzes Untertauchen in einem großen Zuber – und er war erfrischt und sauber.

Als er das Ankleidezimmer betrat, dessen Schränke hauptsächlich mit Charlottes Kleidern gefüllt waren, trug er nur Unterwäsche und einen seidenen Morgenrock.

Charlotte hatte sich mit Hilfe ihrer Zofe umgekleidet und sich die Haare frisiert. Locker hochgesteckt, mit einem Reif aus Silber, auf dem kleine Perlen saßen, geschmückt, ringelten sich ihre Haare sacht über die Schläfen. Wie zufällig waren ein paar Haarsträhnen auch im Nacken gelöst worden und betonten dessen zarte Linie.

Das Kleid, im reinen Empirestil, war aus hellem roten Stoff und hatte eine silberne Bordüre unter der Brust. Seit Königin Luise von Preußen diese französische Mode bevorzugte, trugen alle vornehmen Damen diese luftig wirkenden Kleider, die oft dreilagig waren, damit sie nicht mehr von der Figur der Trägerin zeigten, als schicklich war.

Überrascht sah Ben seine Frau an. »Gehen wir heute noch aus?«, erkundigte er sich. »Das hab ich ganz vergessen. Zudem …« Er zog eine goldene Taschenuhr aus der Weste, ein Geschenk Charlottes zum letzten Weihnachtsfest, »es ist doch viel zu spät.«

»Nein, wir gehen nicht aus«, erwiderte Charlotte und kam lächelnd auf ihn zu. »Aber wir feiern etwas – nur du und ich.«

Überrascht sah er sie an. »Hab ich etwas vergessen?« Schuldbewusst sah er sie an. »Nein, deinen Geburtstag nicht … nicht den Hochzeitstag …«

Charlotte lachte leise. Es war dieses Lachen, das ihn aufhorchen ließ. So unbekümmert, so entspannt hatte sie ihn lange nicht mehr angelacht! Sein Herz wurde groß und weit, und er zog Charlotte in die Arme. Der Hausmantel fiel zu Boden, doch als er ihn aufheben wollte, hinderte sie ihn daran. »Lass doch …« Sie sah ihn an – und dieser Blick sagte alles.

»Meine Charlotte!« Er hob sie einfach hoch und trug sie hinüber ins Schlafzimmer. Die kunstvolle Frisur war bald zerstört, das neue Kleid wurde mit Schwung auf einen der hellen Sessel geworfen. »Ich habe dich so vermisst«, flüsterte Ben und küsste seine Frau voller Verlangen.

»Ich weiß. Und es tut mir sehr leid. Ich … ich weiß selbst nicht, was mit mir war. Glaub mir, ich wollte das nicht, aber nach Madeleines Geburt war auf einmal alles in mir durcheinander. Es war, als wäre ich für mich selbst eine Fremde.« Charlotte schmiegte sich noch ein wenig fester in seine Arme. »Aber jetzt bin ich wieder deine Charlotte, ja?«

»Für immer und für alle Zeit.«

»Nein, Sebastian, heute bringe ich dich ins Bett und nicht deine Mama.« Sinas Stimme klang energisch, und sosehr der kleine Junge auch zeterte – es half nichts.

»Du bist eine dumme Sklavin. Und wenn ich groß bin, verkaufe ich dich!«, schrie er plötzlich los. Seine großen blauen Augen hatten einen harten Ausdruck bekommen, und Sina wandte sich rasch ab, um ihr Entsetzen zu verbergen. Was war nur los mit diesem Kind? Bastian konnte so liebenswert und charmant sein! Ein kleiner Engel mit goldenen Locken. Aber es steckte auch etwas Teuflisches in ihm, das hatte sie schon mehrmals erleben müssen.

»Bastian!« Karl, der Siebenjährige, legte dem kleinen Bruder rasch die Hand auf den Mund. »So was darfst du nicht sagen! Sina ist keine Sklavin. Und sie bleibt immer hier bei uns. Nicht wahr, Sina?« Fast flehend sah er zu Sina auf, die die Lippen fest zusammengepresst hatte. Sie nickte nur und wandte den Kopf ab, damit die Kinder ihre Tränen nicht sehen konnten.

»Dumme Sklavin! Dumme Sklavin!«, kreischte Sebastian wieder. Weiter kam er nicht, denn Karl gab ihm einen Klaps auf die Wange.

»Au! Du bist gemein! Das sag ich der Mama!« Sebastian stampfte mit dem Fuß auf. »Ich will zu meiner Mama! – Mama!« Sein Weinen wollte schon in schrilles Geschrei übergehen, da kam Mali ins Kinderzimmer. Die alte Frau zögerte nicht lange, sie hob den schreienden Jungen einfach hoch und legte ihn ins Bett.

»So, und jetzt sei leise, sonst kommen die Dämonen aus dem Urwald, der hinter den Bergen beginnt, und holen dich«, drohte sie. »Und dann kommst du nie mehr hierher zurück.«

Sebastian sah sie aus seinen großen blauen Augen

misstrauisch an. »Du lügst. Du bist schwarz. Du bist eine Sklavin.« Das neue Wort schien ihm zu gefallen. Es war, als wolle er es immer wieder erproben.

»Und du bist ein ungezogener Bengel, der jetzt sofort still ist, sonst passiert noch ein Unglück.« Die alte Frau murmelte leise etwas vor sich hin, und wirklich – Sebastian rollte sich zusammen und drehte den Kopf zur Wand. Er schloss die Augen und tat so, als schliefe er. Doch unter der Decke ballte er die kleinen Hände zu Fäusten, während unter den geschlossenen Lidern Tränen der Wut hervorquollen.

Karl hatte unterdessen die Arme um Sinas Taille geschlungen. »Ich hab dich lieb«, flüsterte er.

»Ich dich auch, mein Kleiner.« Sina küsste ihn auf die Stirn. »Jetzt geh schlafen, ja? Ich helfe Josy, Madeleine zu Bett zu bringen.«

Karl zögerte. Dann bat er: »Kann ich nicht heute bei euch in der Hütte schlafen? Bei Will? Er hat versprochen, mir eine Geschichte vorzulesen.«

Sina zögerte, dann nickte sie. »Na gut. Lauf schon rüber.«

»Danke!« Karl strahlte, packte seinen Schlafanzug und lief durchs Treppenhaus hinunter in den Hof. Will kam gerade zusammen mit Thabo aus dem Weinkeller, und Karl beeilte sich, die beiden einzuholen.

Drüben im Gutshaus saßen Mali, Josy und Sina noch eine Zeitlang in der Küche beisammen.

»Es wird ein böses Ende nehmen«, flüsterte Mali ein ums andere Mal und griff nach ihrem Talisman, den sie immer versteckt in einer der großen Taschen ihres weiten Rockes trug. Eine kleine rote Feder, ein Haifischzahn, ein Gockelfuß und eine hellblaue Koralle – das war Malis Schutz vor bösen Geistern. Die alte Frau hatte schon oft geunkt, dass ihr Talisman dieses Haus eines Tages vor Sebastian und seinem unguten Geist schützen würde. Aber, so hatte sie vorausgesagt, dies würde sie nicht mehr erleben, denn ihre Tage seien gezählt.

»Passt auf euch auf«, flüsterte sie, und wie so oft in den letzten Wochen wurde ihr Blick ganz verschwommen. Sie sah in eine Zukunft, die den anderen noch verschlossen war. »Er ist kein guter Junge. Er bringt Tränen. Viele, viele Tränen …«

***

»Es ist einfach zu schade, dass wir keine eigene Zeitung haben.« Ben faltete die schon leicht vergilbten Blätter einer alten holländischen Zeitung zusammen, auf die er vorgestern gestoßen war. »Wir leben hier wirklich am Ende der Welt. Alles, was politisch interessant ist, erfahren wir erst mit großer Verzögerung.«

»Wovon sprichst du genau?« Charlotte, die gerade ein kleines Häubchen für Madeleine bestickte, sah von der Handarbeit auf.

»Vom Wiener Kongress!«

»Und – was ist das?« Fragend sah Charlotte ihn an.

»Eine Versammlung der wichtigsten Staatsmänner Europas. Seit Napoleon gestürzt wurde, sind die Staaten in unserer alten Heimat nicht mehr so aufgeteilt, wie wir sie noch kennen. Und jetzt werden sie, denke ich, noch mal anders geordnet.« Er überflog den Artikel, es war nicht einfach für ihn, das Holländische zu lesen. »Ja, hier steht es: Fürst Metternich – das ist der österreichische Fürst, der diese Versammlung leitet –

hat erklärt, dass sein Land die oberrheinischen Gebiete und auch die Niederlande verloren hat. Preußen hat jetzt die Rheinprovinzen unter seiner Regentschaft.« Er zuckte mit den Schultern. »Ein Glück, dass das mein Vater nicht mehr erlebt hat. Er mochte den Preußenkönig absolut nicht!«

»Und was heißt das für uns?« Mit einer Sorgenfalte auf der Stirn sah Charlotte ihren Mann an.

»Im Grunde heißt das, dass alles beim Alten bleibt. Der Wiener Kongress bestätigt Großbritannien seinen überseeischen Kolonialbesitz. Damit ist das Kapland endgültig eine Kolonie des Britischen Empires.«

»Dann ist ja alles gut.« Charlotte atmete auf. »Kommst du mit nach draußen? Auf den Schreck hin möchte ich ein wenig an die frische Luft.«

»Aber mein Schatz! Die Zeitung ist schon einige Wochen alt. Es wird keine Katastrophen hier in der Region geben. Ich sagte ja: Es wäre angenehm, eine eigene Zeitung zu haben und am Weltgeschehen intensiver teilhaben zu können.« Er machte eine kleine Pause, dann fuhr er fort: »Ich werde dieses Thema bei einem der nächsten Zusammentreffen mit deinem Vater und mit einigen anderen wichtigen Herren der Regierung ansprechen.«

Liebevoll legte seine Frau ihm die Hand auf den Arm. »Hast du noch nicht genug Arbeit mit *Hopeland*? Du bist immer noch voller Pläne und Enthusiasmus.«

Ben lächelte. »Ich bin eben noch kein alter Mann!«

»Ich weiß.« Sie stellte sich auf die Zehenspitzen und küsste ihn zärtlich.

An diesem Sonntag im Oktober 1815 war es bereits wundervoll warm. Die Arbeiten im Weinberg ruhten, alle, die in Ben Ruhlands Diensten standen, konnten ihre freie Zeit nach eigenem Gutdünken genießen.

Sina und Thabo saßen auf der kleinen, mit einem Holzgeländer vom anderen Teil des Gartens abgetrennten Terrasse. Thabo schnitzte an einer neuen Pfeife, wie er sie sich ganz selten gönnte, Sina hielt eine Handarbeit auf dem Schoß. Mit schräggelegtem Kopf sah sie hinüber zu den Stallungen; von dort drangen streitende Stimmen herüber – eine dunkle, ruhige und eine Knabenstimme, die immer schriller wurde.

»Ich geh mal hinüber und sehe nach, was los ist.« Schon hatte sie die kleine Decke, an der sie stickte, zur Seite gelegt und stand auf.

»Nein, lass mal.« Thabo streckte die Hand aus und zog sie wieder auf ihren Stuhl. »Da drüben kommt gerade Charlotte mit Ben aus dem Haus. Soll sie doch einmal sehen, wie ihr kleiner Prinz sich benimmt! Dann wird sie überlegen, ob sie ihm weiter alles durchgehen lässt.« Bitterkeit schwang in seinen Worten mit.

»Aber mein Will …«

»Dein Sohn ist erwachsen«, sagte Thabo eindringlich. »Mit zwanzig Jahren weiß er, wie er sich zu verhalten hat. Auch Sebastian gegenüber.«

Sina nickte. Ihr Mann hatte ja recht! Thabo liebte Will wie einen eigenen Sohn, und der junge Mann war ihm herzlich zugetan. Oft saßen sie beisammen und fachsimpelten. Über die Weinherstellung ebenso eifrig wie über Pferdezucht und über die Zukunft der Schwarzen im Land. Thabo war sich sicher, dass es schon bald zu Aufständen kommen würde, denn die Buren, die jetzt keine allzu große Macht mehr besaßen, hatten viele ihrer Sklaven freigelassen. Beide – die einstigen Herren und die schwarzen Arbeiter – waren heimatlos und irrten unheilverbreitend umher.

Sebastians Schreie erstarben jäh, als er seine Eltern auf die Stallungen zukommen sah. Er drückte Will die Zügel des halbhohen Ponys in die Hand und lief mit ausgebreiteten Armen auf seine Mutter zu. »Mama! Wie schön, dass du gekommen bist. Schau nur, was ich gelernt habe!« Er nahm Charlotte bei der Hand und zog sie mit sich.

»Darf ich es auch sehen?« Ben lächelte seinen jüngeren Sohn an. Sebastian trug seinen Sonntagsstaat, eine dunkelblaue Hose, dazu ein Samtwams in drei helleren Blautönen. Und darunter ein dünnes weißes Hemd, das einen breiten, mit Spitze abgesetzten Kragen hatte. Allerdings wies es jetzt einige dunkle Flecken auf – Spuren von Pferdemist und von Speichel.

»Nicht böse sein, Mama, ich kann gar nichts dafür«, sagte er, als er sah, dass Charlotte unwillig auf die beschmutzte Kleidung schaute. »Will hat nicht aufgepasst. Er sollte mein Pony striegeln und satteln. Das hab ich ihm befohlen. Aber er wollte nicht.«

»Will ist nicht dein Stallknecht«, warf Ben ein. »Du weißt genau, dass ich möchte, dass du dein Pferd selbst versorgst. Und dazu gehört vor dem Ausreiten auch, dass es gestriegelt und ordentlich gesattelt wird.«

Sebastian senkte den Kopf und biss sich auf die Lippen.

»Das weiß ich ja«, stieß er hervor. »Aber ich wollte mich nicht schmutzig machen.« Er hob Charlottes Hand an die Lippen. »Ich weiß doch, dass Mama das nicht mag, wenn man gute Kleidung trägt. Jetzt muss ich mich vor dem Mittagessen allerdings noch einmal umziehen.« Er machte eine kleine Verbeugung. »Ihr entschuldigt mich …« Und schon ging er mit langen Schritten ins Gutshaus.

»Will hätte ihm wirklich helfen können«, meinte Charlotte und sah mit vorwurfsvoller Miene zur Stalltür hin, wo der großgewachsene, schlanke Will gerade wieder erschien, nachdem er das Pferdchen in den Stall geführt hatte. Sinas Sohn trug zur hellbraunen Leinenhose ein weißes Hemd, dessen weite Ärmel vierfach plissiert waren – es war sein bestes Kleidungsstück, und es zeigte, dass auch Will an seinem freien Tag etwas Besonderes vorhatte.

»Will ist Zweiter Kellermeister, nicht der private Stallbursche unseres Sohnes«, gab Ben unwillig zurück. »Das habe ich ihm schon mehrmals gesagt.«

»Du bist zu streng mit dem Jungen.« Charlottes Stimme klang vorwurfsvoll. »Er ist nun einmal temperamentvoll. Und noch ein wenig ungeschliffen. Aber er ist klug, kann sehr liebenswert sein und ist interessiert an allem, was es Neues gibt. Wenn ich dagegen …« Sie brach ab.

»Sprich es ruhig aus: Karl dagegen ist bodenständig, ruhig und nur interessiert an unserem Weingut.« Ben atmete ein paarmal tief durch, wie er es immer tat, wenn er mit Charlotte Streit hatte wegen der Kinder, die unterschiedlicher nicht hätten sein können. In der letzten Zeit spürte Ben dann manchmal sein Herz. Es krampfte sich in der Brust zusammen, die spitzen Stiche drohten ihm oft den Atem zu nehmen. Doch niemand ahnte etwas davon, der Winzer war sich sicher, dass diese Beschwerden bald von allein verschwinden würden. »Ich hoffe nur, dass sich Sebastians Interesse irgendwann auch einmal den Dingen zuwendet, mit denen er seinen Lebensunterhalt verdienen kann.« Und noch ehe Charlotte etwas einwenden konnte, fuhr er fort: »Aber nun kein weiteres Wort mehr darüber. Wir wollen den schönen Tag nicht mit müßigen Streitereien verbringen. Gehen wir zur Kapelle?«

Charlotte nickte und lächelte versöhnlich. »Gern. Ich pflücke noch schnell ein paar Rosen.« Schnell ging sie zur Hauswand, an der sich einige gelbe und hellrote Kletterrosen emporrankten. Die schönsten Blüten ließen sich auch ohne Messer leicht brechen.

Charlotte drehte die Blumen spielerisch in den Händen, während sie an Bens Arm durch den Weinberg schlenderte. Der Boden war jetzt, da auf der südlichen Halbkugel der Winter vorüber war, von Unkraut und von Wildwuchs gesäubert. Die wilden Triebe waren abgeschnitten, die Rebstöcke waren bereit für eine neue Lese.

Als sie die Kapelle erreicht und Charlotte die Rosen auf den Gräbern ihrer Lieben abgelegt hatte, sah Ben sich um. »Unsere Heimat«, sagte er leise, und wieder war dieses Leuchten in seinen Augen, das immer dann in seinen Blick trat, wenn er sein Weingut betrachtete – den Grund und Boden, den er mit so viel Fleiß zu dem ertragreichen Besitz gemacht hatte, der er jetzt war. Er zog Charlotte an sich. »Bist du glücklich hier mit mir?«

Sie schmiegte sich in seinen Arm. »Das weißt du doch!« Sie sah in Richtung Süden, dorthin, wo die beiden Ozeane aneinanderstießen und das Meer oft turmhohe Wellen hervorbrachte, die den Schiffen gefährlich werden konnten. »Weißt du noch, wie schön es war, als wir kurz vor Madeleines Geburtstag ein paar Tage am Meer waren?«, fragte sie aus ihren Gedanken heraus. »So einen kleinen Ausflug würde ich gern wieder einmal machen.«

»Wann immer du willst.« Ben legte den Arm um ihre Taille. »Ich wäre gern einmal wieder ganz allein mit dir …«

»Dann lass uns bald fahren!« Charlotte drehte sich ein wenig zu ihm hin und sah ihm in die Augen. Ihr Gesicht war von einem Leuchten überzogen, die Lippen waren leicht geöffnet, Ben konnte ihre weißen Zähne sehen – und die kleine vorwitzige Zungenspitze, die jetzt näher und näher kam … »Wenn das Jahr voranschreitet, ist schon bald wieder Weinlese, dann hast du gar keine Zeit mehr.«

Das kleine Mädchen stampfte zornig mit dem Fuß auf. »Ich will aber mit! Ihr sollt nicht allein wegfahren!«

»Madeleine, bitte mäßige deinen Ton!« Charlotte sah ihre Jüngste streng an. »So spricht man nicht mit seinen Eltern!«

»Pah!« Die Neunjährige drehte den Kopf zur Seite, und Charlotte wusste, dass sie ihr jetzt heimlich die Zunge herausstreckte. Als sie sich wieder umdrehte, wirkte ihr zartes Gesicht, das von großen graugrünen Augen beherrscht wurde, blass, aber ruhig. »Und was sollen wir so lange tun?«, fragte sie, immer noch den trotzigen Ton in der Stimme.

»Ich würde sagen, du könntest deine englische Grammatik verbessern. Und rechnen üben.«

»Und mit wem?«

»Mit Karl zum Beispiel.«

»Der ist langweilig. Und er hat nie Zeit für mich. Immer ist er mit Will zusammen … oder mit einem anderen Schwarzen.« Trotzig schob Madeleine die Unterlippe vor.

»Will ist ein hervorragender Kellermeister. Ich bin sicher, dass dein Bruder viel von ihm lernen kann. Wenn Karl keine Zeit hat, dann frag doch Sebastian.« Charlotte strich dem Mädchen über das lange aschblonde Haar, das zu zwei dicken Zöpfen geflochten war. Madeleine trug ein veilchenfarbenes leichtes Kleid, darüber eine weiße Organzaschürze mit breiten Rüschen. Die lilafarbenen Schleifen am Zopfende wippten jedes Mal, wenn sie den Kopf bewegte.

Sie presste die Lippen aufeinander, drehte sich um und stürmte aus dem Zimmer. »Madeleine! Komm sofort zurück!« Charlottes Stimme war ungewohnt streng. Sie hastete zur Tür und blickte Madeleine nach. Doch die lief einfach weiter.

»Wir können nicht einfach losfahren. Ich hätte keine ruhige Minute.« Charlotte hob die Hand und beschattete Augen. Eine gute Stunde war bereits vergangen, und Madeleine war immer noch nicht zurück. »Wo mag sie nur hingelaufen sein?« Ratlos sah sie Ben an, der neben dem Landauer stand und gerade die letzte Reisetasche aufgeladen hatte. Viel würden sie nicht brauchen für die drei Tage, die sie in einem Haus am Meer verbringen wollten, das Bekannten gehörte. Und doch war wieder einmal einiges an Gepäck zusammengekommen.

Der schwarze schlanke Wallach, ein noch recht junges Tier, schnaubte ungeduldig. »Ruhig, mein Junge, gleich geht es los.« Ben sah sich suchend um. »Weit kann sie ja nicht sein«, meinte er. »Dieser kleine Trotzkopf! Wir müssen ihr solch ein unbotmäßiges Benehmen austreiben, Charlotte.«

»Ich bin ganz deiner Meinung.« Charlotte, reisefertig und in einem leichten Kostüm aus hellblauem Wollstoff, zu dem sie keinen Hut trug, sondern ein dunkelblaues Chiffontuch ums Haar geschlungen hatte, nickte zustimmend. Der kleine Pompadour an ihrem linken Handgelenk war aus dunkelblauem Leder, das mit vielen kleinen hellblauen Glasperlen bestickt war. Eine zarte champagnerfarbene Bluse, am Hals mit loser Schluppe, vervollständigte das Ensemble.

»Ihr solltet losfahren, sonst wird es dunkel, noch bevor ihr am Ziel seid.« Sina kam aus dem Haus. Sie hatte in der Küche noch einen Proviantkorb hergerichtet, den sie jetzt in die Kutsche trug.

»Ich kann jetzt nicht fort!« Charlotte biss sich auf die Lippen. »Es ist … irgendwie hab ich ein ungutes Gefühl«, gestand sie mit leiser Stimme.

Sina legte ihr kurz den Arm um die Schultern. »Hab keine Angst, der Kleinen passiert gewiss nichts. Sie wird irgendwo hocken und erst aus ihrem Versteck kommen, wenn ihr Trotz abgeklungen ist. Und dann bin ich ja da.« Sie lächelte. »Mit Madeleine komme ich schon zurecht. Sie kann so lieb sein und …« Sie brach ab, als sie sah, dass Will auf den Gutshof geritten kam. Normalerweise ließ er sein Pferd höchstens in einem ruhigen Trab gehen, wenn er den Innenhof erreicht hatte, doch jetzt galoppierte er weiter, bis er kurz vor der Kutsche angelangt war.

»Paviane sind ganz in der Nähe«, stieß er hervor. »Zwei, die am nördlichen Weinberg waren und an den Reben herumgeturnt sind, hab ich vertrieben, aber sie werden wiederkommen. Leider hatte ich kein Gewehr dabei, und mit ein paar Stockhieben sind die Viecher nicht zu beeindrucken.«

»Paviane …« Bens Augen wurden schmal. Er band die Zügel fest und meinte: »Wir verschieben die Fahrt.« Dann wandte er sich an Will. »Wo ist Thabo?«

»Er kommt auch gleich. Er war noch im hinteren Kraal bei den Schafen.«

»Madeleine ist fortgelaufen. Könnt ihr sie suchen? Ich ziehe mich nur rasch um und mache mich auch auf die Suche. – Thabo soll sein Gewehr mitnehmen.«

»Dikko könnte noch mitkommen«, schlug Will vor. »Er ist ein guter Fährtenleser.«

»Meinetwegen.« Ben wandte sich an Charlotte. »Wir verschieben die Reise auf morgen, ja?«

»Natürlich. Ich … ich bin froh, dass du unsere Kleine suchen gehst.« Sie stieß einen tiefen Seufzer aus. »So ein dummes Ding! Läuft einfach fort und bedenkt nicht, was für Gefahren außerhalb des Gutes lauern können.«

»Mach dir keine Sorgen, Madeleine hockt bestimmt unter einem Busch oder sogar auf einem Baum und kämpft gegen den Trotz an.« Er lächelte liebevoll. »Ich kenne meine Tochter – sie wird bald wieder vernünftig werden und heimkommen.«

»Aber du reitest doch los und suchst sie?«

»Natürlich. Ich ziehe mich nur rasch um.« Ben ging ins Haus zurück und zog sich in Windeseile einen alten Reitdress an. In seinem Arbeitszimmer ging er zum Waffenschrank, den er verschlossen hielt, seit die Kinder im Haus waren, und holte ein Gewehr heraus – wenn sich wilde Paviane in der Gegend aufhielten, war Vorsicht geboten! Ben sah Madeleine vor sich, wie sie angstvoll hinter einem Baum oder in einem Gebüsch hockte, aufgeschreckt von den furchterregenden Schreien der Paviane. Die wilden Paviansippen, die sich im

Hinterland aufhielten und die oft heftig rivalisierten, waren gefährlich, auch für Menschen, und zumal für ein kleines Kind. Doch er verscheuchte diese düsteren Gedanken. Sie mussten handeln, und zwar schnell. Mit dem Gewehr in der Hand hastete er hinaus.

Thabo, Will und der junge Dikko hatten inzwischen die Pferde gesattelt. Ben schwang sich auf seinen dunklen Wallach und hob die Hand. »Wir reiten erst einmal in Richtung Südwesten«, bestimmte er. »Madeleine ist vielleicht zur Kapelle gelaufen.«

Die anderen nickten, und sie ritten los, doch rasch stellte sich heraus, dass Madeleine hier nicht war. Sie suchten die weitere Umgebung der Kapelle und des Friedhofs ab, doch nichts wies darauf hin, dass das Mädchen hier gewesen war.

»Wir müssen weiter in Richtung Norden reiten«, sagte Thabo. »Ich glaube, sie ist in Richtung Akazienwald. Da hab ich sie schon einige Male entdeckt.«

»So weit …?« Ben runzelte die Stirn, doch er folgte Thabo, der nach einer Weile Dikko zu sich winkte und auf einige Spuren im Gras deutete. »Habt ihr etwas gefunden?«

»Hier sind einige umgeknickte Gräser …« Thabo wandte sich nur kurz um. »Wir müssen noch höher in die Hügel hinauf, meint Dikko!«

Sie folgten dem jungen Schwarzen, der sich immer wieder kurz aus dem Sattel schwang und die Fährten genauer untersuchte.

»Was meinst du – war Madeleine hier?« Bens Stimme bebte fast vor Unruhe.

»Ich weiß es nicht genau, Mister Ben. Aber es könnte sein. Jedenfalls sind das dort keine Tierspuren. Und auch die abgerissenen Blätter drüben … das macht kein Tier.« Dikko schien sich seiner Sache sehr sicher zu sein.

Und dann, urplötzlich, hörten sie die wilden, aufgeregten Schreie der Paviane!

»Da drüben sind sie!« Ben wies aufgeregt zu einem kleinen Felsvorsprung, auf dem zwei der Affen saßen.

»Und da ist noch einer!« Thabo deutete zu einer Baumgruppe weiter östlich. »Wir müssen uns aufteilen.«

»Madeleine!« Ben stellte sich in die Steigbügel, formte die Hände zu einem Trichter und rief immer wieder den Namen seiner Tochter. Eine Weile blieb alles still – nur die scharfen Schreie der Affen durchschnitten die Luft. Auch Will rief immer wieder den Namen des Mädchens, und mit einem Mal hörten sie etwas.

»Hier ...!« Die Kinderstimme war kaum zu vernehmen. »Hilfe! Papa – Hilfe!«

»Gleich sind wir bei dir!« Einem ersten Impuls folgend, wollte Ben einfach lospreschen, doch Thabo hielt ihn zurück.

»Warte noch! Wir teilen uns am besten auf. Ben, wir zwei kommen von rechts, also von Osten, Dikko und Will nehmen die Westseite. – Ist dein Gewehr geladen?«

Ben nickte nur. Die Angst um Madeleine schnürte ihm die Kehle zu. Und so, als hätten die Tiere diese Angst gerochen, begannen sie, noch lauter zu kreischen. Dazwischen glaubte Ben, das verzweifelte Schluchzen seiner Tochter zu hören.

»Los! Kommt!« Er hob das Gewehr, winkte damit – und gab seinem Wallach die Sporen.

Die anderen ritten ebenfalls los, verzweifelt suchten sie die Gegend ab.

»Hier!«, rief Will den anderen zu. »Mister Ben! Thabo!« Er stellte sich in die Steigbügel und ließ seine Blicke über das Gelände schweifen. Und dann bemerkte er den alten Pavian, der sich gerade von einem breiten Steinquader abstieß ...

»Madeleine!« Mit einem Satz sprang der junge Schwarze ab, suchte nach einem Stock und fand zum Glück einen etwa armlangen Knüppel.

»Will! Hier ...« Zaghaft kroch Madeleine hinter einem Busch hervor. Ihr Haar war zerzaust, das helle Kleid an einigen Stellen zerrissen, das Gesicht tränenüberströmt. »Will ...« Ihre sonst stets kecke Stimme klang verzagt.

»Komm her! Ich hab dich gleich, und ...« Aus den Augenwinkeln sah Will den Pavian auf sich zukommen. Die kleinen Augen glitzerten tückisch, die dichte Mähne ließ das männliche Tier noch größer erscheinen, als es war. Will sah, wie sich das Maul, das hundeähnlich spitz war, öffnete und zwei bedrohlich scharfe Eckzähne sichtbar wurden.

»Madeleine, komm!« Er streckte die Hand nach dem Kind aus und hob dabei die linke Hand, in der er den Stock hielt, höher. Mit einem lauten Fauchen und mit einem heiseren Schrei stürzte der Pavian sich auf Will und biss ihn in die ausgestreckte Hand.

»Aaah!« Wills Schrei ging in dem langgezogenen Geheul von Madeleine unter. Die Kleine kroch in das Gebüsch zurück, doch noch ehe sie unter dem Strauch Schutz gefunden hatte, wurde sie hochgehoben. Dikki, der junge Schwarze, setzte sie in den Sattel und galoppierte davon.

Will hob den Stock, hieb, fast besinnungslos vor Schmerz, auf den Pavian ein. Endlich traf er ihn auf der

Schnauze, und der Affe stob kreischend davon. Und da waren auch schon Thabo und Ben bei ihm. Will bekam noch mit, dass Thabo auf ihn zurannte, dann sank er zu Boden.

»Verdammt.« Ben sprang ebenfalls vom Pferd. »Will, wo ist Madeleine?«

»Seine Hand!« Thabo beugte sich über Will und half dem Jüngeren, sich aufzusetzen. »Der verdammte Affe hat ihm drei Finger abgebissen!« Ohne auf Ben zu achten, der immer wieder Madeleines Namen rief, riss er einen Streifen von seinem Leinenhemd ab und wickelte ihn um die blutende Hand. Thabo, der lange in der Wildnis gelebt hatte, wusste genau, dass Will in Gefahr schwebte. Wenn der Affe krank war ... wenn sein Speichel Will vergiftet hatte ... »O Himmel, wie soll ich das Sina erklären?«, murmelte er vor sich hin.

»Gar nicht ...« Will war wieder zu sich gekommen und versuchte, sich aufzurichten. »Es ist nicht so schlimm.« Er hob die Hand, aber als er den Verband sah, biss er die Zähne zusammen, um nicht aufzuschreien. »Wo ist Madeleine?«, quetschte er zwischen den Zähnen hervor.

Ja, wo war das Mädchen? Sie riefen immer wieder ihren Namen, doch alles blieb still. Auch von Dikko war nichts mehr zu sehen.

»Ben, wir müssen zurück. Will muss versorgt werden.« Nach einigen Minuten, in denen sie vorsichtig alles abgesucht hatten, hob Thabo den Verletzten auf sein Pferd. »Madeleine ist nicht hier. Die verdammten Affen sind weg und ... und Dikko auch.«

»Dikko?« Stirnrunzelnd sah sich Ben um. »Ist er hinter dem Pavian her?«, fragte er.

Thabo zögerte, dann sagte er leise: »Ich glaube eher, er ist mit Madeleine auf und davon.«

»Dikko? Warum sollte er das tun?«

Will, der mit der gesunden Hand die Zügel hielt, zögerte, dann sagte er wieder leise: »Ich fürchte, dass Dikko sich an der Kleinen rächen will. Sie hat ihn immer geneckt und ihn einen dreckigen Sklaven genannt …« Er biss sich auf die Lippen.

Ben sah ihn entsetzt an. »Warum sagst du so was?«, schrie er los. »Was weißt du sonst noch?«

»Nichts mehr.« Will biss sich auf die Lippen.

»Los, wir suchen sie!«, befahl Ben.

Thabo schüttelte den Kopf. »Erst muss Will zurück aufs Gut«, sagte er. »Dann können wir von dort noch ein paar Männer mehr losschicken.«

»Ich reite hier weiter. Die Paviane sind vertrieben, ich werde auch diesem Dikko eine Kugel verpassen, wenn es sein muss.« Ben war außer sich vor Angst um seine Tochter.

»Beruhige dich.« Thabo trat dicht an Ben heran. »Wir finden Madeleine, ganz bestimmt. Aber jetzt komm erst einmal mit zurück.«

Ben zögerte, dann sah er ein, dass Thabo recht hatte – allein konnte er nur wenig ausrichten. Und dass Will dringend Hilfe brauchte, wurde ihm auch klar, als er sah, wie blass der junge Mann war und dass er sich nur noch mühsam im Sattel halten konnte.

Sina stieß einen unterdrückten Schrei aus, als sie die Männer zurückkommen sah – ohne Madeleine. Will hatte die verbundene Hand unter sein Hemd geschoben, als wollte er Sina nicht noch mehr ängstigen. Aber es war letztendlich unmöglich, zu verheimlichen, was geschehen war.

»Will ist verletzt.« Thabo sprang vom Pferd und half dem jungen Burschen herunter. »Keine Sorge«, fügte er gleich beruhigend hinzu, »das kommt wieder in Ordnung.«

Sina sagte nichts, doch in ihrem Blick lagen Angst, Vorwurf, Entsetzen und Wut.

»Nein, das kommt nicht wieder in Ordnung.« Wills Stimme klang heiser. »Aber ich werde damit zurechtkommen.« Er legte den gesunden Arm um Sina. »Komm mit, Mama, und verbinde mich. Ich glaube, ich brauche deine besten Kräuter.«

»Was hast du denn?« Besorgt sah Sina ihren Sohn an, der sie um einen Kopf überragte.

»Schau selbst.« Will verzog den Mund. »Gehen wir in die Küche, ja?«

Thabo sah den beiden nach, schon hörte er Sinas hellen Entsetzensschrei. »Nein!«

Charlotte kam die Treppe herunter. »Was ist los? Habt ihr sie endlich gefunden?« Ihre Augen waren gerötet und verquollen.

Ben hielt sie am Arm zurück, als sie in die Küche gehen wollte. »Bleib lieber hier«, bat er. »Will ist verletzt. Ein Pavian hat ihn gebissen – und Sina versorgt ihn gerade.«

»Und – Madeleine?« Sie schüttelte seine Hand ab. Aus brennenden Augen sah sie ihn an. »Was ist mit meinem Kind? So red doch schon!«

»Ich weiß es nicht. Sie ist verschwunden. Dikko …« Er brach ab und stürmte nach draußen. »Wo sind Aydan und Ghedi? Und Andy … Ich brauche fünf Männer! Los, auf die Pferde!« Um Charlotte, die ihm nachgelaufen kam, kümmerte er sich nicht mehr. Schon saß er wieder auf seinem Wallach, winkte den alten Andy zu sich, einen zahnlosen Engländer, der gerade aus den Stallungen kam. »Komm du auch mit. Wir müssen Madeleine finden, bevor es dunkel wird. Dikko, der Bastard, hat sie mit sich genommen!«

»Beruhigt Euch.« Andy trat dicht an Bens Pferd. »Ich glaube, ich weiß, wo er ist. Und was er vorhat.« Seine Stimme, leise wie immer, zitterte.

»Mann Gottes, so sprich doch endlich!«

»Ich habe ihn gesehen – drüben bei den alten Schafkraals.« Er wies nach Osten, dorthin, wo drei alte, längst verfallene runde Tierkraals standen. Hin und wieder suchten die Ziegen dort Unterschlupf bei Regen, doch benutzt wurden die Ställe nicht mehr. »Er hat sein Pferd angebunden und etwas hineingetragen.« Andy sah den Gutsherrn eindringlich an. »Dikko ist kein Guter«, sagte er leise. »Seine Augen ... sie sind böse.«

»Darauf gebe ich nichts. Ich suche Madeleine! Die Kleine ist verschwunden!« Ben sah den alten Mann, der seit einigen Monaten auf *Hopeland* lebte und jede Arbeit machte, die ihm aufgetragen wurde, eindringlich an. »Hast du noch etwas gesehen?«

»Nein, aber ... kommt doch mit.« Andy ging mit den für ihn so typischen langen Schritten über den Hof.

Es blieb Ben nichts anderes übrig, als ihm zu folgen. Rasch holte er ihn ein – und dann sahen sie Madeleine: Sie lag in dem mittleren Kraal auf der staubigen, mit Schafskot verschmutzten Erde, die Hände auf dem Rücken zusammengebunden. Ein alter Lappen steckte als Knebel in ihrem Mund.

»Darling!« Ben kniete neben seiner Tochter nieder, zog erst den Knebel zwischen ihren Zähnen hervor, dann griff er an seinen Gurt, in dem ein schmales Messer steckte. Schnell waren die dünnen Stricke gelöst. Sie hatten sich tief in Madeleines Fleisch eingegraben und blutige Striemen hinterlassen.

»Papa! Dikko hat mich ... Er ist einfach ... Er hat gesagt, das wäre seine Rache! Dabei hab ich ihm doch nie ... nie ... wirklich etwas getan und ...« Tränen erstickten ihre Stimme, und Ben blieb nichts zu tun, als sie erst einmal in den Armen zu wiegen und zu beruhigen. Erst als Madeleines Tränen versiegt waren und er sie sicher nach Hause gebracht hatte, begann er die fieberhafte Suche nach dem Missetäter. Doch so lange und intensiv man auch nach Dikko suchte – er blieb nach diesem Tag für immer verschwunden.

***

Jahre gingen ins Land. Jahre, angefüllt mit Glück und Leid, mit Arbeit, Erfolg, Lachen und Tränen. Jahre, die das Geschick der Kapregion prägten und auch die Menschen auf *Hopeland*. Eine neue Generation war herangewachsen ...

»Verdammt noch mal, Sebastian, lass endlich die Finger von den Arbeiterinnen! Wenn Vater erfährt, dass du dich mit zwei von ihnen gleichzeitig im Weinkeller vergnügst ... das gibt einen Heidenärger!«

»Es hat aber Spaß gemacht! Und warum soll ich mich nicht amüsieren? Du bist doch Vaters Liebling, sein Erbe und sein folgsamer Vasall!« Sebastian lachte spöttisch auf. Er war ein gutaussehender, schlanker junger Mann, dessen blondes Haar wie Gold schimmerte. Er war immer nach der neuesten Mode gekleidet, sportlich, lebenslustig. Karl hielt den Bruder für leichtsinnig, und er grollte insgeheim seiner verehrten Mutter, die Sebastian vergötterte.

Charlotte selbst war der Ansicht, dass sie ihre drei Kinder gleich innig liebte. Aber tief im Herzen stand ihr Sebastian am nächsten. Er liebte Musik und Schauspiel, interessierte sich für jede Neuerung, die aus Europa kam, und bezauberte mit seinem Charme alle Frauen zwischen siebzehn und siebzig. Charlotte hörte es immer wieder gern, wenn man sie um ihren Sohn beneidete, der auf dem gesellschaftlichen Parkett eine so gute Figur machte. Dass Sebastian bei weitem nicht so voller Einsatz arbeitete wie sein älterer Bruder, übersah sie nur zu gern.

Sebastian war ein hervorragender Schüler gewesen, er sprach fließend Englisch und Französisch, auch ganz gut Holländisch und Italienisch. Mathematik und alle anderen naturwissenschaftlichen Fächer begriff er im Nu – und wollte doch keinen Nutzen aus seinen Fähigkeiten ziehen. Er genoss sein Leben, brach aus den Zwängen, die das Leben auf dem Weingut ihm auferlegte, immer wieder aus – und lachte nur, wenn sein Vater oder Karl ihm grollten.

Madeleine, die in diesem Jahr 1820 gerade einmal vierzehn Jahre alt geworden war, himmelte Sebastian an. Er war ihr Vorbild, dem sie in vielen Dingen nacheifern suchte. Mit dem ruhigen, viel zu ernsten Karl konnte das junge Mädchen nicht viel anfangen. »Er denkt immer nur an die Arbeit«, klagte sie oft. »Wenn ich etwas unternehmen will mit ihm, wenn er mich nach Kapstadt bringen soll, sagt er, er müsste in den Weinkeller oder mit Vater hinaus in die Weinberge. Ach, er ist einfach langweilig!«

Wenn Sina hörte, wie Madeleine über den älteren

Bruder sprach, wurde sie jedes Mal böse. Und da Charlotte ihrer Jüngsten kaum einmal Einhalt gebot, schimpfte Sina das Mädchen aus. »Er ist einfach nur pflichtbewusst, dein Bruder Karl«, sagte sie. »Schließlich wird er einmal diesen ganzen Besitz erben, da ist es nur recht und billig, dass er von Grund auf lernt, was es braucht, um ein so großes Weingut erfolgreich und verantwortungsvoll zu leiten.«

»Wir haben doch unsere Leute«, warf Madeleine schnippisch ein. »Dein Sohn ist doch ein guter Arbeiter. Sagt Papa zumindest.«

»Das ist Will auch. Und er ist deinem Vater sehr dankbar für alles, was er lernen durfte.« Sinas Gesicht, das immer noch hübsch war, wenn auch einige Falten um ihre großen Augen zu sehen waren, bekam einen weichen Ausdruck. Ja, sie war Ben sehr dankbar, dass er Will eine so gute Ausbildung ermöglicht hatte. Jetzt war der junge Mann schon Zweiter Kellermeister, und Ben hatte Sina versprochen, ihn auch weiterhin zu fördern.

Während Sinas Mann Thabo als Vorarbeiter die Männer und Frauen kontrollierte, die im Weinberg arbeiteten, half Will als stellvertretender Kellermeister dem alten Victor, einem Franzosen, der vor sieben Jahren aus Burgund geflüchtet war. Es wurde gemunkelt, er habe dort seine gemütskranke Frau in einem abgelegenen Moorsee ertränkt. Victor war ein stiller, in sich gekehrter Mann von sechzig Jahren, der nur wenig redete. Und wenn, dann meist über Wein und dessen Veredlung.

Mit Will kam er sehr gut aus; der Jüngere lernte begierig alles, was Victor ihm beibrachte. Oft sah Ben die beiden einträchtig zusammensitzen und neue Methoden der Veredelung einzelner Reben erörtern. Er war mit dieser Entwicklung sehr zufrieden und förderte diese ungewöhnliche Freundschaft.

Nur Ben wusste, was damals in Frankreich wirklich geschehen war: Victor war ein Cousin von Jérôme Bertrand, dem Kapitän der *Parisienne*. Durch Jérôme hatte Ben die Bekanntschaft des versierten Kellermeisters gemacht, der tatsächlich ein Menschenleben auf dem Gewissen hatte. Allerdings hatte Victor einen Soldaten Napoleons erschossen, der seine Frau vergewaltigt und halbtot zurückgelassen hatte. Martine, Victors Frau, war drei Tage später ins Wasser gegangen.

Das alles hatte Victor kurz erzählt und dann hinzugefügt: »Wenn Ihr mehr wissen wollt, Mister Ruhland, dann werde ich nicht für Euch arbeiten. Ich hab mir geschworen, nie wieder darüber zu reden.«

»Dann – sei es so.« Ben hatte ihm die Hand hingestreckt. »Ich bin froh, wenn Ihr zu mir nach *Hopeland* kommt. Allein kann ich die Arbeit nicht mehr schaffen. Und mein Sohn ist noch zu jung, um mich wirklich zu entlasten.«

»Dann bin ich ab jetzt Euer Mann.«

Seither lebte Victor in einer der kleinen Hütten am Südrand des Gutes. Er war ein Einzelgänger, wurde jedoch von allen geachtet. In Will schien er einen Sohn zu sehen, denn mit dem jungen Schwarzen konnte er stundenlang zusammensitzen und über Wein reden. Karl hatte hin und wieder versucht, der Dritte im Bunde zu werden, aber er hatte schnell gemerkt, dass Victor dies nicht wollte. So hielt er sich zurück, zumal Will ihm einmal gesagt hatte: »Alles, was ich von Victor lerne, erzähle und zeige ich dir. Es ist Wissen, das *Hopeland* gehört.«

Will kam gerade aus dem Weinkeller, wo er die Maische geprüft hatte. Seit er durch den Pavianbiss drei Finger der linken Hand verloren hatte, trug er oft einen Lederhandschuh über der verstümmelten Hand. Jetzt zog er den hellbraunen Handschuh aus und steckte ihn in die Hosentasche, wobei er die Hand mehrmals öffnete und wieder zur Faust ballte, weil er hin und wieder Schwierigkeiten mit der Durchblutung hatte. Als er Sebastian entdeckte, der schon ausgehfertig gekleidet war, verzog er geringschätzig den Mund. Und als Karl zu ihm trat, meinte er nur: »Will er sich wieder in der Stadt vergnügen? Reichen ihm die Mädchen hier nicht?«

»Ach, Will, sei nur ja leise. Wenn Vater das hört …«

Der dunkelhäutige Mann, dessen breitschultrige Gestalt das helle Leinenjackett beinahe zu sprengen schien, zuckte mit den Schultern. »Dann zieht er ihn hoffentlich zur Rechenschaft. Erst vorige Woche hab ich gehört, dass eins der Mädchen heimlich abgetrieben hat – das Kind soll von Sebastian gewesen sein.«

Karl seufzte unterdrückt auf. »Ich weiß, er nimmt keine Rücksicht. Aber was soll ich tun? Mutter liebt ihn abgöttisch, und um ihr nicht weh zu tun, will ich auch nicht, dass Vater zu viel erfährt.«

Sebastian hatte sich unterdessen in den Sattel seines hochbeinigen Schimmels geschwungen. Als er an Karl und Will vorüberritt, lüftete er den Hut und rief: »Ihr seid selber schuld, wenn die Geschichte euch überrollt! Dieses Land gehört zu England. Und wenn alles gutgegangen ist, landen heute oder morgen mehrere tausend britische Siedler an der Algoa Bay. Das weiß ich von der Tochter eines hohen Marineoffiziers! Sie sagt, dass mindestens vier Schiffe unterwegs sind hierher. Das sehe ich mir an!« Und schon sprengte er davon.

»Damit ist er wieder mal für einige Tage fort«, bemerkte Will lapidar. »Du siehst, er hat eine Reisetasche dabei. Er macht es sich wirklich leicht! Na, ich gehe lieber wieder an die Arbeit. Wir haben noch ein paar späte Trauben verlesen, die müssen gepresst und vergoren werden. Bevor der Winter einbricht, will ich versuchen, besonders reichhaltigen Wein herzustellen. Dein Vater ist ganz meiner Meinung, dass man mal was Neues ausprobieren muss.«

»Du hast recht – auf unserem Niveau können wir nicht stehen bleiben.« Karl fuhr sich über das Gesicht. »Ich hätte da so viele Pläne, aber ich fürchte, dass ich Vater damit nicht kommen kann.«

»Wart's einfach ab«, riet Will. »Deine Zeit kommt noch.«

Karl nickte nur, dann beschloss er, für heute ebenfalls Feierabend zu machen. Ein Ausritt würde ihn auf andere Gedanken bringen! Wenn nichts dazwischenkam, konnte er sogar am Strand entlanggaloppieren! Noch waren die Wellen nicht allzu hoch und nicht gefährlich. Für Karl gab es kaum etwas Schöneres, als mit seinem Braunen die Umgebung zu erkunden. Immer wieder entdeckte er etwas Neues. Einmal war es eine seltene Blüte oder ein Tier, dann wieder eine Hügelkette, die er noch nicht kannte. Rasch ging er zum Gutshaus hinüber, in dem es jetzt, am frühen Nachmittag, recht still war.

Gerade als Karl in sein Zimmer gehen wollte, um sich umzuziehen, kam Madeleine ihm entgegen. Die blonden Locken hingen ihr wirr um das erhitzte Gesicht.

»Was ist denn mit dir los, Kleine?« Karl bückte sich nach einem Haarband, das Madeleine verloren hatte.

»Ich hab mich ja so geärgert! Sina ist unmöglich! Warum darf sie mir sagen, was ich tun oder lassen soll? Sie ist eine Schwarze! Das ist doch …«

»Sei still!« Karls Stimme war leise, doch messerscharf. »Ich will nicht, dass du so redest! Sina gehört zur Familie!«

»Nein, tut sie nicht! Sie ist eine Dienstbotin! Und deshalb darf sie gar nicht mit mir schimpfen! Und du … du bist gemein! Ich hasse euch alle!« Aufschluchzend lief sie hinüber in ihr Zimmer, die Tür fiel laut hinter ihr ins Schloss.

Karl zuckte nur mit den Schultern. Seine Mutter hatte ihm erklärt, dass sich junge Mädchen in Madeleines Alter oft leicht überspannt benahmen. »Das ist die Pubertät, das legt sich wieder. Man darf das, was sie sagt oder tut, einfach nicht ernst nehmen.« Der junge Mann fand allerdings, dass Madeleine einfach nur ungezogen und leicht hysterisch war. Aber jetzt wollte er sich nicht mit dem Nesthäkchen der Familie abgeben, sondern endlich seinen Ausritt antreten!

Schon eine halbe Stunde später ritt er vom Gutshof. Er sah noch, dass neue Fässer angeliefert wurden, aber darum kümmerten sich schon Victor und Will. Er hob grüßend den Arm mit der Gerte, dann gab er dem Pferd die Sporen. Nach kurzem Galopp kamen sie im älteren Teil des Weinbergs an. In Reih und Glied standen hier die Reben; jetzt, da die Tage kühler wurden, hatten einige schon ihr gelb gefärbtes Laub abgeworfen. An etlichen Stöcken hingen jedoch noch die kleinen hartschaligen Beeren und warteten darauf, zu besonders edlem Wein verarbeitet zu werden.

Einige der Arbeiter, die zwischen den Reben standen, schauten kurz hoch und grüßten.

Thabo kam auf einem großen Fuchswallach heran. »Gibt's was Besonderes, Mister Karl?«, fragte er.

»Ja.« Der junge Mann lachte. »Ich wollte dir sagen, dass du endlich dieses ›Mister‹ lassen sollst. Wie oft hab ich darum schon gebeten? So hast du früher doch auch nicht gesagt.«

»Früher ... da wart Ihr auch noch ein Kind, Mister Karl.« Thabo, breitschultrig wie eh und je, lächelte. »Aber jetzt ...«

»Jetzt bin ich immer noch Karl für dich.« Er wies weiter nach Südosten. »Ich gönn mir für heute eine Pause. Sag Bescheid, wenn ich bis zum Abend nicht zurück bin; nicht dass sich meine beiden Mütter Sorgen machen.«

Thabo lachte. »Sina kann nun mal nicht aus ihrer Haut. Sie kennt dich seit deinem ersten Atemzug. Was soll man dagegen tun?«

»Gar nichts. Ich find's doch schön!«

Wenig später war Karl an der kleinen Hügelkette angekommen, die den südöstlichen Grenzbereich von *Hopeland* darstellte. Wilde Blumen blühten hier auch jetzt noch in verschwenderischer Pracht. Gelbe Blüten und wilde rostrote Geranien sah man, aber auch die lilafarbenen Eriken. Der Fynbos, kleinblättrige, niedrig wachsende Büsche und Blumen, die er alle gar nicht zu benennen gewusst hätte, zog sich die ganze Hügelkette hinauf.

»He! Hierher! Bitte, helft uns!« Auf einem schmalen Feldweg, der noch aufgeweicht war vom letzten Regen, stand ein Landauer, vor den zwei glänzend gestriegelte Rappen gespannt waren. Doch jetzt hing die Kutsche schräg im Graben; der Mann, der Karl jetzt aufgeregt zuwinkte, wollte die Pferde gerade ausspannen.

»Wartet kurz, ich helfe Euch.« Karl sprang vom Pferd und warf dem Tier die Zügel über den Hals. Er wusste, dass der Wallach nicht fortlaufen würde. Rasch half er dem elegant gekleideten Städter, die Tiere auszuspannen. »Die Achse ist gebrochen«, stellte er dann sachkundig fest. »Ja, ja, die Wege hier sind nicht gut ausgebaut. Und für den breiten Landauer nicht geeignet.«

»Ich hätte nicht auf meinen Kutscher verzichten sollen«, sagte der Fremde, dessen seidener, mit Rüschen verzierter Gehrock ebenso mit Schlamm bespritzt war wie die sandfarbene Hose. Den hohen Hut hatte er schon abgesetzt, das dunkle Haar, an den Schläfen bereits leicht ergraut, war im Nacken mit einem Band zu einem kurzen Zopf gebunden. »Aber ich wollte meiner Tochter ihre neue Heimat gern ganz allein zeigen.« Er machte eine kleine Pause, dann verneigte er sich leicht. »Gestatten – Maximilian Rothausen. Ich stehe in Diensten von König Friedrich Wilhelm III. von Preußen.« Er wies zu dem Landauer. »Das ist Sophie, meine Tochter. Sie ist erst vorgestern mit einem Schiff aus der Heimat hier angekommen.«

»Ich bin Karl Ruhland.« Auch der Jüngere verneigte sich, dann schaute er zu der Kutsche hin. Darin saß eine junge Dame, ein Mädchen beinahe noch, doch bildhübsch. Dunkles Haar, in das ein grünes Samtband geschlungen war, fiel ihr über den Rücken. Ein Reisekostüm in der gleichen grünen Farbe umschloss die schlanke Gestalt. Einen Hut, wie er eigentlich zur Garderobe gehört hätte, sah Karl nicht.

»Papa, helft mir doch bitte hinaus!« Die junge Frau hatte eine ungewöhnlich dunkle Stimme, und noch ehe der so Angesprochene reagieren konnte, war Karl schon am Wagenschlag.

»Darf ich bitten …« Er streckte ihr die Hand entgegen. »Vorsicht, die Kutsche könnte noch mehr abrutschen.« Und da die Fremde zögerte, nahm er sie kurz entschlossen um die Taille und hob sie aus dem Wagen.

»Was …« Sie brach ab, als sie in seine Augen sah, in denen es aufblitzte.

Karl lächelte, dann rief er hastig aus: »Achtung, der Wagen!« Und schon neigte sich die Kutsche noch mehr nach links, der Wagen drohte ganz umzukippen. Mit aller Kraft stemmte Karl sich dagegen. »Da – das Holzstück … ich brauche es zum Abstützen!«

Gemeinsam gelang es ihnen, die Kutsche wieder aufzurichten.

»Und jetzt? Was machen wir jetzt?« Hilflos sah Maximilian Rothausen sich um.

Karl zögerte. Er hatte den Nachmittag am Meer verbringen wollen, doch er sah ein, dass er diesen Fremden, der ganz offensichtlich recht ungeschickt war in praktischen Dingen, nicht allein seinem Schicksal überlassen konnte. »Ich werde zurück auf unser Gut reiten und Hilfe holen. Mit einem Einspänner kommen wir hier besser zurecht.«

»Aber wir könnten auch reiten.« Sophie Rothausen wies auf die grasenden Pferde. »Ich kann es auch ohne Sattel.«

»Sophie! Ich muss doch sehr bitten!«

»Ach was, warum sollen wir hier rumstehen?« Ihre burschikose Ausdrucksweise nahm Karl gleich für sie ein. Sicher hatte sie eine hervorragende Erziehung genossen. Wenn ihr Vater Diplomat war, stand das außer Frage. Aber sie wirkte noch ganz unverfälscht.

»Ich könnte Euch mein Pferd anbieten. Es ist zwar kein Damensattel, aber …«

»Nein, nein, das kann Papa haben. Wenn Ihr mir helft, komme ich schon zurecht!« Und ehe die beiden verblüfften Männer sich's versahen, hatte Sophie die Röcke gerafft und war mit zwei Sätzen auf dem Pferd. Karl sah kurz ihre schlanken Fesseln, die in aparten geschnürten Stiefeletten steckten. Dann ordnete Sophie verschämt ihre Röcke um sich.

»Sophie, wenn deine Mutter dich so sehen könnte ...«

»Mama ist tot«, kam es leise von der etwa Sechzehnjährigen. »Und sie wollte sicher nicht, dass ich in dieser Einöde hier vergehe.«

»Bitte, nehmt mein Pferd, Sir«, bot Karl Maximilian Rothausen an. »Ich brauche keinen Sattel.« Er half dem Älteren aufs Pferd, schwang sich dann gekonnt auf den zweiten Rappen. Sophie hatte die Zügel inzwischen geschickt in die Hand genommen, man merkte, dass sie des Reitens kundig war. Und wenig später bewies sie, dass sie auch unter diesen ungewöhnlichen Umständen eine hervorragende Reiterin war. Jedenfalls saß sie gerade zu Pferde und hatte auch nichts dagegen, als Karl vorschlug, in einen leichten Trab zu fallen.

Kaum hatten sie das große Weingut erreicht, kamen zwei Männer herbeigeeilt und nahmen die Pferde der Männer in Empfang. Karl ging zu Sophie und streckte ihr beide Arme entgegen.

»Steigt ab. Ich fange Euch auf, Ihr braucht keine Sorge zu haben!«

»Ich komme schon zurecht!« Sie raffte die Röcke, und es schien sie nicht zu stören, dass sie sich höchst unschicklich benahm. Sie schwang das rechte Bein über den Sattel und glitt dann in Karls Arme. »Mein armer Papa – ihn trifft glatt der Schlag«, flüsterte sie dabei. Und wirklich, Herr Rothausen wischte sich den Schweiß von der Stirn, und er sah sich vorsichtig um, als wolle er prüfen, ob es noch mehr Zeugen dieses ungebührlichen Verhaltens gab.

»Darf ich Euch ins Haus bitten?« Karl wies hinüber zu dem weiß gestrichenen hohen Gebäude. »Meine Mutter wird sich freuen, liebe Gäste bewirten zu können.«

Charlotte ließ den Besuchern erst einmal eine Erfrischung bringen, dann bot sie Sophie an: »Wenn Ihr mögt, meine Liebe, könnt Ihr Euch in den Räumen unserer Tochter umziehen – Ihr habt in etwa die gleiche Größe, obwohl Madeleine noch jünger ist.«

»Ach was, das geht schon«, winkte Sophie ab. »Aber etwas frisch machen würde ich mich schon gern.«

»Unsere treue Sina wird Euch gern dabei behilflich sein.«

Während Sina mit dem jungen Mädchen hinauf zu Madeleines Räumen ging, erzählte Maximilian Rothausen ein wenig von sich und von der Mission, die ihn im Dienst des Königs von Preußen nach Südafrika geführt hatte. Später kam Ben hinzu, und da sich die beiden Männer auf Anhieb sympathisch waren, lud er den Gast ein, doch über Nacht zu bleiben.

»Dann können meine Männer in Ruhe Eure Kutsche bergen und instand setzen. Alles andere wäre für Euch und für Euer Fräulein Tochter doch viel zu strapaziös.«

»Aber ... wir haben gar nichts bei uns«, wandte der Diplomat ein. »Wenngleich ich Euer Angebot gern annehmen würde, muss ich gestehen. Die Vorstellung, eine Kutsche allein durch die Nacht lenken zu müssen, hat nichts Verlockendes für mich.«

»Wenn Ihr es nicht als aufdringlich erachtet – ich stelle Euch gern alles Notwendige zur Verfügung. Und auch für die junge Dame wird sich angemessene Kleidung finden.«

So kam es, dass die Gäste noch blieben, sogar einige Tage lang, denn die beiden Herren hatten sich viel zu erzählen und empfanden bald freundschaftliche Gefühle füreinander. Maximilian Rothausen war als Diplomat viel in der Welt herumgekommen. Er hatte eine Weile in Spanien und in Portugal gelebt und schließlich in Österreich am Wiener Kongress teilgenommen, auf dem Europa neu aufgeteilt worden war. Danach war er eine Weile in Italien gewesen, auch für etliche Monate in Russland, wo er sich jedoch nicht sehr wohl gefühlt hatte. Nach dem viel zu frühen Tod seiner Gemahlin hatte er sich nach Südafrika versetzen lassen.

»Ich hoffe, hier Abstand zu finden«, schloss er seine Erzählung. »Sophie war drei Jahre in einer Klosterschule, sie weiß, wie man einem Haushalt vorsteht, kann kochen und nähen – aber sie ist viel zu klug, ehrlich gesagt, um nur diese Dinge zu lernen. Ich denke, dass sie hier an einer Privatschule ihre Allgemeinbildung vervollkommnen kann.«

»Es gibt inzwischen zwei Schulen in Kapstadt, die über ein gutes Renommee verfügen«, warf Charlotte ein. »Wenn Ihr Euch noch nicht entschieden habt, bin ich gern behilflich.«

Doch Sophie war schon an einer teuren Privatschule angemeldet, sie würde in wenigen Wochen mit dem Unterricht beginnen.

»Dann könntet Ihr doch noch hierbleiben«, schlug Charlotte vor, die sah, wie angenehm ihrem Mann diese Gesellschaft war.

Der preußische Diplomat zögerte.

»Macht uns die Freude«, warf Ben ein.

»Aber wir haben gar keine persönlichen Dinge hier, wie ich schon sagte …«

»Dann lassen wir sie holen«, meinte Ben. »Ihr braucht Thabo und Will nur zu sagen, was Ihr und Euer Fräulein Tochter haben mögt – die beiden sind höchst zuverlässig und werden alles aus Eurem Haushalt besorgen.«

»Ein verführerischer Vorschlag!«, lächelte der Diplomat, der in seinem langen beruflichen Leben viele Männer getroffen hatte, die etwas darstellten. Von Ben Ruhland jedoch, der seinen Besitz aus dem Nichts heraus aufgebaut und zu großer Blüte gebracht hatte, war er sehr beeindruckt. Der Winzer war bei allem Erfolg bodenständig geblieben, er hatte sehr vernünftige, liberale Ansichten und besaß Weitblick.

»Es wäre uns ein großes Vergnügen, wenn Ihr ihn annehmen und bleiben würdet«, sagte Charlotte Ruhland. »Und ich bin sicher, dass auch Sophie gern einige Tage Ferien hier macht, bevor sie wieder dem strengen Schulalltag Rechnung tragen muss.«

So kam es, dass Maximilian und Sophie Rothausen ein paar Tage auf dem großen Weingut zubrachten. Während ihr Vater mit dem Gastgeber den Weinkeller, in dem inzwischen wertvoller Rebensaft lagerte, besichtigte oder mit Ben über den großen Besitz ritt, unterhielt Karl die junge Dame, so gut er konnte. Sophie war zwar noch sehr jung, doch ungemein interessiert an allem Neuen. Sie kam ihm sehr reif vor für ihr Alter, und in stillen Minuten gestand der junge Mann sich ein, dass sein Herz immer stärker für sie entflammte. Doch noch war es zu früh, ihr seine Gefühle einzugestehen.

Karl wollte sich mit der Freundschaft begnügen, die sie ihm entgegenbrachte.

Es waren Tage voller Harmonie – bis Sebastian heimkehrte!

Gerade waren Sophie und Karl von einem langen Ausritt hinunter zum Meer heimgekehrt, als ihnen vor den Stallungen Sebastian entgegenkam. Seine Kleidung war noch staubig und verschmutzt, doch er sah beeindruckend gut aus. Das lange Haar war im Nacken zusammengebunden, er trug einen senffarbenen Rock, dazu schwarze Hosen und schwarze Reitstiefel. Ein Mantel mit Pelerine umhüllte die hohe Gestalt.

»He, Bruderherz, wen hast du denn da bei dir?« Er machte eine übertrieben tiefe Verbeugung. »Tagelang war ich jetzt unterwegs, aber nicht einmal in Port Elizabeth hab ich eine solche Schönheit getroffen!«

Sophie errötete ein wenig, doch sie lachte ihn unbefangen an. »Ihr versteht Euch ganz offensichtlich auf Komplimente.«

»Stimmt. Ich weiß wahre Schönheit zu würdigen – ganz anders als mein Bruder. Hat er Euch erzählt, wie viel Wein wir herstellen jedes Jahr? Und wie man die Reben richtig pflegt?« Er zuckte mit den Schultern. »Das ist doch nichts für eine bezaubernde junge Dame. Wenn Ihr gestattet, zeige ich Euch die neuesten Kataloge aus Frankreich. Ich hatte diese Modezeitungen eigentlich für Mama mitgebracht, aber für Euch sind sie bestimmt noch viel interessanter.«

***

Zwei Jahre vergingen. Jahre, in denen sich die Familien Ruhland und Rothausen immer mehr anfreundeten.

Jahre, in denen aus Sophie eine zauberhafte junge Dame wurde, die zahllose Verehrer hatte. Vor allem Karl und Sebastian bemühten sich um sie – Karl auf zurückhaltende, fast schüchterne Weise, Sebastian charmant und beharrlich. Er wusste wohl, dass er Sophie faszinierte mit seiner Art, das Leben zu genießen. Sie selbst war auch eher zurückhaltend. Sie war ausgesprochen klug, und sie interessierte sich für alles, was in der Welt geschah. Als 1822 der Dichter E.T.A. Hoffmann starb, bewegte sie das sehr. Ebenso, dass Griechenland unabhängig wurde und einige Sklaven aus Amerika heimkehrten nach Afrika.

»Sie haben einen eigenen Staat gegründet«, erzählte sie eines Abends, als sie allein zu Gast auf *Hopeland* war. Ihr Vater war in diplomatischer Mission unterwegs und hatte seine Tochter Charlotte Ruhland anvertraut.

»Ich weiß, sie haben ihn Liberia genannt«, warf Karl ein. »Eine beeindruckende Leistung dieser Menschen.«

»Was ist daran beeindruckend?« Mit einem hochmütigen Gesichtsausdruck sah Sebastian von einem zum anderen. »Sie werden untergehen. Diese Kreaturen haben doch gar nicht gelernt, selbständig zu handeln oder zu denken!«

»Du bist ein elender Snob!«, begehrte Karl auf. »Dieses Herrendenken ekelt mich an.«

»Und ich finde es unerträglich, dass du dich immer wieder mit diesem gemeinen Volk auf eine Stufe stellst.«

»Sebastian!« Ben Ruhland sah seinen jüngeren Sohn strafend an. »Solche Worte dulde ich nicht in meinem Haus!«

»Dann gehe ich lieber.« Heißblütig, wie er war, sprang der Zwanzigjährige auf.

»Aber Lieber, sei doch nicht so aufbrausend.« Charlotte erhob sich ebenfalls und trat auf ihn zu. »Vater hat es nicht so gemeint – und Karl erst recht nicht.«

»Doch, ich habe es so gemeint!« Es kam nur selten vor, dass Ben sich nicht an Charlottes Seite stellte, doch diesmal blieb er hart. »Bitte, meine Liebe, sieh ein, dass Sebastian sich im Ton und in seiner Ausdrucksweise vergriffen hat. Wir beide haben ihn doch zu einem toleranten Menschen erzogen. Warum sagt er jetzt so etwas?«

»Weil wir immer noch die Sklaverei haben in diesem Land«, begehrte der junge Mann auf. »Nur hier wird diese Tatsache außer Acht gelassen. Und das auf unsere Kosten.« Schon war er zur Tür hinaus. »Ich gehe auf die Jagd!«, rief er noch.

Madeleine, die alles, was Sebastian tat, guthieß, sprang ebenfalls auf. Sie hatte Tränen in den Augen. »Bastian! Bleib hier! Übermorgen ist doch das große Winzerfest drüben auf *Nordendaal!* Du wolltest mit mir …«

Aber der Bruder hörte sie nicht mehr. Mit langen Schritten stürmte Sebastian durch das Haus, schlug die Tür zu seinen beiden Räumen hinter sich zu und warf sich aufs Bett. Eine Weile blieb er so liegen und starrte verbissen an die Decke. Karl! Immer und immer wieder Karl! Wie er den Bruder verachtete mit seiner liberalen Einstellung! Wie dumm das doch war! Statt mit den Schwarzen, die auf dem Gut arbeiteten, großen Gewinn zu machen – schließlich könnten sie billige Arbeitskräfte sein –, wurde ihnen Lohn gezahlt! Wenn Sebastian daran dachte, dass Will im Monat mehr bekam, als er selbst an Taschengeld erhielt … es war einfach empörend von Vater!

Wie anders wurde doch Gut *Summerset* von den

Lammersburgs geführt! Dort gab es jede Menge Sklaven. Der alte Lammersburg schwang sogar hin und wieder die Peitsche. Das wusste Sebastian von Johannes, mit dem er sich hin und wieder in Kapstadt in einem gewissen Etablissement traf. Heimlich natürlich, denn ihm war klar, dass er mit einem solchen Verhalten sogar seine Mutter gegen sich aufbringen würde.

Sebastian beschloss, hinüber nach *Summerset* zu reiten. Johannes, der ältere Freund, würde ihn sicher irgendwie von seiner Enttäuschung ablenken können. Er stand auf, packte einige wenige Sachen zusammen und verließ das Gut, ohne ein Wort zu sagen.

Karl war versucht gewesen, Sebastian zu folgen, doch dann hatte er sich neben Sophie gesetzt und ihre Hände genommen. »Du hast recht, Sophie«, sagte er. »Es geschehen im Moment so viele aufregende Dinge ... ich habe gelesen, dass in Südamerika ein neuer Kaiser gekrönt worden ist. Brasilien hat sich von Portugal unabhängig gemacht. Das ist auch für uns von Bedeutung. Schließlich sind wir hier in diesem Land auch nur zu Gast. Irgendwie zumindest«, fügte er hinzu.

Sophie lächelte ihm zu. »Es gefällt mir, dass du es so siehst«, meinte sie. »Das Land hier gehört eigentlich der schwarzen Bevölkerung. Aber sie haben nicht einmal mehr das Recht, ihre Sprache zu sprechen. Englisch ist vorherrschend.«

»Es ist Amtssprache«, verbesserte Charlotte ruhig. »Aber die Leute können ruhig weiter ihren Dialekt sprechen, das verbietet ihnen niemand.« Sie lächelte leise. »Obwohl ich dieses *xhosa* niemals verstehen werde. Karl jedoch kann sich mit den Leuten gut unterhalten.«

Sie diskutierten noch eine Weile, doch die gelöste Stimmung, die sonst immer zwischen ihnen vorherrschte, wollte sich nach Sebastians Ausbruch nicht mehr einstellen. Schließlich zog sich auch Charlotte zurück. Und Ben ging, um nach den neuen Fässern zu sehen.

Sophie und Karl unternahmen noch einen Spaziergang, um sich abzulenken. Es war sommerlich warm und noch hell. Ein leichter Wind wehte, brachte aber nur wenig Kühlung. Aus dem neuen Weinkeller, den Ben erst vor zwei Jahren gebaut hatte, da die Kapazität von *Hopeland* immer größer geworden war, drangen die Stimmen von Victor, Thabo, Will und Ben Ruhland.

»Vater beruhigt sich am ehesten, wenn er mit Victor und Will Weinproben nimmt«, sagte Karl, und ein kleines Lächeln glitt über sein gutgeschnittenes Gesicht, das von dunkelgrauen Augen beherrscht wurde. Seit einigen Wochen trug er einen kleinen Oberlippenbart, der ihn älter erscheinen ließ, als er war. »Seit Will Erster Kellermeister ist und der alte Victor nur noch eine beratende Funktion hat, konnte Will einige neue Ideen durchsetzen. Ich glaube, dass wir in der Lage sind, im nächsten Jahr noch mehr zu exportieren.« Er sah sich um. So weit das Auge reichte, sah man exakt abgesteckte Weinhügel. Wie grüne Soldaten standen die Rebstöcke in Reih und Glied. Es war ein beeindruckendes Bild, bei dem Karl jedes Mal das Herz weit wurde.

»Ich würde gern so viel wie möglich über Weinanbau lernen«, sagte Sophie leise.

Karl blieb stehen. Behutsam nahm er ihre Hände in die seinen. »Sophie … liebe kleine Sophie! Und ich würde gern ...« Er brach ab und strich sich kurz über den dunklen Bart.

»Ja – was würdest du gern, Karl?« Eindringlich sah sie ihn an.

»Ich ... ich möchte dir sagen, dass du mir sehr viel bedeutest.«

»Du bedeutest mir auch sehr viel. Seit du uns gerettet hast damals ...«

»Ich liebe dich, Sophie!« Er stieß es beinahe trotzig hervor, sein Händedruck wurde fast schmerzhaft fest. »Seit wir uns das erste Mal begegnet sind, ist dein Bild in meinem Herzen. Sophie ... ich weiß, du bist noch sehr jung, aber ich kann nicht länger schweigen: Ich liebe dich, und ich möchte dich heiraten!«

Mit einem ruhigen Lächeln hielt Sophie seinem Blick stand. »Ich liebe dich auch, Karl. Und es würde mich stolz machen, deine Frau zu sein.« Sie schmiegte sich leicht an ihn. Es war eine scheue Geste, voll mädchenhafter Unschuld.

Behutsam zog Karl sie an sich, küsste sie erst auf ihr Haar, das leicht nach Limetten duftete. Dann berührte er mit seinen Lippen ihre Schläfe – und fand endlich ihren Mund.

Sophie schloss die Augen. Nach einigen Augenblicken aber löste sie ihre Lippen von den seinen, lachte leise auf, schlang die Arme um Karls Nacken und jauchzte übermütig: »Ich bin Braut! Ich bin Braut!«

»Hoffentlich stimmt dein Vater unserer Verbindung zu – ich hätte ihn zuvor fragen müssen.«

»Ach was, Papa ist ein moderner Mann, ob du es glaubst oder nicht. Er hatte nichts dagegen, dass ich reiten und fechten lernte. Ich kann sogar mit Pistolen schießen.«

»Kannst du auch kochen und nähen?«, neckte er sie, da er genau wusste, dass Sophie Näharbeiten verabscheute.

»Sehr gut sogar! Soll ich dir ein Hemd stopfen?« Sie warf die langen Haare in den Nacken. »Lieber aber gehe ich mit dir auf einen Ball. Oder ich lerne etwas von dir in eurem Weinkeller.« Sie sah ihn jetzt sehr ernst an. »Du, ich möchte alles über die Herstellung von Wein lernen. Ich will dir eine echte Partnerin sein, kein Heimchen am Herd, das nichts anderes tut, als auf den Ehemann zu warten. Und ich will mich auch nicht nur mit Frauensachen beschäftigen müssen.«

Karl lachte. »Das lass mal nie meine Mutter hören. Oder Sina. Die beiden würden dich sofort unter ihre Fittiche nehmen und dir alles beibringen, was eine gute Hausfrau können muss.«

»Das kann ich doch«, behauptete Sophie. »Außerdem Klavier spielen, singen, Gedichte rezitieren … ach ja, und küssen kann ich auch. Oder brauche ich noch Unterricht?« Kokett sah sie ihn an.

»Übung kann nie schaden«, ging Karl auf ihren Tonfall ein.

»Das ist alles so ungerecht!«, schimpfte Madeleine leise vor sich hin und sah aus dem Fenster ihres Zimmers hinunter auf den Gutshof. Niemand war zu sehen, nur rechter Hand, dort, wo die besten Fässer standen, flackerte eine Kerze in dem kleinen Kellerfenster. Wahrscheinlich war ihr Vater dort, zusammen mit Will. »Sebastian hat mir hoch und heilig versprochen, dass er mit mir zu dem Fest fährt! Und jetzt ist er fort!« Die Sechzehnjährige wischte sich Tränen der Wut von den Wangen. »Ich bin hier in einem Gefängnis! Keine

Freundin, keine richtige Unterhaltung ... ach, warum können wir nicht in der Stadt leben? Warum hat uns Großvater sein feudales Haus hinterlassen, wenn wir kaum einmal darin wohnen?« Sie biss sich auf die Lippen, bis sie einen Blutstropfen spürte. »Ich hasse dieses Gut! Ich hasse die Reben, den Wein ... ich hasse alles! Ich will weg von hier!« Mit beiden Fäusten wischte sie sich die Augen trocken, dann sah sie Sina an. »Als Großvater vor anderthalb Jahren gestorben ist, hab ich so sehr gehofft, dass wir wenigstens die Wintermonate über in die Stadt ziehen. Das Haus ist wundervoll, aber es steht die meiste Zeit leer. Das ist so ungerecht! Ich bin so allein hier draußen! So abgeschnitten von allem, was in der Stadt passiert!«

»Du benimmst dich wie ein trotziges Kind.« Sina, in deren Haar inzwischen viele graue Fäden schimmerten, trat zu Madeleine und legte den Arm um die Schultern des Mädchens. »Du lebst hier wie im Paradies, hast zudem Abwechslung genug, weil du mit deiner Mutter oft in die Stadt fährst. Warum willst du das nicht anerkennen und mit dem zufrieden sein, was dir geboten wird?«

»Weil ich hier noch alt und grau werde und keiner nimmt mich wahr!« Trotzig warf Madeleine den Kopf mit den langen, stets ein wenig wirren dunkelblonden Locken in den Nacken. Ihre blauen Augen blitzten auf.

Sina lachte leise. »Aber ja doch! Wir alle lieben dich, meine Kleine.«

»Ich bin nicht deine Kleine!« Madeleine war versucht, mit dem Fuß aufzustampfen, aber das wagte sie dann doch nicht. Sina war – neben ihren Eltern – der Mensch, den sie am meisten liebte, vor dem sie aber auch Respekt hatte. Sina war immer wie eine zweite

Mutter für das Mädchen gewesen, sie hatte Madeleine getröstet, wenn sie sich verletzt hatte, sie hatte ihr heimlich geholfen, wenn sie sich das Kleid zerrissen hatte.

»Weißt du was – du gehst jetzt mit mir in die Küche und wir trinken eine heiße Schokolade. Vorige Woche hat deine Mutter neues Kakaopulver liefern lassen.«

»Ach ja, das wäre gut.« Ein tiefer Seufzer begleitete diese Worte, und Sina schmunzelte verhalten. Madeleine wollte so gern schon erwachsen sein, doch im tiefsten Herzen war sie immer noch ein Kind.

Sie hatten den Küchentrakt noch nicht erreicht, als Sophie und Karl ihnen entgegenkamen. Sina blickte den beiden ins Gesicht. Dann strahlte sie und ging mit ausgestreckten Armen auf das Paar zu. »Ich freue mich so für euch«, sagte sie.

»Woher weißt du ...« Sophie brach ab.

»Sina weiß immer alles von uns«, fiel Karl ihr ins Wort. Er umarmte Sina liebevoll. »Du hast recht – wir haben uns verlobt. Zumindest inoffiziell. Ich muss Sophies Vater noch um ihre Hand bitten!«

»Das glaub ich nicht«, stieß Madeleine hervor. »Du und Sophie? Was wird denn Sebastian dazu ...« Sie brach ab, als sie Karls Gesicht sah, das wie versteinert wirkte.

»Sophie und ich sind uns einig, das genügt doch wohl, oder?« Seine Stimme klang kühl.

»Ja, ja, ist schon gut. Von mir aus könnt ihr machen, was ihr wollt.« Madeleine drehte sich um und rannte davon.

»Sie ist manchmal wirklich unmöglich. Verzeih mir, mein Lieb.« Karl hob Sophies Hand an die Lippen, dann sah er Sina an. »Du wünschst uns aber doch Glück, nicht wahr?«

Sina umarmte ihn, dann zog sie auch Sophie kurz an sich. »Alles Glück dieser Welt«, sagte sie und wischte sich verstohlen eine Träne aus den Augen. Seit Karls erstem Lebenstag liebte sie ihn beinahe wie ein eigenes Kind.

Eine Frage hing unausgesprochen zwischen den dreien: Was würde geschehen, wenn Sebastian zurückkehrte, der sich ebenfalls um die bezaubernde Diplomatentochter bemüht hatte? Eine Niederlage konnte er nur schwer ertragen …

***

»Diese verdammten Vögel! Sie reißen die Schafe und Lämmer, die wir drüben, am Ende des Tals, züchten, machen sich über die Trauben im Weinberg her und haben erst vor kurzem zehn Legehennen aus dem Gatter geholt.« Johannes Lammersburg wies in einen Baum mit kahlen Ästen, in dem einige Greifvögel saßen. Es waren drei braune Schlangenadler, die sich von den wilden Armbewegungen des Menschen jedoch nicht beeindrucken ließen.

»Wir sollten sie abknallen«, meinte Sebastian Ruhland. Seit drei Tagen war er auf *Summerset*, und seit dieser Zeit war er mit Johannes zusammen. Johannes war zwar beinahe zwei Jahrzehnte älter als Sebastian, doch das störte die beiden Männer nicht. Sie waren sich in vielem ähnlich und hatten schon so manche Nacht in Kapstadt zusammen verbracht. Mit willigen Mädchen, Wein und Bier, dazu Musik und Tanz – so verbrachten sie gern ihre Nächte. Dass ihre Väter seit Jahren in Streit lebten, dass es stets neue Auseinandersetzungen um Wegerechte, Grundstücksgrenzen und um geschäftliche Angelegenheiten gab, kümmerte die Männer nicht. Sie genossen ihr unbeschwertes Leben abseits der beiden Güter.

Johannes, hager und dunkelhaarig wie sein Vater, war lebenslustig, aber ebenso skrupellos wie der Herr von *Summerset*. Albert kränkelte seit Jahren, und eigentlich hätte Johannes das Weingut schon selbständig leiten sollen. Da er von konsequenter Arbeit jedoch nicht viel hielt, leitete sein Vater immer noch das Gut. Und er regierte seinen Besitz selbstherrlich und mit brutaler Gewalt.

Seit Sebastian so unerwartet aufgetaucht war, kümmerte sich Johannes gar nicht mehr um die Arbeit auf dem Weingut, sondern verbrachte die Zeit damit, gemeinsam mit dem Freund ausgedehnte Streifzüge in die Umgebung zu machen. In einem kleinen Bordell am Meer hatten sie eine Nacht lang gezecht und sich mit schwarzen Huren vergnügt, dann waren sie mit vier der Mädchen nackt baden gegangen – ein Abenteuer, das Sebastian bald zu wiederholen gedachte, denn es war prickelnd gewesen, die Gischt auf der Haut zu spüren, erst recht, wenn die Haut einem Mädchen gehörte, das sich danach willig nehmen ließ.

»Wir könnten eine Jagd abhalten«, meinte er. »Die Vögel müssen weg, und auch die verdammten Paviane. Sie werden immer dreister. Sogar mein Vater hat inzwischen eingesehen, dass man sie abschießen muss.« Er wies nach Norden. »Da, auf dem Felsen sitzen die Biester. Wenn ich doch nur mein Gewehr dabeihätte!«

»Wir holen uns die Jagdflinten meines Vaters! Das ist es: eine Treibjagd auf die verdammten Paviane!« Johannes war Feuer und Flamme. Er winkte einem der Schwarzen. »Louis, hol drei Gewehre – nimm dir selbst auch eine Flinte mit.« Als der etwa vierzigjährige Mann, ein hochgewachsener Schwarzer mit kahlem Schädel und Pockennarben im Gesicht, loslief, rief Johannes ihm nach: »Und kein Wort zu meinem Vater, hörst du!«

Louis nickte nur und hob die Hand zum Zeichen, dass er verstanden hatte.

Schon zwei Stunden später stiegen Sebastian und Johannes, begleitet von Louis und einem jungen Burschen, der ihre Gewehre trug, in die nördlich gelegenen Weinberge von *Summerset*. Es war kühler geworden, der Wind frischte auf. Das Meer, vorgestern noch eine glatte blaugraue Fläche, auf der nur hin und wieder kleine Schaumkronen tanzten, war jetzt aufgewühlt, Gischt spritzte gegen die Felsen nahe am Strand, und dort, wo Kies und Sand den Uferbereich bildeten, spülte das tosende Meer alles fort.

Die Greifvögel, die vor drei Stunden noch ruhig ihre Kreise gezogen und sich zum Rasten in die Bäume gesetzt hatten, waren nicht mehr zu sehen, sie hatten sich in ihre Nester verzogen. Doch die Möwen kreischten so laut und aufgeregt, dass es weithin zu hören war. Auch die Paviane, ein kleines Rudel mit drei Jungen, schrien aufgeregt.

»Da zieht ein Unwetter herauf. Seht nur, der Himmel, er wird immer gelber.« Louis wies nach oben. Er machte ein sorgenvolles Gesicht.

»Ach was, halt den Mund und gib mir endlich mein Gewehr«, meinte Johannes wegwerfend. »Hast wohl keine Lust, weiter mit uns nach oben zu klettern, du Faulpelz.«

Der Schwarze zuckte nur mit den breiten Schultern

und schwieg. Dann gab er Johannes das Gewehr. Doch er beobachtete weiter den Himmel.

Johannes kniff die Augen zusammen, als er jetzt ein Pavianweibchen sah, das sein Junges auf dem Rücken trug und sich gerade unter eine Felsnase setzen wollte.

»Hey, *old friend*, das ist die ideale Zielscheibe!« Johannes Lammersburg legte das Gewehr an. »Erst das Junge, dann die Alte. Mal sehen, ob ich beide erwische.«

»Das schaffst du nie!«, meinte Sebastian.

»Worum wollen wir wetten?«, lachte Johannes siegessicher. »Hier siehst du Vaters ganzen Stolz – ein Steinschloss-Infanteriegewehr mit Bajonett.« Er hob das fast zwei Meter lange Gewehr hoch. »Es kommt aus Württemberg. Aus einer kleinen, aber sehr qualifizierten Fabrik. Der Schießprügel hat ein Vermögen gekostet. Aber Vater ist ein Waffennarr – und ich auch«, fügte er lachend hinzu.

»Viel zu groß.« Sebastian hob seine Muskete. »Damit bin ich besser dran, glaub mir.«

»Dann los – wer gewinnt, gibt ein Fass Wein vom Besten aus!« Schon legte Johannes an und schoss. Der Lärm ließ die Affenhorde blitzartig aufspringen. Laut kreischend und schreiend stoben die Tiere auseinander. Nur ein älteres Männchen mit wilder silbergrauer Mähne kam auf die Männer zu, mit gebleckten Zähnen und wütende Laute ausstoßend.

»Achtung!« Sebastian sah sich nach den beiden Schwarzen um. Doch Louis und sein jüngerer Begleiter hatten sich mit langen Sätzen bei einer Baumgruppe in Sicherheit gebracht. Aus weit aufgerissenen Augen sahen sie zu, wie sich der alte Affe immer wieder auf Johannes zu stürzen versuchte.

»Schieß, Bastian, das Vieh ist irre!« In der Stimme von Johannes Lammersburg schwang Panik mit. Es gelang ihm kaum noch, das wütende Tier abzuwehren. Dreimal schon hatte der Pavian ihn angesprungen und zugebissen, und der Mann blutete an der Hand und am Oberarm. Ein gezieltes Schießen war ihm nicht mehr möglich, zu sehr schmerzte die verletzte Hand.

Sebastian hob das Gewehr, legte an, doch da war auf einmal das Muttertier neben ihm, schnappte nach seinem Arm, verbiss sich darin. Der Schmerzensschrei, den Sebastian ausstieß, mischte sich mit dem Schuss aus seiner Muskete.

Johannes versuchte nachzuladen, aber da war der alte Pavian schon fast über ihm. Die Hände des Winzers zitterten, er schoss – und ließ das Bajonett fallen, als sich die klauenartigen Finger des Pavians um seinen Oberarm krallten.

»Weg da! Weg!« Louis sah, dass er den Weißen zu Hilfe kommen musste, und prügelte mit einem dicken Ast immer wieder auf die Paviane ein. Endlich, es schien eine Ewigkeit zu dauern, flüchteten die Tiere laut schreiend, nachdem sie einige schmerzhafte Hiebe abbekommen hatten.

»Verdammt, das Vieh hat mich gebissen!« Johannes hielt sich den schmerzenden Arm und sah entsetzt auf das Blut, das aus der Bisswunde tropfte.

»Mister Sebastian!« Louis griff, ohne auf Johannes Lammersburg zu achten, nach dessen Arm. »O *heaven!* Mister Sebastian ...« Der Schwarze sah schreckensstarr auf die regungslos daliegende Gestalt.

»Bastian!« Der Schrei gellte durch die Weinberge, hallte von den drei hohen Felsen wider. »Sebastian! Mein Gott, so sag doch was!« Johannes Lammersburg kniete sich neben den jüngeren Freund ins Gras, schlug ihm leicht mit der flachen Hand auf die Wangen.

Langsam, als bewegte er sich unter Wasser, hob Sebastian die Lider. »Mir … mir ist kalt«, flüsterte er.

»Ja natürlich. Warte, ich geb dir meine Jacke!«

»Ich … was war denn los?« Sebastian versuchte, sich aufzurichten, sank aber mit einem Schmerzenslaut wieder zurück. Die sandfarbene Weste, die er unter seinem grünbraunen Rock trug, färbte sich unterhalb des Herzens rot.

»Sie haben ihn angeschossen.« Louis wagte es nur zu flüstern.

»Ich hab ihn … nein!« Wie wild schüttelte Johannes den Kopf. Aber da war das Blut, das aus der großen Wunde quoll. Da war Sebastians Stöhnen, seine Hand, die sich in Johannes' Jackett krallte …

»Dein Hemd!«, brüllte Johannes den Schwarzen an. »Zieh dein Hemd aus, drück es auf die Wunde. Wir müssen die Blutung stillen!«

Louis zuckte nur mit den Schultern. Er winkte Roy, dem jüngeren Gutsarbeiter, zu. »Los, hilf mir. Gib mir auch dein Hemd, mach eine Art Knoten damit.« Sie versuchten, einen Druckverband anzulegen, aber es gelang ihnen nicht. Immer mehr Blut pulsierte in kleinen Fontänen aus der Wunde, immer rascher wich das Leben aus Sebastian Ruhland.

»Er stirbt«, flüsterte Louis seinem Herrn zu. »Dieser Schuss … er hat ihn zu schwer verletzt. Mister Sebastian stirbt.«

»Es war ein Unglück!«, presste Johannes hervor. »Ich wollte doch diesen wilden Pavian treffen, aber doch auf keinen Fall Sebastian!« Er hielt die Finger an

Sebastians Halsschlagader. »Er braucht einen Arzt! So schnell wie möglich.«

Louis zuckte nur mit den Schultern. Er wusste, dass hier jede Hilfe zu spät kam. Zu viele Männer hatte er sterben sehen – und dass hier ein Mann lag, dem nur noch wenige Minuten vergönnt waren, war ihm deutlich bewusst.

»Wir bringen ihn aufs Gut.« Johannes stand auf und wischte sich immer wieder unruhig mit den Händen über das Gesicht, so dass er blutige Streifen hinterließ. »Eine Trage – los, baut eine Trage. Drüben gibt es Äste genug! Nun macht doch endlich voran, ihr Faulpelze!« Seine Stimme klang schrill. Panik hatte ihn erfasst, er vermochte offenbar kaum noch klar zu denken.

Die beiden Schwarzen schlugen einige Äste von den Bäumen, doch sie hatten die notdürftige Trage noch nicht einmal halb fertig, als Johannes unterdrückt aufschrie. »Nein! Bastian, nicht!« Er ließ sich zu Boden sinken, hielt die Hände des Freundes in den seinen. Eindringlich sah er Sebastian an – doch er blickte in gebrochene Augen.

Louis und Roy standen regungslos und starrten auf den Toten. Die Paviane hörten wie durch ein Wunder auf zu kreischen. Nur noch zwei von ihnen sah man – dann war es still. Unheimlich still.

»Er muss heim«, sagte Johannes schließlich. Er biss sich die Lippen blutig, bevor er dem Toten die Augen schloss. Langsam, mühsam beinahe, richtete er sich auf. »Wir bringen ihn erst einmal nach *Summerset*, dann mit dem Wagen hinüber nach *Hopeland*.« Mit starrem Blick sah er zu, wie die beiden Schwarzen die Bahre zu Ende bauten und den leblosen Körper daraufbetteten.

»Wenn wir die Zügel von einem Pferd nehmen, können wir die Bahre ziehen lassen«, meinte Roy.

Johannes wandte sich ab und ließ sich auf einem kleinen Felsen nieder. Lange saß er so, starrte in die Gegend, ohne etwas wahrzunehmen. Er spürte auch nicht die Schmerzen, die seine eigenen Verletzungen verursachten. Für ein paar grausame Minuten war alles in ihm tot und leer. Der Himmel verfärbte sich, das helle Grau, in das sich vor einer Stunde noch hellblaue Streifen gemischt hatten, wurde dunkler. Der Wind nahm zu, und jetzt waren auch die Greifvögel wieder da, kreisten über der kleinen Menschengruppe, als wüssten sie, dass einer von ihnen nicht mehr atmete.

»Schießt diese Totenvögel ab«, knirschte Johannes, und als weder Louis noch Roy reagierten, griff er zu seinem Gewehr und knallte einige Male in die Luft. Das Laden strengte ihn an, seine Wunden bluteten stärker, doch es tat ihm gut, etwas zu tun, um sich abzureagieren. Als einer der Geier getroffen zu Boden fiel, hörte er endlich auf.

»Wir reiten los«, sagte er, warf Roy die Muskete zu und schwang sich auf sein Pferd. Ohne sich umzusehen, ritt er davon. Es dauerte eine Weile, ehe die beiden Schwarzen mit Sebastian folgen konnten.

Von Westen her wurde die dunkle Wolkenwand immer dichter und bedrohlicher. Es war wie ein düsteres Omen.

***

»Nächstes Frühjahr werden wir einige neue Hecken pflanzen müssen.« Ben Ruhland ging, die Hände hinter dem Rücken verschränkt, im großen Wohnraum auf und ab. »Dieser Wind zerstört uns die neuen Rebstöcke.«

»Jetzt fängt es auch noch an zu regnen«, warf Charlotte ein. Sie trat ans Fenster und sah besorgt hinaus. Der Himmel hatte sich völlig zugezogen, die ersten Tropfen prasselten gegen die Fensterscheiben. Der berüchtigte »Southeaster«, ein scharfer Wind, der sogar die Stärke eines Hurrikans annehmen konnte, kündigte sich wieder einmal an. In den Jahren, da sie hier an der Kapregion lebten, hatten die Ruhlands diesen Wind, der regelmäßig im Winter seine zerstörerische Macht zeigte, fürchten gelernt.

Die Herrin von *Hopeland* zog sich den karmesinroten Kaschmirschal enger um die Schultern. »Wo nur der Junge bleibt«, murmelte sie vor sich hin. »So lange ist er noch nie fortgeblieben. Und er kann doch nicht auf die Jagd gehen bei diesem Wetter.«

»Wenn er mit dem Lammersburg-Spross unterwegs ist, wird er sich schon zu amüsieren wissen.« In Ben Ruhlands Stimme klang leiser Groll mit. »Es ist ein Unding – wir sind mit diesen Nachbarn seit Jahren über Kreuz, doch unser Sohn hat sich mit dem Spross dieses Verbrechers angefreundet.« Er zog fahrig an seiner Weste, deren Silberknöpfe blank poliert waren. Seit Jahren, seit er es sich leisten konnte, Kleidung von erlesener Qualität zu tragen, sorgte Sina dafür, dass die Sachen auch perfekt gepflegt wurden.

»Wo ist eigentlich Karl?«, fragte Charlotte ablenkend.

»Na, wo schon? Im Weinkeller.« Ben trat neben seine Frau, legte ihr den Arm um die Schultern. »Er ist meine ganze Freude«, sagte er. »Fleißig, zuverlässig … bei ihm wird unser Gut einmal in den besten Händen sein. Und Sophie wird dir nachzueifern suchen.«

»Ich liebe sie wie eine Tochter.« Charlotte drehte sich zu Ben um. »Wenn sie nur öfter hier sein könnte! Sie ist ein so kluges, kultiviertes Mädchen; ihre Gesellschaft tut Madeleine gut. Wenn sie sich ein wenig von Sophies Verhalten abschaut, wird sie hoffentlich ruhiger.«

Gerade als Ben antworten wollte, hörten sie drunten im Hof eine Kutsche vorfahren. Charlotte zog einen der hohen Fensterflügel auf. »Das ist sicher Sebastian!« Ein helles Leuchten glitt über ihr Gesicht. »Endlich ist er zurück! Und gerade noch rechtzeitig, bevor das Unwetter richtig losgeht!« Sie machte Anstalten, aus dem Zimmer zu laufen.

»Lass mich nachsehen gehen.« Mit einer knappen Geste hielt Ben sie zurück. »Draußen ist es viel zu kühl für dich.« Er küsste ihre Hand. »Wenn es Sebastian ist, wird er sowieso gleich zu dir kommen.« Er selbst war irritiert darüber, dass eine Kutsche in den Hof gerollt kam. Sebastian aber war nur mit dem eigenen Pferd unterwegs gewesen. Doch er wollte Charlotte nicht gleich beunruhigen; seit Tagen machte sie sich Sorgen um ihren jüngeren Sohn.

»Ich sage in der Küche Bescheid, der Kutscher soll eine warme Mahlzeit bekommen.« In Charlottes Wangen war eine leichte Röte gestiegen, und sie lief hastig aus dem Zimmer

Kaum hatte Ben er das Haus durch den Seiteneingang, der gleich auf den Hof führte, verlassen, kam Albert Lammersburg ihm entgegen. Er hinkte stark, die Gicht machte ihm ebenso zu schaffen wie ein hartnäckiges Gallenleiden. Sein narbiges Gesicht war ernst, und er zog den Hut, kaum dass er den überdachten Vorhof erreicht hatte.

»Lammersburg! Das ist eine Überraschung!« Ben straffte sich und trat auf den Nachbarn zu. »Was führt Euch her? Wollt Ihr hier das Unwetter abwarten?« Er machte eine einladende Geste zum Haus hin.

»Nein, ich … ich glaube, es ist besser, wir …« Der dürre Mann mit dem grauen Haar, dessen Hautfarbe ins Gelbliche spielte und von seinem Leiden kündete, drehte den Hut in den Händen. »Es ist etwas geschehen«, begann er, hielt aber inne, als eine Sturmbö ihm den weiten Mantel mit der Pelerine fast vom Körper riss.

Ben nahm ihn beim Arm. »Kommt ins Warme. Ihr seid ja ganz ausgekühlt.« Er winkte dem schwarzen Kutscher. »Fahr hinüber in den Stall, dort soll man die Pferde versorgen. Und du lass dich in der Küche drüben verköstigen.«

Der Kutscher aber rührte sich nicht. Abwartend sah er seinen Herrn an, der ihm mit einer Handbewegung gebot, zu warten.

Dann folgte Albert Lammersburg Ben ins Haus, doch kaum waren sie in die holzgetäfelte Eingangshalle getreten, von der fünf Türen abgingen, sank er auf einen der drei Sessel, die vor der Tür zum Wohnbereich standen. »Verzeiht mir … Verzeiht uns«, stieß er keuchend hervor. »Es war ein Unglück, ein tragischer Jagdunfall. Euer Sohn … Wir konnten ihm nicht mehr …«

»Nein!« Ben hatte schreien wollen, doch es kam nur ein Krächzen über seine Lippen. Mit einem langen Satz war er bei Lammersburg. »Was ist mit meinem Sohn?« Er schüttelte den hageren Nachbarn, und dieser ließ es geschehen, ohne sich zu wehren.

»Er ist ... Ich habe ihn heimgebracht. Er liegt noch in der Kutsche. Es war ein Jagdunfall, sagt mein Sohn. Er ist ebenso untröstlich wie ich. Und Ihr könnt versichert sein, dass wir ...«

»Bastian!« Von den beiden Männern unbemerkt, war Charlotte hinzugetreten. Aus schreckensstarren Augen sah sie auf den Besucher, von dessen Mantel der Regen tropfte. Aber niemand achtete darauf.

»Was ist mit Sebastian?« Ben griff nach Albert Lammersburgs Arm. »Los doch, Mann! Redet!«

»Er ist tot.«

»Nein!« Charlottes Schrei gellte durch das Haus. Die Beine drohten ihr den Dienst zu versagen, und sie hielt sich am Türrahmen fest. »Sagt, dass das nicht wahr ist! Ihr lügt doch! Ihr wollt uns ...« Tränen erstickten ihre Stimme.

Albert Lammersburg war aufgestanden. Mit gesenktem Kopf ging er auf Charlotte zu. Aus großen Augen, die dunkel waren vor Gram und Entsetzen, sah sie zu ihm auf. »Madame, ich bin – untröstlich. Und seid versichert, ich fühle Euren Schmerz mit. Ich ... meine Familie ... wir sind noch zutiefst erschüttert. Es war ein Unfall. Die Paviane haben Euren und meinen Sohn angegriffen. Sie feuerten auf die Tiere – und Euer Sohn wurde unglücklicherweise von einer Kugel getroffen.«

Ben musste mehrmals schlucken, ehe er ein Wort herausbrachte. Er wollte zu Charlotte gehen, sie stützen, doch er konnte sich nicht bewegen. Aus tränennassen Augen sah er zu Albert Lammersburg hin. »Mörder«, flüsterte er. »Euer Sohn ist ein Mörder. Er hat mein Kind auf dem Gewissen!« Brüchig klang seine Stimme, fast tonlos. Und doch war jede Silbe eine Anklage.

»Nein! Es war ein Unfall!« Immer und immer wieder schüttelte der hagere Winzer den Kopf. Nichts mehr zu spüren von seiner Selbstherrlichkeit, von seiner bösartigen Überheblichkeit. Er wirkte tief betroffen und hatte Mühe, nicht ganz die Fassung zu verlieren.

»Bastian ... ich will zu ihm!« Ehe jemand sie daran hindern konnte, war Charlotte aus dem Raum gestürzt. Sie taumelte durch die Halle, hastete die Stufen zum Hof hinunter – und wäre fast mit Sina zusammengestoßen, die durch die Schreie aufmerksam geworden war.

»Was ist denn passiert? Charlotte ...« Hilflos brach Sina ab. Doch sie folgte der Gutsherrin, die jetzt, ungeachtet der Wassermassen, die vom Himmel stürzten, auf die Kutsche zulief. Die zwei Pferde hielten den Kopf gesenkt, der schwarze Kutscher hatte sich einen alten Mantel um den Körper geschlungen und eine Decke über seine Füße gebreitet. Von der Hutkrempe rann Wasser in kleinen Rinnsalen zur Erde, als er den Kopf drehte und Charlotte ansah, die vergeblich versuchte, mit ihren zitternden Händen die Tür zur Kutsche zu öffnen.

Mit einem Satz war der Schwarze vom Bock gesprungen und half ihr. Beim Anblick des Toten, der mit angewinkelten Beinen auf der Rückbank der Kutsche lag, zog der Mann den Hut.

Charlotte hielt sich am offenen Wagenschlag fest. Ihre Stimme war kaum zu vernehmen, als sie sagte: »Bringt ihn hinein. Bringt meinen Jungen hinein.« Dann brach sie zusammen.

Sina, die Charlotte gefolgt war, versuchte, sie aufzurichten, aber sie war zu schwach.

»Lass mich das machen.« Mit einem Mal waren ganz

viele Menschen da – Karl, Thabo und Will, eine junge Küchenhilfe, zwei Arbeiter, die zusammen mit Karl aus dem Weinkeller kamen und erschüttert zusahen, wie der älteste Sohn seine Mutter ins Haus trug.

Will beugte sich ins Wageninnere und hob Sebastian heraus. Der Körper des Toten war schwer, Blut befleckte Wills graues Hemd, doch niemand kümmerte sich darum.

Schweigend trug Karl seine Mutter in ihre Räume, während Will Sebastian in dessen Zimmer brachte. Ben zögerte, alles drängte ihn, zu seinem Sohn zu gehen, aber er begriff, dass Charlotte ihn jetzt dringend brauchte.

»Karl, du kümmerst dich um Sebastian?« Seine Stimme war nur ein Flüstern.

»Ja, Vater.« Karl ging in Sebastians Zimmer und trat an das Bett, auf dem sein toter Bruder lag, strich ihm die nassen Haarsträhnen, die sich aus dem Zopf im Nacken gelöst hatten, aus dem Gesicht. Es war eine liebevolle Geste voll brüderlicher Zärtlichkeit.

»Was ist denn los?« Madeleine, durch die Unruhe im Haus aufgeschreckt, stand auf einmal neben ihm. »Was hat er denn? Bastian, was ist denn los mit dir?« Sie wollte den Bruder an der Schulter rütteln, doch Karl hielt ihren Arm fest und schüttelte den Kopf.

»Nicht, Madeleine.« Er legte ihr den Arm fest um die Schultern. Seine Stimme zitterte, als er sagte: »Unser Sebastian … ist tot.«

Langsam hoben sich die Nebel über den Weinbergen, die fahle Wintersonne tauchte diesen Morgen des Jahres 1823 in ein trübes Licht. Vom Meer her wehte nur noch ein leichter Wind. Die heftigen Regenfälle der vergangenen Tage hatten die Wege, die zwischen den Weinbergen hindurchführten, ausgewaschen. Nackter Schiefer blitzte an einigen Stellen hervor, nur zum Teil verdeckt von grüngrauen Unkrautnarben.

Die dunkel ausgeschlagene Kutsche, von vier Rappen gezogen, rumpelte mühsam über den breiten Weg, der zu dem kleinen, von einem halbhohen Steinwall umgebenen Friedhof von *Hopeland* führte. Gleich hinter dem Pfarrer, dessen Soutane schlammbespritzt war, gingen zwei Messdiener mit gesenktem Kopf. Einer trug das Kreuz, der andere ein Weihwasserfass.

Etwa fünfzig Menschen folgten der Kutsche, die Sebastians Sarg zog. Von dem dunkel gebeizten Eichenholz war kaum etwas zu sehen, denn der Sarg war ganz mit Weinlaub bedeckt, zwischen dem unzählige weiße Geranien hervorschauten.

»Geranien«, hatte Charlotte verächtlich hervorgestoßen, als sie das Gebinde gesehen hatte. »Ich wollte Rosen! Sebastian hat Rosen geliebt.«

»Aber es gibt jetzt keine Rosen mehr. Die letzten sind schon lange verblüht.« Ben hatte zu Sina hinübergesehen, die den Sarg eigenhändig geschmückt hatte. »Es ist Winter, mein Liebling.«

»Ja, es ist kalt. Schrecklich kalt. Sebastian wird frieren.«

»Nein, es geht ihm gut.« Ben hatte den Arm fester um seine Frau gelegt. »Er hat seinen Frieden, und den müssen wir ihm auch lassen. – Komm jetzt, die anderen warten.« Langsam, so, als kostete es sie ungeheure Kraft, setzte Charlotte einen Fuß vor den anderen. Immer wieder sah sie zu der Kutsche hin. Dort lag ihr Sohn. Sebastian, ihr Liebling. Der immer gutgelaunte, charmante, lebensfrohe Sebastian …

Sie hörte die Gebete, die Trostworte, die ihr galten, wie aus weiter Ferne. Warum waren diese Leute nicht still? Warum belästigten sie Ben und sie mit ihren Worten, die so nichtssagend klangen! Und die ihr nicht den geringsten Trost zu spenden vermochten! Sie sah zu den Hügeln hin; dort, einige Meilen entfernt, lag *Summerset*. Dort war Sebastian gestorben ... Ein unterdrückter Schrei entwich ihren Lippen. Sie presste das spitzenbesetzte Taschentuch vor den Mund und beugte sich noch weiter vor. Ein paar Meter nur trennten sie von ihrem Sohn. Warum durfte sie nicht bei ihm sein?

Alle Trauergäste sahen voller Mitleid auf Charlotte und Ben Ruhland. Links neben seiner Mutter ging Karl, seine Miene wirkte wie erstarrt. Madeleine, in einem schwarzen Seidenkleid, über das sie einen dunklen Mantel gezogen hatte, der im Wind wehte, weil sie ihn nicht richtig geschlossen hatte, ging an der Seite des Vaters. Sie weinte hemmungslos, und Ben wusste kaum, wen er mehr trösten musste – Charlotte oder seine verzweifelte Tochter.

Charlotte hatte keine Tränen mehr. Sie wirkte wie eine Marionette, als sie einen Fuß vor den anderen setzte.

Erst als der Sarg in die Erde gesenkt worden war, schien sie zu sich zu kommen. »Bastian ...« Ihre Stimme war kaum zu vernehmen, als sie drei Schritte auf die Grabstelle zu machte und die kleinen pelzgefütterten Kinderschühchen, die Sebastian als Erste getragen hatte, in die Grube fallen ließ.

Als sie schwankte, war Ben sofort neben ihr. Doch Charlotte wehrte ihn ab. Ihr Blick war auf die vergoldete Madonna gerichtet, die auf einer Spitzendecke in der kleinen Kapelle stand. »Warum?«, fragte sie mit brüchiger Stimme. »Warum auch mein Sohn?« Dann sank sie weinend in Bens Arme.

***

Mit außergewöhnlicher Kraft heulte der Wind durch die Long Street von Kapstadt, riss an den Röcken und Pelerinen der Damen, wehte kleine spitzenbesetzte Schirme durch die Luft und zerrte an den Mützen der Soldaten, die zur wöchentlichen Parade hinüber zum Gouverneurspalast ritten.

Vom Atlantik her schoben sich Wolkentürme den Tafelberg hinauf und bildeten oben auf dem Plateau eine weiße Sahnehaube. Es war ein beinahe romantisches Bild, das vergessen ließ, wie gefährlich der *Southeaster* und die Wolkenmassen werden konnten.

Lautes, aufgeregtes Rufen der Klippschliefer und der Krähen machte den Einheimischen klar, dass der Wind noch mehr auffrischen würde, denn die Tiere suchten aufgeregt Schutz in ihren Bruthöhlen, die sich in dem zerklüfteten Sandstein befanden. Der sechshundert Hektar Fläche umfassende Tafelberg verschwand fast zur Hälfte in dichten Wolken; vom Hafengebiet aus konnte man kaum noch etwas erkennen von Kapstadts Wahrzeichen.

»Muss es jetzt auch noch anfangen zu regnen?« Ein tiefer Seufzer begleitete Sophie Rothausens Worte, und sie versuchte, sich gegen den immer stärker werdenden Sturm zu stemmen. Die zierliche junge Frau zog sich das Wolltuch fester um den Kopf und um die Schultern. Sie war kurz noch einmal bei der Schneiderin gewesen, denn in wenigen Tagen fand in der Englischen Gesandtschaft ein Ball statt – ein idealer Anlass, sich mindestens zwei neue Kleider zu bestellen!

Sophie lächelte. Karl würde Augen machen, wenn er sie in der zartgelben Chiffonrobe sah! Raffiniert war der Schnitt des Empirekleides, fast unanständig durchsichtig der Stoff, den die Direktrice des Salons diesmal jedoch in drei Lagen verarbeitet hatte, damit es schicklich war.

Das zweite Kleid war schlichter gehalten, aus hellrotem Georgette mit weißer Paspelierung. Den Saum schmückten kleine weiße Blüten, sie verliehen dem Modell einen sanften Schwung, wenn die Trägerin eine rasche Bewegung machte.

»Pardon!« Ein hochgewachsener Mann mit kantigen Gesichtszügen hatte Sophie unsanft angestoßen. Schon wollte er vorübergehen, als er jäh stehen blieb. »Die schöne Sophie! Welch ein unerwartetes Vergnügen! Darf ich Euch ein Stück begleiten und Euch meinen Schirm anbieten? Der Regen wird noch stärker werden.«

»Danke, ich bin gleich daheim.« Abweisend sah sie ihn an.

»Sie lügen schlecht, meine Teure! Bis zum Haus Eures Vaters sind es noch drei Straßenzüge! Aber dort drüben steht meine Kutsche!« Johannes Lammersburg wies auf einen Landauer, auf dessen Kutschbock ein stiernackiger Schwarzer saß. Er hielt die Zügel der beiden Braunen fest, die unruhig tänzelten. Der heftige Wind machte die Tiere nervös.

»Danke. Nein.«

Brüsk packte der Mann sie am Arm. »Ach was, stellt Euch doch nicht so an, Fräulein Rothausen. Ihr seid doch sonst nicht so zimperlich!«

»Lasst mich sofort los!« Mit einem Ruck befreite sich Sophie aus dem Griff des Mannes. »Ihr seid unverschämt!«

»Miss Sophie – kann ich Euch helfen?« Wie aus dem Boden gewachsen, stand Will plötzlich vor ihnen. Der Kellermeister von Gut *Hopeland* war über sechs Fuß groß und überragte Johannes Lammersburg noch um ein ganzes Stück. Seine Miene war undurchsichtig, doch der Blick aus seinen dunklen Augen hatte etwas Bedrohliches.

»Danke, Will, ich muss nur noch drüben ins Knopfgeschäft, dann würde ich gern für den restlichen Heimweg deine Begleitung annehmen.«

»Ich warte auf Euch.« Will wirkte äußerlich ruhig, doch Sophie ahnte, welche Selbstbeherrschung es ihn kostete, Johannes Lammersburg nicht zusammenzuschlagen. Knapp anderthalb Jahre war es her, seit dieser Mann so großes Leid über die Familie Ruhland gebracht hatte. Ben Ruhland war für Wochen wie versteinert über seinen Besitz gegangen. Charlotte war nach der Beisetzung ihres Lieblingssohnes von einem Tag auf den anderen weiß geworden. Alle Farbe war aus ihrem einst so goldenen Haar gewichen. Sicher, es war ein tragischer Unfall gewesen, das hatten auch die polizeilichen Ermittlungen ergeben, doch für Sophie – und für viele auf *Hopeland* – war Johannes Lammersburg ein Mörder.

Und jetzt erdreistete sich dieser gewissenlose Mensch, sie, die zukünftige Verlobte von Karl Ruhland, anzusprechen!

Sophie wandte sich hastig ab und verschwand rasch in dem kleinen Laden, wo sie sich Perlmuttknöpfe zeigen ließ.

Will hatte gewartet, bis Sophie ihren Einkauf erledigt hatte, dann brachte er sie nach Hause. Er ging einen Schritt hinter ihr, um keinem Gerede Vorschub zu leisten, wie er sagte, obwohl Sophie ihn zweimal aufforderte, doch neben ihr herzugehen.

»Es ist schon gut so, Miss Sophie.« Er verneigte sich, als sie das große, im Kolonialstil erbaute Haus im besten Stadtviertel erreicht hatten.

Will hatte in der Stadt einige Besorgungen erledigt. Jetzt musste er nur noch kurz zur Apotheke reiten und die Medizin für Charlotte abholen. Seit Sebastians Tod litt sie an heftigen Kopfschmerzen und an Schlafstörungen. Nicht einmal Sinas Kräutertees vermochten ihr Linderung zu verschaffen.

Wenn Will an den dunkelsten Tag seit Bestehen von *Hopeland* dachte, wurde ihm das Herz schwer. Er litt mit Ben und Charlotte, von denen er, der Sohn einer Sklavin, nur Gutes erfahren hatte. Ben hatte dafür gesorgt, dass sie sicher und ohne Angst leben konnten, dass sie Arbeit hatten und eine Zukunft. Wo gab es das schon in Südafrika, dass ein Schwarzer Kellermeister eines angesehenen Weingutes wurde? Vor einigen Monaten war der alte Victor schwer erkrankt. Er hatte einen Schlaganfall erlitten und war seither halbseitig gelähmt und ans Bett gefesselt. Es war nach einem langen Tag im Weinkeller geschehen, wo er den frisch gepressten Trauben vorsichtig etwas schwefelige Säure zugesetzt hatte. »Ein Wein schmeckt dann am besten, wenn die Trauben genügend eigenen Gehalt haben und ihren Charakter ohne unsere Eingriffe entfalten können« war einer von Victors Lieblingssprüchen. Doch es war, das wusste Victor besser als jeder andere, auch wichtig, die Weine vor Fäulnis zu schützen und zu verhindern, dass sie verdarben.

Vieles von dem, was er über Jahrzehnte an Wissen gewonnen hatte, hatte er bereits an Will und auch an Karl weitergegeben. Als er allerdings krank wurde und kaum noch sprechen konnte, zog er aus seinem Nachttisch ein Buch mit der Aufschrift: *Für Will* – darin hatte der alte Kellermeister seine geheimsten Pläne, sein ganzes Wissen über die Kunst des Kelterns aufgeschrieben. »Für dich.« Mit Mühe hatte er die Worte hervorgebracht, doch sein Blick war voller väterlicher Güte gewesen, als er Will das Büchlein reichte. Will hütete dieses schmale schwarze Lederheft wie einen großen Schatz – und genau das war er auch! Nicht einmal Ben Ruhland und Karl besaßen nun ein so umfangreiches Wissen über alle Rebsorten, die es auf der Welt gab, wie er.

Während des langen Heimritts dachte Will weiter über die Geschehnisse der letzten Wochen und Monate nach. Charlotte hatte lange um ihren geliebten Sohn getrauert, und auch Ben war über den Verlust nicht hinweggekommen, doch er war inzwischen wieder in seinen Alltag zurückgekehrt; die Arbeit half ihm, seine Trauer zu bewältigen.

Karl Ruhland litt still, so wie es seine Art war. Doch Will, der den nur wenig Jüngeren besser kannte als jeder andere, wusste nur zu gut, dass Karl nie vergessen, nie verzeihen würde, dass die Lammersburgs so großes Leid über seine Familie gebracht hatten.

Er war nur noch eine halbe Meile von *Hopeland* entfernt, als Madeleine ihm entgegenkam. Sie trug ein Kostüm aus hellblauer Wolle, das am Kragen und an den Manschetten mit hellem Pelzwerk abgesetzt war.

Zum Schutz gegen den scharfen Wind hatte sie sich ein Wolltuch um die aschblonden Haare geschlungen.

»Miss Madeleine ... was macht Ihr denn hier bei dem Wetter? Und dann auch noch zu Fuß ...« Besorgt sah er die junge Dame an, die in wenigen Wochen ihren achtzehnten Geburtstag feiern würde.

»Ich wüsste nicht, was dich das angeht.« Ein hochmütiger Blick streifte den Kellermeister. »Reite heim und kümmere dich um deine Arbeit.«

Will biss sich auf die Lippen und ritt weiter, ohne ein Wort zu sagen. Madeleine war – seit Sebastians Tod – die Einzige auf dem Gut, die ihn abweisend und überheblich behandelte. Er hatte schon oft gehört, dass Ben seine Tochter deswegen gerügt hatte. Doch Madeleine blieb bei ihrer Haltung, und sie ließ Will spüren, dass er nur ein schwarzer Dienstbote war.

Nach zweihundert Metern zügelte Will sein Pferd und kniff die Augen zusammen, als er hinter sich das Trappeln von Pferdehufen hörte. Er wandte sich um und erblickte den Einspänner, den er erst vor einigen Stunden in Kapstadt gesehen hatte und der nun rasch näher kam. Das Pferd schäumte, doch der Kutscher trieb es immer noch mehr an.

»Johannes Lammersburg«, murmelte Will vor sich hin und blickte dem Gefährt nach, das rücksichtslos an ihm vorübergerast war. Er schüttelte ratlos den Kopf, als er sah, dass der Kutscher jetzt vom Wagen absprang und mit drei langen Schritten bei Madeleine war, die sich gleich in seine Arme warf und küssen ließ. »Wenn das deine Eltern wüssten ...« Doch er nahm sich vor, das Gesehene für sich zu behalten. Charlotte und Ben hatten Kummer genug, da musste Madeleine ihnen nicht noch mehr zufügen!

Langsam ritt Will weiter. Aber in Gedanken war er noch bei dem jungen Mädchen und bei Johannes Lammersburg, der mehr als zwanzig Jahre älter war als Madeleine.

Als er das Weingut, das sich mit jedem Jahr weiter ausbreitete, erreicht hatte, ging er als Erstes in den großen, neu angelegten Gewölbekeller, in dem die edelsten Tropfen in großen Eichenfässern reiften. Wie er es erwartet hatte, waren Ben und Karl hier und kontrollierten einige Weine.

»Der hat viel zu viel Säure«, sagte Ben gerade und ließ einen Schluck im Mund kreisen.

»Stimmt. Dann nimm hiervon einen Schluck.« Karl reichte seinem Vater ein kleines Probierglas, in dem ein goldener Wein funkelte.

»Das ist ...« Ben schloss die Augen. »Das ist exzellent! Mit diesem Muskateller werden wir die Konkurrenz um Längen schlagen!«

»Davon bin ich auch überzeugt.« Will lachte leise. »Und wir haben zwanzig Fässer davon, stellt euch das vor! Dieser Jahrgang wird jeden überzeugen.«

»Endlich mal wieder ein Lichtblick«, murmelte Ben, bevor er das Glas langsam austrank.

Charlotte Ruhland ging erregt in ihrem Schlafzimmer auf und ab. Seit drei Monaten zog sie es vor, allein zu schlafen. Sie hatte sich ihr Boudoir neben Sebastians Zimmer eingerichtet. Immer wieder ging sie hinüber, nahm die persönlichen Dinge ihres toten Sohnes in die Hand, ließ sich auf seinem Bett nieder und weinte um ihr totes Kind.

Draußen tobte der Regen gegen die Scheiben, der Wind zerrte an den Zweigen der alten Obstbäume, die immer noch in der Nähe des Hauses standen und schon vor mehr als zwanzig Jahren reiche Früchte getragen hatten. Bei diesem heftigen Wintersturm verloren sie die letzten Blätter.

Charlotte stieß einen leisen Seufzer aus. Ihr Kopf schmerzte fast unerträglich, ihr war übel, und sie fror. Doch sie fror meist – seit Sebastian nicht mehr lebte. Es war, als sei ihr Herz seitdem zu Eis erstarrt. Diese Starre hatte mehr und mehr ihren ganzen Körper erfasst.

Es klopfte, gleich darauf trat Sina ein. »Hier bist du.« Sie schüttelte den Kopf. »Du sollst dich doch nicht immer so vergraben und traurigen Erinnerungen nachhängen. Das tut nicht gut.« Liebevoll legte sie einen Arm um Charlotte.

»Was macht das schon?« Charlotte strich sich eine weiße Haarsträhne aus dem Gesicht. »Ist Will zurück? Hat er meine Medizin besorgt?«

»Ja. Komm mit mir hinunter, im Kaminzimmer ist es warm. Ich hab schon Tee gekocht. Dann kannst du deine Tropfen nehmen.« Sina zog die Widerstrebende hoch.

»Wo ist Madeleine? Sie ist immer unterwegs. Nie sucht sie sich eine Beschäftigung hier im Haus. Das Mädchen macht mir Kummer. Wenn sie doch nur ein wenig so wäre wie …«

»Mach dir keine Sorgen«, fiel Sina ihr schnell ins Wort, wie immer, wenn Charlotte zeigte, dass sie ihren verstorbenen Sohn auf einen Podest erhoben hatte. Sebastian erschien ihr untadelig, ein Mensch ohne Schwächen – was der junge Mann wahrhaftig nicht gewesen war. »Madeleine wollte einen kleinen Spaziergang machen. Sicher ist sie schon wieder zurück. Sie hat ja gewiss gemerkt, dass die Regenwolken rasch näher kamen.«

»Das sagst du so einfach!« Charlotte zog sich die warme Stola fester um die Schultern.

Sina hatte tiefes Mitleid mit Charlotte. Und wie sehr hatte sie die schöne, reiche Charlotte de Havelbeer einst beneidet! Um ihre Herkunft, um Bens Liebe, um das große Haus, dem sie vorstand! Vor allem aber um die Zuneigung von Ben – dem Mann, dessen Bild auch jetzt immer noch in Sinas Herzen war. Wie sehr hatte sie Ben geliebt – damals, als sie *Hopeland* gemeinsam aufgebaut hatten. Er ahnte nicht, wie sehr sie gelitten hatte, als er ihr gestand, dass er Charlotte heiraten würde. Natürlich, ihr Verstand hatte in jedem Moment, in dem sie zärtlich miteinander gewesen waren, gewusst, dass sie, die Schwarze, und er keine gemeinsame Zukunft hatten. Doch ihr Herz wollte nichts wissen davon. Das schlug lange Zeit nur für ihn. Erst mit den Jahren war es Thabo gelungen, ihre Liebe zu erringen. Die Zeit mit Ben kam ihr vor wie ein Traum, der immer mehr von hellen, sanften Schleiern verweht wurde.

Sina biss sich auf die Lippen, als diese Erinnerungen wieder einmal auftauchten, doch sie verscheuchte sie schnell. Sie hatte in Thabo einen treuen, liebevollen Mann. Er machte sie glücklich, das Leben mit ihm war erfüllend. Und doch – es verging kein Tag, an dem sie nicht an Ben dachte. Und daran, was hätte sein können, wenn sie nicht durch Herkunft und Hautfarbe getrennt worden wären. Aber das waren heimliche Gedanken, denen sie keinen großen Raum gab. Es waren eben Träume. Flüchtig, wie die Wolken hoch droben am Himmel. Nicht greifbar und doch … wunderschön manchmal!

»Da seid ihr!« Ben war hereingekommen und trat an den Kamin, um sich die Hände zu wärmen. Dann ging er zu Charlotte und wollte sie mit einem Kuss begrüßen, doch sie drehte das Gesicht zur Seite. Ben biss sich auf die Lippen. Er achtete den tiefen Schmerz seiner Frau, er achtete ihre Trauer. Auch er kam nicht über Sebastians Tod hinweg. Doch das war kein Grund, alle anderen Menschen von sich zu stoßen!

Sina brachte ihm eine Tasse Tee, wie unabsichtlich streifte sie seine Hand. Ben sah gar nicht auf, sein Blick war in die Flammen gerichtet, die hoch aufzüngelten und es doch nicht vermochten, die Kälte in seinem Innern zu vertreiben. Wo war das Glück geblieben, das dieses Haus noch vor anderthalb Jahren erfüllt hatte? Wo war seine Charlotte, die ihn zärtlich liebte, die ihm eine Gefährtin war, um die alle, die sie kannten, ihn beneideten?

Wehmütig schaute er zu Charlotte hinüber. Sie hielt ihre Tasse mit beiden Händen umklammert. Ihr Blick ging hinaus zu den Weinbergen, die im Sonnenlicht rotgolden glühten – und er ahnte, woran sie wieder dachte.

Ein tiefer Seufzer entwich seinen Lippen. Doch auch darauf reagierte Charlotte nicht. Sie war meilenweit von ihm entfernt.

***

Madeleine richtete sich auf und warf das lange Haar mit einer für sie typischen Geste in den Nacken. »Sag es«, forderte sie Johannes auf, der mit nacktem Oberkörper im Heu lag und jetzt die Hände hob, um ihre Brüste zu liebkosen.

»Was?«, murmelte er träge.

»Dass du mich liebst.« Sie beugte sich über ihn, er hielt ihre Brüste immer noch umfasst, und küsste jeden Zoll seines Oberkörpers.

»Du bist eine Hexe«, keuchte Johannes. »Du wirkst so jung und unschuldig ...«

Ein leises, kehliges Lachen war die einzige Antwort.

»Hör auf!« Er drehte sich ein wenig zur Seite, fluchte aber im nächsten Moment unterdrückt auf. »Verdammt, jetzt hab ich die Schafscheiße am Bein.«

Madeleine kicherte. »Tja, ein besonders luxuriöses Liebesnest hast du uns nicht ausgesucht.«

»Dann sag mir, wo wir uns sonst treffen könnten«, knirschte Johannes. »Du kannst nicht weit von eurem Gut weg, und ich will mich in der Nähe von *Hopeland* nicht sehen lassen ...«

»Also bleibt vorerst nur der Stall.« Madeleine stand auf und zog sich ein paar Strohfäden aus dem langen Haar. »Wann gedenkst du eigentlich, um meine Hand anzuhalten?« Aufreizend langsam zog sie sich wieder an.

Johannes atmete schwer. Dieses kleine Luder machte ihn verrückt! Sie war das leidenschaftlichste weibliche Wesen, mit dem er je zusammen gewesen war. Die jungen schwarzen Dinger, die er sich daheim ins Bett holte, benahmen sich oft verstört und steif vor Angst. Und die weißen Huren, mit denen er und Sebastian sich so oft vergnügt hatten – nein, die wollte er nicht wiedersehen! Sie waren verbunden mit Erinnerungen an Sebastian. Und er tat seit Monaten alles, um die dunkelsten Stunden seines Lebens zu vergessen. Nein, er war nicht schuld an Sebastians Tod, das hatten die polizeilichen Untersuchungen ergeben. Doch sein Gewissen quälte ihn.

Immer wieder träumte er von dem Jagdunfall, bei dem sein Freund Sebastian ums Leben gekommen war. Und jetzt schlief er mit Madeleine, diesem jungen, durchtriebenen und liebeshungrigen Ding. Wenn das ihre Eltern erfuhren – nicht auszudenken, was für einen Skandal sie auslösen würden! Auch an die Reaktion seines Vaters wollte er lieber nicht denken. Das wütende Gebrüll, das der Alte ausgestoßen hatte, als er ihm damals Sebastians Tod eingestehen musste, würde er nie vergessen. Ein Wunder, dass er ihm nicht die Reitpeitsche über den Rücken gezogen hatte, so wie manch faulem Sklaven. Aber nachdem er sich einmal aufgelehnt und dem Alten gedroht hatte, gab Albert Ruhe. Er wurde eben altersschwach, er konnte auch die Geschäfte nicht mehr richtig führen – ein Glück für ihn, Johannes!

Er richtete sich auf, küsste sie noch einmal voller Verlangen, presste das Gesicht zwischen ihre zart knospenden Brüste, die so klein waren wie junge Äpfel.

Als er sie allerdings noch einmal lieben wollte, entzog sie sich ihm und griff nach ihren Kleidern. »Nein, für heute ist's genug«, lachte sie.

Er schüttelte den Kopf. »Lüg nicht. Davon kannst du nie genug bekommen. Du bist wie ich!«

Sie lachte. »Nur zwanzig Jahre jünger!«

»Das ist nur von Vorteil.« Er stand auf, trat hinter sie und nahm sie von hinten, ehe sie etwas dagegen tun konnte. »Hexlein, ich weiß viel mehr vom Leben und von der Liebe als du, glaub mir. Und ich zeige dir noch viel, viel mehr ...«

Madeleine schrie unterdrückt auf, als er in sie eindrang, doch dann gab sie sich dem neuen, unbekannten Liebesspiel hin. Sie schien zu vergessen, dass draußen der Sturm tobte, dass sie schon viel zu lange fort war von daheim …

Doch endlich machte sie sich entschlossen von Johannes los und zog sich in Windeseile an. Als Johannes zum Abschied die Arme nach ihr ausstreckte, lachte sie leise und ging zwei Schritte zurück, bis sie bei der Stalltür angekommen war. »Genug für heute«, meinte sie. »Ich muss mich beeilen, gleich fängt es an zu regnen. Du weißt ja: Wenn du mehr von mir willst, musst du mich zu deiner Frau machen.«

»Aber das ist – unmöglich! Unsere Familien …«

»Das kümmert mich nicht. Ich bekomme immer, was ich will! Und ich will dich!« Trotzig warf sie die langen Locken in den Nacken. »Bis bald! Überleg dir, ob du mich willst! Es gibt auch noch andere Männer, die mich interessieren!«

Sprachlos sah Johannes ihr nach, wie sie über den Feldweg in Richtung *Hopeland* ging. Mit stolz erhobenem Kopf, leichtfüßig, selbstbewusst. »Eines Tages gehörst du mir«, murmelte er vor sich hin. »Und wenn ich dafür die Welt aus den Angeln heben müsste!« Für einen Moment vergaß er seine Angst vor dem Vater und vor Ben Ruhland. Verdrängte die Angst vor dem Skandal, den eine Beziehung zu Madeleine hervorrufen würde. War sie es nicht auch wert, alle Schwierigkeiten zu überwinden? Sie war schön, selbstbewusst, und nicht zuletzt würde sie über eine stattliche Mitgift verfügen. Er folgte ihr mit seinen Blicken, bis sie hinter einer Wegbiegung verschwand, eins wurde mit den unendlich vielen Rebstöcken, die rund um *Hopeland* standen. Dann ließ er sich rücklings ins Stroh fallen, legte die Hände unter den Kopf und sah hinauf zum morschen Stalldach. Durch einige der breiten Ritzen konnte er die wie im Flug dahinziehenden dunklen Wolkengebilde sehen.

Er ließ seine Gedanken an die vergangene letzte Stunde mit den Wolken auf die Reise gehen. Dieses heißblütige, raffinierte, leidenschaftliche junge Ding hatte es wirklich geschafft, ihn in sich verliebt zu machen. Die Vorstellung, Tag und Nacht mit ihr zusammen sein zu können, ließ ihn vor Verlangen erzittern. Dafür würde er alles tun, auch wenn er einen hohen Preis bezahlen müsste.

***

»Ach Karl, wenn ich dir nur helfen könnte!« Sophie lehnte den Kopf mit den dunklen Locken an Karls Brust.

»Das tust du doch schon. Wenn ich mit dir zusammen bin, geht es mir gut.« Er zog sie fester an sich.

Sie saßen in der eleganten Kutsche, die Sophies Vater ihnen überlassen hatte. Maximilian Rothausen war für einige Wochen in diplomatischer Mission unterwegs, hatte Sophie der Fürsorge von Charlotte Ruhland anvertraut. An diesem Abend waren Sophie und Karl zu einem Konzert in der Englischen Gesandtschaft eingeladen gewesen und hatten für drei Tage im Stadthaus der Ruhlands Quartier genommen. Ein Sinfonieorchester, das zu einer Konzerttournee aus London eingereist war, spielte Musik von Haydn, Mozart und Beethoven.

Sophie kannte sie alle, während Karl zugeben musste, dass er erst durch sie von diesen Komponisten gehört hatte.

»War das nicht ein wundervoller Abend?« Sophie lächelte. »Vor allem Beethovens siebte Sinfonie hat mich tief bewegt. Dieser Mann ist ein Genie.«

»Ich war auch sehr beeindruckt.«

»Beeindruckt ... ja, das bin ich auch. Aber das wird diesem Musiker nicht gerecht. Er ist in meinen Augen der beste Komponist des Jahrhunderts. Wie ich gelesen habe, kann er schon seit einigen Jahren nicht mehr gut hören, er soll inzwischen sogar ganz taub sein. Und doch – seine Musik berührt die Herzen der Menschen.«

»Da kann ich dir nur beipflichten.« Karl streichelte die zarte Haut ihrer Wangen. »Und ich bin froh, dass du mir all das nahebringst. Ich gestehe gern, dass ich dort draußen auf *Hopeland* nicht allzu viel vom kulturellen Leben mitbekommen habe.«

»Wir wollen noch vieles miteinander teilen«, gab Sophie zurück. Dann, die Kutsche hielt soeben vor dem großzügig angelegten Gebäude, das Maximilian Rothausen erst gemietet, dann gekauft und ausgebaut hatte, meinte sie: »Komm mit, ich möchte dir noch was zeigen.«

»Aber ...«

Sophie lachte. »Nun sag nicht, dass es sich nicht schickt, dass wir zwei jetzt noch allein ins Haus gehen.«

»Genau das meinte ich.«

»Ach was, es sind genug Dienstboten da, mein guter Ruf bleibt gewahrt.« Sie lachte leise und griff nach seinem Arm.

Karl zögerte, doch sie zog ihn schon mit sich und rief dem Kutscher zu: »Du kannst schlafen gehen, John. Wir brauchen dich heute nicht mehr.«

Der grauhaarige Schwarze zog den Zylinder. »Gute

Nacht, Miss Sophie – und Euch auch, Mister Ruhland.«

»Danke. Gute Nacht, John.« Karl sah der Kutsche nach, die um die nächste Hausecke verschwand. »Das war nicht geplant. Wir wollten doch im Haus meines Großvaters nächtigen.«

Sophie lachte unbeschwert. »Komm schon mit. Und hör auf zu denken, Liebster.« Bevor sie an die Haustür klopfte und bevor das Hausmädchen öffnete, küsste sie ihn. Lange. Viel zu lange, als dass Karl hätte gelassen bleiben können.

»Wir gehen ins Kaminzimmer«, erklärte Sophie dem Hausmädchen. »Bring uns bitte noch einen Imbiss und eine Karaffe Wein. Dann kannst du zu Bett gehen.«

»Sofort, Miss Sophie.« Das Mädchen, nur unwesentlich älter als Sophie, knickste und verschwand.

»Sophie, ich …«

»Mein lieber Karl … ich bin so glücklich, dass wir allein sein können.« Sie gab ihm keine Gelegenheit mehr, Einwände und Bedenken vorzubringen. Ihre Küsse, ihre Zärtlichkeiten schwemmten alle Vorbehalte hinweg. Hier, dicht vor ihm, war die Frau, die er liebte. Die seine Zukunft war, das wusste Karl ganz sicher.

Und so ließ er sich einfach fallen – hinein in Sophies weiche Arme, die ihn hielten, die ihn stützten, die ihm Kraft gaben und neues Glück.

In dieser Nacht dachte Karl nicht an seinen toten Bruder, nicht an die Trauer, die seither über Gut *Hopeland* lag wie ein dunkles Tuch. In dieser Nacht liebte er – und er war sicher, dass er mit der gleichen Inbrunst wiedergeliebt wurde.

Sophie war nur einen Augenblick lang scheu, dann

gab sie sich ganz seiner Führung hin. Sie war noch Jungfrau, doch er war behutsam, streichelte und küsste sie so lange, bis sie bat: »Komm endlich zu mir. Ich bin bereit.« Fest schlang sie die Arme um seinen Nacken, zog seinen Kopf an ihre Brust und wartete, bis er ganz bei ihr war. Sie bäumte sich kurz auf, ein kleiner Schrei entwich ihren Lippen, dann passte sie sich seinem Rhythmus an, wurde eins mit ihm.

»Das wünsche ich mir, seit ich dir zum ersten Mal begegnet bin«, flüsterte sie, als er endlich ermattet neben sie sank und sie mit einem Arm fest an sich presste.

»Ich mir auch«, gab er zurück und küsste die roten Lippen, die Augen, in denen Tränen der Seligkeit glänzten.

Es dämmerte schon, als sie endlich eng umschlungen vor dem Kamin einschliefen. Große Kissen mit orientalischen Ornamenten – Erinnerungsstücke von Maximilians Reisen in diplomatischer Mission – dienten als weiches Lager.

Als der neue Tag begann und die schwarzen Dienstboten im Gesindetrakt ihre Arbeit aufnahmen, stand Karl auf und zog sich hastig an. Er war ein gutgebauter Mann mit breiten Schultern und schmalen Hüften. Sein Haar, dunkelbraun und mit leichten Naturwellen, trug er gerade in der richtigen Länge, so dass es sich zu einem Zopf zusammenbinden ließ.

»Ich muss gehen.« Karl beugte sich über sie und küsste sie. »Und du … du solltest rasch deine Zimmer aufsuchen.«

»Ach was, es kommt doch keiner hierher. Bleib noch – bitte.« Sie streckte die Arme nach ihm aus.

»Sophie, sei vernünftig, das geht nicht.«

»Ich will aber nicht vernünftig sein!« Sie lachte,

nahm den Worten damit ihren Ernst. Als sie langsam aufstand und in ihrer vollkommenen Nacktheit vor ihm stand, schoss Karl das Blut heiß zum Herzen.

»Ich werde um deine Hand anhalten«, flüsterte er ihr ins Ohr, während er sie zärtlich streichelte. »Sobald dein Vater zurück ist.«

»Er kann sich doch nicht verloben! Wir sind in Trauer!« Charlotte Ruhland schüttelte den Kopf. Wieder einmal schimmerten Tränen in ihren Augen. So wie es immer war, wenn sie an ihren toten Sohn dachte.

»Sebastian ist seit fast anderthalb Jahren tot. Nie werden wir ihn vergessen, er wird immer in unseren Herzen sein, das weißt du. Aber das Leben geht weiter. Und Sophie und Karl haben ein Recht auf Glück.« Er hielt kurz inne, so als müsste er sich davor bewahren, etwas Ungehaltenes zu sagen, dann fuhr er fort: »Sie wollen ja ohnehin auf ein großes Verlobungsfest verzichten – wovon Sophie sicherlich heimlich geträumt hat.« Ben trat ans Fenster und sah hinaus auf die weitläufigen Weinberge, die um das Gutshaus standen. Es war Spätsommer, die Reben gediehen prächtig, und es war zu hoffen, dass der Wein des Jahrgangs 1825 besonders gut werden würde.

»Verschon mich mit diesen Phrasen. Für mich geht das Leben nicht einfach weiter! Und das wäre ja noch schöner, wenn wir einen Verlobungsball veranstalten würden!« Charlotte tupfte sich die Augen trocken. »Damit wäre ich nie und nimmer einverstanden!«

»Du bist zu hart. Und zu sehr eingesponnen in deine Trauer. Das ist nicht gut, mein Herz.« Kurz drehte Ben sich zu ihr um, doch als er den abweisenden Blick sah, mit dem sie ihn bedachte, wandte er sich wieder zum

Fenster um. Im nächsten Moment zuckte er zusammen. »Das darf doch wohl nicht wahr sein!« Seine Augen weiteten sich. Draußen, im Schatten der alten Obstbäume, stand Madeleine – und sie küsste einen Mann! Ben kniff die Augen zusammen. Tatsächlich, es war Johannes Lammersburg, der seine Tochter da im Arm hielt! »Was erdreistet sich dieser Mensch? Ich werde ihn vom Hof peitschen!« Bens Gesicht rötete sich, er war so zornig wie selten zuvor.

»Was ist denn?« Sein Ton hatte Charlotte aus ihrer Lethargie gerissen.

»Komm her und sieh es dir an!«

Mit schwerfälligen Schritten trat sie neben ihn. Gleich darauf stieß sie einen unterdrückten Schrei aus. »Das …! Nur das nicht! Nicht er!« Sie raffte die Röcke und stürmte nach draußen und in den Garten. Wenig später sah Ben, wie sie völlig außer sich auf Madeleine einschlug, die schützend die Hände über den Kopf hielt.

Johannes Lammersburg versuchte, sich zwischen die Frauen zu stellen, doch Charlotte war wie von Sinnen. Ben hörte ihr Schreien bis herauf in den weitläufigen Wohnraum. Doch er rührte sich nicht, sah wie unbeteiligt zu, als Charlotte immer weiter auf Madeleine einzuschlagen versuchte und dabei immer weiter schrie.

Vielleicht ist das der Schock, der sie aufrüttelt, ging es ihm durch den Kopf. Man muss oft den Teufel mit Beelzebub austreiben. Und was könnte uns schlimmer treffen als eine Liaison zwischen Madeleine und diesem – Mörder!

Er spürte sein Herz, wie so oft in letzter Zeit. Er presste kurz die Hand auf die linke Brust, atmete einige Male tief durch und sah dann, wie Johannes mit langen Schritten davonging. Charlotte war zu Boden gesunken, und Madeleine versuchte, ihrer Mutter aufzuhelfen. Doch Charlotte schlug weiter auf ihre Tochter ein. Die wandte sich schließlich ab und ging ein paar Schritte zur Seite.

Ben biss die Lippen zu einem schmalen Strich zusammen. Er achtete nicht auf die Enge in seiner Brust, auch das Rauschen des Blutes in den Ohren kümmerte ihn nicht, obwohl der Arzt, den er kürzlich aufgesucht hatte, ihn vor solchen Anzeichen gewarnt hatte. Er stürmte nach draußen, wäre fast über Sina gestolpert, die gerade einen Teppich abbürstete.

»Komm mit«, sagte er knapp.

Sina runzelte die Stirn. Ben wusste, dass sie und ihr Mann Madeleine nicht mochten. Madeleine hatte, als sie noch jünger gewesen war und als Thabo und Sina gerade geheiratet hatten, ein Schmuckstück von Charlotte an sich genommen und dann Sina des Diebstahls bezichtigt. Doch Charlotte und Ben hatten nicht einen Augenblick lang geglaubt, dass die treue Sina etwas unrechtmäßig an sich genommen haben könnte.

Thabo hatte die mit einem Perlenrand verzierte Kamee – ein Erbstück von Tante Helene – drei Tage später gefunden, als er Madeleines Reitstiefel putzte. Sie hatte die Brosche darin versteckt. Er hatte Charlotte die Brosche gebracht und gesagt: »Fragt Eure Tochter, woher ich sie habe.« Seit jenem Tag verabscheute der Schwarze Madeleine zutiefst. Und Madeleine ging ihm aus dem Weg, so gut es ging.

Beunruhigt folgte Sina Ben, und sie sahen gerade noch, wie Johannes Lammersburg vom Hof ritt. »Mistkerl«, flüsterte sie. Dann hasteten sie hinüber zu Charlotte.

Diese kniete noch immer auf der Erde, von wildem Schluchzen geschüttelt, als Sina und Ben zu ihr traten und sich neben sie hinknieten. Behutsam versuchten sie, die verzweifelt Weinende aufzurichten.

»Warum tust du uns das an?« Vorwurfsvoll, mit einer Stimme, die so brüchig klang, dass sie sich ganz fremd anhörte, sah Ben zu seiner Jüngsten hoch.

Madeleine zuckte mit den Schultern. »Ich liebe ihn – was soll ich dagegen tun?« Ihre Stimme klang trotzig, sie wich dem anklagenden Blick des Vaters nicht aus.

»Wo ist dein Stolz? Deine Familienehre?« Ben führte Charlotte zum Haus.

»Ehre – pah, die Ehre macht mich nicht glücklich! Johannes aber schon!«, rief Madeleine ihnen nach.

Tagelang sprachen Charlotte und Ben nicht mit ihrer Tochter. Und Madeleine ging den Eltern aus dem Weg, wo es nur möglich war. Sie sehnte sich nach Johannes, doch der blieb *Hopeland* fern. Auch zu ihrem heimlichen Treffpunkt im Schafstall kam er nicht mehr.

Ob er feige ist? Madeleine runzelte die Stirn. Daran wollte sie nicht glauben. Johannes, gut zwanzig Jahre älter als sie, war in ihren Augen niemand, der sich einschüchtern ließ. So, wie auch sie wild entschlossen war, sich von niemandem in ihr Leben hineinreden zu lassen. Mochten die Eltern sagen, was sie wollten – sie würde ihren eigenen Weg gehen! Und der würde sie so rasch wie möglich fortführen von *Hopeland*!

Zum Glück begannen die Vorbereitungen für Karls Verlobung mit Sophie. Karten wurden verschickt, es gab einen kleinen Empfang im Stadthaus. Erst beim Weinfest, das Ben plante, wenn die Ernte eingebracht war, sollten dann alle in der Umgebung von dem Heiratsversprechen der beiden jungen Menschen erfahren. Charlotte hatte ihren Widerstand aufgegeben, sie hatte eingesehen, dass man nicht ewig trauern konnte. Zudem war Sophie ein so liebenswertes, warmherziges Menschenkind, dass sie froh sein konnte, in ihr eine weitere Tochter geschenkt zu bekommen.

»Schau dir Karl an, er ist so glücklich mit Sophie! Wahrlich, sie ist die beste Lebensgefährtin, die ich mir für ihn denken kann«, hatte Ben gesagt und den jungen Leuten mit zufriedenem Blick nachgeschaut, als die zusammen mit Will im Weinkeller verschwanden. Sophie hatte ihr Vorhaben, so viel wie möglich über die Weinherstellung zu lernen, wahr gemacht und las alles, was sie fand zu diesem Thema. Zudem konnte sie sich jeden Tag auch praktisch im Weinbau betätigen, denn die Weinlese begann, und alle, die auf *Hopeland* zwei gesunde Hände hatten, waren im Weinberg oder an der Traubenpresse beschäftigt.

Auch Charlotte ließ sich einbinden in die emsigen Tätigkeiten; es tat ihr wohl, zusammen mit Sina für die Gutsarbeiter zu kochen, sich um die notwendigen Einkäufe zu kümmern – und die ersten Pläne für ein großes Weinfest zu machen. Zu diesem Fest sollten alle Freunde von nah und fern kommen; einen besseren Anlass, die Verlobung von Sophie und Karl zu verkünden, konnten sie nicht finden!

»Wenn es doch nur jemanden gäbe, der auch Madeleines unruhiges Herz in die Pflicht nehmen könnte«, sagte sie gedankenverloren, während sie mit Sina einige Kaninchen anbriet. Da ein Unwetter drohte, waren alle, auch die Küchenmägde, von Ben in den Weinberg befohlen worden.

»Dann helfe ich Sina«, hatte Charlotte beschlossen.

Und jetzt merkte sie wieder, wie gut es ihr tat, sich sinnvoll zu beschäftigen. Und ein offenes Wort mit Sina tat ihr ebenfalls wohl.

»Deine Jüngste ist heißblütig«, erwiderte Sina, die mit den Jahren ein wenig gebeugter ging. Ihr krauses Haar war schon von weißen Fäden durchzogen, doch die großen dunklen Augen besaßen immer noch jugendlichen Glanz. »Du musst auf sie achtgeben, Charlotte. Noch ist es nicht zu spät, sie auf den richtigen Weg zurückzubringen.«

Charlotte sah erschrocken auf. »Madeleine und dieser Verbrecher ... Nein!« Entschieden schüttelte sie den Kopf. »Das kann, das will ich nicht glauben! Nicht meine Madeleine! Sie weiß doch, was das für Menschen sind! Sie wird sich sicher eines Besseren besinnen.«

Sina gab keine Antwort, sie blickte nur gedankenvoll vor sich hin.

Charlotte aber vertraute darauf, dass Madeleine das Verbot ihres Vaters beherzigen und von nun an jeden Umgang mit Johannes Lammersburg meiden würde. Zumal Madeleine sich so sanftmütig und eifrig zeigte wie selten. Sie hatte sich den Eltern wieder etwas angenähert. Sie ging mit zur Weinlese, half bei der Auswahl des Briefpapiers, auf dem die Einladungen zum Weinfest geschrieben werden sollten, fuhr gar mit der zukünftigen Schwägerin in die Stadt, um Stoff für die Roben auszusuchen. Allzu aufwendig durften sie nicht sein, schließlich feierte man unter freiem Himmel. Und doch ... es war wieder ein Anlass, sich einige neue Kleider schneidern zu lassen.

Auch Karl stürzte sich in die Arbeit. Er war morgens der Erste im Weinberg und abends der Letzte, der den

Weinkeller verließ, wo die gesäuberten Fässer darauf warteten, mit dem frischen Most gefüllt zu werden.

Zum Glück hatte es nur anderthalb Tage lang geregnet, dann trocknete die Sonne das Land wieder und verlieh den Trauben mit ihrer Kraft die letzte, entscheidende Süße. Ben Ruhland ritt am südlichen Weinberg entlang, um zu sehen, wie die Arbeit voranging. Hier wuchs sein bester Wein. Er achtete sorgfältig darauf, dass keine angefaulte Traube den Weg in die hohen Kiepen fand, mit denen die Männer die Ernte hinüber zum Leiterwagen brachten, der am Rand des Weinbergs stand. Alle zwei Stunden fuhr Thabo mit dem Fuhrwerk hinüber zur Traubenpresse.

»Noch vier oder fünf Tage, dann ist die Arbeit getan!«, rief Ben ihm zu.

»Das kommt hin!« Thabo schob sich den breitrandigen Strohhut, der schon etliche Löcher hatte, in den Nacken. »Himmel, ist das eine Hitze! Ein bisschen Abkühlung könnte nicht schaden.«

Ben nickte. »Da stimme ich dir zu. Nur allzu kühl darf es auch nicht werden. Und vor allem darf es nicht nochmals regnen.«

»Keine Sorge, das wird nicht passieren.« Thabo wies hinüber zum Tafelberg, der im Licht der späten Sonne einen goldenen Schein bekommen hatte. »Alles ist ganz klar, nur ein kleiner Wolkenrand ziert den Gipfel. Das ist ein gutes Zeichen.«

»Ich weiß. Dennoch – wir machen noch zwei Stunden weiter.« Damit gab er seinem Braunen leicht die Sporen und ritt hinüber zum oberen Abschnitt des Weinbergs. Dort arbeiteten Karl und Sophie neben vier jungen Schwarzen. Sophie gab sich große Mühe, mit den erfahrenen Erntehelfern mitzuhalten. Sie achtete nicht auf die Blasen, die sie an den zarten Händen bekommen hatte, und wehrte heftig ab, als Karl sie bat, doch zurück zum Gutshaus zu gehen.

»Du überanstrengst dich, meine Liebe«, mahnte er mehrmals, doch Sophie schüttelte den Kopf. Ihr langes Haar hatte sie unter einem ziegelroten Tuch verborgen. Sie trug ein einfaches weites Kleid, darüber eine graue Schürze, die Charlotte ihr gegeben hatte. Verbissen schnitt sie eine Traube nach der anderen ab und ließ sie in den geflochtenen dunklen Weidenkorb fallen, der neben ihr stand.

Ben schaute ihr bewundernd zu – und war sich wieder einmal sicher, dass keine Frau besser zu Karl passte als die zupackende, kluge Sophie! Jetzt hob sie den Kopf, strich sich eine Strähne ihres dunklen Haars, die sich gelöst hatte und die unter dem Kopftuch hervorschaute, wieder hinters Ohr und winkte ihm zu. Sie lächelte, dann wandte sie sich wieder den Rebstöcken zu, an denen die Trauben dicht an dicht hingen.

Es war ein sonniger Tag im April des Jahres 1825, als Ben Ruhland die Gäste begrüßte, die zahlreich gekommen waren. Sogar der Gouverneur war anwesend, er war in Begleitung von drei ranghohen Offizieren mit ihren Gattinnen und saß natürlich am Ehrentisch bei Charlotte und Ben.

Die jungen Mädchen hatten lange Reben zu Kränzen geflochten und mit bunten Bändern geschmückt. Lampions waren in die Bäume und hohen Sträucher gehängt worden und tanzten im leichten Wind, der nun endlich vom Westen her wehte und ein wenig Abkühlung brachte.

Grobgezimmerte Tische und Bänke waren in der

Mitte des weitläufigen Gutshofes aufgestellt worden. Seitlich, dort, wo die Werkzeuge untergebracht waren, war ein kleines Podium errichtet worden. Hier hatte eine Kapelle, die aus der Stadt gekommen war, Platz genommen.

Sina und die Küchenhelferinnen hatten Lammfleisch und Hühnerfleisch gebraten, Kuchen gebacken und frisches Brot. Auch Käse stand bereit, ebenso zart duftender Schinken aus Italien, den Ben bei einem Metzger in der Stadt bestellt hatte.

»Liebe Gäste!« Ben, in einem taubenblauen Jackett, zu dem er eine schwarze Hose trug und eine Brokatweste, die mit Silberfäden verziert war, hielt ein Glas in der Hand. »Ich möchte Euch danken, dass Ihr so zahlreich hergefunden habt. *Hopeland* hat in den letzten Jahren nicht nur Sonnentage erlebt, es gab auch viel Leid, das wir ertragen mussten. Doch wir wollen heute, an einem Tag, der so strahlend hell ist, nach vorn schauen und froh und dankbar sein dafür, dass Gott der Herr uns eine besonders reichhaltige Ernte geschenkt hat. Hofft mit mir, dass der Wein dieses Jahrgangs erlesen werden wird.«

Beifall brandete auf, und als Ben einen Trinkspruch folgen ließ, taten ihm alle Bescheid.

Vier lange Tische, die mit weißen Leinentischdecken gedeckt waren und auf denen üppige Blumengestecke prangten, waren den Herrschaften aus der Stadt und den vier Besitzern der benachbarten Weingüter vorbehalten. Doch nicht weit von den Weißen entfernt, ebenfalls an geschmückten Tischen, saßen die Arbeiter von *Hopeland*.

»Ihr seid ein ungewöhnlicher Mann«, stellte Major Edwardsen, einer der drei hohen Offiziere, fest und kniff die Augen leicht zusammen, als er sah, dass alle Gäste den gleichen Wein und die gleichen Speisen bekamen.

»Darf ich fragen, wie Ihr das meint, Sir?« Mit einem kleinen Lächeln sah Ben Ruhland den Engländer an.

»Nun ... Ihr habt fast fünfzig Sklaven, doch Ihr behandelt sie wie ...« Er zögerte.

»Ihr meint, ich behandle sie wie Menschen«, vervollständigte Ben den Satz. Er nickte. »Da habt Ihr vollkommen recht. Es sind Menschen, die nur zufällig eine andere Hautfarbe haben. Aber sie denken und fühlen wie wir. Sie freuen sich wie wir – und sie empfinden den gleichen Schmerz. Und deshalb, Sir, sind meine Arbeiter keine Sklaven, sondern Leute, die bezahlt werden für ihre Arbeit.« Er machte eine kleine Pause, dann fuhr er fort: »Glaubt mir, alle hier würden für *Hopeland* durchs Feuer gehen. Ich muss nicht fürchten, dass einer von ihnen mich bestiehlt oder mich gar hinterrücks erschlägt, weil er seine Freiheit erzwingen will. Jeder hier ist frei und kann gehen, wenn er will. Aber ...«, jetzt lächelte er stolz, »... keiner will fort von hier.«

»Ich sagte ja – Ihr seid ein ungewöhnlicher Mann. Aber ich zolle Euch höchsten Respekt!« Er hob sein Glas. »Auf Euer Wohl – und auf das Wohl von *Hopeland*.«

Charlotte saß mit einem stillen Lächeln neben Ben. Sie war zwar nicht in der Verfassung, laut und fröhlich zu feiern, doch sie eröffnete mit Ben den Tanz und plauderte so charmant mit ihren Gästen wie früher.

Auch sie ging zu den Schwarzen, setzte sich ungezwungen zu ihnen. Der Erfolg von Ben Ruhland sprach eine eigene Sprache, und die meisten Gäste des Weinfestes begriffen, dass das Gut so ertragreich war, weil

Hopeland für die Menschen, die hier lebten und arbeiteten, ein Stück Heimat war.

Sophie und Karl gehörten zu denjenigen, die am fröhlichsten feierten. Immer wieder tanzten sie miteinander, aber sie unterhielten sich auch mit allen. Vor allem Sophie, die ebenso perfekt Französisch wie Italienisch sprach, kam mit allen ins Gespräch.

»Sie ist bezaubernd«, sagte eine ältere Engländerin zu Charlotte. »Wann wird sie zu Eurer Familie gehören?«

Charlotte lächelte. »Hoffentlich schon recht bald, Lady Miriam.« Sie beugte sich näher zu der alten Dame. »Die beiden sind schon seit Wochen verlobt, aber das offizielle Fest wird heute gefeiert. Gleich wird mein Mann es verkünden.«

»Wie wundervoll!« Die weißhaarige Engländerin in einem Kleid aus tannengrünem Taft klatschte leise in die Hände. »Ich möchte Euch zu dieser bezaubernden Schwiegertochter gratulieren. Sicherlich wird sie Euren Sohn sehr glücklich machen.«

»Ich hoffe es sehr.« Charlotte erhob sich. »Bitte entschuldigt mich, gerade trifft noch eine liebe Freundin ein!« Sie eilte Lady Gwendolyn entgegen, die soeben mit einer zweispännigen Kutsche vorfuhr. Die Engländerin war schon weit über neunzig, erfreute sich aber immer noch guter Gesundheit. Nicht einmal die über fünfzig Tage dauernde Schiffsreise hatte sie davon abhalten können, wieder nach Kapstadt zu kommen.

»Spät, aber nicht zu spät!« Sie breitete die Arme aus und zog Charlotte an sich. »*Heaven*, bin ich froh, dass ich diese Fahrt hinter mir habe. Der Kutscher hat das Letzte aus den Gäulen herausgeholt, und ich bin durchgeschüttelt wie der Lieblingsdrink meines Seligen.«

»Dass Ihr gekommen seid, ist meine größte Freude«, versicherte Charlotte herzlich. »Kommt mit, Ihr wollt Euch sicher erst ein wenig ausruhen und Euch erfrischen.«

»Ach was, ein gutes Glas Wein tut den gleichen Dienst.« Lady Gwendolyn, weißhaarig, mit einem zarten, fast faltenlosen Gesicht, sah sich um. »Wo ist denn meine kleine Madeleine? Ich habe sie seit fünf Jahren nicht mehr gesehen.«

»Kommt mit, dort drüben sitzt sie, bei ihrem Bruder und dessen zukünftiger Frau.« Charlotte führte die neu Angekommene zu ihrem Tisch, und erst einmal fand eine fröhliche Begrüßung statt. Madeleine, die bisher recht mürrisch dagesessen hatte, wurde nun auch lebhaft, denn ihre Patin war eine großzügige Person und bedachte Madeleine stets mit kostbaren Geschenken.

»Meine Mitbringsel sind noch in den Koffern in Kapstadt«, lächelte sie, als sie die erwartungsvolle Miene der Achtzehnjährigen sah. »Aber keine Sorge, mein Liebes, du wirst dich gewiss daran erfreuen. Jetzt aber möchte ich mich stärken. Wo ist denn eure gute Sina?« Sie drehte sich um und winkte Sina heran, die sich sofort um die alte Dame bemühte.

»Wollt Ihr nicht erst kurz ins Haus gehen? Und vielleicht das Reisekleid gegen etwas Bequemeres vertauschen?«, fragte auch sie.

Doch die Engländerin winkte ab. »Ach was, das Kleid genügt vollkommen. Es ist mir ganz angenehm, und ...« Sie zwinkerte Sina zu, »in meinem Alter friert man leicht, da ist der Wollstoff auch im Sommer angebracht.« Sie drückte Sinas Arm. »Bring mir einen Drink und einen Teller mit deinen Spezialitäten.«

»Sofort, Lady Gwendolyn.« Sina knickste leicht – etwas, das sie nur bei ganz wenigen Menschen tat. Dann beeilte sie sich, dem Wunsch der alten Dame nachzukommen. Sie brachte ihr zartes Lamm, etwas Käse und vor allem von dem Geflügelsalat, den Lady Gwendolyn ganz besonders liebte.

Als die Dämmerung hereinbrach und die Kerzen in den Lampions und auf den Tischen entzündet wurden, ergriff Ben noch einmal das Wort.

»Viele von Euch, liebe Freunde, wissen es bereits: Unser Sohn Karl hat die Frau gefunden, die er für immer an seiner Seite wissen möchte: Sophie Rothausen! Schon vor einigen Wochen haben sie sich verlobt, doch heute wollen wir dieses Versprechen auch offiziell feiern.« Er winkte Sophie, die zart errötete, und Karl zu sich. »Kommt her zu mir! Ich wünsche euch alles Glück der Welt für den gemeinsamen Lebensweg. Sophie – ich bin sehr froh, in dir eine zweite Tochter zu bekommen!« Er küsste Sophie liebevoll auf die Wangen und drückte Karl an sich.

Beifall brandete auf, alle erhoben sich und eilten auf das junge Paar zu, um zu gratulieren.

Es ging schon auf Mitternacht zu, und am Himmel wetteiferten die Sterne mit den Pechfackeln und den Lampions um die Wette, als das junge Brautpaar Gelegenheit fand, sich für einen Moment ins Haus zurückzuziehen.

In Bens Arbeitszimmer lagen verschiedene Glückwunschschreiben, die am Morgen mit einer Kutsche, die frische Früchte und Fisch fürs Fest geliefert hatte, gebracht wurden. Noch immer war es so geregelt, dass die Post für das große Weingut im Haus de Havelbeer gelagert wurde. Und so hatten Sophie und Karl erst jetzt Gelegenheit, ihre Post zu sichten. Bislang war dazu noch keine Zeit gewesen, die Festvorbereitungen hatten beide zu sehr in Anspruch genommen.

»Schau nur, sogar Hans Christian Andersen hat uns gratuliert!« Sophie strahlte, als sie das Schreiben auseinanderfaltete und die Glückwünsche des dänischen Schriftstellers las, den sie einst als ganz junges Mädchen kennengelernt hatte.

»Und hier ist ein Brief aus Übersee – von Cornelius Vanderbilt.« Karl Ruhland schüttelte den Kopf. »Dass so ein bedeutender Mann an uns denkt ...« Er zog Sophies Hand an die Lippen. »Ehrlich gesagt, wird er höchstens an dich und an deinen Vater gedacht haben; einen kleinen Winzer aus Südafrika kennt niemand.«

»Man wird dich noch kennenlernen, und das weit über unser Land hinaus.« Sophie drückte seinen Arm. »Ich weiß, was du kannst – und was du noch leisten wirst. Aber du hast recht, Mister Vanderbilt und Vater kennen sich seit zwanzig Jahren. Ich würde ja zu gern einmal in die Neue Welt reisen, mit seiner Eisenbahn fahren und mir dieses weite Land ansehen.«

Karl lächelte seine junge Verlobte an. »Du hast schon so viel von der Welt gesehen, Liebes. Mehr als die meisten Menschen, die ich kenne.«

»Aber ich bin immer noch neugierig. Und ich möchte noch so viel lernen ...« Sophie griff nach dem nächsten Glückwunschschreiben. Diesmal kam es aus Deutschland, ein Minister des preußischen Königs Friedrich Wilhelm III. gratulierte, fragte gleichzeitig an, wie denn der südafrikanische Wein sei.

»Wir sollten ihm eine Kiste schicken«, meinte Sophie. »Seit die neuen Dampfschiffe die Route von hier bis England in weniger als sechzig Tagen zurücklegen, ist es gar kein Problem mehr, eine solche Gefälligkeit zu organisieren. Und wer weiß – vielleicht kommen wir noch mit dem Königshof ins Geschäft.«

»Du bist wundervoll, Liebes.« Mit zärtlichem Lächeln sah Karl seine schöne Braut an. Sophie trug ein apartes hellblaues Chiffonkleid, das mit Silberfäden durchwebt war. Ein silbernes Band war durch die dunklen Locken geschlungen, und silbern waren die zierlichen Schuhe, die hin und wieder unter dem Rocksaum hervorblitzten. Als Schmuck trug sie nur einen einzelnen großen Aquamarinanhänger, der rundum mit Brillanten eingefasst war. »Komm, wir wollen zurück zu den Gästen gehen, ehe man uns vermisst.«

»Sofort.« Sie hielt ihn zurück. »Nur noch einen Augenblick.« Sophie legte die Arme um seinen Nacken. »Erst bekomme ich einen Kuss.«

»Auch zwei.« Karl ließ sich nicht zweimal bitten, und es dauerte eine Weile, ehe sie Hand in Hand zurück zum Gutshof gingen, wo noch ausgelassen gefeiert wurde.

Auch die schwarzen Gutsarbeiter genossen das außergewöhnliche Fest, doch sie zogen sich nach und nach in ihren Bereich zurück. Ben wies Will an, noch zwei Fässer Wein für die Leute zu holen. »Feiert, so lange ihr mögt. Morgen soll niemand arbeiten müssen.«

»Danke, Master Ben. Ich werde es den Leuten sagen.«

»Kommst du zu uns zurück, Will?« Ben legte dem jungen Mann, der für ihn fast wie ein Sohn war, den Arm um die Schulter.

Doch Will schüttelte den Kopf. »Ich bleibe drüben bei meinen Leuten.«

»Aber du weißt ...«

»Ja, ich weiß, Master Ben.« Will nickte ihm zu, dann ging er zum Weinkeller, um noch zwei Fässer auszusuchen.

Kaum hatte er die hohe, mit schmiedeeisernen Ornamenten verzierte Tür erreicht, kam Madeleine ihm entgegen. Hochmütig sah sie ihn an. »Na, hast du niemanden zum Tanzen gefunden?« Sie lachte hämisch. »Ja, ja, wer sich für was Besonderes hält, muss aufpassen, dass er nicht ganz einsam wird.«

Will gab keine Antwort. Ohne auf das junge Mädchen zu achten, öffnete er das schwere Schloss und ging in den kühlen Kellerraum. Seit Jahren machte Madeleine sich einen bösen Spaß daraus, ihn zu ärgern. Warum es so war, konnte er nur ahnen: Sie war eifersüchtig auf die Zuneigung, die Ben ihm, dem Schwarzen, entgegenbrachte!

Er suchte zwei kleine Fässer aus und rollte sie bis zur Tür. Eins nahm er gleich mit, das zweite wollte er erst später holen.

Madeleine blickte Will aus zusammengekniffenen Augen nach. Sie hasste ihn, weil er stets so auftrat, als habe er die gleichen Rechte wie die Weißen, die auf *Hopeland* lebten. Was immer sie auch versuchte – er ließ sich nicht provozieren. Meist beachtete er sie gar nicht, so wie jetzt. Dann hätte sie ihm zu gern die Peitsche übergezogen, so wie Johannes es ihr geraten hatte. »Sklaven sollen nicht denken, sie sollen tun, was man ihnen befiehlt. Und wenn sie aufbegehren, müssen sie die Peitsche spüren«, hatte er ihr schon mehr als einmal gesagt. »Dein Vater ist dumm, dass er seine Leute nicht richtig einsetzt. Sie sollen arbeiten und gehorchen, mehr nicht.«

Madeleine seufzte auf. Wie langweilig war es doch ohne Johannes! Zwar gab es genügend junge Herren, die ihr den Hof machten, die sie zum Tanz aufforderten oder die gern mit ihr einen Spaziergang im Mondschein gemacht hätten, doch sie wollte nur mit einem zusammen sein – mit Johannes Lammersburg!

An diesem Abend trug Madeleine ein schmalfallendes Kleid aus hellrotem dünnen Seidenstoff. Sie hatte viele Komplimente erhalten – und doch hatte sie immer wieder voller Neid auf die junge Braut geschaut. Sophie war kaum älter als sie selbst, aber sie wirkte viel selbstbewusster, viel erfahrener – erwachsener eben! Kein Wunder, dass sie von allen anwesenden Herren unter vierzig umschwärmt wurde! Karl musste aufpassen, dass niemand ihm seine reiche Braut wegnahm! Der Gedanke, dass der Bruder, der sie ausgesprochen kühl behandelte, seit er von ihrer Liaison mit Johannes Lammersburg wusste, einmal unglücklich werden könnte, gefiel Madeleine ganz gut. Karl war immer alles geglückt, was er begonnen hatte. Er hatte bei der Kreation neuer Weine eine glückliche Hand, er war gesellschaftlich anerkannt, er bekam jetzt noch eine reiche Frau ... Madeleine fand, dass sie selbst höchst ungerecht behandelt wurde vom Schicksal.

Gelangweilt schlenderte Madeleine über den Hof, denn soeben hatte sie Harold Carpenter bemerkt, einen rotblonden jungen Leutnant der Kavallerie, der sie schon den ganzen Abend über mit seiner Bewunderung verfolgte. Er verhielt sich so brav und so korrekt – nein, sie brauchte einen ganz anderen Mann, um sich wohl zu fühlen!

Schnell trat sie auf die südliche Terrasse und setzte

sich dort in einen Schaukelstuhl. Hier würde man sie so rasch nicht entdecken. Dabei überlegte sie, ob sie sich wohl unauffällig zurückziehen könnte. Plötzlich ertönte ein leiser Pfiff ganz in der Nähe.

»Johannes!« Sie sprang auf, raffte ihr Kleid und eilte in den Garten, der nur im vorderen Teil von Pechfackeln erhellt wurde. »Jo – wie kommst du denn hierher?«

»Ich musste dich sehen – und dich küssen!« Johannes Lammersburg zog sie leidenschaftlich an sich. »Außerdem war ich mir sicher, dass du ein bisschen Aufmunterung gut gebrauchen kannst.« Er schob seine Hand in ihren Ausschnitt, knetete zart ihre Brust, während er sie weiterküsste.

Madeleine seufzte auf und bog den Kopf in den Nacken. »Lass ... nicht hier!«

»Warum nicht? Es wäre doch reizvoll, meinst du nicht?« Er lachte kehlig.

»Nein.« Sie riss sich los, hastete zurück zum Haus.

Mit drei langen Sätzen war er bei ihr. »Ich bestimme immer noch, wann du gehst!« Er drückte sie an einen Baum, küsste sie so roh, dass ihre Lippen aufplatzten. Und doch genoss sie seine Nähe, es machte sie stolz, dass er sie so leidenschaftlich begehrte und dass er das Risiko einging, hier ertappt zu werden. Johannes Lammersburg war ein Mann, der über viel Erfahrung verfügte. Der schon unzählige Frauen besessen hatte – damit brüstete er sich gern. Doch nur ihr allein war es bisher gelungen, ihn länger zu halten. Sie wollte er für immer bei sich haben. Sie, Madeleine Ruhland!

Sie schmiegte sich an ihn, bog den Kopf noch weiter zurück, so dass seine Lippen ihren Hals, ihren Brustansatz liebkosen konnten. Manchmal war Johannes etwas brutal, doch sie mochte es, wenn er sie mit Gewalt nahm. Auch jetzt zog er sie tiefer in den Garten, schob seine Hand unter ihr Kleid und drängte zwischen ihre Schenkel. Madeleine schrie auf, als er sie an ihrer empfindlichsten Stelle zu streicheln begann.

Johannes lachte. »Ich weiß doch, was du brauchst. Vergiss nicht, du kleine Hexe, dass ich der Einzige bin, der dich wirklich glücklich machen kann.« Dann ließ er unvermittelt von ihr ab – und verschwand so rasch in der Dunkelheit, wie er aufgetaucht war.

Verwirrt sah Madeleine sich um. Gerade kamen zwei Offiziere in Begleitung von Sophies Vater in den Garten. Die junge Frau zog sich in den Schatten eines blühenden Rosenstrauchs zurück und huschte auf Umwegen wieder zum Gutshof.

»Wo hast du gesteckt?« Ben, der gerade aus dem Haus kam, wo er Maximilian Rothausen ein paar wichtige Dokumente gezeigt hatte, sah seine Jüngste forschend an.

»Ich war kurz im Garten.«

»Ordne dein Kleid!« Er kniff die Lippen zusammen und wandte sich ab.

Madeleine wurde rot, als ihr klarwurde, dass sich das Zierband, das ihr Dekolleté einfasste, unter Jos Zärtlichkeiten gelöst hatte. Rasch band sie die Schleife wieder, dann mischte sie sich unter die Gäste und ließ sich von einem jungen englischen Leutnant den Hof machen. Er holte ihr ein frisches Glas Wein und dazu ein paar kandierte Früchte, die sie genussvoll aß. Als er sie zum Tanz aufforderte, nickte sie und ließ sich zur Tanzfläche führen, wo sich jetzt, lange nach Mitternacht, nur noch einige junge Paare zur Musik bewegten.

Gerade verließen Sophie und Karl Hand in Hand das

Podest. Sie hatten einen letzten Walzer getanzt. Sophie wollte noch ein wenig mit ihren Freundinnen aus Kapstadt plaudern, ehe die Gäste, die nicht auf *Hopeland* bleiben konnten, den langen Rückweg durch die Nacht antraten.

Im Osten schimmerte schon der neue Tag herauf, als sich auch die letzten Gäste verabschiedet hatten. Charlotte gähnte verhalten und meinte: »Es war ein wundervolles Fest. Ich glaube, es hat unseren Gästen gefallen. Aber jetzt bin ich todmüde und möchte nur noch schlafen.«

»Schade.« Sophie lächelte verschmitzt. »Ich wollte euch jetzt, da wir allein sind, noch etwas sagen ... sozusagen als Höhepunkt des Festes.«

»Und – das wäre?« Mit einem leichten Stirnrunzeln sah Charlotte die Jüngere an. »Ich gestehe, ich bin zu erschöpft, um noch ein Ratespiel zu machen.«

»Das sollst du auch nicht, Mama.« Karl legte den einen Arm um seine Mutter, den anderen um seine Braut. Zärtlich nickte er Sophie zu.

Für einen Wimpernschlag zögerte sie, dann hob sie den Kopf und erklärte leise: »Ich bin guter Hoffnung. Ich erwarte ...«

»Ein Kind!« Charlottes Stimme war kaum zu vernehmen, doch unendlicher Jubel schwang darin mit. »Liebe, liebe Sophie! Das ist ein unendlich schönes Geschenk!« Sie umarmte Sophie, die nun doch ein wenig verlegen wirkte.

»Vater ...« Sophie legte ihrem Vater die Hand auf den Arm. »Bitte, sag etwas ...«

»Na, was soll ich da sagen? Wir werden bald Hochzeit feiern!« Maximilian Rothausen lachte polternd. »Und zwar sehr, sehr bald. Meint ihr nicht auch?«

»Ich bin der glücklichste Mann der Welt!« Ben umarmte die junge Frau liebevoll.

»Nein, das bin gewiss ich.« Karl zog Sophie an sich. »Und ich danke meinem Herrgott jeden Tag dafür, dass er mir dieses wunderbare Wesen über den Weg geschickt hat.«

Charlotte nickte zustimmend. Genau so empfand auch sie. Das neue Leben, das heranwuchs, war die Zukunft der Ruhlands – und die Zukunft von *Hopeland*.